Iain McCalman

Der letzte Alchemist

Die Geschichte des Grafen Cagliostro

Aus dem Englischen von
Sonja Schuhmacher und Rita Seuß

Insel Verlag

Die Originalausgabe erschien unter dem Titel
The Last Alchemist. Count Cagliostro, Master of Magic in the Age of Reason 2003 bei HarperCollins, New York.

Satz: Libro, Kriftel
Druck: Pustet, Regensburg
Printed in Germany
Erste Auflage 2004
ISBN 3-458-17199-1

2 3 4 5 6 – 09 08 07 06 05 04

Für meine Eltern David und Verity

Inhalt

Graf Cagliostro

Prolog: Balsamos Haus

Der größte Magier des 18. Jahrhunderts hat wahrlich etwas Besseres verdient, dachte ich, als ich vor dem Geburtshaus des Alchemisten, Wunderheilers und Freimaurers Graf Cagliostro stand. Es war ein baufälliges Gebäude in einer kleinen Marktgasse im sizilianischen Palermo, und weit oben in der Backsteinmauer klaffte ein großes Loch. Hinter der ungleichmäßigen Öffnung konnte man mit Mühe einen Raum erkennen, eine schmutzige, verlassene Höhle. In der Gasse stank es nach Urin.

Es läßt sich schwerlich ein armseligeres Denkmal für einen Mann finden, dessen Name einst in ganz Europa bekannt war, eines Magiers, der von Monarchen hofiert, von Bischöfen gefürchtet, von Künstlern gemalt, von Ärzten gehaßt und von Frauen begehrt wurde. Auf einer Tafel am Eingang der Gasse wurde darauf hingewiesen, sie habe *Vicolo della Perciata* geheißen und sei in *Via Conte di Cagliostro* umbenannt worden; es folgte ein Abriß von Graf Cagliostros ungewöhnlichem Leben.

Giuseppe Balsamo, der 1743 in dieser Gasse geboren wurde und das nahegelegene Seminar der Kirche San Rocco besuchte, verließ Palermo im Alter von zwanzig Jahren und zog über Messina und Malta durch Nordafrika, die Levante und den Mittelmeerraum. Unter dem Namen Graf Cagliostro, seit 1776 aber auch als Marchese Pellegrini, reiste er zehn Jahre lang quer durch Europa, trat als Magier und Wundertäter auf, heilte die Armen und gründete Logen seiner ägyptischen Freimaurerbewegung. 1785 in der Bastille eingekerkert, wurde er vom Vorwurf des Betrugs in der Halsbandaffäre freigesprochen, 1789 aber von der römischen Inquisition gefangengenommen. Er starb im Jahr 1795.

Seine Gegner hätten sich darüber gefreut, daß sein Haus so heruntergekommen war. Er hatte viele Feinde: Casanova, der größte Frauenheld jener Zeit, war von tiefer Eifersucht auf ihn erfüllt; die russische Zarin Katharina die Große wollte ihn erdrosseln lassen; Johann Wolfgang von Goethe hegte die größte Abscheu gegen ihn; der französische König Ludwig XVI. verfolgte ihn als einen gefährlichen Aufrührer; Königin Marie-Antoinette wollte ihn auf Dauer in der Bastille festsetzen, weil er sie in die Halsbandaffäre verwickelt hatte; und Papst Pius VI. stellte ihn als Bedrohung der katholischen Kirche vor Gericht.

Ich war zwölfhundert Meilen von Australien hierhergekommen, um ein Loch in der Mauer zu besichtigen – ein trauriges Zeugnis des Lebens von Alessandro di Cagliostro. Was hatte ich zu finden gehofft – einen Fußabdruck, einen Geist, irgendeine Spur, die mich dem Geheimnis dieses Mannes näherbrachte? Als Historiker interessierten mich natürlich Antworten auf die Frage, die alle seine bisherigen Biographen und auch viele seiner Zeitgenossen gestellt hatten: War Graf Cagliostro ein Sünder oder ein Heiliger? War er der größte Schurke seiner Zeit oder ein sagenhafter Wunderheiler? Seine Biographen, mehrheitlich Italiener, Franzosen und Deutsche, neigten entweder der einen oder der anderen Ansicht zu, aber mir schien, daß er beides gewesen sein könnte.

In den Augen seiner Feinde war er ein dreister, billiger Scharlatan, aber dem Vergessen ist er dennoch nicht anheimgefallen. Noch heute taucht Cagliostro in Science-Fiction-Streifen wie *Spawn* oder in dramatischen Kostümfilmen wie *Die Halsbandaffäre* auf. Über sein Leben wurden russische, amerikanische, deutsche, italienische und französische Filme gedreht. In Italien und Frankreich ist er in TV-Zeichentrickfilmen, in Comics, in der Popmusik und in Groschenheften bis heute präsent. Kulturbeflissene wollen in ihm den Sarastro aus Mozarts berühmter Oper *Die Zauberflöte* sehen oder begegnen ihm in der Operette *Cagliostro in Wien* von Johann Strauß.

Seinen zahlreichen Kritikern gab Cagliostro ein weiteres Rätsel auf. Der römische Inquisitor Monsignore Barberi, der Cagliostro fünfzehn Monate lang in der Engelsburg verhörte, drückte es 1791 folgendermaßen aus:

»Wer würde je glauben, daß ein Mann von solchem Charakter in den aufgeklärtesten Städten als ein Gunstgestirn des menschlichen Geschlechts oder als ein neuer Prophet aufgenommen werden sollte? Daß er sehr oft sich den Thronen nähern dürfte; daß ihm von den Großen die Aufwartung gemacht würde, und von dem großen Haufen, will nicht sagen, Wohlgewogenheit, Achtung und Respekt, sondern Untertänigkeit, Ergebenheit und Verehrung zu Teil werden könnte?«[1]

Der leidenschaftlich engagierte schottische Moralist und Historiker Thomas Carlyle, fast ein Zeitgenosse Cagliostros, ging noch einen Schritt weiter und fragte 1833, wie all dies ein Mann hatte vollbringen können, dem es an Schönheit, Charme und Intellekt mangelte. Carlyle sah Cagliostros Erfolg im 18. Jahrhundert selbst begründet, das nicht, wie gewöhnlich behauptet, ein Zeitalter der Vernunft und der Aufklärung, sondern der Täuschung und des Aberglaubens gewesen sei.[2]

Für Carlyle war es ein leichtes, Cagliostro zu schmähen, hatte er ihn doch nie persönlich kennengelernt. Eine nicht weniger skeptische Persönlichkeit, Madame Henriette Louise d'Oberkirch aus dem Elsaß, beeindruckte hingegen das Charisma des Magiers, als sie ihm 1781 begegnete. Seine Augen waren »unbeschreiblich, von übernatürlicher Tiefe – ganz Feuer und doch ganz Eis«. Seine Stimme umschmeichelte sie »wie eine in Seide gehüllte Trompete«. Wenn er einem nahe kam, »erfüllte er einen zugleich mit Furcht und mit unstillbarer Neugier«. Sie konnte daraus nur den Schluß ziehen, daß »Cagliostro von einer dämonischen Kraft besessen [war]; er schlug den Geist in Bann und lähmte den Willen«.[3]

Wie auch immer sein Charakter war, ich mußte zugeben, daß mich der Mann faszinierte und ich mich auf merkwürdige Weise zu ihm hingezogen fühlte. Als Europäer, der ich die ersten achtzehn Lebensjahre in Afrika verbracht hatte, bevor ich nach Australien auswanderte, war meine Affinität zu Balsamo vielleicht deshalb so groß, weil uns eine fingierte afrikanische Identität verband. Giuseppe war maurisch-sizilianischer Herkunft und in einem ausgesprochen arabisch geprägten Viertel Palermos (dem Viertel Al-Gadida) aufgewachsen. Als er berühmt geworden war, behauptete er, er sei ein ägyptischer Prinz und Prophet. In gewisser Weise war Cagliostro genau wie ich ein Möchtegern-Afrikaner.

Als ich mich in dem alten maurischen Viertel der Albergheria umsah, begriff ich Cagliostros Gefühl der Verbundenheit mit Afrika. Goethe, der die Stadt 1787 mit ähnlicher Intention wie ich besuchte, meinte, hier beginne offensichtlich Afrika. Der Markt auf der Piazza Ballaro, der sich unweit von Cagliostros Geburtshaus befindet, ähnelt mit seinen Gerüchen und seiner Atmosphäre einer Kasba. Mit dem brutzelnden Erdnußöl, dem Safran, den Gewürznelken, dem Knoblauch und dem verrottenden Müll erinnerte er mich an bestimmte Viertel in Kairo oder sogar an Sansibar. Das Straßenpflaster ist mit dem Staub der afrikanischen Wüste bedeckt und mit Unrat verschmutzt, den man aus Fenstern und von Balkonen geworfen hat. Man muß aufpassen, wohin man tritt, denn die Mietshäuser werfen dunkle Schatten. Der Anstrich vieler Häuser ist mit modrigen Flecken überzogen. Die Türrahmen werden notdürftig mit Eisenteilen zusammengehalten, und zwischen den Häusern flattert die Wäsche an der Leine.

Mir schien, als hätte sich in diesem Viertel nicht viel verändert seit den Tagen, als der junge Giuseppe Balsamo auf den Straßen sein Unwesen trieb. Nur allzu gern hätte ich gewußt, was diese hartgesottenen Marktleute von dem berühmtesten Sohn ihrer Stadt hielten – dem Zustand seines Hauses nach nicht besonders viel.

Und doch gab es von lokaler, wenn auch nicht von offizieller Seite das Bemühen, sein Andenken zu wahren. Auf einem grob gezimmerten Sperrholzbogen am Eingang der Gasse steht der Name Cagliostro. Ein Stück weiter, auf dem Boden unterhalb der geheimnisvollen Öffnung, hatte man in einem offenen Betonrahmen die zwei Zimmer nachgebaut, in denen Cagliostro aufwuchs. Die Wände dieser Konstruktion waren mit okkulten Symbolen und mit blauen und ockerfarbenen Malereien bedeckt, die Cagliostros Reisen darstellten. Von Palermo aus war er nach Alexandria, Medina, Rom, Aix-en-Provence, Sankt Petersburg, Warschau, Straßburg, Paris, London, in die Schweiz und weiter und immer weiter gereist. Gelegentlich machte er kehrt und folgte seinen eigenen Spuren, ein ruheloser Wanderer auf der Suche nach – ja, nach was eigentlich? Nach Reichtum, Ruhm, Weltrevolution oder spiritueller Erlösung?

Während ich mich zwischen einen Hundehaufen und eine tote Maus stellte, um ein Foto dieser Rekonstruktion von Balsamos Wohnung zu machen, begegnete ich meinem ersten Einheimischen. Es war ein drahtiger junger Mann namens Sebastian mit einem Dreitagebart, ausgebleichten Jeans, gestreiftem T-Shirt und einer Baskenmütze. Zuerst auf italienisch, dann auf englisch fragte er mich, ob ich zu einer Gruppe gehöre, die von der Vorsitzenden der »Associazione di Cagliostro« zu den Stätten von Balsamos Kindheit geführt werde. Sie wolle seine Schauspielertruppe überreden, ein Stück über Cagliostros Leben zu schreiben und auf die Bühne zu bringen.

Sebastian mußte nicht lange überredet werden. Er und seine Freunde waren längst vom Cagliostro-Fieber gepackt. Sie sahen in Cagliostro eine Art Robin Hood, einen guten Banditen, der die Reichen beraubte und das Geld an die Armen verteilte. Aber wie die meisten Sizilianer waren sie sich einig, daß er auch ein großartiger Schauspieler und Verwandlungskünstler gewesen war, der in alle möglichen Rollen schlüpfen konnte. Das erschien als eine ebenso plausible Deutung wie jede andere.

Sebastian erzählte mir von seinem eigenen Leben. Nach Jahren, die er in Brasilien, Dänemark, Belgien, Großbritannien und den Vereinigten Staaten verbracht hatte, war er soeben nach Palermo zurückgekehrt. Ohne Ausbildung irgendwelcher Art hatte er sich als Straßenclown, Musiker, Schauspieler, Bauunternehmer und Erzähler durchgeschlagen. Er war intelligent, durchsetzungsfähig und geistvoll, ein palermitanischer Abenteurer, beweglich und von scharfem Verstand. Sein Charme, sein Opportunismus und seine Intelligenz halfen ihm, in einer elenden Welt zu überleben. Er war in dieser Stadt verwurzelt und doch ein Globetrotter, der bereit war, alles mögliche zu versuchen. Jetzt reizte es ihn, die Rolle des Grafen Cagliostro zu spielen. Er wollte dazu beitragen, Palermo zu erneuern, das zu einer von der Mafia beherrschten kulturellen Wüste heruntergekommen war. Es kam mir vor, als sei Sebastian ein Cagliostro unserer Zeit.

Plötzlich fiel uns ein, daß Sebastian mit der Stadtführerin verabredet war. Wir schoben uns durch die Menge auf dem belebten Ballaro-Markt, wo sich Giuseppe Balsamo schon früh ein reiches Repertoire an volkstümlichen Zaubermitteln und städtischer Gerissenheit angeeignet hatte. Alte Männer mit walnußbraunen Gesichtern boten uns Bier in Gläsern an; kräftig gebaute Frauen fuchtelten uns mit rosafarbenen Thunfischstücken vor der Nase herum. Dann betraten wir ein winziges Büro mit einem großen Schild: »di Associazione Cagliostro, cooperativa sociale, presidente: Ninetta Cangelosi«. Alles hier war dem Andenken Cagliostros gewidmet. An den Wänden hingen Abbildungen des korpulenten sizilianischen Magiers und seiner Frau Serafina – Bilder aus Papier, Holz, buntem Glas und Kunststoff.

Ninetta Cangelosi, etwa Anfang fünfzig, adrett gekleidet,

hatte ein freundliches Gesicht und traurige dunkle Augen. Ihr dunkler sizilianischer Teint und die cremig-silbrigen Haare erinnerten ein wenig an *caffè latte*. Sie vermittelte den Eindruck bleierner Erschöpfung, die einen erfaßt, wenn man sich nicht gerade erfolgreich mit einem Problem abrakkert. Ich erfuhr, daß sie seit fünf Jahren für die Restaurierung von Balsamos Haus kämpfte und alle möglichen Leute – Wissenschaftler, Kuratoren, Stadträte, Regierungsbeamte, Parlamentsabgeordnete, Archivare, Geschäftsleute – um Unterstützung für ihre Pläne angegangen hatte.

Die meisten, die sie um Hilfe bat, hielten Cagliostro für einen Betrüger, der es nicht wert sei, von der Stadt in ehrenvollem Andenken gehalten zu werden. Goethe, dessen Besuch in Palermo im Jahr 1787 an jeder Hausecke durch Gedenktafeln dokumentiert ist, suchte Giuseppe Balsamos Mutter und Schwester auf und tat anschließend der Welt kund, Cagliostro sei ein Betrüger und Gauner. Goethes Ansicht herrscht bis heute vor.

Ninetta versuchte, den Honoratioren der Stadt zu erklären, daß die normalen Sizilianer das anders sähen; sie wollten Balsamos Haus besuchen und sich mit eigenen Augen davon überzeugen, aus was für bescheidenen Verhältnissen dieser große Mann stammte. Seine Lebensgeschichte gebe ihnen Hoffnung. Balsamo hatte sich nicht einschüchtern und durch die Armut, den Fluch Siziliens, entmutigen lassen. Ninettas Begeisterung hatte einige Kunststudenten aus Palermo zu dem Wandgemälde inspiriert, aber die Stadträte, sagte sie, fänden keine Zeit für sie. Der Eigentümer des Gebäudes, in dem sich einst Balsamos Wohnung befand, hatte bereits einen Großteil des umliegenden Areals aufgekauft, um es sanieren zu lassen. Er war ein einflußreicher Geschäftsmann und wollte keine Gedenkstätte für Cagliostro; er wollte Eigentumswohnungen, die er verkaufen konnte.

Ich fragte Ninetta nach ihrer Leidenschaft für Cagliostro. Sie hatte alles gelesen, was sie über den Magier finden konnte, und bestätigte, daß viel Nachteiliges über ihn geschrieben wurde, das größtenteils den Schilderungen seiner Widersacher entnommen war. Doch auch wenn manche Vorwürfe zuträfen, hätten die meisten, die über ihn schrieben, nicht verstanden, was es hieß, aus einem Armenviertel wie der Albergheria zu stammen. Vielleicht war Giuseppe Balsamo als junger Mann tatsächlich ein *mascalzone*, ein Gauner, aber bedauerlicherweise seien viele der heutigen jungen Palermitaner gezwungen, denselben Weg zu gehen. Es könne aber doch wohl niemand leugnen, daß Cagliostro für seine Verbrechen Sühne tat, indem er, wohin er auch kam, uneigennützig die Armen heilte und dazu noch Toleranz und Spiritualität predigte.

Menschen aus aller Herren Länder, sagte sie, teilten ihre Überzeugung, daß Giuseppe Balsamo ein aus grobem Holz geschnitzter Heiliger gewesen sei. Schließlich seien viele, die längst von der Kirche heiliggesprochen wurden, in ihrer Jugend auf Abwege geraten. Giuseppe Balsamo sei zwar kein Kirchgänger gewesen, aber er hatte eine »starke Seele«. Er war überzeugt, daß Islam und Judentum genauso heilig wie das Christentum seien und daß seine ägyptische Freimaurersekte – eine Art weltliche Religion in Gestalt einer geheimen Bruderschaft – alle drei Religionen in sich vereinen könne.

Am letzten Abend vor meiner Abreise aus Palermo verabredete ich mich mit Ninetta und Sebastian in einem Restaurant in der Nähe des Marktes. Nach ein paar hundert Metern auf der Hauptstraße Palermos entdeckte ich ein Schild mit der Aufschrift *Ristorante Le Comte de Cagliostro*. Darauf abgebildet war Graf Cagliostro in seiner berühmtesten Pose – wie er in spiritueller Verzückung die Augen zum Himmel verdreht. Auf der Speisekarte wurden Gerichte zu Ehren berühmter Persönlichkeiten angeboten, denen Cagliostro begegnet war. Königin Marie-Antoinette war ein Gorgonzola und Casanova ein mit Sahne gefülltes Gebäckstück.

Der Wirt erinnerte an den jüngeren, noch nicht beleibten Giuseppe, wie man ihn von Abbildungen kennt. Das Restaurant, so erklärte er, habe diesen Namen bereits getragen, als er es vor einigen Jahren gekauft hatte. Er sei eigentlich aus der Baubranche Neapels und habe keine Ahnung von Cagliostro gehabt. Bei einem Glas Wein habe er eines Tages einen befreundeten Schmied gefragt, wie er das Restaurant nennen solle. Der Mann habe ihn beschworen, unbedingt den Namen beizubehalten. Cagliostro sei ein *uomo di popolo* gewesen, ein Mann aus dem Volk. Einen besseren Namen konnte man sich doch wohl nicht wünschen.

Wenn die Einheimischen zu mir zum Essen kommen, erzählte der Wirt, dann machen sie immer denselben Witz. Sie sagen, der Name der Straße, in der sich Balsamos Haus befinde, sei deshalb geändert worden, weil alle Bewohner der Albergheria *Vicolo della Pisciata* statt *Vicolo della Perciata* sagten. Wenn man auf dem Markt auf der Piazza Ballaro ein dringendes Bedürfnis verspürt, sucht man am besten die Gasse auf, in der Balsamos Haus steht. Deshalb stinkt es dort nach Pisse. Pisse, sagen sie, sei Cagliostros erstes Elixier gewesen. Dafür lieben sie ihn.

Nach dem Essen beschloß ich, ein letztes Mal in die Via Conte di Cagliostro zu pilgern. Auf dem Boden lagen die traurigen Reste eines Markttags – zerquetschte Tomaten und glitschige Fischschuppen. Das Loch in der Mauer war in der Dunkelheit nicht zu sehen, und die Gasse stank wie gewöhnlich nach Pisse. Jenseits der Gasse konnte ich weit oben die grauen Umrisse des Monte Pellegrino erahnen, der wie eine uralte heidnische Gottheit über Palermo thronte. Es war derselbe Blick, der sich Giuseppe Balsamo an einem Abend wie diesem vor zweieinhalb Jahrhunderten geboten hatte, als er seine Karriere als Abenteurer und Reisender begann.

Man schrieb das Jahr 1763. Gut eine Stunde vor Mitternacht durchwanderten zwei Männer, der eine mittleren Alters und sichtlich begütert, der andere kaum zwanzig, lautlos den Stadtrand Palermos, damals Hauptstadt des alten Inselkönigreichs Sizilien, das von Neapel aus regiert wurde.

Sie sprachen leise und trugen eine schwach leuchtende Laterne bei sich, darauf bedacht, weder ihre Person noch ihre Absichten zu verraten. Glücklicherweise ermöglichte es der umherliegende Unrat, sich auf den Straßen geräuschlos zu bewegen. Ladenbesitzer meinten scherzhaft, die Adligen würden diese weiche Unterlage aus Staub, Dung und Abfall lieben, weil ihre Karossen darauf so elegant dahinglitten. Aber die beiden mußten sich nicht vor reichen Leuten, sondern vor dem einfachen Volk hüten – den zahllosen Bettlern, Dieben, Mördern und Prostituierten, die die übervölkerten alten maurischen Viertel der Stadt unsicher machten. Wenn jemand bemerken sollte, daß sie Hacke und Spaten bei sich trugen, würde es Ärger geben.

Nach wenigen Kilometern erreichten sie den Monte Pellegrino, der sich sechshundert Meter hoch über dem Golf von Palermo erhob wie eine Sphinx, die Geheimnisse hütet. Eines dieser Geheimnisse hofften sie aufzudecken. Wie oft hatten im Laufe der Jahrhunderte nicht die Herrscher Palermos ihre Schätze in einer der zahlreichen Höhlen des Berges heimlich vergraben, als unten auf dem Meer die Segel von Eroberern auftauchten? Phönizier, Griechen, Römer, Mauren, Normannen, Spanier, sie alle waren in den vergangenen zwölfhundert Jahren irgendwann einmal hier in Palermo an Land gegangen. Die meisten waren geblieben und genossen das subtropische Klima, den fruchtbaren Boden und den Hafen mit seinem tiefblauen Wasser, an dem sich Seewege aus Europa, Afrika und Asien kreuzten. Diese Stadt mit ihren 200 000 Einwohnern war das lebendige Zeugnis einer kunterbunten Vergangenheit.

Wahrscheinlich hatten Sarazenen den Schatz vergraben,

den die beiden suchten. Diese, die reichsten, tolerantesten und kultiviertesten der zahlreichen Eroberer Palermos, waren zweihundert Jahre lang in Sizilien geblieben und hatten der Landschaft und der Bevölkerung ihren Stempel aufgedrückt. Zweifellos hatte einer ihrer Fürsten den Schatz vergraben, ehe er wieder nach Afrika aufbrach – vielleicht hatte ihn Ayub Temim versteckt, als die normannischen Truppen Roger Guiscards am 5. Januar 1072 eine Bresche in die neuntorige Festung Al-Qasr schlugen und in die Stadt einfielen.

Der Jüngere der beiden Schatzsucher, Giuseppe Balsamo, behauptete zu wissen, wo der Schatz vergraben war. In einem alten Schriftstück war die Stelle genau benannt, und ein Traum oder eine Vision hatte ihm enthüllt, was dort verborgen lag – ein so kostbarer Schatz, daß seinem Begleiter schon bei der Beschreibung ganz schwindlig wurde.

Balsamo hatte Vincenzo Marano, einem der reichsten Silberschmiede der Stadt, versichert, der Fundort beherberge einen reich verzierten goldenen Hahn mit Augen aus Rubinen und diamantenbesetzten Federn. Schon der Gedanke an den Wert allein dieses Stücks brachte seinen Verstand ins Wanken, obwohl Marano gern von versteckten Schätzen träumte. Er war allerdings nicht der einzige: Auf Sizilien hatte jedermann Geschichten von vergrabenen Reichtümern zu erzählen. Das Problem bestand darin, sie zu finden und sich anzueignen. Der junge Balsamo hatte ihm erklärt, der goldene Hahn sitze auf einem Berg von Goldmünzen, die sich so hoch wie ein Misthaufen auftürmten. Aber in seinem Traum hatte er auch furchterregende Bilder von Dämonen, Dschinnen und bösen Geistern gesehen, die solche Schätze bewachten. Die Sarazenen hatten die Bewohner des Schattenreichs damit beauftragt, heilige islamische Reichtümer zu schützen, damit sie den gierigen Ungläubigen nicht in die Hände fielen.

Deshalb war Balsamo auch unentbehrlich. Gewiß, man hatte ihn vor dem Jungen gewarnt, der einen schlechten Ruf genoß. Giuseppe Balsamo war zweifellos ein *picciotto*, ein Halbstarker und Aufschneider, wie so viele Heranwachsende, die aus ärmlichen Verhältnissen stammten. Sein Vater, Pietro Balsamo, war in Palermo Juwelier gewesen genau wie Marano; doch dann war er bankrott gegangen und nur wenige Monate nach der Geburt des Jungen am 2. Juni 1743 gestorben. Mit seiner Mutter Felicia Bracconieri und seiner Schwester lebte er in einem der ärmsten Viertel Palermos.

Er war ein typisches Produkt des *quartiere dell'Albergheria*. In diesem Labyrinth aus gewundenen Gassen mit schmutzigem Kopfsteinpflaster und baufälligen Häusern war Palermos Unterwelt zu Hause: Prostituierte, Hausierer, Diebe und Mörder. Die *sbirri* im Dienst von Polizei und Justiz vermieden es, in dem Straßengewirr dieses Viertels aufzutauchen und sich den feindseligen Blicken arabischer, türkischer und jüdischer Einwanderer auszusetzen. Der junge Balsamo war der Anführer einer räuberischen Straßenbande, die Bewohner anderer Viertel terrorisierte und sich gelegentlich Kämpfe mit der Polizei lieferte. Angeblich hatte er bei einer Messerstecherei einen Geistlichen getötet, wurde aber aus Mangel an Beweisen wieder freigelassen. All dies wußte Vincenzo Marano, aber er wußte auch, daß die Fertigkeiten, die der Junge auf diesen stinkenden Straßen erworben hatte, von unschätzbarem Wert dafür waren, den Schatz vor Dieben und Banditen zu schützen.

Marano war außerdem der Meinung, daß Balsamo eine Stufe höher stand als die gewöhnlichen Straßenräuber Palermos. Der Großvater des Jungen mütterlicherseits und später seine wohlhabenden Onkel Antonio und Matteo Bracconieri hatten die mittellose Mutter finanziell unterstützt und für eine gute Ausbildung des Jungen gesorgt. Anfangs von einem Privatlehrer unterrichtet, wurde Giuseppe im Alter von zehn Jahren in das Seminario di San Rocco, eine Schule für Waisenkinder, aufgenommen. Es folgten zwei, drei Jahre in dem Dorf Caltagirone im Landesinnern als Novize im Ordenskonvent der Fatebenefratelli, der Barmherzigen Brüder, die sich der Krankenpflege widmeten. Anschließend bezahlten ihm seine Onkel den Privatunterricht bei einem Zeichenlehrer in Palermo.

Es hieß, der Junge besitze eine außergewöhnliche Intelligenz und Phantasie; alle hatten von seiner frühreifen schnellen Auffassungsgabe gehört. Besonders begabt war er in der Chemie, auch konnte er mit bemerkenswerter Präzision zeichnen. Er besaß nicht nur das Talent, Bilder zu kopieren, er konnte auch Handschriften, Drucke und Amtszeichen nachmachen. So hatte er für Marano nach Vorlage eines alten Pergaments eine täuschend echte Karte mit der Lage des sarazenischen Schatzes angefertigt. Sicher, der junge Balsamo hatte seine Talente oft mißbraucht. Er war in Schwierigkeiten gekommen, weil er Theaterbilletts gefälscht hatte und die Erlaubnis, sich aus dem Kloster entfernen zu dürfen. Man munkelte sogar, er habe sein Geschick an Rechtsdokumenten erprobt.

Als diese künstlerischen Fähigkeiten sich mit Eigensinn paarten, kam dabei zweifellos ein gefährlicher Charakter heraus. Balsamo war von jeder Schule und von jedem Seminar verwiesen worden, das er besucht hatte, und selbst Peitschenhiebe und Kerkerhaft hatten nichts gefruchtet. Seine Unverfrorenheit war geradezu legendär. Durch einen gewieften Trick hatte er es angeblich geschafft, daß ihn die Barmherzigen Brüder aus dem Kloster verwiesen. Trotz seines schlechten Betragens weigerten sich die Mönche zunächst, den fünfzehnjährigen Novizen gehen zu lassen, denn sie schätzten ihn als Apothekergehilfen in ihrem Spital. Einmal beim Frühstück, als er zur Buße für seine vielen Sünden das Martyrologium, die Geschichte der Märtyrer, vorlesen mußte, erschreckte er die Mönche, indem er an die Stelle der heiligen Namen die Namen der stadtbekannten Huren setzte.[4] Daraufhin ließ man ihn gehen.

Als ehemaliger Klosternovize war Balsamo auch in den christlichen Ritualen zur Bekämpfung der Schatzdämonen bewandert. Er hatte sich außerdem einen Ruf als Hexenmeister erworben, der über okkulte Kräfte verfügte. Jedermann wußte, daß christliche und teuflische Geister einander bekämpften und daß daher ein erfolgreicher Schatzjäger sowohl die weiße als auch die schwarze Magie beherrschen mußte. Der Glaube an böse Geister war im Alltagsleben der Palermer fest verankert. Man war überzeugt, daß sie überall anzutreffen waren.

Auf den Märkten des Albergheria-Viertels, in dem Balsamo lebte, wurden nicht nur Gemüse und Obst, sondern auch Talismane und Zaubermittel verkauft. Seher, weise Frauen, Kräuterkundige, Wahrsagerinnen, Astrologen und Amulettverkäufer besaßen die Macht, mit der Welt der Geister Verbindung aufzunehmen. Amulette waren am meisten verbreitet. Sie wehrten den bösen Blick *(malocchio)* ab, erhielten die Gesundheit und brachten Glück in der Liebe. Giuseppe hatte gelernt, wie man geheimnisvolle magische Zeichen auf ein Stück Pergament malte, das man an einer Kette um den Hals trug. Er hatte für Marano und für sich selbst besonders wirkungsvolle Amulette zum Schutz gegen die Dschinnen angefertigt, welche den Schatz bewachten, den die beiden zu finden hofften.

Der Ruf des jungen Giuseppe als Hexenmeister beschränkte sich freilich nicht auf die Anfertigung von Amuletten. Während seines Aufenthalts im Kloster der Barmherzigen Brüder war der Junge offenbar zum Adepten einer hermetischen Lehre geworden, die sich aus magischen Theorien des alten Ägyptens und Griechenlands zusammensetzte und auf den sagenhaften Hermes Trismegistos zurückging, in dem Züge des ägyptischen Gottes Thot und des griechischen Gottes Hermes verschmolzen. In den zwei Jahrhunderten der sarazenischen Herrschaft in Sizilien hatten christliche Orden wie die Barmherzigen Brüder die arabischen Handschriften und Rezepturen, die das Geheimwissen der orientalischen Magie und Alchemie enthielten, abgeschrieben und weitergegeben.

Bei seiner Zusammenarbeit mit Pater Albert im klösterlichen Labor hatte der junge Balsamo gelernt, wie man Salze identifiziert und fixiert und wie man (das weibliche) Quecksilber und (den männlichen) Schwefel für den alchemistischen Prozeß der Umwandlung von Metallen einsetzt. Für spirituelle und medizinische Deutungen war die Kabbala von grundlegender Bedeutung, die jedoch nicht leicht zu verstehen und anzuwenden war. Sie enthielt die mystische Lehre des Judentums sowie ein System des mystischen Erkenntnisgewinns, Gematria genannt. Durch Berechnungen mit Hilfe des Zahlenwerts hebräischer Buchstaben und biblischer Wörter konnte man orakelhafte Prognosen treffen. Balsamo hatte mehrere solcher kabbalistischer Vorhersagen gemacht, die bei der bevorstehenden Schatzsuche Erfolg versprachen. Freilich mußte man auch den Einfluß des Himmels in Betracht ziehen, jener Kräfte also, die die sieben Geistwesen oder Engel ausübten, welche jeweils einen der sieben Planeten regierten.

Balsamo hatte bei Pater Albert nicht nur solches astrologisches Wissen erworben, sondern auch Formeln und Rituale zur Beschwörung guter und zur Vertreibung böser Geister gelernt. Nach seiner Rückkehr aus Caltagirone hatten insbesondere zwei kleinere Kunststücke den jungen Mann zu einer lokalen Berühmtheit gemacht. Er hatte ein Stück Baumwolle in heiliges Öl getaucht, das er sich von einem Landpriester hatte geben lassen, und seiner Schwester einen Dämon ausgetrieben. Und eines Tages – das war eine sehr viel größere Herausforderung – hatte er einigen seiner Freunde angeboten zu zeigen, was ein bestimmtes Mädchen genau in diesem Augenblick am anderen Ende Palermos tat. Er zeichnete einen magischen Kreis in den Sand, sprach ein paar seltsame Formeln, und alsbald erschien das Bild des Mädchens, wie es mit zwei Männern beim Kartenspiel *tressette* saß. Einige behaupteten zwar, der Junge habe nur ein lebensechtes Bild des Mädchens in den Sand gezeichnet; andere schworen jedoch, er hätte ein verschwommenes spektrales Bild in der Luft erzeugt. Jedenfalls eilte die Gruppe zum Haus des Mädchens, wo sich die Vorhersage in allen Einzelheiten als wahr herausstellte.[5]

Ob es ihm paßte oder nicht, Marano wußte, daß Balsamo der einzige in Palermo war, der die Dämonen lange genug in Schach halten konnte, um den Schatz zu bergen. Balsamo hatte Marano gestanden, er habe seinen Traum zunächst für sich behalten wollen, dann aber erkannt, daß er ohne fremde Hilfe den Schatz seinen furchterregenden Hütern niemals würde entreißen können. Natürlich habe er sofort an Vincenzo gedacht, der als leidenschaftlicher und unerschrokkener Schatzjäger bekannt sei.

Balsamo räumte ein, daß Risiken zu bedenken waren. Jedermann wußte, daß sarazenische Schatzwächter zu Furchtbarem imstande waren. Die Heerscharen Azazels oder Elbis', des arabischen Herrschers über die Dämonen, waren bekanntermaßen bösartig. Unter ihnen gab es Doppeltgehörnte und *chichevaches*, Kreaturen, die vom Verzehr menschlichen Fleisches aufgebläht und abstoßend anzusehen waren, sowie Dschinnen, jene arabischen Dämonen, die zur Tarnung in menschlicher Gestalt auftraten, einen in Stücke reißen oder die Sinne verwirren konnten.

Zur Vorbereitung mußte eine gewisse Zeit des Fastens eingehalten werden, und Balsamo beharrte darauf, Wochen vorher kein Fleisch zu essen. Auch kaufte er neun lebendige Hähne (eine magische Zahl, wie jedermann wußte), die er opfern wollte. Jeweils drei mußten schwarz, weiß und rot sein – als Ausdruck der natürlichen Sympathie mit den glitzernden Juwelen des Schatzes.[6] Balsamo hatte auch auf rituellen Waschungen bestanden und auf der Anwendung spezieller Kräuter in Form von Tinkturen, Salben und heiligen

Ölen – all dies begleitet von einem Singsang mit gepreßter Stimme, wie man ihn von den Arabern kennt, wenn sie zu Allah beten.

Marano war zusammengezuckt, als er hörte, wieviel Geld Balsamo benötigte, um das geeignete magische Zubehör zu kaufen: sechzig Silberstücke, ein kleines Vermögen. Gewiß, das war nichts im Vergleich zu dem Wert des goldenen Hahns. Widerstrebend hatte er ihm das Geld ausgehändigt und sich geschworen, den jungen Zauberer nicht aus den Augen zu lassen. Aber er mußte zugeben, daß sich der Junge vorbildlich verhalten hatte. An der Sorgfalt, mit der Balsamo die schwierigen vorbereitenden Rituale ausführte, hatte Marano nichts auszusetzen.

Am Abend der Schatzsuche kam Balsamo von der Albergheria, seinem Wohnviertel, gekleidet in eine schwarze Priestersoutane, die es ihm erleichtern sollte, die guten Geister zu Hilfe zu rufen und die bösen abzuwehren. Auf dem heiligen Monte Pellegrino, zu dem sie unterwegs waren, befand sich das Grab der vielverehrten heiligen Rosalia, der Patronin der Stadt und Beschützerin gegen die Pest. Zu ihr hatten sie gebetet und um Hilfe im Kampf gegen die Dämonen gefleht. Mehrmals im Jahr pilgerten die Gläubigen aus Palermo und Umgebung zu ihrer Statue hinauf, die so lebensecht war, daß man meinte, sie atmen zu sehen. Santa Rosalia, hilf und beschütze uns!

Im qualmenden Schein der Fackeln aus Wacholderzweigen bot Balsamo, wie Marano fand, einen beeindruckenden Anblick. Mit seinen starken Schultern, der breiten Brust und den schnellen behenden Bewegungen war er in der Lage, sich in einer tätlichen Auseinandersetzung zu verteidigen, und er vermittelte Kraft und Selbstvertrauen. Er hatte ein Fläschchen mit geweihtem Öl dabei und verspritzte Weihwasser aus einer Schale. Balsamo war für die Magie zuständig, Marano würde den Schatz ausgraben.

Als sie die felsige Bergflanke erreicht hatten, blieb Balsamo plötzlich stehen, bedeutete seinem Begleiter zu schweigen und blickte sich wachsam um. Zufrieden befahl er Marano, zum besseren Schutz gegen die bösen Geister einen Schluck Weihwasser zu trinken. Sorgfältig rieb er dem Silberschmied die Stirn mit heiligem Öl ein und gab ihm etwas, um sich die Ohren zu bedecken. Dann zeichnete er einen Kreis auf den Boden – den magischen Ring, den die guten Geister wie einen unsichtbaren Käfig beschützten. Er begann zu singen, zuerst bekannte Kirchenlieder, danach den gepreßten arabischen Singsang. Dann zeigte er plötzlich auf eine Stelle und bedeutete Marano, hier mit dem Graben zu beginnen. Der Silberschmied schwang die Hacke und grub aufgeregt und mit gespannter Aufmerksamkeit.

Wie aus dem Nichts knisterte plötzlich eine blaue phosphorische Flamme, gefolgt von Schwefelgeruch, Fußstampfen und überirdischem Geschrei. Einen kurzen Moment lang erblickte Marano schwarze Gesichter, behaarte Haut, teuflische Hörner. Sein Kopf wurde mit Schlägen traktiert, die ihn zu Boden warfen, wo er liegenblieb und kaum wagte, sich zu bewegen. Nach einiger Zeit, die ihm wie eine Ewigkeit erschien, nahm er die Stille als Zeichen dafür, daß sich die Dämonen zurückgezogen hatten. Als er sich wieder aufgerappelt hatte, war Balsamo spurlos verschwunden. Während er verletzt und blutend nach Palermo zurückhumpelte, hoffte Marano, daß der Junge nicht von den Dämonen entführt und verschlungen worden war. Er wußte nicht einmal mehr, wieviel Dschinnen ihn angegriffen hatten. Waren es vier oder ein Dutzend?

Am nächsten Tag, als er sich von den Schlägen etwas erholt hatte, begab er sich in den Vicolo della Perciata, um seinen jungen Seher aufzusuchen. Die ganze Nacht lang hatte er sich mit dem Gedanken gequält, Balsamo sei womöglich den Dämonen anheimgefallen. Aber bei seiner Ankunft befiel ihn ein neuer Schrecken: Balsamo hatte die Stadt verlassen – angeblich, um seinen Onkel in Messina zu besuchen –, und er hatte Maranos Geld mitgenommen. Gedemütigt und wutentbrannt schwor Marano bei seinem sizilianischen Blut, Rache zu üben. Wenn der Junge je wieder nach Palermo zurückkehrte, würde er für den Rest seines Lebens ins Gefängnis wandern. Vincenzo Marano würde nicht vergessen, was man ihm angetan hatte.

Freimaurer

Freimaurer: Mitglied einer Bruderschaft,
deren vollständiger Name lautet:
Freie und Angenommene Maurer.[1]

Giacomo Girolamo Casanova langweilte sich zu Tode. Es war März 1769. Auf Anweisung seines Arztes saß der legendäre Frauenverführer nun schon fast drei Wochen lang im Gasthaus *Zu den drei Dauphins* in Aix-en-Provence fest, um sich von einer schweren Rippenfellentzündung zu erholen.

Dabei hatte sein Aufenthalt in der Stadt so gut begonnen. Nach ungemütlichen sechs Wochen in einer Gefängniszelle in Barcelona wegen Wechselfälschung hatte Casanova beschlossen, sich zum Ausgleich einen Frühlingsaufenthalt im warmen Südfrankreich zu gönnen. Er hatte sich darauf gefreut, die überstandenen Unannehmlichkeiten durch ein paar Wochen in der alten französischen Provinzhauptstadt Aix zu vergessen und seinen guten Freund, den Marquis d'Argens, zu besuchen, einen Philosophen und Liebhaber der Frauen, der gutes Essen und gepflegte Unterhaltung ebenso schätzte wie er. Casanova verlockte auch die Aussicht, den berühmten Karneval dieser Stadt mitzuerleben, der als der wildeste und ausgelassenste in ganz Frankreich galt.

Der unangenehme Zufall, daß er sein Zimmer neben einem schwatzhaften Kardinal hatte, wurde wettgemacht durch die Lage des Gasthofs unweit der eleganten Hauptstraße von Aix, dem heutigen Cours de Mirabeau, mit seinem Baldachin aus schattenspendenden Bäumen und den belebten Straßencafés. Eine Gruppe junger Männer, die den Sinnenfreuden nicht abgeneigt waren, leistete ihm zum Mittag- und Abendessen an der Wirtstafel Gesellschaft. Sie lauschten Casanovas Geschichten, als wäre es die Heilige Schrift.

Auch sie waren Abenteurer, deren Leben vom Zufall und vom Betrug bestimmt war. Aber es waren kleine Fische – Lehrlinge und Amateure, die sich um den Meister versammelten. Sie hingen ihm an den Lippen, weil er in der gefährlichsten Profession Europas Erfolge feierte. In jeder größeren Stadt hatte seine Bruderschaft zahlreiche Anhänger. In diesem Gewerbe gab es keinen Befähigungsnachweis, keinen sicheren Karriereverlauf und keine verläßlichen Einkommensquellen. Die Gefahren waren groß, die Fallstricke zahlreich. Ein Abenteurer mußte sich auf seinen Verstand, seinen Charme und seinen Mut verlassen und stets bereit zu einem kühnen Vorstoß oder einem schnellen Rückzug sein. Den einen Tag reiste man in einem prächtigen Sechsspänner, am nächsten konnte man schon im Schuldgefängnis sitzen.

An Speisetischen, in Spielkasinos, Salons und Opernhäusern traf Casanova auf zahllose mehr oder weniger bekannte Persönlichkeiten, deren frisch geprägte Titel nicht weniger extravagant waren als seine eigenen. Der Titel Chevalier de Seingalt, den er sich 1759 zugelegt hatte, war reine Erfindung und aus willkürlich gewählten Buchstaben gebildet. Ein gewiefter Abenteurer mußte auch über ein reizvolles Repertoire aller möglichen Berufe verfügen und vielseitig begabt sein, um sich als Unterhalter oder Musiker, Maler oder Schauspieler, Tierbändiger oder Feuerwerksexperte anbieten zu können. Viele, Casanova eingeschlossen, behaupteten, über spezielle Kenntnisse zu verfügen und gaben sich als Astrologen, Philosophen, Erfinder, Magier oder Wunderheiler aus. Ein bewährter Notbehelf war es, sich als Offizier aus einem fremden Land, als Geistlicher auf Reisen oder als Regierungsbeamter in diplomatischer Mission vorzustellen. Casanova hatte eine Reihe dieser Rollen wirklich gespielt.

Trotz gelegentlicher Rückschläge konnte er sich kein freieres und befriedigenderes Leben vorstellen. Da in Europa weithin Frieden herrschte, waren die Grenzen erfreulich durchlässig. Pässe waren relativ leicht zu bekommen, und ein echter oder auch gefälschter Empfehlungsbrief für einen lokalen Würdenträger konnte Türen öffnen, vorausgesetzt, man verfügte über elegante Kleidung und eine ansehnliche Kutsche. Die zahllosen Kleinfürsten Europas gierten nach allem, was neu und spektakulär schien. Ein erfolgreicher Abenteurer mußte nur den Umständen entsprechend den richtigen Köder aus der Tasche ziehen. Casanova hatte sich auf erotischen Charme, magische Taschenspielertricks und Falschspiel spezialisiert, organisierte aber, wenn nötig, auch Lotterien, inspizierte Minen und nahm Heilungen vor. Da nunmehr sämtliche europäischen Herrscher, ob groß oder klein, dem Sonnenkönig Ludwig XIV. nacheiferten, und alle Adligen, auch wenn sie noch so provinziell waren, sich in Kleidung und Benehmen an Frankreich orientierten, brauchte man sich nur die Sprache, die Mode und den Geschmack von Paris anzueignen. Beim Menuett oder beim Verteilen geschliffener Komplimente wurde Casanova von keinem übertroffen.

In Aix gab es viele Möglichkeiten, diese Fertigkeiten auszuprobieren. Schon bald nach seiner Ankunft war er bei d'Argens zu Gast, der im Schloß seines Bruders auf dem Land lebte. Die Speisen waren vorzüglich. Casanova ließ sich Madame d'Argens' exquisite *crostata* munden, eine Fleischpastete, gefüllt mit Würstchen, Bries, Pilzen, Artischockenherzen, Gänseleber und anderem mehr. Casanova spielte seine Rolle glänzend. Er brachte alle zum Lachen, als er einen Jesuiten in Angst und Schrecken versetzte, der es gewagt hatte, seine obszönen Reden zu kritisieren. Der Priester wurde kreidebleich, als Casanova erklärte, der soeben gewählte neue Papst sei ganz gewiß Kardinal Ganganelli, ein Franziskanermönch und Mann fürs Grobe; und der werde für die Aufhebung der Gesellschaft Jesu sorgen, die sich überall einmische. Solche antiklerikalen Scherze entzückten den jungen Berliner Bankierssohn Gotzkowsky, der sich vornahm, Casanova einem munteren Kreis von Libertins vorzustellen, die sich in Aix täglich zu »Vergnügungen« trafen.

Der Karneval übertraf gleichfalls Casanovas kühnste Erwartungen. Derart gewagte Maskeraden, ausgelassene Tänze und Possen hatte er noch nie erlebt, und er hatte schon viel gesehen. Der Karneval von Venedig, der in der letzten Woche vor Beginn der Fastenzeit stattfand und Menschen aus dem ganzen Land anzog, zählte zu seinen prägenden Erfahrungen. Aix hatte aber noch mehr zu bieten. Am 25. März bejubelte Casanova den Umzug durch das Stadtzentrum, wo sich der Teufel, der Tod und die Todsünden in ulkigen Gewändern sträubten, vor dem Schöpfer niederzuknien. Auch Casanova setzte sich eine Maske auf – zweifellos seine Lieblingsmaske aus der Commedia dell'arte, die des hakennasigen Pulcinella – und durchstreifte die Straßen auf der Suche nach

Giacomo Casanova
im Alter von fünfzig Jahren

kichernden maskierten Schönheiten. Ein Wirbel von »Gesellschaften, Bällen, Soupers und Liebeleien mit sehr hübschen Mädchen« veranlaßte ihn, seinen Besuch bis zum Beginn der Fastenzeit auszudehnen. Die berauschende Mischung aus Sinnenlust und Religion war überwältigend.

Aber jetzt, da Casanova das vierundvierzigste Lebensjahr erreicht hatte, folgte wie so oft bei seinen verwegensten Eskapaden die Reue auf dem Fuße. Nach einem Besuch bei d'Argens fuhr er bei eisigem Nordwind in einem offenen Wagen ohne Mantel in die Stadt zurück. Statt zu Bett zu gehen, versuchte er anschließend noch, ein prahlerisches Versprechen einzulösen und ein williges, vierzehnjähriges Bauernmädchen zu entjungfern. Einheimische behaupteten, das Mädchen könne ihren Körper in eine solche Stellung bringen, daß alle Bemühungen ihrer Liebhaber vereitelt würden. Gotzkowsky war bereits an ihr gescheitert, und Casanova war fest entschlossen, »die junge Spitzbübin aus dem Sattel zu heben«. Doch nachdem er sich zwei Stunden lang vergeblich bemüht hatte, kehrte er völlig erschöpft in seinen Gasthof zurück. Casanova hatte die Wette verloren und fühlte sich miserabel.

Die Niederlage stürzte ihn in eine schwere Depression. Die Tatsache, daß Gotzkowsky sein Scheitern miterlebt hatte, empfand er als eine unangenehme Bloßstellung. Geschwächt und unzufrieden, wie er war, zog er sich eine Erkältung zu. Es folgte eine Rippenfellentzündung, die so schlimm wurde, daß er Blut spuckte. Nach einer Woche ließ er sich die Letzte Ölung geben. Diese Sicherheitsvorkehrung erwies sich am Ende zwar als überflüssig, aber der sonst so gesunde und widerstandsfähige Casanova mußte wie ein Kleinkind drei Wochen lang das Bett hüten, ehe der Arzt erklärte, er befände sich außer Gefahr, und selbst dann verordnete er ihm noch ein paar Wochen Rekonvaleszenz in diesem langweiligen kleinen Gasthof.

Da saß er nun und sehnte sich danach, sein normales

Leben wiederaufzunehmen, des Kartenspielens ebenso überdrüssig wie der Gesellschaft seiner hohlköpfigen jungen Bewunderer. Eines Morgens beim Frühstück aber wurde seine Neugier geweckt, als von der Ankunft neuer Gäste die Rede war. Ein italienisches Pilgerpaar war am Tag zuvor eingetroffen und – offenbar erschöpft von der Reise – sofort zu Bett gegangen.

Pilger, dachte Casanova. In der heutigen Zeit. Wie lächerlich. Pilgerreisen gehörten der Vergangenheit an. Die beiden waren entweder »fanatische Frömmler oder Gauner«, überlegte er. Wie auch immer, sie versprachen eine dringend ersehnte Ablenkung in dem langweiligen Einerlei seiner Rekonvaleszenz.[2]

Der junge Giuseppe Balsamo hatte unzählige Karnevalsumzüge miterlebt, dafür hatten seine Mutter und seine Onkel gesorgt. In Palermo fanden sie als *ballu di li diavoli*, Teufelstanz, statt. In einem rituellen Wettstreit zwischen Gut und Böse lieferten sich Männer der Stadt, als rote Teufel verkleidet, einen symbolischen Kampf mit den schwarzgekleideten Gefolgsleuten der Jungfrau Maria, der Schmerzensmutter. Selbstverständlich gingen die Vertreter der Kirche in ihren schwarzen Soutanen als Sieger aus dem Streit hervor; etwas anderes wäre undenkbar gewesen. In Giuseppes eigenem Leben jedoch war der Ausgang dieses Kampfes nicht so sicher. Manchmal gewann die Jungfrau Maria die Oberhand, manchmal waren es die Teufel.

Als Giuseppe 1764 gezwungen war, vor dem geldgierigen Silberschmied Marano zu fliehen, begab er sich mit seinen beiden Komplizen, einem Kammerdiener und einem Priester, nach Messina am anderen Ende der Insel. Sie konnten zwar nicht lange bleiben – der Arm des Gesetzes würde sie auch dort bald erreichen –, aber immerhin gönnten sie sich eine mehrtägige Verschnaufpause bei Giuseppes begütertem Onkel.

Der Hafen von Messina war ein Zwischenaufenthalt für Schiffe auf dem Weg ins östliche Mittelmeer und hinüber an die Küste Afrikas. Deshalb beeilten sich die Schurken, an Bord eines Schiffes zu gelangen, bevor aus Palermo die Nachricht von ihrer Missetat eintraf. Während er auf ein Schiff wartete, so berichtet Giuseppe, habe er einen geheimnisvollen alten Magier namens Althotas kennengelernt, der in den folgenden Jahren sein Vorbild und Lehrer wurde. Wahrscheinlicher ist, daß er die Beziehung zu seinem Kumpan, Pater Atanasio, romantisch verklärte. Dieser Mann, wesentlich älter als er, konnte ihm einiges beibringen, das der angehende Gauner gut gebrauchen konnte.

Unsicher ist jedoch, wohin sich die drei zuerst wandten, denn ein Jahr lang verlieren sich ihre Spuren. Manche sagen, sie hätten die Insel Rhodos besucht und sich als Spezialisten für die Verwandlung von Hanf in Seide ausgegeben – ein alter Trick, der jedoch für Giuseppe neu war. Er selbst behauptete, sie hätten ein Schiff nach Kairo und Alexandria bestiegen, seien in diesen märchenhaften islamischen Städten umhergestreift und hätten die reiche Kultur des Orients kennengelernt. Welchen Grund gäbe es, daran zu zweifeln? Ägypten wurde von sizilianischen Kaufleuten regelmäßig angefahren, und für angehende Abenteurer war es ein exotisches Land. Casanova hatte im Alter von einundzwanzig Jahren eine ähnliche Reise nach Korfu und Konstantinopel unternommen.

Nach einigen Monaten, in denen er umherzog und sich mehr oder weniger ehrlich durchs Leben schlug, steuerte Giuseppe 1766/67 Malta an. Von der zerklüfteten Küste der Insel brach er landeinwärts in die kleine Stadt Medina auf, wo er bei den Hospitalitern eine Arbeit als Bediensteter oder *donat* fand. Dieser mächtige geistliche Ritterorden, der unter dem Namen Johanniter oder Malteser bekannt ist, war im 11. Jahrhundert zur medizinischen Betreuung der christlichen Jerusalempilger gegründet worden. Neben der

Krankenpflege hatten die Ritter auch zum Schwert gegriffen, um gegen den Islam zu kämpfen. Im Mittelmeerraum hatten sie jahrhundertelang gegen Araber und Türken gestritten, bevor sie sich im Jahr 1530 auf der Insel Malta dauerhaft niederließen.

In den nun beginnenden friedlicheren Zeiten waren die Ritter zum reichsten karitativen Orden der Welt aufgestiegen. Ihre diplomatischen Missionen, Priorate und Pilgerherbergen waren über weite Teile des europäischen Festlands verstreut, besonders in Österreich, Italien und Spanien. Auf Malta bauten die Ritter Zitadellen, Kirchen, Krankenhäuser und Paläste, besonders in den befestigten Städten Medina und Valletta. Zur Zeit von Giuseppes Ankunft lebte der Großmeister des Ordens, Dom Manoel Pinto de Fonseca, mal in der einen und mal in der anderen dieser beiden Städte. Der hochmütige portugiesische Adlige war bekannt für seine Liebe zum Zeremoniell, seinen verschwenderischen Lebensstil und seine Faszination für die Alchemie.[3]

Was hatte Giuseppe dorthin geführt? Zum einen wahrscheinlich die Familientradition; seine Mutter und seine Onkel hatten stolz von einem berühmten Vorfahren erzählt, der 1618 Großprior dieses Ritterordens gewesen war. Warum sollte sich nicht ein weiterer kluger und ehrgeiziger Balsamo bei diesem reichen Orden profilieren? Schließlich hatte Giuseppe durchaus etwas vorzuweisen. War er nicht mehrere Jahre lang Novize bei den Barmherzigen Brüdern in Caltagirone gewesen, die sich gleichfalls der Krankenpflege widmeten, und hatte dort Arzneimittel hergestellt? Er mußte ja nicht erwähnen, daß ihn die Barmherzigen Brüder nach einem kleinen Scherz über die Huren Palermos hinausgeworfen hatten. Und er war bereit, seine alte schwarze Soutane gegen das elegantere Gewand mit dem roten Malteserkreuz einzutauschen, das die Brüder des Ritterordens trugen.

Giuseppes Kenntnisse als Apothekergehilfe kamen ihm gut zustatten. Bald schon wies man ihm ein Zimmer neben

Dom Manoels großem alchemistischen Labor zu. In den folgenden Jahren wurde sein Aufenthalt dort nicht einmal durch den Hauch eines Skandals getrübt; die Jungfrau befand sich erneut in seinem Aszendenten. Das aufrichtige Interesse an der Herstellung von Arzneien und an Experimenten zur Gewinnung des unerreichbar scheinenden Steins der Weisen hielt seine natürliche Neigung zur Ruhelosigkeit in Schach. Und als er Ende 1767 dem Drang, nach Italien zurückzukehren, nicht länger widerstehen konnte, trug er wärmste Empfehlungen von hohen Würdenträgern des Ritterordens bei sich.

Nach einem mehrtägigen Aufenthalt in Neapel ließ Giuseppe die Campania rasch hinter sich und kam Anfang 1768 nach Rom. Seinen Empfehlungsbrief legte er umgehend dem Grafen de Brettville vor, dem maltesischen Gesandten am Heiligen Stuhl, durch den er bei einflußreichen römischen Klerikern Einlaß fand, unter anderem bei den Kardinälen York und Orsini. Letzterer war, wie sich herausstellte, zufällig auf der Suche nach einem jungen Mann mit literarischen und künstlerischen Fähigkeiten, der ihm gelegentlich als Sekretär zur Hand ging. Giuseppe war wieder einmal auf die Füße gefallen, denn auf einen so hohen und einflußreichen Arbeitgeber hatte er kaum hoffen können. Aber die Tätigkeit war öde und langweilig, und die Versuchungen Roms groß. Er begann ein Doppelleben zu führen, und »bediente sich verschiedener Kleidungen. Bald erschien er als Abbé, bald als Weltmann.«[4] Wenn er die Soutane abgelegt hatte, besserte er seine Einkünfte dadurch auf, daß er alle möglichen zwielichtigen Waren an die Touristen verkaufte, die auf dem Weg zum Pantheon an der Piazza di Santa Maria la Rotonda vorbeikamen. Hierzu zählten selbstgebraute »ägyptische« Liebestränke und nachbearbeitete Stiche, die wie Originalgemälde aussahen. Damit verstieß er zwar nicht gegen das Gesetz, aber er fing jetzt an, sich die Zeit mit Sizilianern zu vertreiben, die ebenfalls in Rom lebten und die der Polizei bekannt waren. Im Haus eines alten Freundes aus seiner Zeit in Neapel lernte Giuseppe eine echte Jungfrau kennen, mit der er für den Rest seines Lebens zusammenbleiben sollte.

Die entzückende Lorenza Feliciani war vierzehn Jahre alt. Giuseppe, dem vor allem der dunkle sizilianische Teint vertraut war, hatte ihresgleichen noch nie gesehen. Mit ihren strahlend blauen Augen, dem cremefarbenen Teint und den blonden Haaren, mit ihrer geschmeidigen Figur, den vollen roten Lippen und ihrer neckischen Art hatte sie ihn schnell bezaubert. Lorenza wiederum, eine des Lesens und Schreibens unkundige Handwerkertochter aus dem römischen Armenviertel Trastevere, konnte den Avancen dieses vor Selbstbewußtsein strotzenden Fünfundzwanzigjährigen schwerlich widerstehen. Seine Bildung imponierte ihr, und die Geschichten, die er von seinen Reisen in fremde Länder zu erzählen hatte, faszinierten sie. Zudem sah er gleichfalls nicht übel aus. Mit seiner braunen Haut, den weißen Zähnen, den tiefschwarzen Augen und den dunklen Locken hatte er etwas Arabisches. Er war kräftig gebaut; bei jeder Bewegung spielten seine Nacken- und Schultermuskeln, und sein Schritt war flink und leicht. Die hohe Stirn, die feingliedrigen Hände und Füße und die aufregend klangvolle Stimme verliehen ihm außerdem eine priesterliche Aura.[5] Balsamo war zweifellos ein feiner Herr. Seine Verführung verband er mit einem Heiratsantrag.

Lorenzas Vater Giuseppe Feliciani war ein frommer römischer Kupferschmied. Zwar fand er, daß seine Tochter noch etwas zu jung zum Heiraten war, aber ihr Verehrer schien ganz in sie vernarrt und verfügte offenbar über Verbindungen zu hohen kirchlichen Würdenträgern. Wie es ihre Gewohnheit war, setzten Signor Feliciani und seine Frau Pasqua all ihr Vertrauen in die heilige Madonna del Carmine, die sie anflehten, ihre Tochter auf ihrem künftigen Lebensweg zu beschützen. Sie gaben ihr eine kleine Mitgift, und am 20. April 1768 heiratete das Paar in der Kirche Santa Maria

Monticelli im Viertel der Feliciani. Trauzeugen waren zwei sizilianische Freunde Balsamos. Das frischverheiratete Paar wohnte zunächst in der bescheidenen Wohnung der Feliciani bei Lorenzas Bruder Francesco. Das Haus, in dem sich auch die Werkstatt befand, lag im Vicolo delle Cripte nahe der Strada dei Pellegrini in einer Gegend, die gern von armen Rompilgern aufgesucht wurde.[6]

Doch diese Lebensumstände verloren schon bald ihren Reiz. Giuseppe fühlte sich allzusehr an seine beklemmende Kindheit in der Albergheria erinnert. Die fromme Borniertheit der Felicianis ging ihm auf die Nerven, und diese hielten ihren Schwiegersohn für überspannt. Obwohl er einst Klosternovize gewesen war, machte es ihm Spaß, sie mit unflätigen und gottlosen Reden zu ärgern. Auch nahmen sie Anstoß an dem Einfluß, den er auf ihre Tochter ausübte. Er überredete Lorenza, ihren zweiten Vornamen, Serafina, anzunehmen und ihre Schönheit in unziemlicher Weise zur

Serafina als junge Frau

Schau zu stellen. Nach einem erbitterten Wortwechsel mit den Eltern war das junge Paar schließlich gezwungen, sich eine eigene Wohnung zu suchen, was ihre mageren finanziellen Mittel arg beanspruchte.

Auf der Suche nach neuen Einnahmequellen schloß Giuseppe Freundschaft mit Octavio Nicastro, einem sizilianischen Kriminellen mit Adlernase, der wegen Diebstahls, Betrugs und Fälscherei gesucht wurde. Nicastro wiederum machte Giuseppe mit einem großspurigen Adligen bekannt, der sich Marquis Agliata nannte und sich als Minister, Oberst und Gesandter am preußischen Hof ausgab. Giuseppe war entzückt, als der charmante Marquis ihn für seine künstlerische Begabung und seine Verbindungen zum Klerus lobte, ihn schließlich zu seinem Privatsekretär ernannte und versprach, ihm beizubringen, wie er seine Fähigkeiten als Zeichner gewinnbringender einsetzen konnte.

Unter Agliatas Anleitung lernte Giuseppe, Kreditbriefe,[7] Wechsel und sogar Offizierspatente zu fälschen. Letzteres erwies sich als eine Offenbarung, weil Giuseppe jetzt auf dieselbe Weise einen militärischen Rang erlangen konnte wie Agliata. Der Marquis lud Giuseppe und Serafina sogar ein, ihn und seine Gefährten auf eine Reise nach Deutschland zu begleiten, wo Agliata besonders einflußreiche Verbindungen hatte. Unterwegs lernte Giuseppe einen weiteren grundlegenden Fälschertrick kennen – wie man nämlich gefälschte Papiere in Umlauf bringt, ohne Verdacht zu erregen. Freilich hatte Agliatas Großzügigkeit auch ihren Preis. Agliata gab Giuseppe zu verstehen, daß er von Balsamos junger Frau mächtig beindruckt war.

Ein Dilemma, aber keines, über das sich Giuseppe lange den Kopf zerbrach. Wie jeder vollblütige Sizilianer jener Zeit betete auch Giuseppe seine junge Frau an; er liebte sie leidenschaftlich, hatte die Zügel in der Hand und behandelte sie wie das Kind, das sie war. Hitzig und aufbrausend, zeigte er sich nicht eifersüchtig, solange sein Besitz nicht bedroht war. Hier bot sich weiß Gott eine Gelegenheit, die man sich nicht entgehen lassen durfte. Freundlich und geduldig erklärte er Serafina, Gott habe ihr Schönheit verliehen, um diese zu ihrem gemeinsamen Wohl zu nutzen, so wie er seine zeichnerischen und chemischen Begabungen. Und warum sollte sie nicht auch ein bißchen Spaß haben? Schließlich war sie ein sinnliches junges Mädchen – und Agliata durchaus kein unattraktiver Mann. Der Marquis wäre zweifellos großzügig mit Geldgeschenken, Schmuck und Kleidern. Eine Todsünde? Absolut nicht, solange die Beziehung rein körperlich bleibe und sie weiterhin nur ihren Gatten liebe und ihm gehorche. Als ehemaliger Klosternovize könne er ihr versichern, daß es bestenfalls eine läßliche Sünde war und wahrscheinlich noch nicht einmal das.

Im Mai 1768 brach die Gruppe von Rom zu ihrer Reise quer durch Italien auf. In gewisser Hinsicht überschritten die Balsamos damit den Rubikon. Lorenza fuhr in einer stattlichen Kutsche mit Agliata, während sich Giuseppe, Nicastro und die anderen Mitglieder der Bande in einen einfacheren Wagen quetschen mußten. Unterwegs wurden hie und da ein paar profitable Geschäfte gemacht, bevor die Partnerschaft in einem Dorf bei Venedig abrupt zu Ende ging. Nicastro, auf Giuseppes wachsenden Einfluß eifersüchtig, verriet die Bande an die Polizei, und Agliata verschwand mit dem Geld und überließ es den Balsamos zu erklären, was sie mit einigen zweifelhaften Kreditbriefen zu tun hatten. Die gewitzte Serafina ließ jedoch die belastenden Fälschungen in ihrem Dekolleté verschwinden, so daß das Paar schließlich aus Mangel an Beweisen wieder auf freien Fuß gesetzt wurde. Jetzt waren sie allein und mittellos.

Was sollten sie machen? Auf der Suche nach einem Ausweg fielen Giuseppe die Pilgerherbergen der Malteserritter ein. Zwar hatte der Brauch der Wallfahrten in diesen Zeiten stark nachgelassen, aber die Unterkünfte gab es noch immer entlang der traditionellen Pilgerwege, insbesondere in Spanien. Solange man zu Fuß und mit einem Pilgergewand bekleidet unterwegs war, erhielt man in diesen Herbergen kostenlose Unterkunft und Verpflegung, vor allem auf dem berühmtesten Pilgerweg Europas, der durch Italien, Frankreich und Spanien zum Grab des heiligen Jakobus im galizischen Compostela führte. Unterwegs wollten sie bei den frommen Einwohnern der Orte, durch die sie kamen, Almosen erbitten, dank Serafina aber auch von den weniger Frommen eine milde Gabe erhalten.

Casanova vergaß nie den Anblick der jungen Pilgerin, die ermattet auf einem Stuhl des Gasthofs saß, ein kleines goldenes Kruzifix im Schoß haltend. Er schätzte ihr Alter auf achtzehn (sie war drei Jahre jünger). Mit ihrem angenehmen römischen Akzent stellte sie sich als Serafina Balsamo vor und berichtete erschöpft von ihrer beschwerlichen Reise. Sie und ihr Mann Giuseppe hätten gerade den legendären Pilgerweg von Rom nach Santiago de Compostela hinter sich. In ihrem schmutzigen Pilgergewand, mit dem dicken Stock und dem Mantel aus schwerer Wachsleinwand wirkte sie um so verletzlicher. Casanovas erfaßte mit sicherem Instinkt blitzschnell jedes Detail: die feine Adlernase, den sinnlichen Mund und den angenehm reifen Körper. Ihm entging auch nicht ein kleiner Makel des ansonsten perfekten Bildes – die hängenden Lider, die »den zärtlichen Ausdruck ihrer herrlichen blauen Augen« beeinträchtigten.[8]

Casanova behauptete später, er habe auf Anhieb erkannt, daß es sich bei dem Paar um Abenteurer handelte, aber seine Schilderungen der Begegnung zeigen, daß er durchaus unschlüssig war, was er von »den beiden Personen« halten sollte. Serafinas hübsches ovales Gesicht ließ sie »edel« erscheinen, aber die Art, wie sie die Ärmel zurückschob, um ihm die Bisse der Bettwanzen auf ihren weißen Armen zu zeigen, hatte für ihn etwas berechnend Aufreizendes. Casanova war sich nicht sicher, aber ihr Mann, der schweigend daneben saß und sich zum Zeichen des Abschlusses der beschwerlichen Pilgerreise Muschelschalen auf den Mantel nähte, schien ihre Koketterie geflissentlich zu übersehen.

Giuseppe Balsamo sah etwas älter aus als seine Frau (in Wirklichkeit war er sechsundzwanzig): Er war untersetzt, braun und muskulös, er verhielt sich kühn und dreist und für einen frommen Pilger viel zu gerissen. Aber er hatte ein nicht unangenehmes Gesicht, eine leichte Stupsnase, dunkle Locken und tiefschwarze, vor Intelligenz sprühende Augen. Anders als die erschöpfte Schöne schien er von den Beschwerlichkeiten des Weges kein bißchen mitgenommen. Zunächst unterhielt er sich mit Casanova in holprigem Französisch, schwenkte aber dann dankbar um auf seine italienische Mundart, die seine niedrige Herkunft verriet. Der Mann gab zwar vor, er stamme aus Neapel, aber Casanova erkannte den sizilianischen Dialekt, wenn er ihn hörte.

Casanova vermochte nie hinreichend zu erklären, warum er sich auf Serafina nicht einließ, auch dann nicht, als sie ihn später ohne Begleitung in seinem Zimmer aufsuchte. Schließlich hatte er seit mindestens drei Wochen kein Liebesabenteuer gehabt, und sie war eine Frau, die das Blut eines Mannes in Wallung brachte. Gewöhnlich ließ sich Casanova durch die Anwesenheit eines Ehemannes nicht abschrecken. Er brüstete sich damit, niemanden zu fürchten. Sein Freund, der Graf Charles de Ligne, nannte ihn einen Herkules – großgewachsen, breitschultrig und überheblich; mit einer Haut dunkel wie Mahagoni, einer Nase, die wie ein Bugspriet herausstach, und einem Schwert an der Seite. Sein unbändiger Stolz hatte ihn zu mehr als einem Dutzend Duellen provoziert, die er allesamt gewonnen hatte. Spürte er vielleicht in Giuseppe eine andere Art von Härte, die Brutalität des Raufbolds, nicht des sich duellierenden Edelmanns? Der Mann strahlte etwas Bedrohliches aus, auch wenn Casanova nicht wissen konnte, daß Balsamo nur zwölf Monate zuvor einen Kellner mit dem Messer niedergestochen hatte, der versucht hatte, ihn in dem Hotel Locanda del Sol in Rom übers Ohr zu hauen.

In letzter Zeit war Casanova gegenüber verführerisch schönen jungen Frauen wie Serafina etwas vorsichtiger geworden. Von einem Vorfall in London vor fünf Jahren hatte sich sein männlicher Stolz nicht wieder erholt. Damals hätten ihn die Verlockungen einer Schönen mit ähnlicher Unschuldsmiene fast in den Selbstmord getrieben. Maria Charpillon war, wie sich herausstellte, eine kaltherzige Kurtisane und ihre ganze Familie eine Erpresserbande. Vor kurzem, in Spanien, war er erneut hereingefallen, als eine Frau einer Diebesbande als Köder diente. In solchen Fällen tauchten dann meist bewaffnete Banditen auf und raubten ihrem Opfer die Brieftasche. Oder der gehörnte Ehemann stürmte in Begleitung von Zeugen ins Zimmer, um sein Opfer in flagranti mit seiner Frau zu erwischen. Außer sich vor Wut forderte er sodann Geld oder Geschenke.

Andererseits war Serafinas »tugendhaftes« Aussehen so überzeugend, daß sich Casanova fragte, ob sie vielleicht tatsächlich fromm war, zumal die Verkleidung ausgerechnet als Pilger ein anachronistischer Schwindel war. Man konnte sich damit zwar eine bescheidene Mahlzeit und ein verwanztes Bett in einer Herberge am Wegesrand verschaffen, aber viel Geld sprang dabei nicht heraus. Selbst im katholischen Italien und Spanien, wo die althergebrachten religiösen Gepflogenheiten stärker verwurzelt waren, machten sich damals nur noch religiöse Fanatiker zu Fuß auf den Weg zu den mittelalterlichen Gräbern. Waren die Balsamos tatsächlich von naiver Frömmigkeit, so fragte sich Casanova, oder waren sie einfach nur Betrüger und Gauner?

Gauner oder nicht, Casanova kam zu der Überzeugung, daß das Paar den zermürbenden Weg von Rom ins spanische Galizien und von da aus nach Aix tatsächlich zu Fuß zurückgelegt hatte – die Strapazen standen den beiden ins Gesicht geschrieben. Sie erzählten ihm, sie hätten Italien auf dem Weg über Sardinien und Genua und Frankreich über Avignon und Montpellier durchwandert. Die Reise hätte sie danach siebenhundert Kilometer weit über zwei Bergketten und durch die kargen, felsigen Landschaften Nordspaniens geführt. Bei ihrer Ankunft in Aix war Serafina dem Zusammenbruch nahe. Trotzdem planten sie eine Pilgerreise nach Turin zum Schweißtuch der Veronika, auf dem angeblich der Abdruck des Angesichts Christi eingeprägt war. In jeder Stadt, so versicherten sie ihm, würden sie das ihnen verbliebene Geld unter den Armen verteilen. Nur durch Armut, so Serafina inbrünstig, würden sie sich vor Gott wahre Verdienste erwerben.[9]

Ihr Auftritt – und um nichts anderes handelte es sich – war so gelungen, daß sich selbst ein so welterfahrener Reisender wie Casanova täuschen ließ. Die beiden standen nämlich erst am Anfang ihrer angeblichen Pilgerreise. In Mailand hatten sie sich mit Lumpen eingekleidet und waren zu Fuß über Loreto, Bergamo und Antibes nach Aix gezogen.[10] Es war keine lange Strecke, und Serafinas Erschöpfung war größtenteils gespielt. Das Paar konnte den zynischen Venezianer hinters Licht führen, zum einen, weil sie brillante Schauspieler waren, zum anderen, weil der religiöse Mummenschanz, den sie aufführten, absolut außerhalb seines Vorstellungsvermögens lag. Casanova legte den katholischen Glauben nach Bedarf an und ab wie seinen samtenen Rock. Er war in einer der kultiviersten Städte der Welt aufgewachsen und hatte an einer der besten Universitäten Italiens studiert. Dort hatte er französische Philosophen wie Voltaire schätzen gelernt, die ihm die Überzeugung vermittelten, religiöse Institutionen dienten einzig der Machtausübung über die Unwissenden. Obwohl ihn die Privilegien einer klerikalen Laufbahn lockten, hatte er den Gedanken immer wieder rasch fallen gelassen, weil er die Langeweile fürchtete und den Verzicht auf Sinnenfreuden scheute. Er konnte sich wahrhaft nichts Groteskeres vorstellen, als in Lumpen gekleidet zu einem Grab in Spanien zu pilgern.

Wenn die Balsamos mit ihren Widersprüchen Casanova vor ein Rätsel stellten, so hatten sie doch eine sehr viel klarere Einschätzung von ihm gewonnen. Nachdem er Serafinas Liebesfalle ausgewichen war, hielten sie mit ihren wahren Absichten nicht länger hinter dem Berg (auch wenn sie ihre Tarnung als Pilger niemals aufgaben). Am Tag nach ihrer ersten Begegnung klopfte Serafina überraschend an die Tür seines Hotelzimmers – diesmal um Casanova zu sagen, daß ihr Mann eine Begabung für die Hell-Dunkel-Technik, das sogenannte Chiaroscuro, hatte, insbesondere für die Nachahmung des Stils berühmter Meister. Ob Casanova Proben seiner Kunst sehen wolle? Er wollte. Bald zeigte Giuseppe Casanova seine Kunstmappe, die er mit sich führte. Sie enthielt mehrere Fächer, die er mit Federzeichnungen geschmückt hatte, welche wie eingraviert wirkten, sowie eine kopierte Rembrandt-Zeichnung, die Casanova »womöglich noch schöner als das Original fand«.

Als er dem jungen Sizilianer zu seinem Talent gratulierte, platzte Balsamo jedoch heraus: »Das sagen mir alle, doch täuschen sie sich. Mit meiner Begabung verhungert man. Ich habe in diesem Beruf in Neapel und Rom den ganzen Tag gearbeitet und dabei einen halben *testone* verdient, davon kann man nicht leben.«[11] Balsamo zeigte Casanova sodann weitere, einträglichere Anwendungen seiner Kunstfertigkeit. Er bat ihn, ihnen einen Empfehlungsbrief zu schreiben, und fertigte dann rasch eine Kopie davon an, die so gelungen war, daß Casanova nicht zu sagen vermochte, welches das Original war.

Wie er vermutet hatte, war der Mann also doch ein Schwindler, und zwar einer mit einer nutzbringenden Begabung. Casanova wußte, welch vielfältige Möglichkeiten die Fälschung bot, er kannte aber auch deren Gefahren. In diesem Gewerbe war ganz besondere Vorsicht geboten. Denn die Fälscher untergruben das Gefüge von Treu und Glauben, auf dem der europäische Handel beruhte, und dementsprechend hart gingen die Behörden gegen sie vor. Mehrere von Casanovas Freunden hatten die Fälschung von Dokumenten mit dem Galgen gebüßt.

Trotzdem veranstaltete Casanova unter seinen jungen Freunden im Gasthof eine Kollekte für das Paar. Die Pilger brachen am folgenden Tag in aller Frühe auf und wanderten in Richtung Marseille weiter. Als Casanova später über die Begegnung nachdachte, merkte er, daß er noch immer eine Schwäche für die reizende Serafina hatte; Giuseppe dagegen war für ihn nichts weiter als »eines jener arbeitsscheuen Genies, die ein Landstreicherleben der Arbeit vorziehen«.[12] Selbstgefällig sinnierte er darüber, daß es in den Kasinos, Bordellen und Gefängnissen Europas von Leuten vom Schlage Balsamos nur so wimmelte.

Ob der junge Mann auf der Galeere oder am Galgen endete – Casanova war überzeugt, daß der Sizilianer es nie zu etwas bringen würde.

In den folgenden Jahren schien es, als würde sich Casanovas düstere Prognose bewahrheiten, um so mehr, da Giuseppe Balsamo eine ganz ähnliche Laufbahn einschlug wie dieser.

Auch was die jeweiligen Vorzüge der beiden betraf, schien Casanova recht zu behalten. Immer wieder rettete einzig Serafinas Eingreifen Giuseppe aus tiefster Not oder vor dem Gefängnis. Obwohl die beiden tatsächlich nach Spanien kamen, gelangten sie nie zum Grab des heiligen Jakobus. Nach ihrer Ankunft in Katalonien war auch Serafinas Eifer versiegt, und sie war froh, endlich ihr Pilgergewand ablegen und in die Kleider einer römischen Adligen schlüpfen zu können. Und doch war es ihrer anerzogenen Frömmigkeit zu verdanken, daß sie bald eine Verschnaufpause einlegen konnten. Sie beichtete bei einem Priester in Barcelona, der daraufhin die beiden reisenden italienischen »Adligen«, die in finanzieller Verlegenheit waren, eine Zeitlang unterstützte. Anschließend wurde Giuseppe von reichen Adligen mit Aufträgen bedacht – mal waren seine Fähigkeiten als Künstler, mal als Arzneimittelkundiger gefragt. Als Zugabe durften die vornehmen Herren die sexuellen Dienste seiner jungen Frau in Anspruch nehmen. Auf diese Weise hatten sie ein Jahr lang ihr Auskommen in Madrid, bis Giuseppe mit einem anderen Künstler in einen Rechtsstreit geriet. Sie zogen weiter nach Lissabon, wo Serafina eine neue Eroberung gelang. Von Giuseppe ermuntert, erregte sie die Aufmerksamkeit des schwerreichen portugiesischen Kaufmanns Anselmo de la Cruce. Er zahlte für Serafinas frühmorgendliche Besuche jeweils acht Pistolen an Giuseppe und überhäufte seine Mätresse mit Geschenken. Giuseppe investierte all dieses Geld in brasilianische Topase, die er in der Handelsmetropole London teuer verkaufen wollte.[13]

In London erwies sich der sonst so geschickte Giuseppe jedoch als erstaunlich naiv. Casanova war es ähnlich ergangen, als er die Stadt 1763 besucht hatte. Die Unkenntnis der Sprache und Sitten und das undurchschaubare britische Rechtssystem machte die beiden Abenteurer ungewöhnlich verwundbar. Im August 1771 konnten die Balsamos in der Compton Street mitten im turbulenten italienischen Viertel Sohos eine bescheidene Wohnung mieten, aber überall sonst war das Paar ohne Dolmetscher hilflos. Giuseppes Hoffnung, dem englischen König Gemälde zu verkaufen, erwies sich als illusorisch. Zwar erhielt er von einem Gesandten des Kaisers von Marokko den lukrativen Auftrag, ein Bild zu malen, aber das versprochene Geld – fast fünfzig Pfund – traf nie ein. Statt dessen kam eine gerichtliche Zahlungsaufforderung.

Die Not trieb Giuseppe in die Arme eines italienischen Betrügers, eines gewissen Marquis Vivona. Mit seiner Hilfe erpreßte er hundert Pfund von einem frommen Quäker, einem Kaufmann, den sie in einer sorgfältig geplanten kompromittierenden Situation mit Serafina ertappten. Aber Vivona steckte einen Großteil des Geldes in die eigene Tasche und machte sich mit den Topasen aus dem Staub. Die Balsamos waren bankrott. Giuseppe bekam überdies die Härte der englischen Schuldgesetzgebung zu spüren, als ihn mehrere Gläubiger ins Gefängnis brachten. Wieder hatte er seine Rettung Serafina zu verdanken. Ihr Anblick, wie sie tieftraurig in der Kapelle der bayerischen Gesandtschaft saß und betete, rührte den katholischen Aristokraten Lord Hales, der Giuseppes Schulden beglich und ihn beauftragte, in seinem Landhaus in Canterbury ein Wandgemälde anzufertigen. Giuseppe verdarb natürlich wieder alles – er pfuschte bei dem Gemälde und verführte Lord Hales' Tochter. Also höchste Zeit, das Weite zu suchen. Von Gläubigern bedrängt, floh das Paar am 15. September 1772 über den Kanal nach Calais.

Dank Serafina waren sie jedoch niemals lange mittellos. Noch auf dem Schiff verliebte sich der französische Parlamentsanwalt Monsieur Duplessis Hals über Kopf in Balsamos Gattin. Auf dem Weg nach Paris saß Duplessis mit Serafina in einer Kutsche, während Giuseppe schmachvoll auf einem Pferd hinter ihnen hergaloppieren mußte. Trotzdem, es lohnte es sich, diese Unannehmlichkeiten eine Zeitlang zu ertragen. Duplessis eroberte Serafina, und Giuseppe erhielt das Geld zur Einrichtung eines Labors. Dort führte er Experimente nach einem Buch des 16. Jahrhunderts durch, das er sich gekauft hatte. Es handelte sich um Alessio Piemonteses *Secrètes admirables*, eines der umfassendsten okkulten Handbücher aller Zeiten mit detaillierten Beschreibungen zur Herstellung von Farben, Tinten, Arzneien, Schönheitsmitteln und allerhand Zaubereien.

Serafinas Liebschaft mit dem Anwalt nahm jedoch eine beunruhigende Wendung. Sie hatte genug von Giuseppes schlechter Laune und leeren Versprechungen und empfand eine aufrichtige Zuneigung zu Duplessis. Noch mit fünfzig

Jahren war er ein gutaussehender Mann, und obwohl er noch eine zweite Geliebte hatte, verwöhnte er sie mit Theaterkarten, Tanzunterricht und teuren Kleidern. Auch er war in sie verliebt und bat sie, ihren brutalen Ehemann zu verlassen, denn »in Frankreich haben die Frauen diese Freiheit«. Sie solle die Scheidung einreichen, indem sie bei der Polizei Anzeige erstatte, sie sei von Giuseppe geschlagen worden, der außerdem Dokumente fälsche. Diesem Rat folgte sie Ende 1772.

Duplessis hatte seinen Rivalen jedoch unterschätzt. Giuseppe würde Serafina um keinen Preis freigeben. Er liebte sie, er brauchte sie und betrachtete sie als sein Eigentum. Anfang Januar 1773 reichte er Gegenklage ein und beschuldigte Duplessis, magische Rezepte gestohlen, ihm vergifteten Wein angeboten und seine Frau entführt zu haben. Mit diesen haarsträubenden Vorwürfen konfrontiert, lenkte Duplessis ein – er hatte Angst, in das berüchtigte Gefängnis Bicêtre zu kommen. Unter Tränen gab er Serafina auf. Giuseppe hatte gewonnen, war aber entschlossen, Serafina eine Lektion zu erteilen. Wehe dem, der sich mit einem Sizilianer einläßt! In einem Brief an die Pariser Polizei verlangte er, Serafina wegen ehelicher Untreue in das Gefängnis Sainte-Pélagie einzusperren. Vier Monate später, als sie hinreichend geläutert war, holte er sie zu sich zurück. Bemerkenswerterweise scheint keiner der beiden dem anderen etwas übel genommen zu haben. In Liebe wiedervereint, setzten sie ihre Reisen fort.[14]

Im Laufe des Jahres 1774 kamen sie nach Neapel, wo sie sich als Graf und Gräfin Pellegrini ausgaben. War es die Sehnsucht nach seiner Heimatstadt, die Giuseppe veranlaßte, sich den Namen des Berges zuzulegen, der sich über dem herrlichen Golf von Palermo erhebt? Gewiß verspürte er Heimweh, als er eines Tages Antonio Bracconieri, seinem Onkel mütterlicherseits, über den Weg lief, der sich ebenfalls in Neapel aufhielt. Ungeachtet Giuseppes kleiner Gaunereien freute sich Onkel Antonio, seinen Neffen wiederzusehen und die reizende Serafina zu treffen. Er erklärte sich sofort bereit, seinen Einfluß beim Prinzen di Pietra Persia, einem hohen Regierungsbeamten in Palermo, geltend zu machen, um die Heimkehr seines Neffen zu ermöglichen.

Und bald erblickte Giuseppe die grauschwarzen Hänge des Monte Pellegrino wieder. Allerdings fand die Freude bald ein Ende. Er hatte nicht bedacht, wie hartnäckig der Groll eines Sizilianers sein konnte. Ihm blieb kaum Zeit, sich von seiner Schwester Geld zu leihen, als der düpierte Silberschmied Vincenzo Marano zuschlug. Süß war die Rache für den Schatzjäger. Auf diesen Augenblick hatte er lange gewartet. Maranos Anwalt brachte Giuseppe ins Gefängnis und gab ihm zu verstehen, sich auf einen mehrjährigen Aufenthalt einzustellen. Nie war er auf Serafinas Hilfe dringender angewiesen gewesen als jetzt, und sie enttäuschte ihn nicht. Sie betörte den Prinzen di Pietra Persia derart, daß er Maranos Anwalt zu Boden schlug und den Silberschmied einschüchterte, bis Serafinas Mann wieder auf freiem Fuß war. Bevor Marano es sich wieder anders überlegen konnte, machten sich Giuseppe und Serafina nach Messina davon und schworen sich, nie wieder zurückzukehren.[15]

Seltsamerweise steuerte er wie bei seiner vormaligen Flucht vor Marano auch diesmal Malta an. Erneut erwies sich dieser Schritt als die richtige Entscheidung, denn die Ordensbrüder hatten ihn in guter Erinnerung behalten. In der Zwischenzeit hatte er außerdem größere Sicherheit im Auftreten gewonnen und sich umfangreichere Kenntnisse in der Alchemie angeeignet. Er wurde wie ein Meister empfangen. Der ehemalige Novize Giuseppe Balsamo präsentierte sich jetzt als erfahrener Alchemist, Magier und Praktiker. Nie wieder würde er sich als kleiner Künstler oder als Fälscher betätigen. Als er und Serafina sich vier bis fünf Monate später 1775/76 in Richtung europäisches Festland einschifften, wurden sie von dem Ordensritter d'Aquino begleitet, einem hervorragenden Diplomaten des Ritterordens und Bruder des Herrschers von Sizilien.

Unnötig zu sagen, daß Giuseppes Reisetasche mit Empfehlungsbriefen der Malteserritter frisch gefüllt war. Die Referenzen waren von unschätzbarem Wert, um in kirchlichen und adligen Kreisen neue Kontakte zu knüpfen. Als Giuseppe in den folgenden Monaten durch Südfrankreich und erneut nach Spanien und Portugal reiste, spielte er mit dem Gedanken, Elemente aus den Zaubererlegenden zu übernehmen, die in schlicht aufgemachten Volksbüchern weite Verbreitung fanden. Beispielsweise war er fasziniert von den Geschichten über einen geheimnisvollen schwarzgekleideten Magier namens Frederico Gualdo, der im 16. Jahrhundert in Venedig gelebt hatte, aber auf einem Jahrhunderte früher entstandenen Porträt dargestellt war. Wie ließ sich ein solches Rätsel erklären? War es Reinkarnation oder Unsterblichkeit? Eine noch ältere volkstümliche Legende erzählte die Geschichte des Ewigen Juden, eines Ladenbesitzers namens Ahasver, der Christus auf dessen Weg zum Kalvarienberg geschlagen hatte und dazu verdammt wurde, auf ewig ein rastloses Leben zu führen. Zu Giuseppes Zeit hatte dieser Ewige Jude die ganze Welt bereist und hütete okkulte Geheimnisse wie etwa den Stein der Weisen und das Elixier des Lebens.[16]

Besonders beeindruckt war Giuseppe von den phantastischen Geschichten, die sich um einen zeitgenössischen Abenteurer rankten, der nur wenig älter war als Giuseppe selbst, den Grafen Saint-Germain. Dieser außergewöhnliche Mann hatte sich selbst zum ersten lebenden Helden der traditionellen Volkslegenden stilisiert. Er behauptete sogar, Jesus persönlich gekannt zu haben.[17] Wenn Graf Saint-Germain dies geschafft hatte, warum sollte es nicht auch Balsamo versuchen? Auch Casanova hatte sich schon einmal auf dieses Terrain gewagt, als er einen Freund veranlaßte, als die Reinkarnation eines Hexers aufzutreten. Doch weit mehr als

Casanova besaß Giuseppe ein echtes Talent für solcherlei Verwandlungen. Er konnte sich überzeugende neue Identitäten zulegen, indem er diverse Eigenschaften anderer Personen übernahm. Schließlich hatten die Sizilianer jahrhundertelang mit Invasoren gelebt, von denen sie vieles lernten.

Als Giuseppe und Serafina Ende März 1776 den Entschluß faßten, ein zweites Mal nach London zu reisen, hatten sie sich genügend Geld und Lebensart angeeignet, um Aufsehen zu erregen. Ähnlich wie Casanova stolzierte auch Giuseppe jetzt in prächtigen Kleidern einher. Bei seiner Ankunft stellte er sich als Oberst Pellegrini von der Brandenburgischen Armee und als Kenner der Geheimwissenschaften vor, und er trug einen silbernen Spazierstock mit einer juwelenbesetzten Repetieruhr im Knauf. Der Stock allein war ein kleines Vermögen wert, bloß hatte Giuseppe ihn aus Cadiz mitgenommen, ohne dafür zu bezahlen. Seine neue Identität war immer noch etwas unbestimmt. Je nach Situation wechselte er nun zwischen Pellegrini und Cagliostro, einem Namen, den er sich von seinem Onkel in Messina entliehen hatte. Giuseppe fand, der Name klinge irgendwie edel und doch geheimnisvoll. Serafina war es egal, ob sie Pellegrini oder Cagliostro hieß, solange sie sich wie eine Gräfin nach der neuesten französischen Mode kleiden konnte.

Graf und Gräfin Pellegrini-Cagliostro bezogen eine Wohnung in der Whitcomb Street 4 am Leicester Square, die groß genug war, um ein alchemistisches Labor einzurichten. Doch der Aufenthalt in England trübte auch diesmal Giuseppes Urteilsvermögen – der Magier Pellegrini verhielt sich nicht weniger naiv als zuvor der Künstler Balsamo. Diesmal bot er seine Dienste als Magier an, der über eine atemberaubende Palette okkulter Kräfte verfügte; unter anderem rühmte er sich, mit Hilfe kabbalistischer Formeln die Gewinnummer des Londoner Lotteriespiels vorherzusagen. Ob durch Glück oder Hellseherei, er bestimmte für seine Vermieterin tatsächlich die richtige Lottozahl der Ziehung am 14. November 1776. Als die Nachricht in den umliegenden Kaffeehäusern die Runde machte, war er bald von allerhand Gaunern umgeben, die entschlossen waren, die goldene Gans zu rupfen.

Giuseppe und Serafina Pellegrini sahen sich in ein Netz von Täuschung und Betrug verstrickt, zunehmend hilflos gegenüber den Machenschaften einer immer größer werdenden Bande von Betrügern und zwielichtigen Rechtsanwälten. Ziel der Bande war es, Giuseppe mit fingierten Anschuldigungen ins Gefängnis zu bringen, um ihm dann die Formeln für die Zahlenlotterie zu entwenden. Sie bombardierten ihn mit Klagen und falschen Behauptungen, so daß er wiederholt wegen nichtbeglichener Schulden in das Gefängnis von King's Bench und Newgate gesperrt wurde. Keine angenehme Erfahrung. Und selbst Serafina fand keinen edlen Ritter, der ihr zu Hilfe eilte.[18]

Sieben Jahre zuvor hatte Casanova dem jungen sizilianischen Pilger Giuseppe Balsamo ein solches Schicksal prophezeit, und Graf Pellegrini-Cagliostro hatte es offenbar darauf angelegt, ihn zu bestätigen.

Als Giuseppe bei diesem unglückseligen Aufenthalt in England für kurze Zeit auf freiem Fuß war, beschloß er, sich zu seiner Zerstreuung einer Freimaurerloge anzuschließen. Am 12. April 1776 wurde Giuseppe Cagliostro, Oberst des Dreizehnten Brandenburgischen Regiments und Prinz von Trapezunt, als Freimaurer in die Loge »Espérance« Nummer 289 in London nach den Regeln der Strikten Observanz aufgenommen. Schauplatz war die Taverne King's Head in der Gerrard Street, Soho, die der irische Gastwirt und Freimaurer Peter O'Reilly betrieb. Keine glanzvolle Adresse. Soho war in etwa das Londoner Gegenstück zur Albergheria, dem Arme-Leute-Viertel in Palermo, in dem Giuseppe seine Kindheit verbracht hatte. Französische und italienische

Künstler und Unterhaltungskünstler – ein buntes Gemisch – versuchten hier, inmitten irischer Hafenarbeiter, ehemaliger Seeleute aus Westindien, jüdischer Lumpenhändler und Laskaren, die als Straßenverkäufer arbeiteten, ihr Brot zu verdienen. Nur einen Steinwurf entfernt drängten sich in den Elendsquartieren von Saint Giles Bettler, Diebe und Prostituierte.

Das King's Head war ein Treffpunkt für ausgewanderte Handwerker und einer der wenigen Orte Londons, wo sich Giuseppe und Serafina ohne Dolmetscher verständigen konnten. Die Loge »Espérance« war also gesellschaftlich wenig glanzvoll. Zu ihren Mitgliedern zählten ein Friseur, ein Schuster für Damenschuhe, ein Konditor, ein Kellner, ein Musiker und mehrere Maler, die vorwiegend französischer und italienischer Herkunft waren. Der Großmeister der Loge war ein französischer Polsterer namens Bruder Hardivilliers.[19] Inmitten von Tabakqualm und malzigem Alegeruch funkelten der uniformierte Oberst Cagliostro und seine elegante Gemahlin wie Sterne. Ein weiterer Vorteil der Loge »Espérance« war die Tatsache, daß es sich um eine »Loge d'Adoption« handelte, der eine Sektion für Frauen angeschlossen war. Die Cagliostros wurden zu »Lord und Lady der Hoffnung«. Solche Logen waren selbst in Frankreich selten, wo die Idee der Adoptionslogen ihren Ursprung hatte; in Großbritannien gab es solche Logen so gut wie gar nicht.

Die Cagliostros hatten auch darin Glück, daß es sich hier um eine Richtung der Freimaurerei handelte, deren »Hochgrade« sich der Vertiefung und Weiterführung spekulativer und mystischer Ideen widmeten. Obwohl die Wurzeln der Freimaurerei vermutlich in den mittelalterlichen Maurer- und Steinmetzzünften liegen, waren die zeitgenössischen Spielarten der Bewegung nicht älter als hundert Jahre. Um 1630 formierten sie sich in Großbritannien als spekulative Geheimklubs neu, die die Ideale der allgemeinen Menschenliebe und Brüderlichkeit propagierten. Ihre geheimen Zeichen, Symbole und Riten beruhten auf der biblischen Allegorie vom Wiederaufbau des Tempels Salomons. In dem durch Religions- und Bürgerkriege zerrütteten Land waren besonders viele vom Gemeinschaftsgeist beseelte Männer von diesen Idealen fasziniert, insbesondere weil innerhalb der Loge alle Mitglieder einander gleichgestellt waren. 1738 spaltete sich die britische Freimaurerei in die Richtung der »Moderns« oder Neumaurer der Großloge von England und jene der »Ancients« oder Altmaurer, einen unabhängigen schottischen Zweig; diese Altmaurer sympathisierten mit den Stuarts, die Ansprüche auf den englischen Thron erhoben. Zur Zeit von Giuseppes Aufnahme 1776 jedoch waren beide Richtungen gesellschaftlich anerkannt. Sie fungierten in erster Linie als gesellige philanthropische Klubs für Männer aus der Mittel- und Oberschicht.[20]

Obwohl ursprünglich durch im Ausland lebende Briten verbreitet, veränderte sich die Freimaurerei auf dem europäischen Festland entsprechend den jeweiligen lokalen oder nationalen Besonderheiten. Besonders in Deutschland, Frankreich, den Niederlanden und Schweden führten die Freimaurer neben den britischen Graden des Lehrlings, Gesellen und Meisters weitere Stufen ein. In vielen europäischen Logen entwickelten sich unter Rückgriff auf mittelalterliche Legenden und Ideale komplizierte Rituale, Grade und Symbole, die nach ihrem angeblichen schottischen Ursprung unter dem Begriff »Schottischer Ritus« zusammengefaßt wurden. Diese Überfrachtung spiegelte nicht zuletzt den Einfluß des Adels und der Intellektuellen in Europa, die in den Logen ein offiziell verbotenes liberales Klima und freiheitliche Werte pflegen wollten. Das anfängliche Fehlen von zentralistischer Kontrolle führte zu zahlreichen Spaltungen der europäischen Bewegung. Eine bedeutende Minderheit von Logen mit neuen Riten übernahm mystisches, auf alchemistischen und hermetischen Mysterien basierendes Gedankengut, das die vollständige geistige und körperliche Verjüngung ihrer Mitglieder verhieß.[21]

Die Loge »Espérance« in Soho entsprach diesem Modell. Es war ein bescheidener Ableger des einflußreichen Ritus der Strikten Observanz, die im Jahr 1754 von dem sächsischen Reichsfreiherrn Karl Gotthold von Hundt gegründet worden war. Seine Logen hatten sich damals in weiten Teilen Deutschlands, Osteuropas und in Südfrankreich ausgebreitet. Der Erfolg von Hundts Ritus lag zum einen in der fast militärischen Organisationsstruktur mit sieben regionalen Kapiteln, zum anderen aber auch in einem Gespür für die in Europa brodelnde Unzufriedenheit mit der spirituellen Leere der herrschenden Vernunft und Aufklärung, die die europäischen Philosophen propagierten. Der Baron stellte fest, daß er einen Nerv getroffen hatte. Seine Anhänger sehnten sich nach künstlerischen, erotischen und spirituellen Erfahrungen.

Hundts Richtung der Freimaurerei berief sich auf eine glanzvolle mittelalterliche Tradition der Ritterlichkeit, der spirituellen Barmherzigkeit und okkulter Kräfte, die mit dem Orden der Templer in Verbindung gebracht wurde. Diese Ordensritter und Kreuzfahrer waren einst die französische Konkurrenz der Malteserritter gewesen. Wegen seiner Unabhängigkeit und seines Reichtums wurde der Templerorden vom Papst brutal verfolgt und 1312 aufgelöst. Die überlebenden Templer gingen angeblich in den Untergrund nach Schottland. Hier tauchten sie, wie es hieß, als Freimaurer wieder auf und vertrauten ihre magischen Geheimnisse einem mysteriösen Unbekannten Meister an, der ein System von sieben »Graden« mit Titelzuschreibungen und aufwendigen Zeremonien etablierte.[22] Insbesondere drei Elemente dieses Templermythos übten auf Cagliostro eine große Anziehungskraft aus: das mystische Element der Zugehörigkeit zu einer geheimen Avantgarde, der Glaube an die bevorstehende Rückkehr der Templer und die Aussicht, an der Amtskirche Vergeltung zu üben, was wohl insbesondere dem Arme-Leute-Kind aus einem der Elendsquartiere Palermos zusagte.

Viele Logen der Strikten Observanz hatten sich ein weiteres berückendes Element der mittelalterlichen Sagen zu eigen gemacht, das zur Zeit des Reichsfreiherrn von Hundt, insbesondere in Deutschland, weit verbreitet war. Die Legende von der Bruderschaft der Rosenkreuzer sprach Cagliostro stark an. Deren wunderliche Geschichte war im 17. Jahrhundert von dem deutschen lutherischen Pfarrer Johann Valentin Andreä erfunden und in zahlreichen Schriften verbreitet worden; sein Ziel war die Erneuerung des korrupten Papsttums. In *Fama fraternitatis* und anderen Schriften beschwor er die Existenz einer geheimnisvollen okkulten Bruderschaft, die das überlieferte Geheimwissen weitergab und die guten Arbeiten des deutschen mittelalterlichen Ritters Christian Rosenkreutz weiterführte. Der früh verwaiste Rosenkreutz, so die Legende, war mehrere Jahre lang in einem Kloster tätig, durchstreifte dann Afrika und den Nahen Osten und eignete sich dort biblisches, alchemistisches und medizinisches Geheimwissen an, aus dem er die Lehre einer spirituellen und moralischen Wiedergeburt formulierte. Er war der Stifter einer Bruderschaft, die ein geheimes »Haus des heiligen Geistes« gründete, um ihren Adepten die Heilung der Kranken und die Praktiken der Alchemie und der christlichen Frömmigkeit zu vermitteln.[23]

Doch bevor Cagliostro sich als Templer oder aber als Rosenkreuzer ausgeben konnte, mußte er in die Loge »Espérance« aufgenommen werden. Seine Mitkandidaten an jenem Tag waren ein französischer Kammerdiener, ein älterer italienischer Musiker und Gräfin Serafina. Für sie verlief die Aufnahmeprozedur kurz und schmerzlos: Sie sprach eine Eidesformel, mit der sie sich zur Geheimhaltung verpflichtete, erhielt ein Zeugnis und ein Band mit dem eingestickten Motto »Union, Silence Virtue«, das sie des Nachts tragen sollte. Ihr Mann dagegen mußte sich einer härteren Prüfung unterziehen. Nachdem auch er sich in einem Eid zu strenger Geheimhaltung und Gehorsam verpflichtet hatte, wurden ihm von Logenbrüdern, die Mützen und Maurerschürzen trugen, die Augen verbunden. Um seine Hüfte band man ein Seil, an dem man ihn mittels eines knirschenden Flaschenzugs bis zur Decke hochzog. Plötzlich gab das Seil nach, und er plumpste auf den Boden.

Das Jammern über seine verletzte Hand half nicht, die folgende Stufe des Zeremoniells zu mildern. Er mußte zusehen, wie eine Pistole mit Pulver und Kugel geladen wurde, anschließend verband man ihm erneut die Augen. Nun gab man ihm die Pistole in die Hand und befahl ihm, sie an seinen Kopf zu halten und, dem soeben abgelegten Eid des Gehorsams Folge leistend, abzudrücken. Er zögerte, hörte Rufe – »Feigling, mach schon!« – und drückte ab. Er hörte einen Knall, spürte einen Stoß an seinem Kopf und roch den beißenden Rauch der Pistole. Wie durch ein Wunder war er noch am Leben; die Panik wich, und er erkannte, daß man ihn hereingelegt hatte. Die Logenmitglieder hatten ihm eine ungeladene Pistole gereicht, und der Schuß war mit einer anderen Waffe ausgelöst worden. Cagliostro war nunmehr ein Freimaurer der Strikten Observanz – allerdings kein gewöhnliches Mitglied; er war auf einen Schlag in die ersten drei Grade des Ritus eingeweiht worden, was eine außerordentliche Ehre bedeutete.[24]

Für Giuseppe Balsamo war dies eine Initiation im wahrsten Sinn des Wortes: der Moment, der sein ganzes Leben verändern sollte. Die Aufnahme markierte ein Ende und einen Neuanfang, den Tod einer alten und den Beginn einer neuen Identität. Mit dieser Bewährungsprobe in einer billigen Schenke wurde ein Prozeß der Verwandlung in Gang gesetzt, in dessen Verlauf sich die schlichte sizilianische Raupe in einen prächtigen arabischen Schmetterling verwandelte. Das geschah natürlich nicht sofort. Mit dem Hintern auf dem Fußboden einer Schenke in Soho zu landen konnte man wohl kaum als Bekehrung bezeichnen. Doch an jenem Tag in der Taverne King's Head war etwas Entscheidendes geschehen. Die Aufnahme in die geheime Welt der Freimaurer der Strikten Observanz gab Giuseppe einen Rahmen, in dem er seine außergewöhnliche Intelligenz und seinen beachtlichen Ehrgeiz entfalten konnte. Die Freimaurerei war gewissermaßen der Schmelztiegel, in dem sein Genie geformt wurde. Die Theologie, das Ritual und die Organisationsstruktur des katholischen Mönchtums, das er als Heranwachsender kennengelernt hatte, konnte jetzt auf eine Institution übertragen werden, die alle Ingredienzien einer säkularen Kirche aufwies. Der Künstler, Schauspieler und Choreograph in ihm begeisterte sich für das Pomphafte und Theatralische der freimaurerischen Rituale. Seine Begabung als Redner fand hier ein Forum, er hatte Bewegungsspielraum, und zugleich wurde er Mitglied einer Gemeinschaft, auf die er zählen konnte.

Er liebte die geheimnisvollen Symbole der Freimaurerei: das allwissende, »alles sehende Auge«, den Totenschädel, den zweischneidigen Degen, den aus der Asche aufsteigenden Phönix und vor allem den Uroboros, jenes alte persische Symbol des ewigen Lebens und des unteilbaren Wissens, verkörpert von einer sich in den Schwanz beißenden Schlange. Mit einigen kleineren Abänderungen machte er sich die Lebensgeschichte des Christian Rosenkreutz zu eigen. Die Parallelen waren geradezu unheimlich. Konnte es sein, daß er, Cagliostro, der wiedergeborene Rosenkreutz war?

Bei einem Straßenhändler am Leicester Square unweit des King's Head entdeckte er eine abgegriffene Handschrift, die die zweite Stufe seiner Bekehrung einläutete. Es war eine Abhandlung über die ägyptischen Ursprünge der Freimaurerei, verfaßt von George Cofton (oder Coston). Über die Herkunft dieses obskuren Freimaurertextes ist so gut wie nichts bekannt. Das Original wurde nie gefunden. Cofton gilt einigen als ehemaliger irisch-katholischer Priester, der das Modell eines ägyptischen Ritus aus der von den Rosenkreuzern beeinflußten Lehre des Mystikers Martines de Pasqually entwickelte;[25] andere behaupten, er sei identisch mit dem weniger bedeutenden Oxford-Gelehrten George Costard, der zu jener Zeit mehrere Schriften über die Magie des Altertums verfaßte. Für Giuseppe Balsamo spielte das keine Rolle.

Mit Hilfe des Übersetzers Domenico Vitellini entdeckte er, daß die zeitgenössischen Freimaurerriten alle mehr oder weniger verwässert waren. Die reine und unverfälschte Form der Freimaurerei hatte ihren Ursprung in der fernen Vergangenheit bei den Erbauern der ägyptischen Pyramiden. Ihr Begründer war ein geheimnisvoller ägyptischer Hohepriester, der Großkophta oder Kopte; und ihre Riten und Ideale übertrafen alle späteren schottischen oder sonstigen Hinzufügungen. Die ägyptische Freimaurerei erstrebte nichts Geringeres als die vollständige körperliche und moralische Erneuerung der Menschheit durch Wiedervereinigung mit den göttlichen Geistern. Konnte es ein erhabeneres Ideal geben?

Die Idee eines ägyptischen Ritus zündete in Giuseppes Geist wie eine Bombe. Das Arme-Leute-Kind aus der Albergheria spürte diese Mystik der ägyptischen Freimaurerei in den Knochen, als sei er selbst in diesem Land geboren. Von teils arabischen Vorfahren abstammend, aufgewachsen in der maurisch-arabischen Armenkultur Palermos, bewandert in der in Ägypten beheimateten okkulten Gelehrsamkeit, kannte er Malta und Nordafrika aus eigener Anschauung. Hinzu kam, daß er arabisch aussah. Kein Wunder, daß Giuseppe sich als ägyptischer Seher fühlte. Warum auch nicht? Mit der Berufung auf Ägypten umgab er sich mit dem Glanz eines geheimnisumwitterten fremden Landes, was mit der Mode für das Orientalische korrespondierte; die Gefahr, entlarvt zu werden, schien eher gering. Ägypten war groß und weit entfernt. Eine edle Abstammung, romantische Geschichten und geheime Fertigkeiten ließen sich mühelos herbeibringen.

Giuseppe hatte damals jedoch nur eine leise Ahnung seiner Möglichkeiten; er hatte noch nicht einmal entschieden, ob er sich Pellegrini oder Cagliostro nennen wollte.[26] Doch wie wichtig seine Mitgliedschaft in der Loge der Strikten Observanz war, zeigte sich schon bald. Im Dezember 1777 floh das Paar nach Calais. Es hatte den größten Teil seines Geldes an Betrüger verloren, und Giuseppe hatte den Gestank des Gefängnisses von King's Bench noch in der Nase. Doch bereits wenige Monate später wurden Graf und Gräfin Pellegrini von der Loge der »Vollkommenen Gleichheit« in Den Haag geradezu fürstlich empfangen.[27] Nachdem er seine Insignien präsentiert hatte, hielt Giuseppe vor seinen holländischen Brüdern und Schwestern eine flammende Rede, woraufhin er und Serafina weitere Freimaurerurkunden bekamen. Bei ihrem Auszug gingen sie unter der sogenannten »Stahlstraße« hindurch, die die Freimaurer aus ihren gekreuzten Degen gebildet hatten – die höchste Ehrung, die die Templer kannten.

Wer hatte behauptet, daß Giuseppe Balsamo es zu nichts bringen würde?

Ende Juli 1778, fast zehn Jahre nach seiner ersten Begegnung mit den Balsamos, erinnerte sich Casanova an seine damaligen abschätzigen Worte, als er dem Paar erneut begegnete. Diesmal waren die Rollen umgekehrt verteilt: In Casanovas Heimatstadt Venedig war Giuseppe der vornehme Edelmann und Casanova der Vagabund.

Der damals dreiundfünfzigjährige Casanova erfuhr wohl von der Ankunft der Balsamos, als er, wie es seine Gewohnheit war, mit venezianischen Müßiggängern vor dem Ridotto herumstand und plauderte. Habt ihr gehört, ein fremder Herr ist soeben in der Stadt eingetroffen, mit einer von sechs schwarzen Pferden gezogenen, schwarzlackierten Kutsche, vorn und hinten mit livrierten Dienern? Er muß Geld im Überfluß haben. Sein Name ist Oberst Giuseppe Pellegrini, Graf Phönix, und er ist Diplomat in spanischen Diensten – ein dunkelhäutiger, untersetzter Mann in einer schmucken Militäruniform.

Irgendwann sah Casanova den Oberst schließlich aus der Nähe und erkannte ihn trotz seiner neugewonnenen Eleganz. Seine hübsche Begleiterin, Gräfin Serafina di Pellegrini, war nicht zu verwechseln, auch wenn sie ihr Haar zu modischen Löckchen gedreht hatte und an den Armen französische Spitze trug. Die Pilgerschaft muß ein einträgliches Gewerbe sein, bemerkte Casanova später – keine Läusebisse oder wunden Füße von den Steinen Kastiliens.[28]

Casanova nahm bald Kontakt mit den beiden auf. Natürlich wollte er wissen, wie die Pellegrinis ihren sozialen Aufstieg bewerkstelligt hatten, um so mehr, da das Schicksal seit ihrer letzten Begegnung nicht besonders freundlich mit ihm umgegangen war. Ja, er schien geradezu vom Pech verfolgt. Erst kurz zuvor war er nach Venedig zurückgekehrt, doch mit maßloser Enttäuschung. Wie Balsamo war auch er aus seiner Heimatstadt verstoßen worden. Zwanzig Jahre zuvor hatte ihn das Inquisitionstribunal, das die Einhaltung der päpstlichen Sittengesetze überwachte – auf Lebenszeit aus der Stadt verbannt. 1755 war er wegen betrügerischer magischer Praktiken ins Staatsgefängnis gewandert, doch es war ihm gelungen zu fliehen und Venedig über die Dächer zu verlassen. Zunächst hatte ihm die Verbannung nichts ausgemacht, aber mit zunehmendem Alter wurde das Heimweh immer quälender. In den vergangenen zehn Jahren hatte er immer wieder Bittbriefe (sowie ein schmeichlerisches Pamphlet) an die Inquisition geschickt. Im September 1774 schließlich stellte ihm der venezianische Prokurator Francesco Lorenzo Morosini einen offiziellen Geleitbrief mit der Erlaubnis zur Rückkehr aus.

In Venedig erinnerte sich kaum noch jemand an ihn. Neue Bekannte gähnten, wenn er mit seinen Geschichten aufwartete, und die meisten seiner einstigen Gönner waren tot. In seinem Alter machte er keine Eroberungen mehr. Der Versuch, sich als freier Schriftsteller seinen Lebensunterhalt zu verdienen, schlug hoffnungslos fehl. Bald war er so arm, daß sogar sein bester Satinanzug und seine Samthose unansehnlich und mit Flecken übersät waren. Nach zwei Jahren war er so verzweifelt, daß er sich dem Inquisitionstribunal als Spitzel anbot.

Man kam überein, ihn für jeden einzelnen Bericht zu bezahlen, je nach dem Wert der Information, die er aus den Bereichen Religion, Sitten, öffentliche Sicherheit und Handel übermittelte. Der stolze Casanova sank zu einem unter Dutzenden Informanten herab, die für jede »Vertraulichkeit« von einem gewissen Wert und für jedes Fitzelchen Tratsch ein paar Zechinen erhielten. An gute Informationen war jedoch schwer heranzukommen. Von Casanovas Berichten über zügellose Frauen, die durch ihr Benehmen in der Oper auffielen, und von einer Werkstatt für Aktmalerei in der Fischgasse zeigte sich die Inquisitionsbehörde wenig beeindruckt. Er mußte sich sogar einen neuen Namen zulegen, der seiner niederen Beschäftigung angemessen war, und hieß jetzt Antonio Pratolini, wohnhaft am Kasino des Marco Dandolo im Hof nach der Holzbrücke nahe dem Corte delle Colonne – Pratolini, im Teilzeitberuf Spitzel im Dienst der Inquisition und professioneller Speichellecker.[29]

Die Pellegrinis kamen wie gerufen, denn Casanovas Auftraggeber verloren allmählich die Geduld mit ihm und seinen albernen Berichten. Als erstes mußte er herausfinden, wie das Paar sein Glück gemacht hatte. Im Gespräch mit Giuseppe machte er bald eine wichtige Entdeckung – der Sizilianer war jetzt als Zauberkünstler tätig. Ein Magier: Casanova hätte selbst darauf kommen können. Betrügerische Zaubertricks also hatten aus den zerlumpten Balsamos die eleganten Pellegrinis gemacht. Er freute sich über diese Entdeckung. Er kannte das Gewerbe aus eigener Erfahrung, hatte er doch mit Hilfe eines frei erfundenen Orakels schon Brieftaschen im Raum schweben lassen, als Giuseppe noch ein Kind gewesen war. Es schien, als wäre das endlich eine Entdeckung, die das Tribunal ernst nehmen würde.

Magie stand auf der Liste der Inquisition ganz oben. Jetzt, da die Religionskriege der vergangenen beiden Jahrhunderte ausgestanden waren und beide christlichen Religionen nebeneinander existierten, richtete die Inquisition ihre Aufmerksamkeit auf ihre eigene Klientel. Geisteranbetung, die gängigste Form der Magie bei den Ungebildeten, galt als besonders gefährliches Vergehen, weil dadurch die Entstehung ketzerischer Sekten gefördert wurde. Bei den gebildeteren Schichten dagegen führte die dilettantische Beschäftigung mit dem Okkulten gewöhnlich zu kriminellen Betrügereien und dazu, mit der Gottlosigkeit zu liebäugeln. Kurz gesagt, Magie konnte von Scharlatanen benutzt werden, um Ahnungslose auszurauben, und von Fanatikern, um die Rebellion zu schüren. Für das Inquisitionsgericht in Friaul waren daher strafbar:

Zaubersprüche für Magie allgemein
Zaubersprüche für Totenbeschwörungen
Zaubersprüche für Magie zum Zwecke der Heilung
Zaubersprüche für Liebesmagie
Zaubersprüche gegen Wölfe, Unwetter etc.
Zaubersprüche gegen Gewehrkugeln
Zaubersprüche zum Erwerb von Reichtümern
Andere Zaubersprüche
Maleficia – Hexerei.[30]

Casanova wußte nichts von Balsamos Liebe zur Magie und zur Alchemie; er sah in dem Kerl nur einen opportunistischen Betrüger, wie er selbst einmal einer gewesen war; einen, der erst vor kurzem gelernt hatte, wie man die Leute durch ein paar gemurmelte, eingängig klingende Zaubersprüche reinlegen konnte. Balsamo war gewiß, so seine Vermutung, ein Exemplar von Alessio Piemonteses *Secrètes admirables* in die Hände gefallen, und er hatte darin »alle Geheimnisse der Natur gefunden: Mittel gegen alle Übel, darunter jene Krankheiten, die unwissende Ärzte für unheilbar halten; die großartigen Eigenschaften, die der Extrakt des Saturn in sich birgt; Elixiere, die sich in der Farbe voneinander unterscheiden; die Methode zur Umwandlung von Metallen in Gold durch Reinigung ihrer heterogenen Elemente; die Kunst, einen Goldtrank zuzubereiten, um das Blut mit der Essenz der Sonne zu tränken; Methoden zur Vorhersage der Gedanken jener, die nicht selbst kommunizieren können; Wege zur Kontaktaufnahme mit Geistern aus dem Himmel, der Hölle und anderen Sphären; etwas, das Unsichtbarkeit verleiht; etwas, das jemandem ermöglicht, mit den Toten zu sprechen und sie zu sehen; etwas, das die Macht verleiht, andere jenseits aller Vernunft zu überzeugen; und etwas, das erotische Anziehungskraft verleiht, ohne daß man schön, gebildet oder gefällig sein muß.«[31]

Doch jetzt galt es herauszufinden, was Balsamo in Venedig vorhatte. Casanova entlockte ihnen die Auskunft, daß sie einen Empfehlungsbrief an einen der reichsten Adligen Venedigs bei sich trugen, wahrscheinlich an Pietro Zaguri, den er, wie es der Zufall wollte, gut kannte. Als die Pellegrinis Zaguri aufsuchten, um sich vorzustellen, waren sie überrascht, daß dieser bereits mißtrauisch war, als hätte man ihn gewarnt. Ihr Besuch war dennoch nicht völlig vergebens, denn Giuseppe konnte Zaguri eines seiner Gemälde verkaufen, eine wunderschöne Arbeit im Stil Rembrandts mit dem Titel *Venus und Adonis*.[32]

Der heruntergekommenste Bluthund der Inquisition hätte nun eilen müssen, um seinen Auftraggebern Bericht zu erstatten. Die Pellegrinis hatten ihm genau die Information gegeben, die seine erschütterte Glaubwürdigkeit wiederhergestellt und ihm jene materielle Sicherheit geschenkt hätte, nach der er sich so sehnte. Doch seine Spitzelberichte in den venezianischen Archiven enthalten kein Wort über das Betrügerpaar. Warum? Hatte es ihn womöglich überrascht, als die Pellegrinis Hals über Kopf aus Venedig abreisten? War es seine Schuld, daß sie so plötzlich verschwanden – hatte er sie etwa allzu neugierig ausgefragt? Oder verließen sie die Stadt einfach nur deshalb, weil sie dort keine Zukunft für sich sahen? Jedenfalls waren sie nicht mit leeren Händen gegangen. Casanova fand heraus, daß der angebliche Oberst einen »Kaufmann, einen armen Teufel« um zweitausend Écu betrogen hatte, indem er ihm ein längst bekanntes Rezept zur Umwandlung von Hanf in Seide aufschwatzte. Ein Jahr später ging der Kaufmann bankrott.[33]

Casanova hatte wieder keinen Erfolg. Aber es wäre nicht besonders geschickt von ihm gewesen, ausgerechnet jetzt einen Bericht zu schreiben, wo Giuseppe nach einem gelungenen Gaunerstück bereits das Weite gesucht hatte. Nur ein Narr würde solch erbarmungslosen Auftraggebern einen neuen Beweis seiner Unfähigkeit in die Hände spielen – und ein Narr war Casanova nicht.

Ein weiteres Geheimnis bleibt. Warum machte Casanova nichts aus der Tatsache, daß Balsamo inzwischen Freimaurer geworden war? Schließlich galt den Inquisitoren die Freimaurerei als ein Verbrechen, das schlimmer war als die Magie. In einer päpstlichen Bulle wurde die Zugehörigkeit zur Freimaurerei bereits 1738 mit der Todesstrafe belegt, ein Bann, der seither mehrmals bestätigt worden war. Papst Clemens XIII. und seine Nachfolger waren von der Geheimniskrämerei dieser Organisation, die bei reichen und mächtigen Katholiken soviel Zuspruch fand, beunruhigt. Schlimmer noch, sie vermuteten, daß die Freimaurer protestantisches und atheistisches Gedankengut verbreiteten und politische Feindseligkeiten gegenüber Papst und Kirche hegten. Besonders die

Jesuiten kämpften mit unversöhnlichem Eifer gegen die Freimaurerbewegung, überzeugt, sie sei für das Verbot ihres Ordens in mehreren europäischen Ländern verantwortlich.

Pellegrinis Mitgliedschaft in der Freimaurerbewegung war Casanova nicht entgangen, war er doch selbst ein hochrangiger Freimaurer. Er war 1750 in die Loge »Grand Orient« von Lyon aufgenommen und wenig später in einer Pariser Loge[34] in die Hochgrade des Gesellen und Meisters eingeweiht worden. Allein das hätte für Casanova Grund genug sein können, Pellegrini anzuzeigen, denn die konservativen Freimaurer der »Grand Orient« hegten eine tiefe Abneigung gegenüber dem subversiven Ritus der Strikten Observanz. In seinen Schriften war er über Templer und Rosenkreuzer hergezogen und hatte ihnen »betrügerische Praktiken« vorgeworfen, die »der Eigennutz zum Schaden der Allgemeinheit ersinnen könnte«.[35]

Dennoch, die Aufnahme in eine Freimaurerloge war für einen Italiener, der in Venedig leben wollte, ein wichtiger Schritt. Der Vorwurf der Freimaurerei war mit entscheidend dafür gewesen, daß Casanova 1756 von der venezianischen Inquisition eingesperrt wurde. Seither hatte sich an deren Einstellung zu dieser Bewegung wenig geändert. In anderen Teilen Italiens, besonders jenen, die zum Kirchenstaat gehörten, war es noch gefährlicher. Zwanzig Jahre später behauptete Casanova, er hätte Cagliostro in Venedig den guten Rat gegeben, »er sollte sich hüten, Rom zu betreten«, weil dort die päpstliche Bannbulle gegen die Freimaurer nicht aufgehoben sei.[36]

Hatte Casanova 1778 der Inquisition deshalb nichts gemeldet, weil er es nicht über sich brachte, sein Schweigegelübde zu brechen und einen anderen Freimaurer zu verraten? Manche vermuten, er sei zuvor als Geheimagent der »Grand Orient« in Paris tätig gewesen, und seine Reisen quer durch Europa hätten dem Zweck gedient, neue Mitglieder zu gewinnen.[37] Dies ist schwer vorstellbar, weil er in seinem Denken und Handeln viel zu unabhängig war, zu rastlos, um in dauerhafte Dienste zu treten.

Konnte es nicht sein, daß Casanova Pellegrinis Freimaurerei keine große Bedeutung zumaß und sie lediglich als ein Hilfsmittel für seine magischen Praktiken ansah? Seine Motive, der Bewegung beizutreten, waren jedenfalls völlig andere als die Balsamos: Casanova wollte als Freimaurer nicht Seelen retten, die menschliche Natur erneuern oder den Umsturz von Kirche und Staat herbeiführen. Nein, für ihn war die Freimaurerei eine »angenehme Erfindung«, eine Art geselliger Klub, wo sich »ehrenwerte Persönlichkeiten« versammelten, um sich zu erholen und Geschäfte zu betreiben. Die Mitgliedschaft in einer Freimaurerloge war Casanova zufolge besonders für einen ehrgeizigen jungen Mann nützlich, der »sich heutzutage niemandem unterlegen und sich nicht vom Verkehr mit seinesgleichen ausgeschlossen sehen will«. Derjenige, der »reist, um die große Welt kennenzulernen«, fand in den zahlreichen Freimaurerlogen kostenlose Unterkunft, die weitaus bequemer war als die armseligen Pilgerherbergen der Kirche. Zugleich empfahl Casanova aber auch, »sich die Loge gut auszuwählen« und sich vor »schlechter Gesellschaft« und »gefährlichen Verbindungen« zu hüten.[38]

Bei seiner Entscheidung darüber, ob er den Sizilianer denunzieren sollte oder nicht, mußte er auch bedenken, daß jener dann womöglich seine, Casanovas, Zugehörigkeit zur Freimaurerei verriet, um seine Haut zu retten. Dann hätten sie beide im Netz der venezianischen Inquisitionsbehörden gezappelt. Casanova war keineswegs versessen darauf, die Inquisition wissen zu lassen, daß der »spanische Oberst« in Wirklichkeit eine »gefährliche Verbindung« aus alter Zeit war, dessen Werdegang als Betrüger, Magier und Freimaurer ähnlich verlief wie vormals sein eigener. Es hätte ihm nichts genützt, den Sizilianer hinter Gitter zu bringen, wenn er ihm dann selbst in die Bleikammern Venedigs gefolgt wäre.

Wenn Casanova es sich genau überlegte, dann war es ihm gerade recht, daß Graf Pellegrini und seine Frau Venedig verließen, um sich neue Opfer zu suchen. Wenn sie, wie Casanova vermutete, zu sehr viel gefährlicheren Orten aufbrachen, konnte er es getrost anderen überlassen, sie anzuzeigen.

Nekromant

Nekromant: Geisterseher.
Einer, der mit den Geistern der Toten Zwiesprache hält.[1]

Friedrich von Medem war gerade neun Monate tot, als im Februar 1779 Graf Alessandro di Cagliostro in Begleitung seiner Frau, Gräfin Serafina, in Mitau eintraf, der Hauptstadt des kleinen baltischen Herzogtums Kurland, des heutigen Lettland. Friedrich von Medems früher Tod traf seine weiblichen Angehörigen schwer – seine Stiefmutter, Cousine und Tante, vor allem aber seine jüngere Schwester Elisa von der Recke.

Die Medems, Elisas Familie väterlicherseits, waren im Begriff, eine Verbindung mit dem Mitauer Herzoghaus einzugehen, aber nichts hätte ihr gleichgültiger sein können. Welche Bedeutung hatte es nach der Krankheit und dem Ableben ihres geliebten Bruders, daß ihre flatterhafte Halbschwester den Herrscher von Kurland, Herzog Peter von Biron, heiraten sollte? Für die bevorstehenden Festlichkeiten konnte sich Elisa nicht erwärmen. Jedermann wußte, daß Birons Vater von niedriger Geburt war und im Jahr 1737 nur deshalb den Thron bestiegen hatte, weil er ein Günstling der russischen Zarin Anna Iwanowna gewesen war.

Umringt von mächtigen Feinden, die auf die strategisch wichtigen Ostseehäfen und die reichen Bodenschätze Kurlands begehrliche Blicke warfen, konnte von einer echten Unabhängigkeit des Herzogtums nicht die Rede sein. Die dem Wind preisgegebene Küstenebene zwischen dem Finnischen Meerbusen im Norden und Ostpreußen im Süden war ursprünglich von wilden Stämmen baltischer Letten und Kuren besiedelt worden. Im 13. Jahrhundert hatte der Deutsche Orden das Land mit eiserner Faust unterworfen und es danach dreihundert Jahre lang regiert. Damals wurde aus dem lettischen »Kurzeme« Kurland, und das Herzogtum kam unter polnische Lehnshoheit. Polen jedoch konnte aufgrund seiner politischen Schwäche wenig Schutz bieten. So schien dieses Land Invasoren magisch anzuziehen. Im Osten, Norden und Süden wurde Kurland von den Großmächten Rußland, Preußen und Österreich bedrängt. Polen hatte in seinem eigenen Hoheitsgebiet nur geringen Einfluß, in Wirklichkeit hatte die russische Zarin Katharina die Große das Sagen. Sie holte den ursprünglichen Herzog von Kurland 1764 aus dem sibirischen Exil und setzte ihn erneut auf den Thron, sein Sohn Peter trat 1772 mit Katharinas Billigung die Nachfolge an. Und Katharina machte keinen Hehl daraus, daß sie ihre Marionette nach Belieben wieder absetzen konnte.

Elisa, damals fünfundzwanzig Jahre alt, mit kerzengerader Haltung, das Haar zu einer kunstvollen Hochfrisur aufgesteckt, fand längst keinen Gefallen mehr an oberflächlichen Vergnügungen wie Bällen, Konzerten und Theateraufführungen, die die sonst so provinzielle, von kleinen Gehässigkeiten geprägte Atmosphäre am Hof des Herzogs belebten. Birons frisch renovierter Barockpalast mit seinen dreihundert Räumen machte etwas her, aber die Hochzeitsgäste, vornehmlich biedere deutsche Protestanten von bewundernswerter Frömmigkeit und engem Horizont, verbreiteten Langeweile. Mitau mit seinen 20 000 Einwohnern zählte wohl kaum zu den Metropolen Europas. Die Frauen der von Medems – Elisa, ihre Tante, ihre Stiefmutter Agnes und ihre Cousine Louise – waren des Hochzeitsrummels bald müde. Sie suchten ihr geistiges Heil in Büchern, denn sie hatten den Tod Friedrichs noch längst nicht verwunden. Daher war die Freude groß, als die Männer eines Tages mit der Nachricht nach Hause kamen, ein geheimnisvoller Alchemist sei soeben in Mitau eingetroffen. Obwohl ihr Vater zunächst nicht mit der Sprache herausrücken wollte, bestand Elisa darauf, ins Bild gesetzt zu werden.

Der Besucher hieß Alessandro di Cagliostro und wurde von den Mitauer Freimaurern bereits voller Unruhe erwartet. Elisas Vater, Graf Johann von Medem, und ihr Onkel, Landmarschall Otto von Medem, bekleideten in der Loge hohe Positionen. Jahre zuvor waren sie in Halle den Freimaurern beigetreten, überdies waren sie Ritter des Königlich-Polnischen weißen Adler- und Stanislaus-Ordens. Als Studenten in Straßburg und Jena hatten die Brüder auch mit verschiedenen gelehrten Alchemisten gearbeitet, die bei ihnen »einen Hang zur Chemie und zu mystischer Weisheit« weckten. Die Medems hatten seither eine Reihe mystisch orientierter Logen in Mitau geführt und inzwischen den Ritus der Strikten Observanz angenommen.[2]

Neuigkeiten über Cagliostros bisherige Reisen hatten sich bereits in den deutschen Freimaurerlogen verbreitet. Zum Beispiel hatte er einen hochrangigen Rosenkreuzer in Nürnberg verblüfft, als er ihm das höchste Geheimsymbol des

Elisa von der Recke im Alter von etwa dreißig Jahren

Ordens zeigte, eine Schlange, die sich in den Schwanz beißt. In Leipzig hatte er in der Loge »Minerva zu den drei Palmen« offenbar für Unruhe gesorgt, weil er den Logenmeister als Teufelsanbeter bezeichnet und dessen baldigen Tod vorhergesagt hatte. Und zufällig war Major von Korff, ein führender Freimaurer aus Mitau, ehemaliger Spion bei der russischen Armee, am 25. Februar 1779 in Königsberg gewesen, als Cagliostro dort Station machte. Von Korff zeigte sich zwar von der Redegewandtheit des berühmten Mannes beeindruckt, argwöhnte aber, der Reisende sei ein Jesuit, der im Geheimauftrag des Papstes Freimaurerlogen zu infiltrieren und zu zerstören suche. Seine Logenbrüder in Mitau teilten diese Sorge.

Seit Reichsfreiherr von Hundt drei Jahre zuvor verstorben war, hatten die Anhänger der Strikten Observanz in der Freimaurerbewegung mit inneren Konflikten zu kämpfen. Es gab eine ganze Reihe von Anwärtern auf die Führungsposition. Besonders Johann Starck tat sich hervor, Professor der Philosophie am akademischen Gymnasium in Mitau, der seit mehreren Jahren in Kurland lebte. Er nannte sich Frater Archidemides und versuchte, eine neue Variante des Templerritus einzuführen. Nach einem Zerwürfnis mit den Mitauern siedelte er schließlich nach Darmstadt über. Die meisten seiner Logenbrüder, auch die Medems, gelangten im Rückblick zu der Überzeugung, er sei ein jesuitischer Agent mit einer Schwäche für schwarze Magie gewesen.[3]

Es überrascht daher nicht, daß Landmarschall von Medem Cagliostro mit Vorsicht begegnete. Der Marschall hatte eine etwas unauffälligere Erscheinung erwartet, aber der Graf trug bei seiner Ankunft die prächtige Uniform eines spanischen Oberst, und über seinen runden Bauch spannte sich eine leuchtend rote Weste. Sein Haar, an der Stirn bereits schütter, fiel ihm in üppigen Locken auf die Schultern, und an seinen Händen funkelten Edelsteine. Mit großem Stolz präsentierte Cagliostro seine Insignien als Großmeister und Rosenkreuzer-Fürst der Strikten Observanz und verkündete feierlich, er sei abgesandt worden, um den Freimaurerritus in ganz Osteuropa zu reformieren. Seine Anweisungen erhalte er von seinen »geheimen Oberen«, darunter dem »Groß-Cophta«, dem unsterblichen Begründer der ägyptischen Magie. Diese Oberen seien in tiefer Sorge: Die ursprünglichen ägyptischen Mysterien, die die Bewegung prägen sollten, seien verderbt oder vergessen, und zahlreiche Freimaurer seien Teufelsanbetern und Skeptikern verfallen.[4]

Das seien bedeutende und schwerwiegende Vorwürfe, erwiderte der Landmarschall und fragte, ob Graf Cagliostro bereit sei, seine Glaubwürdigkeit durch die Vorführung maßgeblicher spiritueller Operationen vor den führenden Freimaurern der Stadt unter Beweis zu stellen. Dazu sei er gern bereit, erwiderte der Oberst huldvoll, genau das habe er erwartet. Die Mitauer Logenbeamten stellten rasch Schmelztiegel und einen Athanor auf, schürten die Öfen und beobachteten aufmerksam, wie Cagliostro Quecksilber in einen Silberbarren verwandelte. Eine eindrucksvolle Vorführung. Dennoch räumte der Oberst gewiß ein, daß auch ein geschickter Scharlatan derlei Tricks beherrsche – nichts für ungut, aber man müsse sichergehen. Ob Cagliostro bereit sei, sich darüber hinaus einer etwas andersgearteten Prüfung zu unterziehen? Vielleicht könne er eine Séance abhalten und mit den himmlischen Geistern in Verbindung treten, wie es bei den Freimaurern der Strikten Observanz in Mitau üblich sei?

Cagliostro zögerte keine Sekunde. Er benötige lediglich ein Kind unter sechs Jahren, das frei von allen Lastern sei, um als Medium für die Geister dienen zu können. Ja, der jüngste Sohn des Landmarschalls gebe einen idealen *pupille* ab (wie Cagliostro seine männlichen Medien nannte). Die Freimaurer ließen sich auf seine Anordnung im Kreis nieder, das Kind setzte sich auf den Schoß seines Vaters. Behutsam goß Cagliostro dem *pupille* das Öl der Weisheit auf den

Kopf und in die linke Hand und rezitierte dazu mit sonorer Stimme einen Psalm. Durch dieses Ritual, so erklärte er, werde das Kind zum Seher geweiht, den die Geister erkennen. Die ganze Prozedur hatte den Knaben erhitzt, und er fing an zu schwitzen, worauf Cagliostro erklärte, dies sei »ein Zeichen, daß die Geister Wohlgefallen an dem Kinde hätten«. Dann malte Cagliostro mit dem Finger Zeichen in die Hand und auf den Kopf des Knaben und ermahnte ihn, in die gesalbte Hand zu blicken. Dem Landmarschall flüsterte Cagliostro zu, er solle nun den Geistern eine Frage stellen. Ohne daß es das Kind hören konnte, bat der Landmarschall, die Geister sollten dem Kleinen »seine Mutter und die Schwester, die noch zu Hause sei, erscheinen lassen«. Cagliostro fragte den Kleinen, was seine Schwester in diesem Augenblick tue. Schweigen. Nach einer Weile rief das Kind plötzlich, es könne seine Mutter, seine Cousine Elisa und seine Schwester Louise sehen. »[Louise] greift sich nach dem Herzen, als wenn ihr da etwas wehe täte... Jetzt küßt meine Schwester meinen Bruder, der nach Hause gekommen ist.«

Als der Landmarschall daraufhin energisch den Kopf schüttelte, beendete Cagliostro die Séance. Der Landmarschall erklärte, die Vision des Knaben entspringe der Phantasie, sein ältester Sohn Karl aus Tittelmünde sei in einem Armeelager sieben Meilen von Mitau stationiert und befinde sich zur Zeit bei mehrwöchigen Truppenübungen. Cagliostro zeigte sich von dieser schlechten Nachricht unbeeindruckt und schlug gelassen vor, die Vision dennoch zu überprüfen. Also begaben sich die Freimaurer in das Haus des Landmarschalls, wo Karl sie an der Tür begrüßte. Unerwartete Umstände hatten ihm den Besuch bei der Familie ermöglicht. Und Louise hatte tatsächlich kurz vorher so starkes Herzklopfen gehabt, »daß ihr ganz schlimm geworden war«.

Als Elisa diese Geschichte von ihrem Vater hörte, regte sich Hoffnung in ihrem Herzen. Vielleicht erfüllte sich ja nun ihr sehnlichster Wunsch, mit dem Geist ihres verstorbenen Bruders Friedrich zu sprechen. Sie und die anderen Frauen der Familie drängten darauf, diesen Cagliostro endlich kennenzulernen.

Sie wurden nicht enttäuscht. Cagliostros faszinierende Augen, sein würdiges Auftreten und seine geheimnisvollen Worte fesselten sie vollständig – ungeachtet seines Kauderwelschs aus Italienisch, Französisch und Arabisch. Elisa fühlte sich sofort stark zu ihm hingezogen und bezeichnete ihn in ihrem Tagebuch als den »sonderbarsten Mann, den ich noch jemals gefunden«.[5]

Elisa war begeistert, als Graf Cagliostro nach wenigen Wochen andeutete, der Großkophta habe ihm die Erlaubnis erteilt, eine »Loge d'Adoption« zu gründen. Parallele Logen, die auch Frauen aufnahmen, gab es in Frankreich, in Osteuropa waren sie hingegen gänzlich unbekannt. Die idealistisch gesinnten Frauen der Familie von Medem freuten sich. Endlich bot sich ihnen die Möglichkeit, sich im Dienste des Gemeinwohls in den Geheimwissenschaften kundig zu machen: Cagliostro versprach, sie als Mitglieder dieser »geheimen Gesellschaft ... zu höherer Glückseligkeit« zu führen.[6]

Die Adoptionsloge wurde am 29. März unter Leitung eines kleinen Kreises von Gründerinnen offiziell eröffnet: Elisa, ihre Cousine Louise, ihre Tante Frau von Medem (geborene von Kayserling), ihre Stiefmutter Agnes – während Serafina als Großmeisterin den Vorsitz führte. Als männliche Mitglieder traten Elisas Vater und Onkel bei, ihr Vetter Karl, Oberburggraf Otto von Howen, ein enger Freund der Familie, Major von Korff sowie drei weitere würdige Freunde: ein Arzt, ein Notar und ein Jurist. Letzterer, Hofrat Sigismund von Schwander, schloß sich der Loge nur deshalb an, um Elisa zu beschützen, denn der neue Geisterbeschwörer oder Theurgist hatte seine Eifersucht und sein Mißtrauen geweckt.

Verstimmt stellte Elisa fest, daß ihre spirituellen Ambitionen hinter den gröberen materiellen Zielen ihres Vaters und Onkels zurückstehen mußten. Nachdem sie ihr Leben lang erfolglos versucht hatten, den legendären Stein der Weisen zur Umwandlung unedler Metalle in Gold zu finden, freuten sie sich, endlich einen hervorragenden Alchemisten zur Seite zu haben, der ihre Experimente leitete. Aber auch dieses Anliegen trat in den Hintergrund, als Cagliostro eines Tages in der Loge verkündete, er kenne einen Ort in Kurland, wo geheime chemische Rezepte und magische Instrumente vergraben seien. Wie nebenbei fügte er hinzu, in dem Versteck befänden sich auch große Schätze, die für ihn aber nur von geringem Belang seien. Auf Drängen der Brüder Medem, die diese Ankündigung in höchste Erregung versetzte, griff der Theurg zu Stift und Papier und zeichnete ein charakteristisches Wäldchen, das beide sofort erkannten: Es lag auf dem Landgut Wilzen des Landmarschalls, auf dem die Medems aufgewachsen waren.

Otto und sein jüngerer Bruder Johann wären als Kinder, angeregt durch die Erzählungen der Leibeigenen, gern in den Wäldern des Landguts auf Schatzsuche gegangen, aber abgesehen von ihrer Angst vor Waldgeistern, die in einsamen Gegenden ihr Unwesen trieben, wirkte das Dickicht aus Birken, Espen und Holunderbüschen, die das unwegsame Gelände überwucherten, abschreckend. Cagliostros Zeichnung gab Rätsel auf: Woher kannte er die Besonderheiten des Waldes? Das Gut lag eine Tagesreise entfernt, und er hatte es doch gewiß niemals gesehen oder betreten. Daraufhin rief Cagliostro, das sei wahr, er habe den Wald niemals auf herkömmlichem Wege besucht, aber während die anderen eines Nachmittags ruhten, hätten dienstbare Geister – unter Führung des Großkophta persönlich – ihn durch den Äther zu dem Ort geführt. Es habe nur eine halbe Stunde gedauert.

Von diesem Augenblick an widmeten sich die Brüder Medem voller Enthusiasmus den Vorbereitungen der Schatzsuche. Ende April 1779 brachen schließlich von Mitau drei Kutschen auf. Sie überquerten zunächst mehrere Brücken über jadegrüne und weiße Flußarme, sodann rumpelten sie über das Kopfsteinpflaster der baumgesäumten Straßen der Altstadt.

Am anderen Ende der Stadt passierten sie das Stadttor und befanden sich plötzlich auf offenem Feld. So weit das Auge reichte, erstreckte sich vor ihnen die semgallische Tiefebene bis nach Litauen, Ackerland wechselte mit Heideland, und auf den nächsten hundertzwanzig Kilometern boten nur kleine Bauernhöfe, Moore und Wäldchen ein wenig Abwechslung. In Wilzen wurde die Expedition bereits von Landmarschall Otto von Medem, seiner Frau, der Tochter und den beiden Söhnen erwartet, die ungeduldig nach den Kutschen Ausschau gehalten hatten.

In einer Kutsche saß der jüngere Bruder des Landmarschalls, der siebenundfünfzigjährige Graf Johann von Medem, sonst ein gestrenger Mann, den der Anlaß jedoch in Hochstimmung versetzte. Ihn begleitete seine dritte Frau Agnes Elisabeth (geborene von Brukken) – ihre beiden Vorgängerinnen, darunter Elisas Mutter, hatte er zu Grabe getragen. Das Paar unterhielt sich wie üblich auf Deutsch mit dem langjährigen Freund der Familie, Major von Korff, der anfangs gezweifelt hatte und nun zu den glühendsten Verehrern Cagliostros zählte.

Ihnen folgte die Equipage des Oberburggrafen Otto von Howen. Dessen Erregung wurde gleichermaßen von der Aussicht auf den Goldschatz wie von der schönen Frau befeuert, die neben ihm saß. Von ihrem Gemahl ermuntert, hatte Gräfin Serafina den Oberburggrafen bereits verführt, und er stand vollkommen in ihrem Bann. Zu seinen Geschenken zählte ein wertvoller edelsteinbesetzter Ring, und er war bereit, mit weiteren Gaben aufzuwarten.

An der Spitze des Zugs fuhren Cagliostro und Elisa von der Recke. Mit ihrer hohen Stirn, ihrer langen geraden Nase und ihrem energischen Kinn wirkte Elisa selbstbewußt, aber ihre großen Augen hingen ehrfurchtsvoll an den Lippen des untersetzten älteren Mannes an ihrer Seite. Zwischen ihnen bestand eine merkwürdige Affinität. Cagliostros zuweilen erhabene, zuweilen unverständliche Worte glichen einem glitzernden Strom, durchsetzt mit französischen, italienischen und arabischen Strudeln. Wie gewöhnlich untermalte er seinen Redeschwall mit lebhaften Gesten. Er drängte Elisa zu einer Entscheidung, aber sie schwankte, war ängstlich und nervös, wollte nicht einwilligen.

Er sprach von geistigen, nicht von materiellen Schätzen – von der Wesensart guter Geister und dem Schattenreich der unlängst Verstorbenen. Die Fähigkeit, mit himmlischen Wesen Zwiesprache zu halten, beschränke sich nicht auf ein paar wenige Weise wie ihn; jeder gute Mensch sei dazu imstande. Unter Cagliostros Anleitung könnten auch gewöhnliche Sterbliche, die sich auf einer Seelenreise verschiedenen Versuchungen und schweren Prüfungen gestellt hätten, die Vereinigung mit dem göttlichen Geist erlangen.

Geschickt lockte er Elisa mit dem Versprechen, ihre glühendste Hoffnung zu erfüllen – durch die Geister Nachricht vom Schicksal ihres verstorbenen Bruders Friedrich zu erhalten. Als Gegenleistung forderte er, Elisa solle ihn an den Hof von Sankt Petersburg begleiten. Mit schmeichlerischen Worten legte er dar, für Elisa – mit ihrem Verstand und ihren Verbindungen – sei es bestimmt ein Leichtes, die russische Zarin Katharina II. für sich zu gewinnen. Gemeinsam mit Cagliostro werde Elisa Katharina überreden, Großmeisterin einer Adoptionsloge nach dem ursprünglichen ägyptischen Ritus zu werden. Die Zarin werde daraufhin die verderblichen Einflüsse ausräumen, die die Freimaurerei in Rußland, Polen und im Osten Deutschlands zersetzten. Dann könnten die Freimaurer neu entdecken, wie man Zwiesprache mit guten Geistern hält, und sich in der vergessenen ägyptischen Kunst der Theurgie üben.

Es gebe Unsterbliche, so Cagliostro, die menschliche Gestalt annähmen, um verdienstvolle Menschen die Wissenschaft der geistigen Zwiesprache zu lehren. Jesus, der »erste und größte Magier, der je gelebt«, sei als einfacher Zimmermann auf Erden erschienen, nachdem er in den Pyramiden Ägyptens eingeweiht worden sei. Und natürlich habe Jesus, so wie Cagliostro, den sieben himmlischen »Erzengeln«, »Genien« oder »guten Geistern« geboten – zu denen Cagliostro Anael, Michael, Raphael, Gabriel, Uriel, Zobiachel und Hanachiel rechnete.[7]

Nichts bleibe diesen sieben Geistern verborgen, erklärte Cagliostro. Sie seien beauftragt, die eingeweihten Freimaurer zu überwachen, damit sie nicht den »Nekromantisten« anheimfielen – den bösen Geistern, die die Unterwelt bewachten. Andererseits habe Gott, der große »Baumeister der Welten«, Geister angewiesen, Adepten wie Cagliostro selbst moralischen und geistigen Prüfungen zu unterziehen, um festzustellen, ob sie sich etwa der schwarzen Magie verschrieben hätten. Elisa solle ihm dankbar sein, daß er dem guten Geist Hanachiel befohlen habe, über sie zu wachen und sie zu leiten.

Als würde er eine ebensolche Prüfung durchführen, fragte Cagliostro plötzlich, ob Elisa gewisse Umstände aus dem Leben eines Herrn Z. kenne. Sie erwiderte aufrichtig, sie wisse tatsächlich etwas, habe aber ihrer Stiefmutter und zwei Freunden versprochen, Stillschweigen darüber zu bewahren. Obwohl Cagliostro ihr zusetzte, blieb Elisa hart: Sie hatte ihr Wort gegeben. »Schlange, die ich an meinem Busen nähre! Du lügst!«, fuhr er sie schließlich an. »Schwöre, schwöre mir hier, daß Du von Z. Lebensumständen keine Anekdote weißt, die außer Dir nur dreien bekannt ist.«

Elisa, die vor Schreck nicht antworten konnte, lauschte mit Tränen in den Augen den wütenden Angriffen des Grafen. »Nun Heuchlerin! was verstummen Sie? Antworten Sie mir, Sie wissen also nichts von Z. zu sagen?« Schließlich faßte sich Elisa und antwortete ernst: »Herr Graf! Ihr Betragen befremdet mich; ich weiß nicht, für wen Sie die Szene spielen, da Sie doch jetzt nur mich an Ihrer Seite haben: mich die, wie Sie selbst sagen, von Ihrem dienstbaren Geiste Hanachiel beobachtet wird. Da ich das Auge des Allsehenden, der in das Innere meines Herzens lieset, nicht zu scheuen habe; so fürcht ich auch die Beobachtung Hanachiels nicht, wenn er als guter Geist in meiner Seele lieset. Und ist er es nicht; nun! so mag er Ihnen von mir berichten was er will. Ich traue auf Den, der Dämonen und Nekromantisten im Zaume zu halten weiß; und ich bin überzeugt, daß er alle Unordnung in der Welt am Ende zum besten lenken wird.«

Der Zorn des Grafen verflog so rasch, wie er gekommen war. Er sah Elisa tief in die Augen und drückte zärtlich ihre Hand: »Gute Seele! Die Verschwiegenheit, die Stärke des Geistes und die Klugheit, hätt ich Ihnen bei Ihrer Jugend nicht zugetraut. Sie haben sich aus dieser Sache weit über alle meine Erwartung heraus gezogen. Nun kann ich Ihnen sagen, wie die Sache zusammen hängt. Mir ward *von meinen Obern* befohlen, Ihnen diese verfängliche Frage vorzulegen... Würden Sie mir das Ganze gestanden haben; nun so wär ich in Furcht gewesen, daß Sie aus Schwäche auch künftigen Versuchungen unterliegen, und an den gefährlichen Klippen der Magie scheitern würden.«[8]

Nun erreichten sie den zu Gut Wilzen gehörigen Wald, in dem ein Feuer gewütet hatte. Eine Weile las Cagliostro schweigend in einem kleinen ledergebundenen Buch; dann begann er, Gebete in einer fremden Sprache zu sprechen, und rief schließlich wild gestikulierend: »Dort, dort liegen die magischen Schriften vergraben.« Kaum waren die Reisenden an der bezeichneten Stelle angelangt, sprang er aus der Kutsche, lief zu einer Lichtung und deutete auf einen vom Blitz gespaltenen Baumstumpf.

Als auch die übrigen Schatzsucher eingetroffen waren, erklärte Cagliostro außer Atem, unter diesem Baum sei der Schatz vor sechshundert Jahren vergraben worden. Jetzt sei aber nicht der rechte Zeitpunkt, ihn zu heben; die dämonischen Kräfte, die um den Baumstumpf schwirrten, seien zu stark. Die Anstrengung, sie zu bannen, ließ ihn am ganzen Körper zittern. Man müsse zunächst ins Herrenhaus zurückkehren und mit dem kleinen *pupille* einige vorbereitende Séancen abhalten.

Im Lauf der nächsten Woche beobachteten Cagliostros Jünger hilflos, wie der Meister gegen den bösen Einfluß der Schatzdämonen kämpfte. Es liege auf der Hand, so erklärte er, daß ein Nekromant sie von dem Schatz fernhalte, um ihn selbst zu heben. Während die Männer ergebnislos rund um den Baumstumpf gruben und die Frauen Ratschläge erteilten, rang Cagliostro mit den Geistern. Er betete, er schritt wie von Sinnen auf und ab, er rezitierte aus seinem Buch. Manchmal zog er sich für längere Zeit in sein Zimmer zurück, aus dem dann ein schauerliches Stöhnen zu hören war. Während dieser Zeit aß er fast nichts und schlief anscheinend nie.

Einige Male nahm Cagliostro den sechsjährigen Sohn des Landmarschalls mit in den Wald, um nach Schriften zu suchen, die den Bann brechen könnten. Der Junge stellte nach wie vor die Verbindung zu den guten Geistern her, ohne deren Hilfe die Schatzsucher wenig Aussicht auf Erfolg hatten. Die Unschuld des Kindes, so Cagliostro, sei eine Garantie für gute Absichten und eine geistige Membran, durch die Engel zu den Sterblichen sprechen können. Jeden Morgen hielt Cagliostro eine Séance mit dem Kind ab. Der Junge saß getrennt von den anderen hinter einem Schirm – damit er sich besser konzentrieren könne, wie Cagliostro meinte – und starrte in eine mit Wasser gefüllte Kristallschale, bis schemenhafte Bilder unter der Oberfläche schimmerten.

Eines Morgens rief das Kind hinter dem Schirm, es sehe,

daß sich die Erde unter einem Baumstumpf öffne. Der Junge sollte nun die steile Treppe hinuntergehen und, um seine Furcht zu bändigen, dabei die Stufen zählen. Die Freimaurer glaubten, die Schritte des Kindes zu hören. Halb entsetzt, halb erregt, berichtete der Junge, er gehe nun einen langen Gang entlang. Plötzlich schrie er auf. Ja, er sehe »viele goldne Ruten, Gold- und Silber-Münzen, allerlei Sachen von Eisen, beschriebene Papiere, und rotes Pulver«.

Und dann: »Ich sehe sieben sehr schöne Menschen, alle in weißen langen Kleidern: der eine hat ein rotes Herz vor der Brust, die andern alle haben rote Kreuze, und etwas vor der Stirne geschrieben, aber ich kann nicht lesen.«[9]

Die Zuhörer tauschten Blicke – offensichtlich waren diese Weißgewandeten die sieben Erzengel, die die Uniform der Tempelritter trugen. Wenige Minuten später schloß Cagliostro die Séance, indem er den *pupille* bat, seine himmlischen Besucher zu umarmen und zu küssen. Das Kind folgte der Aufforderung und wurde ebenfalls geküßt. Vierzehn Küsse: Die in Ehrfurcht erstarrten Freimaurer vernahmen deutlich das Geschmuse der Engel.

Nach der achttägigen Feuerprobe zeigte sich der abgezehrte, erschöpfte Cagliostro zufrieden. Um seine Jünger nicht zu erschrecken, habe er ihnen verschwiegen, wieviel auf dem Spiel stand. Wären diese vergrabenen Mysterien seinen nekromantischen Rivalen in die Hände gefallen, »hätte das für die Welt die traurigsten Folgen gehabt ... und es hätte einige Jahrhunderte gedauert, bis unser Globus davon gereinigt wäre«.[10] Dank der Rituale Cagliostros, vor allem aber mit Hilfe eines »durch Beschwörung geheiligten Nagels«, den er unter dem Baumstumpf vergraben habe, sei rund um den Schatz ein himmlischer Schutzschild errichtet worden. Der Nekromant – in dem er den falschen Freimaurer, einen Professor Starck, erkannte, der vor wenigen Jahren in Mitau gelebt hatte – müsse dem Areal bis auf tausend Meilen fernbleiben. Der Name Johann Starck löste heftige

Erregung aus, denn er war der Familie als verkappter Jesuit in Erinnerung, der sich in der Loge eine Führungsposition hatte sichern wollen.

Überdies versprach Cagliostro, wenn er den höchsten Grad des ägyptischen Ritus erlangt habe, was schon bald der Fall sei, habe er die Macht, die verbleibenden Dämonen zu bannen, den Schatz zu heben und ihn den Brüdern Medem zu überreichen. Nein, nein, er wolle nichts für sich, aber schließlich willigte er auf Drängen der Familie ein, wenigstens die magischen Schriften und das rote Pulver zu nehmen, um es seinen Obern zu überreichen.[11]

Zwar fand Elisa Cagliostros Wutausbruch in der Kutsche beängstigend, aber nach wie vor äußerte sie sich in ihrem Tagebuch hingerissen über diesen »Priester der Geheimnisse«. So groß war ihre Begeisterung über den Magier, daß Freunde sich bereits um ihre seelische Gesundheit sorgten, die seit Friedrichs Tod ohnehin angeschlagen war. Ihnen fiel auf, daß Elisas Wunsch, mit dem Geist ihres Bruders in Verbindung zu treten, zur Obsession geworden war. Seit fast einem Jahr suchte sie des Nachts Kirchhöfe auf und bat die Engel mit verzweifelten Gebeten, ihr ein Gespräch mit Fritz zu gewähren.

Warum litt Elisa so unbeschreiblich? Die Antwort, die sie in einer Nachschrift zu ihrem Tagebuch gab, erklärt es wenigstens teilweise.[12] Ihr Vater hatte immerhin dreimal geheiratet, und seine Kinder erlebten das Trauma, das mit solchen Einschnitten einhergeht. Die zweite Gräfin von Medem war verstorben, als Elisa noch ein kleines Mädchen war, daher wurde sie von ihrer Großmutter mütterlicherseits aufgezogen. Ihr Bruder Friedrich blieb hingegen im Haushalt des Vaters und der Stiefmutter. Die hübsche verträumte Elisa hatte ihre einsame Jugend mit der Lektüre von Liebesgedichten, schwärmerischen Romanen und mystisch-christlichen Traktaten zugebracht, »denn freilich war Religion bei mir

Leidenschaft«.[13] Dann arrangierte ihr Vater für die Sechzehnjährige eine Heirat mit Georg von der Recke, einem ungehobelten Gutsbesitzer in mittleren Jahren. Ohne Vorwarnung sah sich Elisa in ein heruntergekommenes Anwesen in Neuenburg »aus dem Geräusche der großen Welt in stille Einsamkeit auf dem Lande« versetzt. Hier, umgeben von düsteren Wäldern und in einer menschenleeren Ebene, begann sie ihren Mann und das derbe Leben, das er ihr aufzwang, zu hassen. Er interessierte sich vor allem für Bärenjagd und Bier, während Elisa in seinen Augen fürs Bett, für die Erziehung der Kinder und den Haushalt zuständig war.

Doch Elisa entschied sich, eine intensive Gefühlsbeziehung zu ihrem gleichermaßen einsamen Bruder aufzubauen. »Wie voll schlägt mein Herz«, schreibt sie ihm, »wenn ich an dich, du Liebster, denke! Und wenn denk' ich denn nicht an dich?« In fünf unglücklichen Ehejahren pflegten die Geschwister einen regen Gedankenaustausch über das Leben, den Tod und die Kunst. Elisa vertiefte sich in die melancholischen *Nachtgedanken* Edward Youngs und die religiösphilosophischen Schriften des Schweizer Geistlichen Johann Kaspar Lavater.

Von Stimmungsschwankungen und Selbsthaß gepeinigt, brachte Friedrich viele Stunden bei einsamen Grübeleien im Wald zu, wo Elisa ihn einmal untröstlich weinend antraf.[14] Er fühlte sich seinem Vater und seiner Stiefmutter fremd, die ihm vorwarfen, eine »dunkle Seele« zu haben und ihn bestraften, weil er sich nicht konzentrieren konnte.[15] Seiner Schwester vertraute er an: »Eltern, Verwandte, und was man im geistlosen Sprachgebrauch Fremde heißt, verstehen mich nicht; von Unbiegsamkeit sprechen sie, von Eigenheiten des Sonderlings, von hochfahrendem Sinne, und wohl auch wieder von weinerlicher, zerfließender Weichheit.«[16] Er war der geeignete Kandidat für den hysterischen Jugendkult, der sich um Goethes *Leiden des jungen Werthers* rankte und der viele junge Leute in den Freitod trieb.

Der Briefwechsel zwischen den Geschwistern spricht von großer Zärtlichkeit. Elisa nannte ihren Bruder liebevoll Fritz, sie war seine geliebte Lotte: »So wie du Liebster, versteht keiner mich, keinem wage ich's auch so, wie dir jede geheime Falte meiner Seele zu öffnen«. Sie fanden Kosenamen füreinander: »mein Liebling«, »Liebster«, »Schutzengel meines Leben«. Sie hatten Haarlocken ausgetauscht und trugen abgeänderte Liebesbeteuerungen aus dem *Werther* bei sich. »Du Seele meiner Seelen«, schrieb Elisa. »Ja, Lotte, deiner werth zu werden, ist das Geschäft meines Lebens«, antwortete er.[17]

Dann nahm Friedrich sein Studium an der Universität Straßburg auf, wo er kein Jahr später an einem Fieber starb. In ihrem Kummer verschrieb sich Elisa dem Mystizismus, aber sie fand keinen Trost. Ihre Versuche, durch Trance, Traum und Vision Kontakt mit Engeln aufzunehmen, wie es der berühmte schwedische Theosoph Emanuel von Swedenborg empfahl, scheiterten kläglich.

Die näheren Umstände von Friedrichs Tod verriet Elisa allerdings niemandem, nicht einmal ihrem Tagebuch. Sie hatte 1776 ihren Mann verlassen, und ihr einziges Kind, die zweijährige Friederike, war kurze Zeit später im selben Jahr wie Elisas Bruder gestorben. (Sie selbst bekam zwar keine Kinder mehr, nahm aber nicht weniger als dreizehn Waisen in ihr Haus auf und lebte so ihre mütterlichen Gefühle aus.) Die Schuldgefühle und der Schmerz, den der Verlust ihrer Tochter brachte, wurden durch einen tragischen Konflikt mit ihrem Bruder in den Monaten vor seinem Tod nur noch verschlimmert.

Nach seinem Umzug nach Straßburg ging Friedrich mehr aus sich heraus und begann, das Leben zu genießen. Ärgerlich hielt ihm Elisa einen Vortrag über die Gefahren der Ausschweifung. »Keine Verschwendung ist unedler, keine gemeiner als die der Zeit... Ja, mein Liebster, wenn wir nicht beständig auf uns aufmerksam sind, und den Grund jeder Handlung erforschen, so schleicht sich so manches in unsre Seele hinein, worüber wir erröthen sollten.«[18] Schlimmer noch, er hatte eine Frau namens Lisettchen kennengelernt, mit der er – zum Entsetzen seiner Schwester – seine »Lust« befriedigte.[19] Eifersüchtig zog Elisa über ihn her und beschuldigte ihn der moralischen Verworfenheit. Aber dann war Fritz plötzlich nicht mehr, und Elisa litt Höllenqualen, weil er im Zerwürfnis mit seiner geliebten Lotte gestorben war.

Auch sorgte sie sich, ob etwa ihre Eifersucht ihn in den Tod getrieben hatte. Über Selbstmord sprach man zwar nicht, aber ganz auszuschließen war diese Möglichkeit nicht. Offenbar hatte Fritz wenige Monate vor seinem Tod entsprechende Andeutungen gemacht. Elisa überwand sich, seinem Repetitor in Straßburg, Johann Blessig, zu schreiben, um Einzelheiten über die geistige Verfassung ihres Bruders vor seinem Ableben zu erfragen. Blessig konnte ihr wenig Tröstliches berichten: Er schilderte Friedrich als verirrte Seele, er habe an Depressionen und schweren Kopfschmerzen gelitten. Ein anderer Freund meinte, die Depression habe ihn getötet: »Die Ärzte geben jetzt zur Ursache seiner Krankheit an eine Verstockung vieler kleiner Gefäße, die von lang verhaltenem innerlichen Chagrin herkömmt.«[20]

Nicht weniger belastend war die Befürchtung, daß Fritz wegen des Streits mit Elisa dem Atheismus verfallen sei. Blessig berichtete ihr, Friedrich habe der Religion abgeschworen und sogar ein Traktat über den »wahren Begriff der Freiheit, der Tugend; Unsterblichkeit der Seele; Zuverläßigkeit der Bibel; und andere damit verwandte Materien« verfaßt, das er später zerstörte, damit es ihr nicht unter die Augen käme. Offensichtlich hatte Fritz an der Existenz Gottes gezweifelt. Eine solche Lästerung des Herrn ließ Elisa erzittern. Das Seelenheil ihres Bruders befand sich in höchster Gefahr.

Natürlich verriet Elisa dem Grafen Cagliostro nichts von

alledem, aber sobald sich die Aufregung um die Schatzsuche gelegt hatte, bat sie ihn, Kontakt zum Geist ihres Bruders herzustellen. Sie fürchtete – wie sie ihm unter Tränen gestand –, ein bösartiger Nekromant habe ihren Bruder in den Tod getrieben.[21] Zunächst zögerte Cagliostro und erklärte, der Aufgabe nicht gewachsen zu sein, ließ sich aber dann doch erweichen. Um den 12. April 1779 streckte er die Waffen. Cagliostro versprach ihr einen magischen Traum, durch den sich die himmlische Wiederbegegnung vollziehen sollte, aber er warnte sie zuvor vor der erhabenen Natur und Wirkungsweise der heiligen Magie. Es sei geboten, daß sie sich in der richtigen Stimmung schlafen lege: Die Vorbereitungen seien für den Erfolg des Unternehmens von maßgeblicher Bedeutung.

Am Abend überreichte Cagliostro im Beisein der übrigen Freimaurer ihrem Vater ein versiegeltes, zum Dreieck gefaltetes Papier, das erst am nächsten Tag geöffnet werden dürfe, wenn Elisa von ihrem Traum erzählt habe. Auf dem Papier stehe eine geheime Frage, die der Traum beantworten werde. Ehe sich Elisa zu Bett begab, sah ihr Cagliostro in die Augen und ermahnte sie, unter ernsten Gebeten einzuschlafen.

Zu ihrem Entsetzen tat Elisa kein Auge zu. Vor Aufregung zitternd lag sie die ganze Nacht wach und betete um Schlaf. Bedrückt und erschöpft begab sie sich in den Kreis der Freimaurer, die gespannt warteten. Nichts, berichtete sie unter Tränen, sie habe nicht geschlafen, geschweige denn einen magischen Traum gehabt. Der enttäuschte Cagliostro nahm die Schuld auf sich, weil er sie nicht genügend beruhigt habe. Am Abend traf er erneut alle Vorbereitungen, um Elisa in die richtige Gemütslage zu versetzen – aber auch diesmal blieb der Erfolg aus. In der folgenden Nacht bekam Elisa Angstzustände. Völlig übermüdet und außer sich vor Furcht, warf sie sich im Halbschlaf von einer Seite auf die andere, und ihre ruhelosen Gedanken, Hoffnungen und Sehnsüchte »erregten kalte Schauder in mir«.[22] Am nächsten Morgen zeigte sich Cagliostro weniger gnädig: Er habe ihr »größere Fähigkeiten zur Mystik zugetraut«, vielleicht sei sie eines magischen Traumes ja nicht würdig.

Elisa war tiefunglücklich, sie konnte nichts dafür, hatte ihr Bestes versucht. Nichts wünschte sie sich sehnlicher als diesen Traum. Am Abend, bevor sie die Kerze löschte, las sie »einige Blätter im Swedenborg« über Zusammenkünfte mit Engeln, aber diesmal brach sie unter der Anspannung völlig zusammen. Statt zu schlafen, fiel sie in einen Fieberwahn. Schwitzend, verstört und zitternd war sie nicht einmal imstande, das Mädchen zu rufen. Am nächsten Morgen zeigte sich Cagliostro weder verwundert noch wütend. Er erklärte den Logenbrüdern, Elisa sei zu schwach, als daß er ihr »den magischen Traum hätte geben können, ohne ... [ihr] Leben in Gefahr zu bringen... Hätte er seine Zitation noch weiter getrieben, so hätte ... [ihr] organischer Bau ganz aufgelöst werden können.«

Als sie sich von der Nacht erholt hatte, nahm Cagliostro ihre Hand und meinte fürsorglich: »Gutes Kind! Sie haben diese Nacht gelitten...« Er hätte sie zwar ohne weiteres »tiefer in die heilige Mystik ... hineinschauen lassen können«, aber die Gefahren seien zu groß gewesen. Er habe eine höhere Verantwortung für sie, aber auch gegenüber ihren Eltern und Freunden, die sie liebten. Freundlich bat er Elisa, ihre Mitschuld an dem Mißerfolg einzugestehen. »Hanachiel, der Schutzgeist, den ich Ihnen zugesellt habe, und der Sie, seit Sie in meinen Bund getreten sind, beobachtet, und mir von Ihren Gedanken und Handlungen Rechenschaft bringt, versichert mir, daß mehrenteils der Schmerz über den Tod Ihres Bruders Sie jetzt der Mystik zuführet, und daß Ihres Schicksals den ersten Samen zum Hange der Magie in Ihre Seele gepflanzt habe. Daher können die guten Geister noch nicht auf Sie wirken, weil Sie die Magie nicht bloß um der Magie willen, sondern darum lieben, weil der

Tod Ihnen das genommen hat, woran ihre Seele vorzüglich hing.«[23]

Nach einer geruhsameren Nacht war Elisa wieder wohlauf, und zu ihrer Freude versprach Cagliostro, durch die weniger gefährliche Methode einer Séance mit Friedrichs Geist in Verbindung zu treten.

Die Geisterbeschwörung sollte am 15. April im Hause ihres Onkels stattfinden. Die Teilnehmer ließen sich in einem magischen Kreis nieder, den Cagliostro mit Kreide auf den Boden gezeichnet hatte; dann malte er mit seinem blanken Degen Symbole in die Luft. Die Séance begann, indem er seinem *pupille* in einem rituellen Akt die Taufnamen Friedrichs nannte. Danach bediente er sich der Gematria, des mystischen Erkenntnisgewinns, und kritzelte kabbalistische Symbole und Zahlen, beruhend auf Friedrichs Initialen F.V.M., auf ein Stück Papier. Nach den üblichen Salbungen, Beschwörungen und wiederholtem Aufstampfen mit dem Fuß rief er mit donnernder Stimme die magischen Worte: »Helion, Melion, Tetragrammaton.« Dann befragte er leise den kleinen Seher. Elisa lauschte ungeduldig.

»Was sehen Sie jetzt?«

»Ich sehe den kleinen schönen Jungen, der mir das letzte mal im Walde die Erde öffnete.«

»Bitten Sie den schönen Knaben, daß er Ihnen den seligen Bruder Ihrer Cousine von der Recke zeige.«

»Der Bruder ist da!«

»Sieht er munter oder traurig aus, und wie ist er gekleidet?«

»Er sieht vergnügt aus, und hat eine rote Uniform an.«

»Was tut er jetzt?«

»Er legt die Hand auf das Herz, und sieht mich freundlich an.«

Elisa, die nun fest glaubte, ihr Bruder sei im Himmel, schluchzte vor Freude.

Dank dieser Katharsis hätte Elisa eigentlich ihren Seelenfrieden finden müssen, aber Mißtrauen hatte sich eingeschlichen. Sie konnte den Blick, den das Medium von ihrem Bruder erhascht hatte, nicht ganz unbeschwert genießen, denn bei eben jener Séance hatte sich etwas zugetragen, das Zweifel an Cagliostros moralischer Integrität aufwarf. Er hatte nämlich nicht nur Verbindung zu Friedrichs Geist aufgenommen, sondern auch Elisas Schwager, dem kurländischen Herrscher Herzog Peter von Biron, eine unangenehme Überraschung bereitet.

Am Vortag hatte der Herzog beim Abendessen seine Gäste durch eine spöttische Bemerkung über die Magie amüsiert. Cagliostro, der dem Essen beiwohnte, fühlte sich zutiefst gekränkt. Später bei der Séance zeigten sich alle überrascht, als plötzlich der Geist des Herzogs in Erscheinung trat. In dem Kristallglas erblickte der *pupille* den Herzog, der elend in Ketten lag. Zu Elisas Entsetzen berichtete er weiter: »Der kleine schöne Junge zieht die Kette um seinen Hals immer fester zusammen.« Nun drangen hinter dem Schirm Würge- und Keuchlaute hervor, und Cagliostro erklärte anschließend, »er wäre Herrn von N.N. eine Strafe schuldig gewesen, und hätte diesen nun hart gestraft.« Und tatsächlich schien er recht zu behalten. Elisa erfuhr wenige Tage später, daß der Herzog, der der Séance nicht beigewohnt hatte, in eben jenem Augenblick von »Würgen im Halse und heftigen Gliederschmerzen« heimgesucht worden war. Cagliostro hatte sogar vorausgesagt, welchen Arzt der Leidende zu Rate ziehen würde.[24]

Elisa kam über diese Boshaftigkeit nicht hinweg; die Begebenheit verdarb ihr die Freude an der Erlösung ihres Bruders. Wie konnte ein großer Lehrer der Moral sich in einer einzigen Séance so widersprüchlich verhalten? Eine Zeitlang hatten Elisa und die übrigen Freimaurer die gelegentlichen Verfehlungen ihres Meisters übersehen. Schließlich war er in Ägypten aufgewachsen, wo man bestimmt ganz andere Sitten pflegte. Aber seine arabische Herkunft konnte regelrechte Grausamkeit nicht entschuldigen. Als sie das Thema ansprach, erwiderte Cagliostro knapp, Biron sei aus Gehorsam gegen die Schutzgeister bestraft worden, die nicht zuließen, daß jemand ihren Meister verhöhne. Aber Elisa blieb unbeirrt: Gewiß befahlen doch die Engel Cagliostro nicht, so launisch und reizbar zu sein oder Anhänger zu drangsalieren, die kleinere Fehler begingen, wie etwa aus dem magischen Kreis herauszutreten.

Müde seufzend, als spräche er zu einem trotzigen Kind, erwiderte Cagliostro, ob sie denn nicht begreife, daß er seine oft zur Schau getragene Verdrießlichkeit bewußt einsetze, um die »Herzens- und Geistesfähigkeiten« seiner Jünger zu erforschen? Die Geister hätten ihm befohlen, in verschiedene Persönlichkeiten zu schlüpfen, um die Zuverlässigkeit seiner möglichen Jünger zu prüfen. Er habe ihr doch schon oft gesagt, ein Theurg müsse ständig auf der Hut sein, ob seine Anhänger nicht mit den Versuchungen der schwarzen Magie liebäugelten. Wenn man Freimaurerregeln breche und zum Beispiel aus dem magischen Kreis trete, könnten böse Geister entfesselt werden. Solcher Ungehorsam könne auch den Theurgen schädigen. Ob ihr denn nicht aufgefallen sei, daß er nach der Séance in Ohnmacht fiel? Ihr Cousin Karl, der aus dem magischen Kreis getreten war, und er, Cagliostro, könnten sich glücklich schätzen, noch am Leben zu sein. Ohnmacht oder sofortiger Tod hätten die Folge solcher Verstöße sein können.

Ein magischer Kreis sei ernstzunehmen, erklärte er, denn seine Kraft entstehe durch Magnetismus, indem Cagliostro den zweischneidigen Degen durch die Luft führte. Doch sogar ihm sei die Wirkung des Magnetismus letztlich unerklärlich. 1778 hatte Franz Anton Mesmer in Paris mit Hilfe magnetisierter Stäbe Patienten von inneren Blockaden befreit, so daß der lebensspendende ätherische Fluid innerhalb des Körpers wieder in Gang kam. Cagliostro wußte, daß sein magnetisiertes Schwert eine Art ätherische Barriere schuf, die die guten Geister in den Kreis bannte und die bösen fernhielt. Dazu bemerkte die damals noch gutgläubige Elisa: »Diese Erklärung gab uns freilich kein helleres Licht; aber vielleicht fassen wir sie dann, wenn wir weitere Schritte in dieser erhabenen Wissenschaft tun.«[25]

Derlei Gespräche beruhigten Elisa zunächst, doch die Zweifel kehrten wieder. Cagliostros Wutausbruch in der Kutsche überzeugte sie, daß sie ihn keinesfalls nach Petersburg begleiten konnte. Die moralischen Gefahren waren zu groß. Nicht daß sie an Cagliostros Kräften zweifelte, aber sie fürchtete, daß er den Versuchungen anheimfallen könnte, die er verdammte. Sie machte sich Gedanken, ob Cagliostro selbst einer der »zur *schwarzen Magie Hinüberwankenden*« sei. Wer schützte den Beschützer? Sie hatte den Eindruck, daß er »der Gemeinschaft mit bösen Geistern ziemlich nahe zu sein schien«, schließlich hatte sie selbst gesehen, wie er sich im Kampf mit Dämonen am Boden krümmte und mit den Füßen stampfte. Wer wußte, was geschehen konnte, wenn diese Teufel über ihn herfielen, während sie, Elisa, in Rußland mit ihm allein war?[26]

Die Aussicht, ohne schützende Begleitung mit Cagliostro eine Reise anzutreten, schien um so gefährlicher, als sie spürte, daß sie sich von ihm sexuell ebenso angezogen fühlte wie er von ihr. Überdies setzte das Liebesabenteuer der Gräfin mit Otto von Howen keine hohen Maßstäbe. Was sollte geschehen, wenn Cagliostro zeitweilig unter den Einfluß des Bösen geriet und sich an Elisa heranmachte? Würde sie dem Bann seiner Augen und seiner zärtlichen Stimme widerstehen können? Einmal hatte er einen Scherenschnitt Elisas ergattert und zum Scherz erklärt, er wolle sie mit Hilfe des Bildes verhexen. Der Gedanke war beunruhigend. Wie sollte sie verhindern, daß er sie mit Körper und Seele verführte wie die lüsternen Inkubi, die angeblich schlafenden Frauen auflauerten?

Bestätigung fanden ihre Bedenken, als Cagliostro wenige Wochen nach der Schatzsuche im Kreis seiner Jünger damit prahlte, er wisse, »wie ein Frauenzimmer, das nicht lieben wollte, durch magische Mittel sogar zur physischen Liebe zu bringen sei«. Die Freimaurer waren entsetzt, solch lüsterne Worte aus dem Munde eines Theurgen zu vernehmen. Bei derselben Gelegenheit stellte er die lästerliche Behauptung auf, er sei ein Halbgott, der sein Dasein einer einstigen Vereinigung zwischen Menschen und himmlischen Wesen zu verdanken habe. Zur Rede gestellt, flüchtete er in die Ausrede, er habe durch solche Äußerungen nur die moralische Haltung seiner Anhänger prüfen wollen, aber die Zweifel waren damit nicht ausgeräumt. Etwa um dieselbe Zeit mußten die Freimaurer zu ihrer Empörung mitansehen, wie Cagliostro seinen Kammerdiener unter Beschimpfungen und Schlägen aus dem Haus jagte. Wie konnten solche Brutalität und solche Vergeistigung in einem Menschen vereint sein?[27]

Cagliostros schlimmste Boshaftigkeit traf aber den engsten Familienkreis der Medems, denn er belegte in aller Öffentlichkeit die rüstige, zweiundachtzigjährige Großmutter Elisas mütterlicherseits, Gräfin Constanze von Korff, mit einem Fluch, weil sie ihn mit dem Freimut der Altersweisheit als Scharlatan bezeichnet hatte. Dafür müsse sie mit dem Leben bezahlen, entschied der wütende Cagliostro unbarmherzig. Er sagte ihren Tod nach Ablauf von zwölf Monaten, genauer für den 13. Mai 1780, voraus: »Ehe sie die Mittagssuppe ißt, wird sie des Todes sein.« Auch die flehentlichen Bitten Elisas und der übrigen Freunde und Angehörigen konnten ihn nicht erweichen.

Elisa selbst mußte sich gegen das Ansinnen ihres Vaters wehren, eines glühenden kurländischen Patrioten, der glaubte, Cagliostro könne Katharina die Große bewegen, ihr eisernes Regime in dem kleinen Land an der Ostsee zu mildern. Wenn Cagliostro, der Priester der heiligen Mysterien, zum Günstling der Zarin avancieren sollte, so meinte Elisas Vater, könnten dadurch Kurland Vorteile erwachsen. Vielleicht würde sie sogar Cagliostro als Herrscher des Herzogtums einsetzen und seinen Bewohnern größere Unabhängigkeit gewähren.

Cagliostro selbst übte subtileren Druck aus, um Elisa als Reisebegleiterin zu gewinnen. Ende April 1779 zog er sich nach einer mißglückten Séance, bei der der *pupille* einen verwirrten Eindruck machte, in ein Nebenzimmer zurück und kämpfte vernehmlich mit Dämonen. Anschließend verkündete er blaß und unter Tränen, daß die göttlichen Geister die Anwesenheit eines Judas gespürt hätten. Wie Jesus Christus schwebe er in Gefahr, von jemandem verraten zu werden, in den er höchstes Vertrauen gesetzt habe. Die Jünger musterten sich gegenseitig voller Unbehagen und überlegten, wer wohl gemeint sein könnte. Cagliostro bat sie dann freundlich, für denjenigen unter ihnen zu beten, der auf sein Verderben hinarbeite. Auch ersuchte er sie um Gebete, daß ihm genug Kraft in den Kämpfen gegen das Böse bliebe, die ihn körperlich und seelisch erschütterten.

Elisa war zwischen Zweifel und Bewunderung hin- und hergerissen. In ihrem Tagebuch räumte sie ein, Cagliostros Lehren hätten in den letzten Wochen vor seiner Abreise nach Rußland, ungeachtet seiner Mißgriffe, neue Gipfel der Erhabenheit erreicht. Seine Prinzipien seien ebenso tolerant wie tiefsinnig. Die ägyptische Freimaurerei müsse seines Erachtens allen aufrichtig religiösen Menschen offenstehen, auch Juden und Muslimen, solange sie an ein höheres Wesen und die Unsterblichkeit der Seele glaubten.

Er mahnte seine Mitauer Anhänger, die Bibel ebenso in Ehren zu halten wie das *Zend-Avesta* des Persers Zarathustra, die Mythen des antiken Griechenland und die isländische *Edda*. Pythagoras sei ihm unter den heidnischen Philosophen am liebsten, und Salomon achte er als guten Magier, dessen Tiefgründigkeit durch seine materiellen Ziele gelitten habe. Die ägyptische Freimaurerei vereine die kabbalistische Magie der Hebräer, die astronomische Magie des Islam und die erhabenen Lehren des Alten und Neuen Testaments. Die drei wichtigsten Bücher der Bibel, die die Geheimnisse der Magie und Unsterblichkeit mitteilten, seien leider durch die Sintflut verlorengegangen, aber ihr Inhalt sei den größten Magiern des Altertums bekannt gewesen – Jesus, Elias und Moses. Diese strahlenden Weisen hätten über Äonen in himmlischen Regionen geherrscht und über Geburt und Tod ganzer Welten und menschlicher Zivilisationen gewacht.

Er räumte ein, gegenüber Moses zwiespältige Gefühle zu hegen, der sei einerseits göttlicher Seher, andererseits ein Feind der Ägypter gewesen. Aus diesem Grund verwies Cagliostro die Freimaurer auf die verlorengegangenen Lehren des Enoch, des siebten Patriarchen, der in vergangenen Jahrtausenden einen unterirdischen Tempel errichtet habe, um die tiefsten Geheimnisse der Magie vor der Sintflut zu retten. Enoch habe den Standort der Tempel mit zwei schneeweißen Marmorsäulen markiert, so daß ein künftiger irdischer Prophet diese Mysterien eines Tages entdecken könne. (Cagliostro verzichtete bescheiden darauf zu verraten, wer dieser Prophet sein könnte.) Sieben – bemerkte er nebenbei – sei eine besonders heilige Zahl, die das Leben mit der Kraft der sieben Planeten, der sieben Symbole des Tierkreises und der sieben Erzengel durchdringe.

Cagliostro behauptete, in erster Linie ein Schüler des Elias zu sein und unter dessen persönlichem Schutz zu stehen. Wie Elias könnten wahre ägyptische Freimaurer in menschlicher Gestalt zum Himmel aufsteigen. Sei denn nicht Elias in einem von Engeln getragenen Wagen in den Himmel emporgefahren? In den höchsten Graden seines Ritus erreichten die Freimaurer das Reich der Magie, wo die Seele von schattenlosem Licht erfüllt sei und mit den Geistern das Himmelsgewölbe und die Jahrtausende der Zeit durcheilen könne. Der Aufstieg in den Himmel sei bereits dem ägyptischen Krieger Alexander dem Großen gelungen, dessen Schüler Cagliostro in Alexandria persönlich kennengelernt habe.

Und noch vor der endgültigen Himmelfahrt seien seine wahren Anhänger imstande, sich vom Makel der Erbsünde zu befreien und geistige Vollkommenheit und ewiges Leben zu erlangen. Aber auf dem Weg zu solcher moralischen Reinheit müsse man schreckliche Prüfungen bestehen. Nur zweiundsiebzig Maurer erreichten den ersten Grad, achtundvierzig den zweiten und so weiter bis zum letzten Grad, in dem ein Dutzend Unsterbliche schließlich als geistige Herrscher die Welt regierten. Die Freimaurer müßten aber erkennen, daß die Nekromanten des Teufels unaufhörlich am Werk seien, um sie mit ihren Versuchungen – Gier und Wollust – vom wahren Wege abzubringen. Als Faustregel solle man Geistern vertrauen, deren Namen auf »er« enden, und solche meiden, deren Namen auf »el« auslauten.[28]

Zwar gehöre er, Cagliostro, nur dem dritten Grad an, aber er rechne jeden Augenblick damit, »Tod und Wiedergeburt« zu erfahren, was seine Beförderung in den nächsten Grad bedeute. Nur scheinbar würde er sterben, in Wahrheit aber wie ein Phönix aus der Asche aufsteigen. Auch teilte er seinen Anhängern unter dem Siegel der Verschwiegenheit mit, er heiße eigentlich nicht Cagliostro und sei auch kein spanischer Oberst. Beide Titel seien ihm vom Großkophta verliehen worden, dem Cagliostro seit Jahrhunderten unter dem Namen des venezianischen Magiers Frederico Gualdo diene.

Bis zu seiner Abreise hatten Cagliostros Lehren Elisas Zweifel weitgehend beschwichtigt. Er weigerte sich sogar, ihre Perlenkette mit nach Rußland zu nehmen, um die Perlen mit einem seiner berühmten chemischen Rezepte zu vergrößern, denn er lehne es ab, die heilige Magie zu gewinnsüchtigen Zwecken einzusetzen. Auch widerstand er Elisas Bitten, sie sofort in den zweiten Grad seines Ritus zu erheben, wo sie mit den Geistern plaudern könnte. Wie jeder andere müsse sie die Grade der Freimaurer in der richtigen Reihenfolge durchlaufen. Es gebe keine Abkürzungen, beschied er ihr ernst:

»Bevor Christus die Bürde eines Propheten auf sich nahm, oder wie Sie sagen würden, eines Retters, trug ihn der Versucher zum Tempel hinauf und erbot sich, ihn über alle Schätze der Welt zu belehren, aber nicht einmal diese konnten seine reine Seele in irgendeiner Weise berühren. Erst danach war er imstande, die Welt durch Wunder zu beglücken. Genauso ist es mit Ihnen... Es ist für Sie wichtig, sich nicht durch Schätze verlocken zu lassen, dann wird der große Baumeister der Welt wohlwollend auf Ihren Weg zu den Mysterien blicken und Ihnen schließlich ermöglichen, vieles zum Wohle der Menschheit zu bewirken.«[29]

Obgleich Elisa an ihrer Entscheidung festhielt und in Mitau blieb, erklärte sie sich bereit, mit ihrem Vater nach Sankt Petersburg zu fahren, sobald ihnen Cagliostro mitteilte, Katharina unterstütze die große Mission der Freimaurer. Als Elisa nach diesen beiden folgenschweren Monaten ihres Lebens beobachtete, wie der Graf die traurige kleine Schar seiner Anhänger umarmte und in die Kutsche stieg, war sie innerlich immer noch sehr aufgewühlt. War dieser außerordentliche Mann, der solche erhabenen moralischen Lehren verkündete und die schreckliche Last ihrer Schuld von ihr genommen hatte, tatsächlich ein Nekromant? Und doch...

Während die Kutsche Richtung Sankt Petersburg rollte, konnte sich Elisa der stolzen Rührung nicht erwehren, daß sie zu den »himmlischen Kindern« des Grafen Cagliostro gehörte.

Schamane

Schamanismus: Religion der uralaltaischen Völker Sibiriens, der zufolge alle guten und bösen Erscheinungen des Lebens durch Geister verursacht sind, die nur von Schamanen beeinflußt werden können.
Schamane: Priester oder Medizinmann. Der Begriff wird auch für Personen mit ähnlichen Aufgaben in anderen Gegenden verwendet.[1]

In der zweiten Juniwoche 1779 trafen Graf und Gräfin Cagliostro in Sankt Petersburg ein, der Hauptstadt des Zarenreiches. Die letzte Etappe der Reise zwischen dem Ostseehafen Riga und der primitiven Poststation Kaporja führte durch eine immer bedrückendere eintönige Marschlandschaft, so daß Cagliostro – dem der Abschied von Kurland schwergefallen war – die berühmten goldenen Kuppeln, Barockpaläste und Stadthäuser mit einer gewissen Erleichterung erblickte.

Dieses »Venedig des Nordens« war auf einem gottverlassenen Fleckchen Erde errichtet worden, dem sumpfigen, moskitoverseuchten Delta der Newa. Hier, an der Ostseite des Finnischen Meerbusens, gefror der Fluß im Winter und trat im Frühjahr über die Ufer. Aber Zar Peter dem Großen schwebte ein »Paradies« vor. Im Jahr 1702 entriß er den Schweden das Land und siedelte Bauern an, die das Marschland urbar machen sollten. Das einstige Fischerdorf, bereits 1712 zur Residenz erhoben, entwickelte sich in wenigen Jahrzehnten zu einer beeindruckenden Stadt mit mehr als 200 000 Einwohnern. Architekten, Handwerker, Landschaftsgärtner und Künstler aus ganz Europa boten ihr Können auf, um Peters Traum einer glanzvoll eleganten Hauptstadt zu verwirklichen. Gegen Ende des 18. Jahrhunderts fanden im Petersburger Hafen tausend Schiffe Platz – Handelsschiffe aus Europa und aus dem Osten und Fregatten der wachsenden russischen Kriegsflotte.

Cagliostros Kutsche fuhr die schnurgeraden, mit Ahornbäumen gesäumten Boulevards entlang, vorbei an neuerbauten Theatern, schönen Plätzen, breiten Kanälen und Barockbauten aus Backstein, ins Herz der russischen Großmacht. Nach wenigen Stunden hatten sich der Graf und seine Frau bei einem Engländer, Generalleutnant Miller, eingemietet und bezogen ein geräumiges Haus am Quai du Palais – eine exzellente Adresse unweit des mit Granit befestigen Flußufers, an dem die Paläste von Höflingen, ausländischen Gesandten und Generälen standen.

Vom Quai du Palais aus sah Cagliostro die Zitadelle, die er zu stürmen gedachte – den weitläufigen Winterpalast Katharinas der Großen, von ihrem Vorgänger errichtet und von dem schottischen Architekten Charles Cameron im italienischen Stil umgebaut. Dem feucht-kühlen Klima trotzten hier holländische Pavillons, Gewächshäuser und Volieren mit exotischen Vögeln. Cagliostro hoffte, bald in den drei durch überdachte Gänge miteinander verbundenen Gebäudetrakten der Eremitage ein- und auszugehen, wo Katharina ihre Günstlinge und engsten Vertrauten zu empfangen pflegte, wo es reichhaltige Bibliotheken, kostbare Gemälde und komplizierte wissenschaftliche Objekte zu bestaunen gab. Vielleicht würde die Zarin ihn ja sogar in ihr grün tapeziertes Boudoir bitten, in dem sie ihre Liebhaber traf.

Dem Palast gegenüber erhob sich ein Gebäude, das er lieber nicht zu betreten wünschte – die Peter-und-Pauls-Festung, in der Katharina ihre Feinde unterzubringen pflegte. Über dem Eingang zwischen den zehn Meter hohen Festungsmauern erinnerte ein gekrönter Doppeladler daran, daß die russischen Monarchen ihren politischen Gegnern nicht mehr Milde zeigten als die Herrscher des Westens.

Doch Cagliostro vertat seine Zeit nicht mit trüben Gedanken an ein mögliches Versagen. Noch am selben Tag suchte er Major Karl Herrmann Heyking auf, einen Kurländer, der in der Zarengarde diente. Als man ihn hereinbat, überreichte Cagliostro dem Major voller Stolz das Empfehlungsschreiben eines geheimnisvollen Bruders II, besser bekannt als Oberburggraf Otto von Howen – Serafinas jüngste Eroberung. Heyking, der der Großen Landesloge in Berlin angehörte, hegte keine große Sympathie für Anhänger der Strikten Observanz, aber Cagliostro hoffte, dank der herzlichen Empfehlung eines alten Freundes der Familie in Mitau würde man ihn doch mit offenen Armen aufnehmen.

Allerdings mußte er überrascht feststellen, daß er mit kühler Höflichkeit empfangen wurde. Auf die Anrede in gebrochenem Französisch antwortete der Major in tadellosem Italienisch und gab sich herablassend, als spräche er mit einem ungebildeten Parvenü. Der Brief des Oberburggrafen von Howen erwähnte auch Cagliostros attraktive Frau, daher zeigte sich Heyking bereit, den Besucher zum Quai du Palais zu begleiten, um ihr seine Aufwartung zu machen. Der Major wurde jedoch bitter enttäuscht. Er hatte eine betörende italienische Prinzessin erwartet, aber die leibhaftige Serafina war in seinen Augen verlebt und ältlich, mit rotgeränderten Augen und der Anmut einer Varieté-Seiltänzerin.[2]

Cagliostro stellte den Major als »erlauchten Bruder ... unseres Ordens« vor und kam dann unumwunden auf sein Anliegen zu sprechen: »Ich bin gekommen, um die Zarin Katharina die Große aufzusuchen«, erklärte er, »und hier im Osten das große Licht zu verbreiten.« Insbesondere gehe es ihm darum, die Sache der wahren Freimaurerei zu reformieren und voranzubringen: »Ich bin der Oberste der Rosenkreuzfürsten«, erklärte er hochmütig und präsentierte zum Beweis seine Rosenkreuzerinsignien.

Heyking zeigte sich unbeeindruckt und entgegnete grob, Cagliostros Rosenkreuzerinsignien sähen aus wie ein behelfsmäßig bearbeiteter polnischer Stern des heiligen Stanislaus. Als der Graf erklärte, er habe sich die Insignien bei Howen geborgt, weil sein Original gestohlen worden sei, konnte sich der Major das Lachen nicht verkneifen.

Cagliostro war bestürzt. »Ich vergebe Ihnen Ihre Ungläubigkeit und Unwissenheit ... weil Sie trotz Ihrer Freimaurergrade in dem Orden nur ein Kind sind«, erklärte er indigniert. »Wenn ich es wünschte, könnte ich Sie erzittern lassen.«

»Ja, wenn Sie mich mit Fieber anstecken«, höhnte der Major.

»Fürwahr«, empörte sich Cagliostro. »Was ist ein Fieber für den Grafen Cagliostro, der den Geistern gebietet?«

Während dieser frostigen Unterredung wurde ein Bediensteter des spanischen Geschäftsträgers Monsieur de Normandez vorgelassen, der Cagliostro die schriftliche Aufforderung überreichte, der Petersburger Botschaft unverzüglich seine offiziellen Referenzen vorzulegen. Der Graf verlor die Beherrschung, das war zuviel. Für wen hielt dieser kleine Beamte ihn eigentlich? Er solle zur Hölle fahren.

In Rußland sei eine solche Antwort äußerst unklug, warnte ihn Heyking; Cagliostro werde sich rasch in der Gewalt der gefürchteten zaristischen Polizei wiederfinden. Um Selbstbeherrschung ringend, lud Cagliostro den anmaßenden Major zum Mittagessen ein. Bei Tisch begannen sie über die Wissenschaft der Chemie zu diskutieren, ein Thema, bei dem sich Heyking zum Experten erklärte. Erneut verlor Cagliostro die Geduld und beschloß, dem Neunmalklugen den Wind aus den Segeln zu nehmen.

»Die Chemie«, so verkündete er, »ist ein Kinderspiel für jene, die mit der Alchemie vertraut sind, und die Alchemie ist nichtig für einen Mann, der den Geistern gebietet. Was mich betrifft, ich habe Gold (dabei klopfte er auf seine mit Dukaten gefüllte Tasche). Ich habe Diamanten (dabei wies er einen Ring mit schlecht gefaßten, häßlichen schwarzen

Diamanten vor). Aber mir liegt nichts an all dem, und mein Glück beruht allein auf meiner Gewalt über jene höheren geistigen Wesen, die über die Menschen herrschen. Das sind die Seelen der Sterblichen, die sich von ihrem Körper gelöst haben und die ich beschwöre, damit sie erscheinen und auf meine Fragen antworten.«[3]

Auf Heykings sarkastisches Lächeln reagierte der Graf gelassen: »Ihre Skepsis bekümmert mich nicht. Sie sind nicht der erste starke Geist, den ich unterworfen und zu Staub zermahlen habe ... Die Zeit wird kommen, da Sie Graf Cagliostro und seine Macht anerkennen.«[4]

Am folgenden Tag kanzelte der spanische Geschäftsträger Cagliostro ab wie einen Abenteurer – eine weitere Demütigung. Der Diplomat erklärte brüsk, ausländische Freimaurer seien am russischen Hof und in den Adelskreisen von Sankt Petersburg nicht willkommen. Ferner legte er Cagliostro nahe, sich nicht als Oberst in den Diensten der spani-

Die russische Zarin Katharina die Große

schen Krone auszugeben,[5] und warf ihm vor, er sei in Cadiz unter dem Namen Pellegrini aufgetreten, habe dort einen wertvollen silbernen Stock aus dem Besitz eines spanischen Edelmanns entwendet und sich damit aus dem Staub gemacht.[6]

Der vorgebliche Seher sah sich mit ungünstigen Vorzeichen konfrontiert. Ein Aufenthalt in der Peter-und-Paul-Festung schien nun doch wahrscheinlicher als eine Einladung in Katharinas kaiserlichen Palast.

Wie kam Cagliostro auf die Idee, er könne im kühlen Sankt Petersburg die Zarin Katharina mit seinem Blendwerk bezaubern?

Vielleicht wollte er Casanova nacheifern. Der venezianische Abenteurer erzählte gern von seinen außerordentlichen Erfolgen in Kurland, Rußland und Polen während einer Reise im Jahr 1765. Casanova, der sich als Graf von Farussi ausgab und völlig mittellos war, hatte den Herzog von Biron bewogen, ihn für eine Begutachtung der kurländischen Eisen- und Kupferminen fürstlich zu entlohnen. Der Charmeur hatte sich in Mitauer Adelskreisen und sogar bei Elisas eigenwilliger Großmutter beliebt gemacht, und dank der kurländischen und italienischen Empfehlungsschreiben fand er bei einigen äußerst einflußreichen Petersburger Edelleuten freundliche Aufnahme. Zu ihnen zählten der russische Artilleriegeneral Pjotr Melissino, sein älterer Bruder Hofrat Iwan Melissino sowie Katharinas Außenminister Graf Iwan Jelagin und Graf Nikita Panin, der Leiter des Kollegiums für Auswärtige Angelegenheiten.[7]

All diese Adligen standen mit der Zarin auf gutem Fuß. Zwar wollte keiner das Risiko eingehen, Casanova offiziell bei Hofe einzuführen, aber sie luden ihn zu einem Maskenball im kaiserlichen Palast ein. Der gerissene Venezianer erkannte Katharina trotz ihrer Maske sofort, folgte ihr durch den Ballsaal und sprach sie nur deshalb nicht an, weil er ihren hünenhaften Beschützer Grigori Orlow fürchtete, der den Zaren Peter III., Katharinas Ehemann, angeblich mit bloßen Händen erwürgt hatte.[8] Wenige Wochen später gelang es Casanova, mit der Zarin bei ihrem regelmäßigen Spaziergang im Sommergarten am linken Newa-Ufer ins Gespräch zu kommen. Dank seiner Redegewandtheit vermochte er sie so zu bezaubern, daß sie sich im Sommergarten noch mehrmals mit ihm traf.[9]

Was genau Casanova vorhatte, ist nicht klar. Graf Nikita Panin deutete an, Katharina könne ihm einen lukrativen Posten im kaiserlichen Dienst geben. Wahrscheinlich hoffte aber Casanova, Dienste anderer Art erbringen zu dürfen. Als Vierzigjähriger steckte er sich in der Liebe nach wie vor hohe Ziele. Die fünf Jahre jüngere Katharina war eher eindrucksvoll als schön, kräftig gebaut, aber anmutig, sinnlich und hochintelligent. Auch die Macht ist ein wirksames Aphrodisiakum, und die besaß sie absolut. Ihre sexuelle Unersättlichkeit war ebenso bekannt wie ihre Großzügigkeit gegenüber früheren und gegenwärtigen Liebhabern. Angeblich benutzten selbst potente junge Gardisten die Spanische Fliege, um den Wünschen der Zarin gerecht zu werden, und in der Stadt wurde gern gewitzelt, Katharinas Kanal sei der teuerste in ganz Sankt Petersburg. Casanova stellte jedoch überrascht fest, daß sie ihn nicht unwiderstehlich fand, und er mußte mit einer jungen Leibeigenen vorlieb nehmen, mit der er sich für ein paar Kopeken vergnügte.

Cagliostro, dem Selbstzweifel fremd waren, hoffte zu reüssieren, wo Casanova gescheitert war. Trotz seines wachsenden Körperumfangs hielt sich der sizilianische Magier immer noch für äußerst attraktiv. Sein Erfolg bei Elisa in Mitau hatte seinem ohnehin gesunden Selbstvertrauen Auftrieb gegeben.

Aber im Jahr 1779 war Katharina nicht in Stimmung. Mit dem Einsetzen der Wechseljahre erlebte sie heftige Stimmungsschwankungen. Wie der britische Gesandte Sir James

Harris berichtete, klagte sie unaufhörlich über Verdauungsbeschwerden, geschwollene Beine und Atemnot. Als Cagliostro in Sankt Petersburg eintraf, hatte ihr weibliches Selbstbewußtsein auch durch die Untreue ihres Liebhabers Iwan Rimski-Korsakow gelitten. Katharina ertappte den eitlen jungen Husaren im Palast mit der Gräfin Bruce, einer Hofdame, bei der die Anwärter für das Bett der Zarin eine Art Aufnahmeprüfung zu absolvieren hatten. Rimski-Korsakow, der mit höchster Auszeichnung bestand, war von der Bruce zu einem Auffrischungskurs gebeten worden. Katharina war am Boden zerstört, bis sie sich im folgenden Jahr mit einem noch hübscheren Gardisten, dem Grafen Lanskoj, tröstete.

Folglich setzte Cagliostro weniger auf erotischen Zauber als auf Freimaurermagie. Er wußte, daß die Freimaurerei im russischen Adel tief verwurzelt war. Viele Bekannte Casanovas in Sankt Petersburg zum Beispiel waren führende Freimaurer. Die Bewegung hatte hier Fuß fassen können, weil sie den mystischen Neigungen der russischen Oberschicht entgegenkam und vergleichbare Betätigungsfelder fehlten. General Melissino hatte seinen eigenen Melissino-Ritus mit Katharina als Schirmherrin begründet. Warum sollte das nicht auch Cagliostro gelingen? Von anderen Freimaurern hatte er erfahren, daß es in Sankt Petersburg und Moskau Logen der Strikten Observanz und der Rosenkreuzer gab. Das war ein Anfang. Wie anderswo fehlten auch hier »Adoptionslogen« für adlige Damen, so daß er hoffte, in diesem Bereich eine Führungsrolle zu übernehmen, vor allem wenn die Zarin persönlich sich hinter ihn stellte.

Aber Cagliostro hatte die Rechnung ohne die Wirtin gemacht: Katharina haßte die Freimaurerei. Sie unterstützte die Adelslogen der Brüder Melissino und des Grafen Jelagin vor allem deshalb, weil angesichts des hohen Rangs der Mitglieder eine Schließung nicht in Frage kam. Auch wollte sie deren Tun und Treiben kontrollieren. Im Jahr 1779 hatten die autokratischen Züge ihrer Persönlichkeit bereits ihre früheren liberalen Neigungen zunichte gemacht. Sie ahnte, daß die Freimaurerlogen demokratische Tendenzen förderten, selbst wenn die Logenbrüder sich nicht öffentlich politisch engagierten.[10] Auf jeden Fall stellten die Logen ein Sammelbecken dar, in dem die politische Opposition gedeihen konnte. Als glühende russische Nationalistin mißfielen ihr auch die Auslandskontakte der Freimaurer, vor allem in den von Deutschen gegründeten Logen innerhalb der russischen Streitkräfte. In den siebziger Jahren des 18. Jahrhunderts hielten zahlreiche russische Freimaurer ihrem Großmeister Herzog Ferdinand von Braunschweig die Treue. Katharina empfand das naturgemäß als Affront gegen ihren Herrschaftsanspruch.

Besonders verhaßt war ihr der okkulte Zweig der Freimaurerbewegung. Von ihrem Temperament und ihrer Erziehung her war Katharina ein Verstandesmensch. Von Jugend an vertraut mit den Ideen der französischen Philosophen Voltaire und Diderot, hegte sie tiefstes Mißtrauen gegen den religiösen Mystizismus. Ihr gefielen die klaren geometrischen Linien Sankt Petersburgs, einer Stadt, die Rationalität verkörperte; die Kirchenlandschaft Moskaus erregte bei ihr hingegen einen geradezu körperlichen Widerwillen. Als protestantische Prinzessin in der nüchtern-strengen Atmosphäre Pommerns erzogen, gewann sie den Eindruck, die russische Bevölkerung sei einem hoffnungslosen Aberglauben verfallen. Der Chevalier de Corberon, damals französischer Gesandter in Rußland, sprach aus, was viele Ausländer ähnlich empfanden: »In Rußland befindet man sich gleichzeitig im 14. und im 18. Jahrhundert. Aber selbst die zivilisierten Teile sind nur oberflächlich zivilisiert. Es ist eine Nation bekleideter Wilder.«[11]

Katharina hatte aus heiratspolitischen Gründen zum russisch-orthodoxen Glauben übertreten müssen, aber sie schätzte die Kirche lediglich als nützlichen Arm der staatlichen Kontrolle. Sie verabscheute die Schwärmerei, in der die mystische Freimaurerei schwelgte: Sie erschien ihr gleichermaßen lächerlich und bedrohlich. Spirituelle Ekstase und die Suche nach dem Stein der Weisen waren bestenfalls infantil, schlimmstenfalls führten sie zu Sektiererei und politischen Unruhen. Als deutsche Prinzessin, die im Jahr 1762 den rechtmäßigen Herrscher – ihren Gatten Peter III. – gestürzt hatte, sah sich die Zarin immer wieder mit fanatischen Thronprätendenten konfrontiert, die im Namen von Ordnung und Tradition gegen die Herrscherin rebellierten. Sie griffen auf das altbewährte Mittel der Bauernaufstände zurück und scharten mit apokalyptischen Prophezeiungen und Heilsversprechungen benachteiligte Gruppen und Volksstämme um sich.

Besonders zu schaffen machte ihr der Bauern- und Kosakenaufstand unter Jemeljan Pugatschow im Jahr 1773. Pugatschow, ein schwarzbärtiger Don-Kosake aus dem Südural, gab sich für Peter III. aus und rief Unzufriedene, Kosaken und Leibeigene auf, in einem heiligen Feldzug gegen alles Deutsche die »Tochter des Teufels« vom Thron zu stoßen. Im Zuge des Aufstands kam es im Osten und Südosten Rußlands zu Mord, Vergewaltigung und anderen Greueltaten, doch schließlich wurde Pugatschow von seinen Anhängern ausgeliefert und zur Enthauptung und Vierteilung nach Moskau gebracht.

1779 war Katharina zwar noch nicht überzeugt, daß die Freimaurerei politisch subversiv sei, aber sie befürchtete, daß sich Cagliostro als eine Art Freimaurer-Messias entpuppen könnte. Später erklärte sie ihrem Vertrauten, dem deutschen Publizisten Melchior Grimm, Cagliostro sei »in einem für ihn günstigen Moment eingetroffen, als mehrere Freimaurerlogen Geister sehen wollten«.[12] Aber wenn sich tatsächlich Geister herumtrieben, so legte die Zarin keinen Wert darauf, daß ihr Sohn, Großherzog Paul, mit ihnen in Kontakt kam. Er zeigte bereits ein bedenkliches Interesse an der mystischen Freimaurerei. Und Katharina hielt Paul für einen charakterschwachen Träumer, dem zuzutrauen war, daß er auf die nebulösen Lehren eines Wunderheilers wie Cagliostro hereinfiel.

Schlimmer noch, sie konnte nicht ausschließen, daß ihr Sohn die Boshaftigkeit besaß, gemeinsam mit den Freimaurern ein Komplott gegen sie zu schmieden. Spione berichteten, preußische Diplomaten und Freimaurer bemühten sich um den jungen Großfürsten. Der Verdacht, daß ihr Sohn einen Staatsstreich plane, konnte selbst die nervenstarke Zarin aus der Ruhe bringen. Von Angehörigen angezettelte Palastrevolutionen gehörten zum Berufsrisiko russischer Herrscher, und angesichts ihrer eigenen blutigen Vergangenheit – es hieß, sie habe neben ihrem Gemahl auch den kindlichen Thronanwärter Iwan IV. ermorden lassen – ist Katharina eine innere Verstörung geblieben.

Cagliostro ahnte vermutlich auch nicht, daß er in Katharinas Augen bereits eine unverzeihliche Sünde begangen hatte, als er sich in die kurländische Politik einmischte. Einige Mitauer Adlige, denen die duckmäuserische Politik ihres Herzogs nicht gefiel, hatten Erkundigungen eingezogen, ob Cagliostro als Ersatz für den kurländischen Herrscher in Frage komme. Manch einer hatte vielleicht gehofft, daß Cagliostro den Freimaurer König Friedrich II. von Preußen bewegen könne, das ethnisch und religiös gespaltene Herzogtum unter deutsche Oberhoheit zu stellen. Doch derlei Pläne waren, wenn sie denn existierten, utopisch. Kurland war in Wahrheit nichts anderes als eine russische Provinz; ohne Katharinas Zustimmung kam ein Herrscherwechsel nicht in Frage – darüber war sich auch Friedrich im klaren. Schon das leiseste Gerücht, daß Cagliostro sich im Herzogtum politisch betätigt habe, konnte Katharina in Rage versetzen. Einige Mitauer Patrioten hatten so wie Elisas Vater gehofft, der große ägyptische Theurg werde mit seinem Blendwerk die Zarin dazu verleiten, ihm Birons Herrscherwürde anzutragen. Doch sie befanden sich im Irrtum. Sogar Cagliostro selbst lehnte das Ansinnen ab, sei es weil er es als Hirngespinst erkannte, sei es, weil er, wie Serafina meinte, seine Entlarvung fürchtete.[13]

Und man kam ihm tatsächlich auf die Schliche. Katharina hatte die Vorgänge in Kurland genau verfolgen lassen; die lange Ostseeküste des Gebiets war für die russische Westexpansion von strategischer Bedeutung, und das Herzogtum stellte einen brauchbaren Puffer gegen die Ambitionen Preußens und Österreichs dar. Als Katharina Herzog Ernst von Biron 1763 wiedereinsetzte, zwang sie ihn, durch ein Abkommen zu versprechen, keinerlei Beziehungen mit den Feinden Rußlands einzugehen.[14] Das galt auch für die Freimaurerei: Ein französischer Diplomat verbreitete im März/April 1776 das Gerücht, Friedrich habe Katharina durch den Versuch verärgert, die Kontrolle über die kurländischen Freimaurerlogen an sich zu bringen.[15] Um ihm Einhalt zu gebieten, spielte sie mit der Idee, ihren außenpolitischen Berater und heimlichen Gemahl Fürst Grigori Potemkin auf den kurländischen Thron zu setzen.[16] Doch schließlich überlegte sie es sich anders, weil sie dem großen Intriganten nicht ganz traute – besser ein charakterloser Strohmann als ein potentieller Rivale. Statt dessen begnügte sie sich damit, die politischen Ereignisse in Kurland durch ihre Spione beobachten zu lassen.

Wenn sich die Zarin bedroht sah, legte sie alle Skrupel ab. Unruhestifter mußten häufig feststellen, daß sie die Aufmerksamkeit der »3. Abteilung«, der gefürchteten Geheimpolizei auf sich lenkten, deren Chef Stepan Scheschkowski die Knute zu schwingen verstand.[17] Cagliostro ahnte es nicht, aber als seine Kutsche durch Sankt Petersburg rollte, war er bereits ein gebrandmarkter Mann. Die feindselige Haltung Major Heykings beruhte wahrscheinlich auf Gerüchten, die über diesen angeblichen spanischen Oberst und ägyptischen Freimaurer kursierten, der in Wahrheit ein preußischer Spion sei. Auch daß Normandez sein Ultimatum so rasch stellte, läßt vermuten, daß er ins Bild gesetzt worden war.

Der Magier Cagliostro – er hatte tatsächlich Katharina für sich interessiert, jedoch nicht in dem Sinne, wie er es sich vorgestellt hatte.

Cagliostros Selbstvertrauen war aber nicht so leicht zu erschüttern. Die adligen Freimaurer, bei denen Casanova fünfzehn Jahre zuvor zu Gast gewesen war, nahmen ihn weitaus freundlicher auf. Von General Melissino, der seine eigene Loge hatte, wurde er empfangen, ferner von Außenminister Jelagin, der vierzehn Logen führte, und von Graf Alexander Stroganow, einem Offizier der französischen Loge »Grand Orient«.

Den größten Enthusiasmus zeigte Marc-Daniel Bourrée, Chevalier de Corberon, der französische Geschäftsträger. Dieser geistreiche und scharfzüngige dreißigjährige Diplomat bemühte sich nach Kräften, Katharinas Sympathien für England entgegenzuarbeiten, und er hätte gut daran getan, wäre er dem verdächtigen Neuankömmling aus dem Weg gegangen. Aber de Corberons Leidenschaft für die mystische Freimaurerei übertraf seine diplomatischen Ambitionen. Nach langjähriger Mitgliedschaft im Martinisten-Orden von Lyon, bekannt als die »Elus Cohens«, schloß er sich 1777 den Templern der Strikten Observanz an. Cagliostros Anwesenheit versetzte ihn in solche Erregung, daß ihn Katharina spöttisch einen »entschlossenen Geistreisenden« nannte.[18]

Selbstverständlich ersuchten die Petersburger Freimaurer Cagliostro, seine okkulte Meisterschaft unter Beweis zu stellen. Damals waren die russischen Logen eher an einer Demonstration der Heilkunst interessiert als an Hellseherei. Die Rosenkreuzer-Legenden handelten stets auch von Heilung, und Anhänger dieses Ritus gingen davon aus, daß ein hochrangiger Rosenkreuzer wie Cagliostro auf diesem Gebiet einiges Geschick besitzen müsse. Die Medizin war ihm tatsächlich nicht fremd: Als ehemaliger Apothekergehilfe hatte er eigenhändig Salben, Tonika und Aphrodisiaka hergestellt. In Mitau hatte er Elisa mit Stärkungsmitteln versorgt und ihr seine medizinische Philosophie ausführlich dargelegt. Zum Beispiel erzählte er ihr, er habe in Medina eine vollkommen andere ärztliche Heilmethode kennengelernt, als sie von europäischen Medizinern praktiziert wurde. Er habe gelernt, die Diagnose nicht nur anhand des Pulsschlags zu stellen, sondern unter Berücksichtigung »der Gesichtsfarbe, des Aussehens, des Gangs und jeder Körperbewegung... Die Krankheiten selbst... haben vornehmlich im Blut und seiner Verteilung ihren Sitz, darauf muß der Arzt am meisten achten.«[19] Dennoch sei er vornehmlich zum Beschwörer göttlicher Geister, zum Theurgen, berufen.

Es dauerte nicht lange, da traten führende russische Freimaurer mit der unverblümten Aufforderung an Cagliostro heran, er solle sein Können als heilkundiger Rosenkreuzer beweisen. Wie in London und Mitau stellte er sich der Herausforderung ohne Zögern. De Corberon hielt fest, Cagliostro habe ohne viel Aufhebens den Grafen Stroganow von einem ernsten chronischen Nervenleiden geheilt.[20] Nach kurzer Zeit waren weitere Erfolge zu verbuchen, was bei Cagliostro einen Prozeß der kreativen Selbstentdeckung als Heiler in Gang setzte. Die Gabe, Kranke zu heilen, bereicherte nicht nur sein bisheriges Repertoire, als Betrüger, Seher und Freimaurer, enorm, sondern trug auch zur Ausprägung seines Charakters und seiner Identität bei. Die Medizin wurde neben Alchemie und Geisterbeschwörung zur dritten magischen Errungenschaft, die die Verwandlung des Giuseppe Balsamo in den Grafen Cagliostro bewirkte.

An damaligen Maßstäben gemessen, beruhten Cagliostros medizinische Kenntnisse nicht weniger auf Wissenschaft als auf Magie. Er gab de Corberon ein Rezept für »ein köstliches destilliertes Wasser«,[21] und in den dreißiger Jahren des 20. Jahrhunderts sammelte und analysierte der französische Medizinhistoriker Dr. Lalande (Marc Haven) neun Originalrezepte für verschiedene Pillen, Salben und Elixiere, die Cagliostro damals verteilte. Zu ihnen zählte ein abführender Kräutertee, eine Gesichtspomade, ein Hustenelixier, Magenpillen, Terpentinölpillen, Pillen aus Kanadischem Balsam, zwei Abführpulver sowie Sacharinöl. Nach Lalandes Einschätzung waren all diese Mittel entweder unschädlich oder aber tatsächlich heilsam.[22]

Anders als die Quacksalber seiner Zeit stellte Cagliostro keine wilden Behauptungen über die chemische Wirkung seiner Mittel auf. Sobald er den Kranken in Behandlung nahm, erklärte er, seine wahre Heilkraft verdanke er göttlichem Beistand, und ohne diese Zutat seien Pillen und Geheimmittel nur von geringfügigem medizinischen Wert. Ging er nur auf Nummer sicher, oder glaubte er wirklich, einen besonderen Draht zur Geisterwelt zu haben? Gelegentlich verschrieb er gar keine Medizin, sondern bezog die Heilung in seine spiritistischen Séancen ein. In diesem Fall vollzogen die Geister die Heilung mit Hilfe von *pupilles* oder *colombes*. Manchmal befahl er der Krankheit einfach zu verschwinden. Gleich welcher Methode er sich bediente, offenbar funktionierte es selbst bei schwersten Leiden. De Corberon berichtet, Cagliostro habe Senator Iwan Jelagin, einen der einflußreichsten Freimaurer von Petersburg, von einer nicht näher benannten Krankheit geheilt; ferner sorgte er dafür, daß eine gewisse Madame Bourtouline trotz absehbarer Komplikationen mit einem gesunden Kind niederkam, und er kurierte einen krebskranken Assessor namens Iwan Isljenjew, den andere Ärzte bereits aufgegeben hatten.[23]

Cagliostros ausgeprägtes Selbstbewußtsein bewog ihn, es mit den schwierigsten Fällen körperlichen und seelischen Leidens aufzunehmen. Ein äußerst seltenes Selbstzeugnis hielt ein zeitgenössischer Biograph fest, dem Cagliostro schilderte, wie er in Sankt Petersburg einen Geisteskranken heilte:

»In der Stadt des Petrus, welcher der Große heißt, hatte einer von den Statthaltern der Königin der Russen einen wahnsinnigen Bruder, welcher meinte, er sei größer als der Höchste, und Niemand konnte der Narrheit seiner Wut widerstehen: und er schrie mit starker Stimme, und drohte dem Erdkreise, und lästerte den Namen des Allerhöchsten ... Und jener Statthalter hat mich sehr gebeten, daß ich ihn [den Bruder] heilte. Als ich nun zu ihm hingegangen war, hat er alsobald gekirret, und mit wildem Blicke und Armausstrecken (denn er war in Ketten gebunden) schien er mich anfallen zu wollen. Er schrie aber heftig: der werde in die Tiefe des Abgrundes geworfen, welcher sich erkühnt, so vor den Anblick des großen Gottes zu kommen, der alle Götter überwunden, und sie von seinem Angesicht zerstreut hat! Aber ich, indem ich mich selbst stärkte, bin ihm kühn widerstanden, und habe zu ihm gesagt: ›Schweigst du nicht, du Lügengeist? Kennst du mich nicht, daß ich Gott über alle Götter bin, der ich Mars heiße? Und siehe, mein Arm ist der stärkste von den höchsten Himmeln bis zu den Tiefen der Erde? Nun aber war ich zu dir gekommen, daß ich dir hülfe und wohltäte; und du empfängst mich so, und betrachtest nicht, daß ich das Vermögen habe, dich wiederherzustellen, und dich zu nichts zu machen?‹ Und unverzüglich habe ich ihm eine tüchtige Ohrfeige gegeben, und er ist hinter sich auf die Erde gefallen. Als er von den Wächtern aufgehoben war und anfing, sanfter zu werden, habe ich ihnen befohlen, das Mittagessen herbeizubringen, und ich bin allein zu Tische gesessen, indem ich ihm untersagte, mit mir etwas zu kosten. Und als ich wahrgenommen habe, daß er sich demütigte, habe ich zu ihm gesagt: ›Dein Heil liegt in der Demut, o du, der du vor mir von aller Macht entblößt bist! Gehe hinzu und esse!‹ Und nachdem er mäßig gegessen hat, sind wir beide auf einen Wagen gestiegen und außer die

Stadtpforte zum Fluß Näva gekommen, wo die Wächter eine Barke gerüstet hatten, und gegen den Fluß gereihet saßen. Und als wir die Barke bestiegen hatten, wurden wir durch die Ruder auf dem Wasser fortgetragen. Als ich darauf suchte, ihn in den Fluß zu tauchen, damit der Schrecken ihm zur Gesundheit würde (denn es waren Leute da, welche den mit Wellen Kämpfenden aufnehmen sollten), habe ich ihn schnell ergriffen, der mich hinwieder gehalten und sich um meinen Hals geschlungen hat, und wir sind beide ins Wasser hinabgesunken. Er aber gab sich Mühe, mich zu Boden zu drücken, ich hingegen, der Obere, unterdrückte ihn; und nach einem nicht mäßigen Kampfe bin ich zwar hurtig aus dem Wasser herausgeschwommen. Er aber ist von den Wächtern aufgehoben, und auf einen Wagen gesetzt worden. Und als wir nach Haus zurückgekommen waren, und die Kleider verwechselt hatten, hat er zu mir gesagt: ›In Wahrheit habe ich erkannt, daß du der Mars bist, und es ist keine andere Stärke vor dir; und ich werde dir in allem unterwürfig sein.‹ Da habe ich geantwortet, und zu ihm gesprochen: ›Weder bist du ein Mitgenoß des ewigen Gottes, noch ich bin Mars, sondern ein Mensch, wie du auch. Du hast den bösen Geist des Stolzes, und darum bist du unsinnig; ich aber bin gekommen, dich vom bösen Geiste abzuziehen; und wenn du mir in allem unterwürfig sein wirst, so wirst du wie die übrigen Menschen werden.‹ Und von da an hat er geheilet werden wollen, und er ist zu sich selbst gekommen, der in seinen Verrückungen ausschweifte.«[24]

Derartige Wunderheilungen lieferten Stoff für aufgeregten Klatsch in Logen, Salons und Zeitungen. Die *Sankt Petersburger Nachrichten* brachten die sensationelle Mitteilung, dieser ausländische Heiler nehme noch nicht einmal Geld für seine Dienste. Der reiche Fürst Golizin und seine Frau wollten Cagliostro für die Heilung ihres sterbenskranken

Babys fürstlich entlohnen, das er dreiundzwanzig Stunden lang im eigenen Haus gepflegt hatte. Der erschöpfte Heiler winkte ab und erklärte, sein Tun sei allein von menschlichem Mitgefühl bestimmt.[25]

Ließ sich der Graf von echtem Altruismus leiten oder von seinem Drang nach Selbstdarstellung? Gewiß scheute er das Rampenlicht nicht, wie auch die Begegnung mit Katharinas Leibarzt Dr. John Roggerson zeigte. Anfang 1780 sprach Roggerson im Haus am Quai du Palais vor, um den Wunderheiler zum Duell zu fordern, denn Cagliostro hatte ihn durch die Heilung eines seiner Patienten gedemütigt. Der Doktor, ein jähzorniger Schotte, der in Glasgow studiert hatte, ließ sich solche Impertinenz von einem Quacksalber nicht bieten. Cagliostro schildert den Zusammenstoß:

»Höret, was in der Stadt des Petrus, welcher der Große genannt wird, sich zugetragen hat! Der damalige Oberarzt der Königin der Russen haßte mich, weil ich seine Unwissenheit aufdeckte, und ist in mein Haus hinein gegangen, rufend: ›Komm, und wir wollen mit dem Degen fechten.‹ Da habe ich ihm geantwortet, und gesagt: ›Wenn du den Kaglioster ausfoderst, so will ich dich meinen Knechten übergeben, vom Fenster hinunter zu stürzen; wenn du aber einen Arzt herausfoderst, so will ich dir wie ein Arzt antworten.‹ Ganz erschrocken versetzte er: ›Ich fodere den Arzt aus.‹ (Denn ich hatte eine große Dienerschaft.) Darauf habe ich zu ihm gesagt: ›Wir wollen also nicht mit dem Degen, sondern mit den Waffen der Ärzte fechten. Du wirst zween Löffel Arsenik verschlingen, welches ich geben will; ich aber will jedes Gift, das du mir geben wirst, hinunterschlürfen. Welcher aber von uns beiden umkommen wird, der wird dem Überlebenden wie ein Schwein sein.‹ (Denn so nennte Kaglioster die, welche er verachtete.)«[26]

Roggerson gab schließlich nach.

Möglicherweise forderte der Schotte Cagliostro auf Geheiß der Zarin heraus. Sie setzte den Mediziner immer wieder zu verschiedenen dubiosen Dienstleistungen ein. Zum Beispiel mußte er die Anwärter für das Bett der Zarin auf Geschlechtskrankheiten untersuchen, und wenn die Liebhaber ihr Soll nicht erfüllten, verabreichte ihnen Roggerson zur Stärkung das aus der Spanischen Fliege gewonnene Cantharidin. Zweifellos trug der Arzt seiner Zarin allerhand Klatsch über Cagliostro zu. Der französische Gesandte de Corberon glaubte, der Schotte betätige sich überdies als Spion für den britischen Diplomaten Sir James Harris.

Nachdem der Leibarzt Katharinas in die Schranken verwiesen war, widmete sich Cagliostro einer geradezu staatsgefährdenden Betätigung. Anfang 1780 bot er den Armen der Stadt kostenlose medizinische Behandlung an. Die Zarin war empört. Wie die meisten Vertreter des Ancien Régime hielt sie nichts von philanthropischen Angeboten für die einfachen Leute, weil damit politischen Unruhen Vorschub geleistet würde. Durch seine Hinwendung zum Volk hatte sich Cagliostro indirekt zur Demokratie bekannt. Die Auftritte vor den adligen Freimaurern waren schlimm genug, aber diese populistischen Tendenzen fand Katharina nun wirklich abstoßend. Ja, es war zu befürchten, daß sich Cagliostro als neuer Pugatschow entpuppte, der mit seinem Ruf als Schamane eine unheilvolle Anhängerschaft um sich sammelte. Die eiserne Zarin verlor allmählich die Geduld.

Warum tat Cagliostro diesen Schritt, durch den sich sein Betätigungsfeld und sein Image so grundlegend und schicksalhaft wandelten? Nie zuvor hatte er jene Schicht zu erreichen versucht, aus der er selbst stammte. Die Abfuhr, die ihm Katharina erteilte, spornte ihn offenbar zu einer Geste an, die Aufmerksamkeit erzwang und trotz seines Scheiterns Könnerschaft demonstrierte. Vielleicht faszinierte ihn auch tatsächlich die Tradition der russischen Schamanen. Die Zauberer der uralaltaischen Gebiete Sibiriens verstanden sich auf Heilkunst und Geisterbeschwörung und standen beim Volk in hohem Ansehen. Der Beruf des Heilers vereinte die drei wichtigsten Spezialgebiete Cagliostros: Magie, Religion und Medizin. Ohnehin neigte er dazu, auf seinen Reisen Lokalkolorit anzunehmen – warum sollte er sich also nicht zum Schamanen wandeln?

Vielleicht weckten die Armen der russischen Hauptstadt auch die Nostalgie und das Mitgefühl des Sizilianers. Nicht weit vom Quai du Palais wurde unter Arkaden Markt gehalten, und dort ging es ähnlich zu wie auf der Piazza Ballaro unweit des Vicolo della Perciata in Palermo. Ein Spaziergang, eine kurze Schlittenfahrt, führte Cagliostro in eine vertraute Welt. Kalmücken, Tataren, Türken und Kosaken feilschten mit rauhem Akzent um Linsen, Bohnen, Speck, Mehl, schäbige Waren aus zweiter Hand, Blechwaren, Tabak, Bier und schlichte hölzerne Heiligenfiguren. Hier sprudelte in der am Reißbrett entworfenen Stadt eine orientalische Energie an die Oberfläche. Hier sah man türkische Händler in Pluderhosen, verschleierte Musliminnen, bärtige Bauern in groben Schaffellwesten und sibirische Schamanen, die seltsame Heilmittel verabreichten. Menschen wie sie hatten Giuseppe Balsamo zu dem gemacht, was er war, und jetzt konnte der berühmte Cagliostro sich dankbar erweisen.

Von seinem ersten Volkskrankenhaus liegt keine detaillierte Beschreibung vor, aber wahrscheinlich glich es dem Haus, das ein Anhänger in Straßburg etwa zwölf Monate später schilderte:

»Man stelle sich ... einen riesigen Raum vor, angefüllt mit unglücklichen Geschöpfen, fast alle völlig mittellos, die nur mit Mühe dem Himmel die Hände entgegenrecken, um die Barmherzigkeit des Grafen zu beschwören. Er hört einen nach dem anderen an, vergißt kein einziges Wort, entfernt sich für wenige Minuten und kehrt zurück mit einer Unzahl von Heilmitteln, die er an die Unglücklichen verteilt, wobei er wiederholt, was sie ihm über ihr Leiden gesagt haben, und ihnen versichert, sie seien bald geheilt, wenn sie seine Anweisungen genau befolgten. Dennoch wäre das Mittel allein unzureichend. Es muß außerdem eine Fleischbrühe empfohlen werden, damit sie zu Kräften kommen und wieder auf eigenen Beinen stehen können. Nur wenige haben die Mittel, sich damit zu versorgen, daher läßt der Graf auch Suppe verteilen. Sein Vorrat scheint unerschöpflich. Geben ist ihm seliger als nehmen; seine Freude zeigt sich in seinem Zartgefühl. Diese unglücklichen Seelen, von Dankbarkeit, von Liebe und Hochachtung überwältigt, werfen sich ihm zu Füßen, umfassen seine Knie, nennen ihn Retter, Vater, Herr.«[27]

In ihrem Stück mit dem Titel *Der sibirische Schaman* lieferte Katharina eine weniger wohlwollende Schilderung von Cagliostros russischer Klinik. Sie stellt Cagliostro als halbirrsinnigen Schamanen und Freimaurer namens Amban-Lai dar, der »alle möglichen Leute« ermuntert, sein kostenloses Krankenhaus aufzusuchen, das er in einem vornehmen Hotel in Sankt Petersburg eröffnet. Der Pöbel drängt durch die Tore herein, umringt ihn, lauscht begierig seinen undurchsichtigen Prophezeiungen und verlangt nach seinen betrügerischen Rezepten. Schließlich kommt es zu Tumulten. Die Polizei wird gerufen, um für Ordnung zu sorgen, und führt den Schamanen zum Verhör ab.[28]

Katharina hatte auch aus persönlichen Gründen eine Abneigung gegen den Besucher gefaßt. Und die hingen mit ihrem geliebten »Täubchen« zusammen, dem hünenhaften einäugigen Fürsten Grigori Potemkin, ihrem gelegentlichen Liebhaber, ständigen Berater, heimlichen Ehemann, ergebenen Diplomaten, furchtlosen General, der sie überdies mit weiteren Liebhabern versorgte. Ihr »geliebter Grischa«, wie sie ihn nannte, fand Gefallen an den Cagliostros – was überraschen mag, da er bislang kein großes Interesse an der Freimaurerei gezeigt hatte. Zwar amüsierte es ihn, aber er hatte die Bewegung nicht ernst genug genommen, um sich einer

Loge anzuschließen. Aber der sinnenfreudige »Zyklop« liebte den Reiz des Neuen, und Graf Cagliostro konnte damit aufwarten. Potemkin hatte Cagliostro gebeten, kranke Freunde zu heilen, darunter einen, der in einem Hospital am anderen Ende der Stadt lag und den Cagliostro kurierte, ohne auch nur den Fuß vor die Tür zu setzen.

Auch Gräfin Serafina bezauberte Potemkin mit neuartigen Reizen. Die häufigen Besuche des Fürsten in ihrem Haus am Quai du Palais erregten bald Anstoß, so daß sich Katharina zu einer bitteren Bemerkung veranlaßt sah. Dann folgte das aufsehenerregende Gerücht, eine unbekannte adlige Dame habe Serafina 30 000 Rubel geboten, damit sie Potemkin aufgab und Sankt Petersburg verließ. Anscheinend brüllte Potemkin vor Lachen, als er davon erfuhr: Die Höhe der Bestechungssumme schmeichelte ihm, und er riet Serafina, das Geld einzustecken und zu bleiben.[29]

Man sagte, das Geld stamme von Katharina. Moderne Biographen bezweifeln dies: Die Zarin habe keine sexuelle Beziehung mehr zu Potemkin unterhalten und sei ohnehin nie eifersüchtig auf seine Amouren gewesen. Mag sein, aber Katharina hatte 1779/80 größere Sorgen; Rimski-Korsakows Untreue war ein schwerer Schlag für sie gewesen. In solchen Krisenzeiten suchte sie gewöhnlich Trost bei ihrem »Täubchen«. Ein fragmentarisch überlieferter Brief der Zarin an Potemkin aus dieser Zeit deutet an, daß sie durchaus eine sexuelle Beziehung pflegten und daß Cagliostro sie stark beschäftigte. Sie scherzte spröde über die prickelnde Wirkung von »Cagliostros chemischer Medizin, die so weich, so angenehm, so praktisch ist, daß sie dem Geist und den Sinnen wohltut und Elastizität verleiht – genug, genug, basta, basta, caro amico, ich möchte Sie nicht zu sehr langweilen«.[30] Ob sie nun eifersüchtig war oder nicht, Katharina wäre wohl nicht auf die Idee gekommen, jemanden zu bestechen, den sie ebensogut ins Gefängnis werfen konnte. War also etwa die Gräfin Bruce darauf verfallen, Serafina zur Abreise zu überreden, um sich bei der Zarin wieder einzuschmeicheln?

Katharina hatte gute Gründe, warum ihr Potemkins herzliche Beziehung zu den Cagliostros mißfiel – der wichtigste war, daß diese Freundschaft die außenpolitischen Entscheidungen ihres Beraters beeinflussen konnte. Wenn der Graf tatsächlich ein preußischer Spion war, wie ihm nachgesagt wurde, arbeitete er womöglich darauf hin, daß Potemkin die englandfreundliche Politik der Zarin durchkreuzte. Sie liebte ihren Grischa, aber sie traute ihm nicht: Der Fürst war ein unverbesserlicher Intrigant. Zeit zu handeln, beschloß Katharina.

Katharinas Feindseligkeit gegen Cagliostro wurde am 24. Januar 1780 publik, als die regierungsnahe Zeitung *Sankt Petersburger Nachrichten* eine offiziell abgesegnete Satire gegen den Freimaurer ankündigte. Cagliostro wußte, daß die Schmähschrift Katharinas Billigung fand, aber wahrscheinlich blieb ihm verborgen, daß sie selbst die Verfasserin war. *Das entdeckte Geheimnis der antiabsurden Gesellschaft durch jemand, der kein Mitglied davon ist* verhöhnte die Freimaurerei als Spiel für erwachsene Kinder. Ihre albernen Rituale und kindischen Zeremonien entstammten »Ammenmärchen«. Katharinas antiabsurde Gesellschaft stellte hingegen eine Antithese zur Freimaurerei dar – eine aufklärerische Bewegung, an deren Spitze sich Katharina gern gestellt hätte. Mystischen Krimskrams und Okkultismus lehnte sie ab und wandte sich an diejenigen, die sich der Vernunft und dem gesunden Menschenverstand verschrieben:

»Die Aufnahmeloge muß ein Zimmer sein, das durchaus keine Ähnlichkeit mit einer Kneipe hat und noch weniger mit einer Bude, wie sie die Bader auf den öffentlichen Plätzen aufschlagen. Der Aufzunehmende kommt mit irgendeinem Mitglied der Gesellschaft; man klopft an die Tür. Es wird gefragt, was er wünscht. Er antwortet: Ich will eintreten. Dann öffnet der Pförtner das Sprechfenster, das neben der Tür angebracht ist, und der Obere fragt: Warum wollen Sie eintreten? Antwort: Weil die allgemeine Vernunft mich leitet. Frage: Fühlen Sie genug Festigkeit, um auf dem Wege des Denkens zu beharren? Antwort: Prüfen Sie mich. Hierauf wird die Tür leise geöffnet, der Aufzunehmende tritt mit seinem Begleiter ein, ohne die Augen verbunden zu haben, und in voller Bekleidung, weil es als unhöflich gilt und nicht wohlanständig, bei einem ehrenhaften Gespräch entblößt zu sein.«[31]

Trotz des insgesamt heiteren Tons enthielt die Satire eine ernste Anschuldigung – nämlich daß die russischen Freimaurer Geld ins Ausland schickten und, schlimmer noch, Zahlungen von Ausländern erhielten. Derlei Machenschaften grenzten für Katharina an Verrat. Nach der Lektüre der Satire gerieten Cagliostros Freunde in Sankt Petersburg in Panik: Sie glaubten fest, daß die Angriffe vor allem auf ihn zielten.[32] Sie drängten ihn, auf eine Bekehrung der Moskauer Rosenkreuzerlogen zu verzichten und Rußland zu verlassen, solange er noch konnte. Serafina, an der Potemkin allmählich das Interesse verlor und die die kalte Jahreszeit haßte, kam den Bitten der Freunde nur allzugern nach. Cagliostro hatte von reichen adligen Freimaurern eine herzliche Einladung nach Polen erhalten, war es also nicht an der Zeit, die Zelte abzubrechen?

Katharina prahlte später gegenüber einem Freund, sie habe Cagliostro des Landes verwiesen, aber das Paar packte die Koffer, noch bevor sie ihren Entschluß verwirklichen konnte. Ausgestattet mit Empfehlungsschreiben des Generals Melissino und des Chevalier de Corberon, brachen die Cagliostros im April 1780 von Sankt Petersburg nach Warschau auf und ließen die bedrohlichen Schatten der Peter-und-Paul-Festung nur allzugern hinter sich.

Für Cagliostro und Serafina stellte sich bald die Frage, warum sie sich so lange im feindseligen Sankt Petersburg abgekämpft hatten, während im benachbarten Polen ein so freundlicher Empfang auf sie wartete. Nicht anders als vor fünfzehn Jahren versetzte Warschau Cagliostro in Entzükken. Mit rund hunderttausend Einwohnern hatte die Hauptstadt die passende Größe, und die Altstadt strahlte eine verhaltene Schönheit aus. Auch wenn er die Kathedrale und das Königsschloß am hohen Westufer der Weichsel mit den goldenen Kuppeln Sankt Petersburgs nicht aufnehmen konnten, hatte die polnische Hauptstadt den unvergleichlichen König Stanislaus II. zu bieten.

Welch ein König![33] Zwar wurde er von den polnischen Magnaten als Lakai Rußlands verspottet, weil er als Sohn eines Truchseß den Thron als Anerkennung für seine Leistungen als Liebhaber Katharinas im Jahr 1755 erhalten hatte. Man sagte ihm nach, er habe 1773-1775 vor der Zarin kapituliert, als er mit der Ersten Polnischen Teilung zuließ, daß sie und die nicht minder habgierigen Herrscher Preußens und Österreichs ein Drittel der Fläche und zwei Drittel der Bevölkerung Polens in ihre Gewalt brachte. Aber welche Wahl hatte Stanislaus, da Polen nun einmal von mächtigen Feinden umgeben war? Sein Land hatte praktisch keine Armee, ein flaches Staatsgebiet ohne natürliche Grenzen, das Invasionen geradezu herausforderte, und eine Bevölkerung, die durch Religion, Volks- und Klassenzugehörigkeit gespalten war.

Cagliostro und Serafina zerbrachen sich über solche Probleme nicht den Kopf. Ihnen genügte, daß sich Stanislaus wie der ideale König verhielt und sie mit offenen Armen empfing. Stanislaus sah mit seinen achtundvierzig Jahren immer noch gut aus und galt als der gebildetste Mann Polens. Er hatte Frankreich und Großbritannien bereist und war mit Sprache und Literatur beider Länder vertraut; überdies war er ein eifriger Amateurwissenschaftler und großzügiger Förderer der Künste. Er sammelte kostbare Gemälde und Möbel und führte architektonische Neuerungen von solchen Ausmaßen durch, daß der Baustil nach ihm benannt wurde. Die einzigartige Mischung französischer, italienischer und polnischer neoklassischer Elemente konnte man in dem prunkvoll umgebauten Königsschloß, dem Ujazdowski-Schloß sowie dem großartigen Park- und Schloßkomplex Łazienki mit seinen Seen im englischen Stil, den orientalischen Minaretten und chinesischen Pavillons bewundern.

Dies war kein Tyrann, der jemanden willkürlich einkerkern ließ. Aufgrund der Verfassung war die Position des polnischen Königs so schwach – die Adligen konnten jeden Gesetzesvorschlag im Sejm durch ihr Veto niederstimmen –, daß Stanislaus nichts anderes übrigblieb, als sich den schönen Seiten des Lebens zuzuwenden. Als Gastgeber zeigte er sich witzig und charmant. Der Dünkel des Herzogs von Biron, der Cagliostro so mißfallen hatte, war ihm fremd. Und als Liebhaber und Freund der Frauen begegnete er auch Serafina ganz ungezwungen. Obwohl er sich dem Denken der französischen Aufklärer in einem Maße verpflichtet fühlte, daß manche ihn für einen Deisten hielten, für jemanden, der glaubt, daß Gott die Welt zwar erschaffen habe, nun aber keinen weiteren Einfluß mehr auf sie ausübte, interessierte er sich auch für die Welt des Okkulten. Und er stand sowohl mit den orthodoxen als auch mit den mystisch orientierten Zweigen der Freimaurer in Verbindung. Drei Jahre zuvor war er heimlich einer Loge der Strikten Observanz beigetreten, und er begrüßte Cagliostros Reformbemühungen um diesen Ritus. Ja, er war sogar geneigt, in Cagliostro ein überirdisches Wesen zu sehen.

In solch gastlicher Atmosphäre blühten die Besucher auf. Serafina scharte bald einen kleinen Kreis polnischer Adliger um sich, zu dem auch der König zählte. Sie wurde mit kostbarem Schmuck beschenkt, und ihre Verehrer wetteiferten miteinander um die Ausrichtung einer prachtvollen Geburtstagsfeier für sie.

Auch Cagliostro glänzte: Sein würdiges Auftreten und seine Redegewandtheit fanden allgemein großen Anklang. Nach kurzer Zeit eröffnete er ein Hospital für das Volk und arbeitete praktisch zum ersten Mal in seinem Leben konfliktfrei mit den ansässigen Ärzten und Krankenhäusern zusammen. Auch mit Zweiflern ging er weniger grob um als mit Major Heyking in Sankt Petersburg; er umgarnte sie vielmehr mit seinem Charme und der Demonstration geheimnisvoller Künste.

Bekannt wurde eine Begebenheit mit einer vorlauten jungen Prinzessin, die dem König erklärte, Cagliostro sei ein Betrüger. Der Graf erteilte ihr dafür eine freundliche Lektion in Hellseherei. Mehreren Zeitzeugen zufolge weckte Cagliostro in ihr »Bewunderung statt Unglauben«, indem er Kenntnisse über vertrauliche Einzelheiten ihres Lebens vorwies. Als sie ihn um eine Prognose für ihre Zukunft bat, soll er erklärt haben, es stehe ihr eine denkwürdige Begegnung bevor, die zu Liebe und Ehe führen würde. Später hieß es, die Prinzessin habe tatsächlich unter den von Cagliostro vorhergesagten Umständen geheiratet.[34]

Fürst Adam Poninski, der die Cagliostros nach Warschau eingeladen hatte, erwies sich als großzügiger Gastgeber, der darauf bestand, das Paar in seinem luxuriösen Stadthaus zu beherbergen. Als Begründer der Loge der Strikten Observanz »Karl zu den drei Helmen«, der auch der König angehörte, hieß er Cagliostro als Meister seines Ordens willkommen. Er und seine Logenbrüder waren darauf erpicht, mit den ägyptischen Mysterien bekannt zu werden, denen sich Cagliostro verschrieben hatte, und drängten ihn, eine Loge seines Ritus zu eröffnen. Nach wenigen Wochen hielt er Séancen nach dem ägyptischen Ritus ab, lehrte chemische Experimente nach Rezepten des Kölner Alchemisten Frederico Gualdo aus dem 17. Jahrhundert, vollzog Wunderheilungen und hielt seine Vorträge vor einer Schar begeisterter Adliger.

Aber wie die Brüder Medem in Mitau waren auch die polnischen Freimaurer darauf versessen, daß Cagliostro Silber und Gold herstelle. Poninski legte besonders große Gier an den Tag. Als Schatzmeister und ehemaliger Majordomus des Königs hatte er viel Land und Leibeigene in seinen Besitz gebracht, aber jetzt brauchte er Geld. Sein Leben lang hatte er sich in erfolglosen Experimenten um den Stein der Weisen und die Gewinnung von Gold und Silber aus unedlen Metallen bemüht. Cagliostros Freimaurerlehren und seine Séancen mit einer hübschen sechzehnjährigen *colombe* waren zwar beeindruckend, aber Poninskis alchemistische Sehnsüchte wurden damit nicht gestillt.

So erging bald eine Einladung an Graf und Gräfin – an die letztere versehen mit anzüglichen Bemerkungen –, die sie nicht ausschlagen konnten. Poninski bat beide auf seinen Landsitz, wo Cagliostro unter den bestmöglichen Bedingungen an Umwandlungsexperimenten arbeiten konnte. Poninskis Herrenhaus in Wola, einem Dorf kaum einen Kilometer vor den Toren Warschaus, verfügte über ein gut ausgerüstetes Alchemielabor. Der Fürst erbot sich, Cagliostro mit allen nötigen Materialien zu versehen und ihm einen geschulten Assistenten zur Seite zu stellen. Ohne Zeitdruck, unterstützt und beobachtet von wohlwollenden Logenbrüdern, würde Cagliostro dort die schwierigsten Umwandlungen vollziehen und natürlich auch Gold herstellen können.

Poninski konnte es kaum erwarten. Alchemisten von Cagliostros Ruf traf man außerordentlich selten. Ein französischer Anhänger des Grafen schilderte in einem Brief aus dem Jahr 1781, wie schwierig es ist, mit alchemistischen Methoden Gold zu gewinnen:

»Diese Operation, die so einfach scheint, wird durch tausend Namen und tausend verschiedene Prozesse verschleiert. Wenn sie [die Alchemisten] sehen, daß die Substanz etwas Dampf absondert, der in dem Behälter nach oben steigt ... nennen sie diese Operation Sublimation; wenn der Dampf niedersinkt, bezeichnen sie dies als Destillation; wenn sie sehen, daß die Substanz in der Hitze schmilzt, wenn sie trüb und schwarz wird, nennen sie dies Korruption oder Fäulnis; und wenn sie weiß wird, bezeichnen sie dies als Verbrennung. Ich erwähne nur die wichtigsten Operationen, weil es noch viele andere gibt. Die Substanz bleibt nicht lange auf dem Feuer, sondern durchläuft bald eine deutliche Wandlung ... Ripleus sagt, nachdem man bei der *materia prima* eine Unzahl verschiedener Farben gesehen hat, kann man beobachten, daß sie weiß wie Schnee wird, danach wunderschön zitronengelb und schließlich die Farbe von Klatschmohn annimmt.«[35]

Als Cagliostro den Namen des ihm zugewiesenen Laborassistenten hörte, war er wenig erfreut. Es war Graf Mosna-Moszinsky, der ehemalige königliche Truchseß und Direktor des königlichen Theaters, jetzt Gartenarchitekt des Königs, Verwalter der königlichen Kunstsammlungen und hochrangiger Verwaltungsbeamter in Litauen. Dieser dünkelhafte, sarkastische Mann hielt sich für einen Alchemisten und zweifelte gern an Cagliostros Fähigkeit. Moszinsky prahlte, er werde mit Adleraugen darüber wachen, ob der Gast irgendwelche Taschenspielertricks anwendete.

Cagliostro ließ sich jedoch nichts anmerken. Er werde mit einer Demonstration einer relativ raschen und unkomplizierten Umwandlung von Quecksilber in Silber beginnen, verkündete er. Am 7. Juni 1780 scharte er auf dem Landsitz seine Anhänger um sich und wollte vor ihren Augen die Operation durchführen. In Hemdsärmeln, um unbehindert arbeiten zu können, und durch große Schürzen vor der Säure geschützt, machten sich die beiden ans Werk. Cagliostro hatte Moszinsky vorab gebeten, ein Pfund Quecksilber und einen »Saturn-Extrakt« (Blei) bereitzustellen sowie Regenwasser zu destillieren, bis ein paar Körner einer sandigen Substanz zurückblieben. Diese bezeichnete er als »Jungfern-Erde« oder *secunda materia*. Moszinsky schildert den Vorgang:

»Als diese Vorbereitungen abgeschlossen waren, führte er uns in die Loge und erklärte vor uns allen, ich solle die ganze Operation auf folgende Art, nach seinen Vorschriften, mit eigner Hand machen. Auf seine Ordre also tat ich die obgedachte Jungfernerde in eine Phiole, schüttete ohngefähr die Hälfte des Quecksilbers drauf und ließ dann, ohngefähr 30 Tropfen Blei-Extrakt darauf tröpfeln. Nachdem ich die Masse ein wenig geschüttelt hatte, schien der Merkur seine Flüssigkeit verloren zu haben oder figiert zu sein. Ich goß drauf, auf den Rest des Quecksilbers noch Bleiextrakt; aber er blieb, wie er war, so daß ich die beiden Portionen Merkur zusammen in eine größere Phiole tun mußte, welcher, als er eine Zeit lang geschüttelt worden war, dieselbe Konsistenz annahm und schmutzig grau aussahe.

Ich tat darauf die ganze Masse in einen Schmelztiegel, welcher davon ohngefähr halb voll wurde. Dann gab mir Cagliostro in einem ganz kleinen Papier, welches noch in zwei andere eingewickelt war, dem Augenscheine nach ohngefähr $^{1}/_{10}$ Gran von einem Pulver, welches glänzend rot fast wie Karmin aussahe, das ich auf den Merkur in den Schmelztiegel werfen mußte. Er verschluckte sogleich die drei Papier-Kapseln und ich mußte den übrigen Raum des Schmelztiegels vollends mit Gips, der mit warmem Wasser angemacht war, ausfüllen. Während ich dies tat, nahm mir ihn Cagliostro aus der Hand, tat, ohngeachtet er schon ganz voll war, noch mehr Gips drauf, bestrich ihn von außen über und über ganz leicht mit der Hand ebenfalls mit Gipse, und gab mir ihn wieder, um ihn auf einem Kohlenfeuer zu trocknen. Als er darauf ohngefähr eine Minute gestanden hatte, nahm ich ihn herunter, und setzte ihn in ein Aschebad, brachte ihn damit auf einen Windofen, und blies das Feuer an. Als indessen der Schmelztiegel etwa eine halbe Stunde in diesem Aschenbade gestanden hatte, nahm ich ihn in die Loge, wo wir ihn zerschlugen und einen Klumpen geschmolzen Silber $29^{3}/_{8}$ Lot schwer, fanden ...[36]

Cagliostro wurde von aufgeregten Freimaurern umlagert, die ihm zu seinem Erfolg gratulierten, während Moszinsky mit wütender Miene danebenstand. Der Pole war überzeugt, daß hier Betrug im Spiel war. Er prüfte die Sachlage. Das Ausgangsmaterial mußte von anderswoher stammen, denn die Asche des Feuers war auf keinen Fall heiß genug für einen Schmelzvorgang gewesen. Wenn er es recht bedachte, hatte Cagliostro den Vorabend in Warschau verbracht, angeblich, um mit den Geistern Zwiesprache zu halten. Moszinsky war zudem aufgefallen, daß ein großer Behälter mit Kohlenstoff sowie destilliertes Wasser verschwunden waren. So hatte der Scharlatan es also angestellt! Bestimmt hatte Cagliostro ein Duplikat der Gipsform vorbereitet, ein sogenanntes »philosophisches Ei«. Im trüben Licht vor schwarzem Hintergrund war es ihm wohl mit Hilfe seiner großen Schürze irgendwie gelungen, das eine gegen das andere Ei, das einen Silberbarren enthielt, auszutauschen. Aber wie sollte man das beweisen?

Auf Drängen Poninskis versprach Cagliostro nun, das kompliziertere und langwierige Experiment der Goldherstellung zu wagen. Dieses geheimnisumwitterte alchemistische Verfahren war so gut wie noch nie beobachtet worden. Zunächst mußte ein weiteres philosophisches Ei vorbereitet werden. Cagliostro erklärte, das Ei werde allmählich die Farbe ändern, während es sieben weitere alchemistische Passagen durchlaufe. Zunächst färbe es sich langsam schwarz und nehme schließlich, wenn das Gold fertig sei, eine leuchtende Mohnrotfarbe an. Er rechne damit, daß jede Passage mindestens sechs bis acht Wochen dauern werde.

Es zog sich hin. Tag für Tag inspizierte Cagliostro das Ei und fügte ein paar Tropfen »Scheidewasser« (Säure) hinzu. Wie Moszinsky berichtet, »diktiert uns Cagliostro indessen, um die Loge zu amüsieren, chymische Operationen; z.E. die Quintessenz vom Weine zu machen, wenn man ihn in Mist gräbt; oder die Quintessenz von Gold, wenn man es in *Spiritus*

Vini ablöscht, und dann mit Merkur kalziniert ... Eben so will er uns die Eigenschaft aller Öle, Talköl, und sogar die Kunst, Perlen zu machen ... lehren ...«[37] Später erklärte er seinen Zuhörern auch, wie man Pergament präpariert, um einen Pentakelzauber zur Abwehr böser Geister durchzuführen.

Tag für Tag fuhr er im offenen Wagen nach Warschau, um nach seinen »Patientinnen« zu sehen und sich um sein Armenhospital zu kümmern. Moszinsky vermutete, daß er in Wahrheit ein Duplikat des Eis vorbereitete. Schon möglich, aber zweifellos gelangen Cagliostro tatsächlich Heilungen. Mit jedem Erfolg wuchs sein Ruhm als Schamane, und aus dem Umland eilten weitere Kranke zu ihm nach Warschau. Die medizinische Betätigung und die Vorträge vor den Freimaurern verschafften Cagliostro die größte Befriedigung, aber auf Dauer konnte er sich den Erwartungen des Wola-Kreises nicht entziehen.

Während der langwierigen Goldherstellung vertrieben sich die Freimaurer von Wola die Zeit bei Spaß und Spiel mit Serafina, die, wie Moszinsky bemerkte, »ihre eignen Reize würken ließ«. Man stand spät auf und verbrachte die Nachmittage damit, in Begleitung Serafinas durch den Wald zu streifen, vorgeblich ging es dabei um Schatzsuche. Nach der Rückkehr in der Abenddämmerung ging es ins Labor, wo man Psalmen rezitierte, um böse Geister zu vertreiben. Anschließend wurde das Ei eingehend auf Farbveränderungen untersucht.

Moszinsky suchte unterdessen nach Hinweisen auf Betrug. Eines Tages verkündete er triumphierend, er habe Cagliostro im Gespräch mit Serafina belauscht und gehört, daß Cagliostros Frau bei der vorhergehenden Silberumwandlung die ursprüngliche Phiole und das Ei, die ihr Mann zuvor ausgetauscht hatte, aus dem Laborfenster in eine Jauchegrube geworfen hatte. Seine Logenbrüder taten Moszinskys Geschichte als Gehässigkeit ab; sie hatten alles genau beobachtet und nichts dergleichen bemerkt. Aber dann war dem

Skeptiker das Glück hold. Am Abend des 16. Juni brach die junge *colombe,* die Cagliostro für seine Séancen benutzt hatte, in ein großes Geschrei aus, weil er sie mit unschicklichen Annäherungsversuchen belästigt hatte – offensichtlich wollte sich Cagliostro selbst auch ein wenig Spaß gönnen. Einige Freimaurer waren entsetzt. Die meisten taten es mit einem Achselzucken ab, schließlich waren sie Männer von Welt. Aber die Sache hatte doch einen Haken: Moszinsky, der das Mädchen befragte, behauptete nun, die Séancen beruhten auf Täuschung und Betrug. Cagliostro habe der *colombe* im voraus schriftliche Anweisungen erteilt und ihr gezeigt, wie man das Geräusch eines Engelskusses mit Hilfe des eigenen Unterarms nachmacht.

Selbst die ergebensten seiner Jünger äußerten nun Bedenken, aber Cagliostro bot seine ganze Schauspielkunst auf. Wenn nötig, sei er willens, alchemistische Experimente mit schweren Ketten an den Füßen und einem Siegel an der Tür zu vollziehen, um seine Redlichkeit zu beweisen. Auch schwor er, sich mit seinem eigenen Dolch zu töten, falls seine Anhänger nicht vollkommen überzeugt seien, wenn das philosophische Ei die vierte Passage erreicht habe. Doch gerade als die Stimmung zu Cagliostros Gunsten umschlug, spielte Moszinsky seine Trumpfkarte aus. Beim Durchstreifen des Gartens hatte er Überreste einer zerbrochenen Phiole von der vorhergehenden Umwandlung entdeckt; offenbar waren nicht alle Bruchstücke in der Jauchegrube gelandet. Der arme Cagliostro fühlte sich, als sei er selbst im Dreck gelandet. Jetzt half ihm auch seine Redekunst nicht mehr: Für die Freimaurer von Wola war er ein Betrüger.

Schließlich überschüttete er sie mit Schimpftiraden. Sie hätten den Namen ägyptische Freimaurer nicht verdient, und ihr Geiz werde ihnen eines Tages zum Verhängnis werden. Er wolle seine Zeit nicht länger mit solchen Schwachköpfen vertun. Am 26. Juni 1780 packten er und Serafina ihre Koffer und kehrten nach Warschau zurück.

Es war nicht leicht, Cagliostro loszuwerden. Nach wie vor hatte er in Warschau zahlreiche Anhänger, insbesondere unter jenen, die er geheilt hatte, darunter einige äußerst einflußreiche adlige Damen. Auch kam er der selbst auferlegten Verpflichtung nach, das Krankenhaus »Salerno« (benannt nach der medizinischen Schule im süditalienischen Salerno, die im Mittelalter große Berühmtheit erlangte) mit Verschreibungen und medizinischem Rat zu unterstützen. Alles hing nun davon ab, ob er sich die Gunst von König Stanislaus bewahren konnte.

Doch ungeachtet seiner persönlichen Neigungen befand sich der König in einer kniffligen Lage. Zum einen war er von der politischen Unterstützung mächtiger Magnaten wie Poninski und Moszinsky abhängig. Wichtiger noch, während des Zwischenspiels in Wola hatte er erfahren, daß Zarin Katharina nichts von Cagliostro hielt. Das gab für ihn den Ausschlag: Katharinas Ansichten waren Gebot, und niemand mußte ihn daran erinnern, daß an der polnischen Grenze ein großes Kontingent russischer Streitkräfte dauerhaft stationiert war.

Und um der Wahrheit Genüge zu tun, muß gesagt werden, daß der sentimentale polnische König Katharina nach wie vor anbetete. Er konnte nie vergessen, wie sie ausgesehen hatte, als er ihr 1755 in Petersburg zum ersten Mal begegnete:

»Es war der perfekte Augenblick, in dem schöne Frauen am schönsten sind. Ihr Haar war schwarz, ihre Haut blendend weiß, ihre Wimpern lang und schwarz, ihre Nase von griechischer Gestalt, und ihr Mund schien zum Küssen geschaffen.«[38]

Aber während Stanislaus nostalgischen Gedanken nachhing, betrieb die Zarin Realpolitik. Sie betonte gern, daß sie Stanislaus auf den polnischen Thron gesetzt hatte, gerade weil er keinerlei Anspruch auf diese Position besaß und daher um so abhängiger von ihr war.

Gezwungenermaßen war Stanislaus ein schwacher Monarch, eine Marionette Katharinas. Überdies vergifteten Poninski und Moszinsky nach ihrer Rückkehr aus Wola die Atmosphäre, indem sie anderen einflußreichen Persönlichkeiten erklärten, Cagliostro sei ein Betrüger und seine Frau eine Hure. Sie boten dem Grafen und der Gräfin sogar demonstrativ Geld an, um deren Abreise zu beschleunigen, als handle es sich bloß um Abenteurer. Cagliostro wies das Angebot verächtlich zurück. Aber jene, die ihn als großen Heiler verehrten, konnten wenig für ihn tun – die Mehrzahl von ihnen stammte aus den unteren Bevölkerungsschichten Warschaus. Stanislaus blieb nichts anderes übrig, als den Cagliostros den Zugang zum Hof zu verwehren und ihnen nahezulegen, das Land zu verlassen. Irgendwann zwischen Ende Juli und September 1780 reisten der Graf und die Gräfin in aller Stille ab.

Katharinas Attacke gegen Cagliostro erwies sich als unheilvolles Vorzeichen. Sie hatte seine Mission unter den russischen Freimaurern zunichte gemacht und dazu beigetragen, daß er auch in Polen nicht Fuß fassen konnte, aber unterdessen hatte er gezwungenermaßen ein neues überzeugendes Talent entdeckt. Bei seiner Ankunft in Sankt Petersburg war er noch kein Schamane gewesen, wohl aber bei seiner Abreise.

Graf Cagliostro trug aber auch Wut und Verbitterung im Herzen, als er Katharinas gewaltiges Reich verließ. Als er im Herbst 1780 mit Serafina durch Deutschland fuhr, um sein Glück in Straßburg zu versuchen, dem Mekka des Mystizismus, kamen sie auch durch Frankfurt am Main. Hier zogen die Freimaurerinsignien Cagliostros das Interesse zweier hochrangiger Vertreter der Strikten Observanz auf sich. Sie waren überdies, wie Cagliostro später behauptete, geheime Mitglieder der bayerischen Illuminaten. Dieser verschwörerische Geheimbund[39] war im Jahr 1776 von Adam Weishaupt, einem ehemaligen Jesuiten und brillanten Juraprofessor an der Universität Ingolstadt, gegründet worden, der der Kirche, die ihn geprägt hatte, nur noch Haß entgegenbrachte. Er hatte ein Bündnis disziplinierter Republikaner geschmiedet, die sich dem Umsturz der religiösen Ordnung und der Monarchie verschrieben hatten. Um Mitstreiter für ihre politische Mission zu finden, unterwanderten die Illuminaten nun die deutsche Freimaurerbewegung und freuten sich daher, die vielversprechende Freimaurergröße Graf Cagliostro in Frankfurt am Main zu begrüßen.

Cagliostro wurde in ein Haus fünf Kilometer vor den Toren der Stadt gebracht und in ein geheimes unterirdisches Gewölbe im Garten geführt. Dort wurde er bei Fackelschein in aller Form Mitglied der Illuminaten. Unter ein Schriftstück, das die Vernichtung aller Tyrannen schwor, setzte er den Namenszug Alessandro di Cagliostro. Später behauptete er, es sei die zwölfte Unterschrift auf einer Liste von Großmeistern der Tempelritter gewesen. Und damit bestätigten sich Katharinas schlimmste Befürchtungen.[40]

Großkophta

Kopte, Kophta, Cophta: Ein ägyptischer Christ, der zur jakobitischen Sekte der Monophysiten gehört.[1]

Am 31. Mai 1785 gegen zehn Uhr abends drängten sich zehntausend Menschen auf der Treppe des Pariser Palais de Justice, an den Geländern am Pont au Change, auf der Île de la Cité bis hinunter zum Seineufer. Die Leute hatten sich versammelt, weil sie den Richterspruch hören wollten, den das Pariser Parlament in seiner Funktion als Grande Chambre in der »Halsbandaffäre« verhängte – dem Sensationsprozeß des 18. Jahrhunderts.

Aus allen Stadtteilen war das Volk herbeigeströmt und ergoß sich über die fünf Seinebrücken vom Pont Neuf bis Notre-Dame: Fischweiber, Soldaten, Polizeispitzel, Studenten, Anwälte, Ladeninhaber, Finanzfachleute, Geistliche, Zuhälter, Prostituierte. Man sah Schreiberlinge aus den Kaffeehäusern, Spieler aus den Kasinos des Palais Royal und hie und da gutgekleidete Frauen, die das Abzeichen des Kardinals Prinz von Rohan auf ihren Hüten und an den Kleidern trugen. *Cardinal sur la paille,* »Kardinal auf dem Stroh«, nannte man die roten und gelben Bänder, mit denen die Damen ihre Empörung darüber ausdrückten, daß auf Geheiß des Königs ein Angehöriger des Hochadels auf einem Strohlager in der Bastille schmachten mußte.

Für vier Betroffene ging es bei dem Urteil dieses Abends um Leben und Tod. Einer von ihnen war der Kardinal. Daß ein solcher Mann in die Bastille geworfen wurde, schien unvorstellbar. Schon seine Titel kündeten von Macht: Prinz Louis-René-Édouard de Rohan-Guémené, Kardinal der heiligen römisch-katholischen Kirche, Fürstbischof von Straßburg, Landgraf im Elsaß, Großalmosenier von Frankreich, Abt von Saint Vaast, von Chaise-Dieu usw., Generalsuperior des Hôpital Royal des Quinze-Vingts, Provisor der Sorbonne. Unter dem arroganten Motto »König bin ich nicht, Fürst zu sein verschmähe ich, Rohan bin ich« kam seine Familie an Rang und Einfluß gleich hinter den Bourbonen. Und der Kardinal war der glänzendste Vertreter seiner Familie. Der einundfünfzigjährige Geistliche und Lebemann, der den Spitznamen »La Belle Éminence« trug, verfügte über ein Jahreseinkommen von 1 200 000 Livres, was dem Staatshaushalt eines kleineren Landes entsprach.

Er stand unter Anklage, mittels der gefälschten Unterschrift »Marie-Antoinette von Frankreich« ein unbezahlbares Diamantenhalsband an sich gebracht und gestohlen zu haben. Schlimmer noch, er hatte der Königin glühende Liebesbriefe geschrieben und sich an den prickelnden Antworten ergötzt, ohne zu erkennen, daß es sich um Fälschungen handelte. Einmal hatte er sich einer Prostituierten, die er für Marie-Antoinette hielt, buchstäblich zu Füßen geworfen.

Jeanne de La Motte

Seine empörende Unterstellung, daß die Königin für solche Avancen zugänglich sein könnte, erfüllte den Tatbestand der Majestätsbeleidigung, und darauf stand die Todesstrafe.

Rohan behauptete hingegen, eine Hochstaplerin, Gräfin Jeanne de Valois de La Motte, habe ihn glauben lassen, sie sei eine Vertraute der Königin. Sie stecke hinter dem Schwindel, denn die Briefe, die angeblich von der Königin kamen, stammten aus ihrer Feder; sie habe Rohan überredet, für Marie-Antoinette das Halsband zu kaufen, und schließlich habe Jeanne persönlich den Schmuck gestohlen und verkauft. Zu Rohans Glück fehlten der Anklage jedoch konkrete Beweise, so daß von der Forderung der Todesstrafe abgesehen werden mußte. Ihm drohte jedoch eine weitere Haftstrafe in der Bastille, eine demütigende Entschuldigung, der Verlust sämtlicher Titel und lebenslange Verbannung aus Frankreich. Der gebrochene Kardinal, der bereits seit August des Vorjahres hinter Gittern saß, hätte fast den Tod vorgezogen.

In Versailles, dem größten und prachtvollsten Palast Europas vor den Toren von Paris, wartete eine weitere Hauptfigur voller Spannung auf das Urteil. Es war die betrogene Königin Marie-Antoinette. Die Ironie des Schicksals wollte es, daß sie den zügellosen Geistlichen verabscheute, seit dieser ihrer gestrengen Mutter, Kaiserin Maria Theresia, gut zehn Jahre zuvor böse Klatschgeschichten zugetragen hatte. Als französischer Gesandter in Wien hatte Rohan mit seiner Leidenschaft für das Glücksspiel, die Jagd und amouröse Abenteuer seinem Land überdies wenig Ehre gemacht. Marie-Antoinette hatte gehofft, ihn all seiner Titel berauben zu können, als ihr Gemahl im Jahr 1774 den Thron bestieg, aber Rohans Familie erwies sich als zu mächtig und Ludwig XVI. als zu schwach. Marie-Antoinette erreichte lediglich, daß ihn ein verhaßter Rivale, der Baron de Breteuil, als Gesandter in Österreich ablöste. Außerdem sorgte sie selbstverständlich dafür, daß der Kardinal vom höfischen Leben ausgeschlossen wurde.

Als im August 1784 bekannt wurde, daß Rohan im Namen der Königin ein prunkvolles Diamantenhalsband zum unvorstellbaren Preis von 1 600 000 Livres erworben hatte, war Marie-Antoinette sprachlos – zumal es ursprünglich für eine Kurtisane, die Dubarry, angefertigt worden war. Die Wut packte sie vollends, als Rohan dem König weismachen wollte, sie habe dem Kardinal Liebesbriefe geschrieben. Dieser abscheuliche Mensch, den sie schon so lange mied, besaß überdies die Frechheit zu behaupten, er habe eine Prostituierte, zu deren Füßen er gekrochen war, für die Königin gehalten.

Aus der Sicht der Königin lag es auf der Hand, daß der Kardinal den ganzen Schwindel inszeniert hatte, um seine notorischen Schulden zu begleichen; sie hätte den Elenden auf der Stelle hinrichten lassen, wenn die Gesetze Frankreichs das nicht verhindert hätten. Unterstützt von ihrem Lieblingsminister, dem Baron de Breteuil, sorgte sie zumindest dafür, daß der König Rohan unter äußerst demütigenden Umständen verhaften ließ – in vollem Ornat, als er sich am 15. August 1785 auf die Messe für die königliche Familie an Mariä Himmelfahrt vorbereitete. Vor den Augen der gaffenden Menge wurde er in die Bastille abgeführt, um später im Pariser Parlament vor Gericht gestellt zu werden. »Solch abscheuliches Laster muß entlarvt werden«, erklärte Marie-Antoinette empört ihrer Hofdame Madame Campan. »Wenn der römische Purpur und der Titel des Prinzen benutzt werden, um einen gemeinen Dieb zu bemänteln, der so dringend Geld benötigt, daß er es wagt, die Gemahlin seines Monarchen zu kompromittieren, dann muß ganz Frankreich, ganz Europa davon erfahren.«[2]

Graf Alessandro di Cagliostro war der Dritte, der in der Nacht des 31. Mai den Ausgang des Prozesses mit Bangen erwartete. Wenn das Gericht den Kardinal für schuldig befand, würde Cagliostro mit ihm untergehen, denn er war als Mitverschwörer angeklagt. In manchen Zeitungen stand zu lesen, Cagliostro sei der Drahtzieher des Komplotts gewesen. Er habe den Kardinal verhext, damit er an die Liebe der Königin glaubte, und ihn überredet, das Diamantenhalsband zu stehlen.

Die Hauptbelastungszeugin gegen Cagliostro, die Gräfin Jeanne de Valois de La Motte, war die vierte Person an diesem Abend, die verzweifelt auf die Urteilsverkündung wartete, denn auch sie saß wegen ihrer Beteiligung an dieser außergewöhnlichen Affäre in Haft. Die schöne und zügellose junge Frau rühmte sich, über die alte Nebenlinie der Valois, die als längst erloschen galt, mit dem Königshaus verwandt zu sein. Marie-Antoinette bezeichnete Jeanne in einem Brief an ihren Bruder, den österreichischen Kaiser Joseph II. als eine »Intrigantin der übelsten Sorte, wenn auch nicht ganz ohne Anziehungskraft und Geschmack, eine elegante Erscheinung«.[3] Dennoch meinte die Königin, Jeanne sei nur eine Schachfigur des Kardinals und Cagliostros gewesen. Wenn die Richter diese beiden für schuldig befänden, käme Jeanne wohl als unschuldige Dritte frei. Falls aber der Kardinal freigesprochen würde, mußte sie mit einer harten Strafe rechnen.

So geschah es denn auch. Jeanne saß in einer Zelle im hinteren Teil der Conciergerie, einer gedrungenen mittelalterlichen Festung mit Blick auf den Palais de Justice, als sie die lauten Jubelrufe hörte, die den Triumph des Kardinals verkündeten. Bevor sie ohnmächtig auf einen Stuhl sank, drang noch die Frage an ihr Ohr: »Was wird nun aus der armen Madame La Motte?« Hubert, ihr Kerkermeister, trug die Gefangene zu einem Bett und erklärte ihr mit sanfter Stimme, der Kardinal und Cagliostro seien in allen Punkten freigesprochen worden. Da er Jeannes heftiges Temperament kannte, versuchte er sie mit der Versicherung zu beruhigen, ihre Strafe werde sich wahrscheinlich auf einen mehrjährigen Klosteraufenthalt beschränken.

Doch sie ließ sich nicht trösten und schlug in ihrer Wut

mit dem Kopf gegen einen Porzellankrug.[4] Aus der Platzwunde ergoß sich Blut über ihr Gesicht und ihre Kleider. Der freundliche Wärter und seine Frau mußten Jeanne fesseln, damit sie sich, von unkontrollierbaren Krämpfen geschüttelt, kein weiteres Leid antat. Hubert war später dankbar, daß er das tatsächliche Urteil des Gerichts nicht kannte: »Jeanne Valois de Saint-Rémy [La Motte] sollte ein Strick um den Hals gelegt, sie sollte entkleidet und mit Ruten geschlagen, an beiden Schultern mit dem Buchstaben V für *voleuse* oder Diebin gebrandmarkt und lebenslänglich im Frauengefängnis, der Salpêtrière, eingekerkert werden«.

Der Kardinal erfuhr kurz nach zehn Uhr von seinem Freispruch. Erschöpft von der Tortur der letzten elf Monate, hockte der einst so fröhliche Kirchenfürst teilnahmslos im Archiv des Palais de Justice. Comte de Launay, der Direktor der Bastille, versuchte Rohans Anwalt, Monsieur Target, den Zutritt zu verwehren, bis der Jurist ärgerlich entgegnete, der Prinz sei nun ein freier Mann. Dennoch mußte Rohan vor seiner offiziellen Freilassung noch eine letzte Nacht in der Bastille verbringen.

Marie-Antoinette, die in ihrem Boudoir in Versailles auf und ab ging, vernahm mit Entsetzen, daß der verhaßte Kardinal seiner gerechten Strafe entronnen war. Sie schrieb ein tränenbeflecktes Billett an ihre Hofdame Juliette de Polignac und bat sie »zu kommen und mit mir zu weinen, kommen Sie und trösten Sie Ihre Freundin... Das nun verkündete Urteil ist eine schändliche Beleidigung. Ich weine bittere Tränen des Kummers und der Verzweiflung.« In einem weiteren Brief, den sie in derselben Nacht an ihre Schwester in Österreich schrieb, empörte sie sich über die Demütigung, daß »ein meineidiger Priester, ein lüsterner Intrigant« freigesprochen werde, obwohl er Hochverrat an der Gemahlin seines Monarchen begangen habe.[5] Madame Campan, eine Hofdame, die damals zugegen war, hörte, wie Marie-Antoinette laut verkündete, der Großteil des Hofes sei von der

Familie Rohan aufgebracht worden oder habe die Gelegenheit ergriffen, den Bourbonen »in so spürbarer Weise« zu schaden. Als Madame Campan später an diesen Augenblick zurückdachte, sah sie darin den Anfang vom Ende: Weder Marie-Antoinette noch Frankreich sollten sich von diesem Schlag je ganz erholen.[6]

Graf Alessandro di Cagliostro war der einzige unter den vieren, der dieses Martyrium in einen Triumph umzumünzen vermochte. Noch am Morgen hatte er auf dem Weg zum Hof die Menge mit allerhand Mätzchen unterhalten. In einem grünen, mit goldener Spitze besetzten Samtrock hatte er die Arme gereckt, seinen Hut in die Luft geworfen und so seine merkwürdige Frisur präsentiert, die aus einem oben auf dem Kopf streng geflochtenen Zopf und einer Flut winziger Locken bestand, die ihm auf die Schultern fielen. Als er am nächsten Abend gegen elf aus der Bastille entlassen wurde, jubelte ihm die Menge zu. Straßenverkäufer trieben einen florierenden Handel mit seinem Porträt, und neben seiner Kutsche verteilte ein Krüppel kostenlose Proben des berühmten »ägyptischen Weins« und anderer Heiltränke.[7]

Als Cagliostros schwarzlackierte Kutsche schließlich an seinem Haus in der Rue St-Claude, einer Nebenstraße des Boulevard St-Antoine, vorfuhr, herrschte »finstere Nacht, das Viertel, in dem ich wohnte, war kaum belebt. Wie groß war meine Überraschung, als ich hörte, wie mir acht- bis zehntausend Menschen zujubelten. Meine Tür wurde aufgerissen; der Hof, das Treppenhaus, die Räume waren mit Menschen bevölkert. In solch einem Augenblick vermochte mein Herz all die Gefühle, die darin um Vorherrschaft rangen, gar nicht zu fassen. Meine Knie gaben nach. Ich fiel bewußtlos zu Boden. Mit einem Aufschrei sank auch meine Frau in Ohnmacht. Unsere Freunde drängten sich um uns, in Ungewißheit, ob nicht die schönsten Augenblicke unseres Lebens die letzten sein würden ... Ich kam zu mir. Ein Tränenstrom ergoß sich aus meinen Augen.«[8]

Keiner konnte damals die Verwicklungen der »Halsbandaffäre« durchschauen, nur ein einziger Zeitgenosse war dazu in der Lage: der Abbé Georgel, ein Jesuitenpriester und Geschäftsmann, der über zwanzig Jahre lang Rohan als Sekretär gedient hatte. Bis zuletzt hegte Georgel die Überzeugung, daß Cagliostro »mehr als jeder andere unter den Lebenden den Schlüssel zur Lösung des Falles besaß: er kannte die wahren Motive«.[9] Es sei dieser diabolische Zauberer gewesen, so Georgel, der die verhängnisvolle Kette von Ereignissen in Gang setzte, als er im Jahr 1781 den Kardinal in Straßburg behexte. »Ich weiß nicht«, schreibt er bitter, »welches Monstrum des Bösen, welcher Erzfeind der Menschheit diesen funkensprühenden neuen Genius der Scharlatanerie, diesen neuen Apostel der ›Universalreligion‹ an diese Küsten spie, der eine solche despotische Macht über seine Anhänger übte und sie seinem Willen vollkommen unterwarf.« Georgels Herr, Kardinal Rohan, gehörte zu jenen, die Cagliostro »auf die trügerischen Seitenpfade des Okkulten und Übernatürlichen lockte«.[10]

Georgel war überzeugt, der Zauberer habe schon bei seiner Ankunft in Straßburg am 19. September 1780 – unmittelbar nach seinem Aufenthalt in Polen – die Absicht gehegt, den Kardinal hereinzulegen. Cagliostro war von führenden Freimaurern der Strikten Observanz eingeladen worden und rechnete mit einem begeisterten Empfang. Zwar zählte die Stadt nur 50 000 Einwohner, aber dank ihrer Lage an der deutsch-französischen Grenze und ihrer gemischten Bevölkerung war sie ein Dreh- und Angelpunkt der europäischen Freimaurerbewegung. Als Cagliostro dort eintraf, gab es in der Stadt 29 Logen mit insgesamt 1500 aktiven Mitgliedern.[11]

Cagliostro mußte jedoch feststellen, daß er zwar als Heiler der Armen von einer jubelnden Menschenmenge begrüßt wurde, ihm die Straßburger Freimaurergemeinde jedoch aus dem Weg ging.[12] Selbst die Logenbrüder der Strikten Observanz verhielten sich vorsichtig, als sie hörten, daß sich Graf

Cagliostro nicht länger als Vertreter ihres Ritus darstellte, sondern als Begründer und Oberhaupt der ägyptischen Freimaurerei. Zu Beginn seiner Mission in Rußland und Polen hatte er sich noch als Emissär der »unbekannten Oberen« präsentiert. Einer dieser Oberen war der Großkophta, ein unsterblicher Hohepriester, der angeblich in uralten Zeiten im Schatten der Pyramiden die ägyptische Freimaurerei begründet hatte. Irgendwo auf dem Weg nach Straßburg war Graf Cagliostro jedoch befördert worden. Nun arbeitete er nicht länger für den Großkophta, er war selbst zum Großkophta geworden. Und obwohl er nicht direkt Unsterblichkeit für sich beanspruchte, ließ er doch entsprechende Andeutungen fallen.

Straßburg erfüllte also zunächst keineswegs Cagliostros Erwartungen. Die dort ansässigen Freimaurer waren ungewöhnlich hochnäsig und untereinander zerstritten, eine Folgeerscheinung der bewegten Geschichte der Stadt. Die ein-

Marie-Antoinette

stige protestantische, deutschsprachige freie Reichsstadt war im 17. Jahrhundert an das katholische, zentralistisch regierte Frankreich gefallen, so daß große Differenzen in der Gesellschaft entstanden, von denen auch die Logen nicht verschont blieben: Katholiken gegen Protestanten, Bürger gegen Aristokraten, Franzosen gegen Deutsche, Reformverfechter gegen Konservative, Militärs gegen Beamte.

Wie in Sankt Petersburg reagierte Cagliostro auf gesellschaftliche Ausgrenzung durch Hinwendung zum gemeinen Volk. In den nächsten zwölf Monaten widmete er sich den Armen Straßburgs, denen er mit Heilkünsten und milden Gaben half. Sein Spital wurde von Krüppeln, Tauben, Blinden und Bedürftigen aufgesucht, und seine Kutsche wurde zu jeder Tages- und Nachtzeit vor armseligen Behausungen in den Armenvierteln der Stadt gesehen. »Das Interessanteste an dieser gallisch-deutschen Stadt«, bemerkte General Jean-Benjamin de La Borde, der Cagliostro in Straßburg kennenlernte, »ist das Publikum, das Graf Cagliostro um sich schart ... Er wird von den Armen und dem *petit peuple* angebetet, von anderen aber gehaßt, geschmäht und verfolgt. Von jenen, die er heilt, erhält er weder Geld noch Geschenke. Sein Leben verbringt er unter den Kranken, vor allem den Armen, an die er seine Heilmittel kostenlos verteilt und dazu noch Suppe, die er aus eigener Tasche bezahlt. Er selbst ißt wenig, und wenn dann fast nur italienische Pasta, er geht niemals zu Bett und schläft nur zwei, drei Stunden in einem Fautueil. Stets ist er bereit, den Unglücklichen zu Hilfe zu eilen, gleich zu welcher Tages- oder Nachtstunde, und er kennt kein anderes Vergnügen im Leben, als seinen Mitgeschöpfen Linderung zu bringen.«[13]

Bald suchten ihn auch wohlhabendere Patienten auf, vor allem solche mit angeblich unheilbaren Krankheiten. Die ersten gesellschaftlichen Erfolge hatte er in der Militärgarnison, die in einer Grenzstadt lag und eine strategisch wichtige Rheinbrücke bewachte. Cagliostro heilte einen Militärangehörigen von Wundfäule und einen weiteren von Depressionen und Selbstmordgedanken, so daß sein Ruhm rasch wuchs. Ermuntert durch Marschall Contades, den militärischen Oberbefehlshaber des Elsaß, hießen die Offiziere den Kophta in ihren Messen und Logen willkommen. Ehefrauen und Geliebte folgten dem Beispiel der Männer. Die Marquise de la Salle und die Baronin Flachsland bildeten den Mittelpunkt eines Salons, der sich Abend für Abend in Cagliostros neuer Unterkunft versammelte; das schöne Haus lag an der Place d'Armes, Kalbsgasse 1, und war auch als »Haus der Jungfrau« bekannt.[14] In vornehmes Schweigen gehüllt, hielt hier Serafina Hof, bis Cagliostro, aus dem Spital kommend, hereinstürmte. Mit stolzgeschwellter Brust stand er dann mit dem Rücken am Feuer und begeisterte die Gesellschaft mit den Geschichten über seine arabischen Reisen.

Schließlich erreichte die Kunde von diesem exotischen Salon auch den Palast des Kardinals Rohan in Zabern am Stadtrand von Straßburg. Rohan fühlte sich fern von Paris wie im Exil. Die elsässische Stadt erschien ihm prüde und langweilig. Den Rang des Erzbischofs hatte er von seinem Onkel geerbt, und seiner Meinung nach war damit einzig und allein die Verpflichtung verbunden, die üppigen jährlichen Pfründe zu kassieren. Ohnehin war die Hälfte der Bevölkerung lutherisch. Rohan sehnte sich schmerzlich nach der Labsal von Liebe und Macht, die nur Versailles bieten konnte, aber Marie-Antoinette hielt ihn vom königlichen Hofe fern. Um der Langeweile zu entfliehen, ließ er durch seinen Jagdaufseher ausrichten, er wünsche den Grafen Cagliostro zu besuchen. Zu seinem größten Erstaunen erhielt er die arrogante Antwort, der Kophta empfange nur Kranke und Bedürftige. Ein Geniestreich: Cagliostro spielte mit hohem Einsatz, um Rohans Interesse zu entzünden. Umgehend erkrankte der Kardinal an Asthma und wurde als Leidender bei Cagliostro vorstellig.

Wie Georgel meint, war der Kardinal schon nach diesem

ersten Treffen ins Netz gegangen. Aufgeregt berichtete er seinem skeptischen Sekretär, er habe im Gesicht des »Großkophten ... eine so beeindruckende Würde [erblickt], daß er sich in der Gewalt einer erhabenen religiösen Erfahrung glaubte«. Aus ganz anderen Gründen versetzte ihn auch die Gräfin Cagliostro in Erregung, die mit ihm flirtete, als sei er ein schöner junger Edelmann. Unter diesem doppelten Einfluß verging Rohans Asthma schnell. Doch der Kardinal fand auch Zuspruch. »Ihre Seele«, erklärte ihm Cagliostro gnädig, »ist der meinen ebenbürtig. Sie verdienen es, der Vertraute meiner Geheimnisse zu werden.« Welch größere Ehre konnte sich der Kardinal erhoffen?

Eines dieser Geheimnisse wurde im Juli 1781 dringend benötigt, um den Onkel des Kardinals, den Prinzen de Soubise, zu retten, der im Militärdienst stand und an einem Fieber zu sterben drohte. Rohan und sein neuer Guru eilten nach Paris, um dem Kranken zu helfen. Die Mission war eine heikle Angelegenheit, denn es war nicht damit zu rechnen, daß die Pariser Ärzte die Einmischung eines sonderbaren arabischen Heilers hinnehmen würden. Daher besuchte Cagliostro den Prinzen verkleidet, verabreichte ihm Tropfen und entwarf einen genauen Zeitplan für die Genesung des Patienten. Und der Prinz de Soubise erholte sich tatsächlich.

Danach wurde der Kophta, wie Georgel sagt, Rohans »Orakel, sein Führer, sein Kompaß«. Zunächst weckte Cagliostro das alte Interesse des Kardinals an alchemistischen Experimenten. Ein paar Jahre zuvor hatte Rohan gehofft, durch die Umwandlung von Salzwasser in Salpeter Geld zu verdienen; nun arbeitete er, bekleidet mit einem Zaubermantel und einem spitzen Hut, als Laborassistent Cagliostros und half ihm, Diamanten zu züchten und unedle Metalle in Gold zu verwandeln.

Die Baronin Henriette Louise d'Oberkirch, eine feingliedrige Protestantin aus dem Oberelsaß, besuchte im Winter 1780/81 zweimal Rohans Palast in Zabern und konnte Cagliostros wachsenden Einfluß auf den Kardinal beobachten. Sie war so ehrlich zuzugeben, daß es dem Großkophta beinahe gelungen wäre, auch sie unter seinen Willen zu beugen. Obgleich sie entschlossen war, der Anziehungskraft des Mannes zu widerstehen, zogen seine Augen sie in den Bann: »Sie waren unbeschreiblich, von übernatürlicher Tiefe – ganz Feuer und doch ganz Eis.« Sie hatte das Gefühl, daß sein Blick sich förmlich in ihren Geist bohrte. Seine Stimme umschmeichelte sie »wie eine in Seide gehüllte Trompete«. Sein hochmütiges Gebaren, so hielt sie später fest, »wirkte gleichzeitig anziehend und abstoßend, er erschreckte einen, und zugleich weckte er eine unersättliche Neugier«. Am verblüffendsten war der Augenblick, als er plötzlich mitten im Gespräch verstummte, als habe er eine Vision, und dann verkündete, Rohans Feindin, die österreichische Kaiserin Maria Theresia, sei in diesem Augenblick verstorben. Es erwies sich, daß Cagliostro recht hatte, obwohl die Nachricht in Straßburg erst fünf Tage später bekannt wurde.

Bei ihrem nächsten Besuch im Januar 1781 pochte das Herz der Baronin vor Aufregung, als sie den Speisesaal des Palastes betrat. Für die Straßburgerinnen, die vor Cagliostro »mit einer an Götzenverehrung grenzenden Schwärmerei« herumscharwenzelten, hatte sie nur Verachtung übrig, aber beinahe wäre es ihr genauso ergangen. Insbesondere hätte sie ihn gern nach ihrem persönlichen Schicksal befragt. Beim Essen lobte der Kardinal Cagliostros Wunderkräfte in den höchsten Tönen. Er präsentierte einen Ring mit einem prächtigen Diamanten im Wert von 25 000 Livres, den Cagliostro vor seinen eigenen Augen in einem alchemistischen Schmelzofen hatte entstehen lassen. Der Kophta hatte den Kardinal bedrängt, die wertvolle Gabe anzunehmen, und großmütig jede Bezahlung abgelehnt. »Er wird mich zum reichsten Mann Europas machen«, prahlte Rohan. Die Baronin vermutete, daß Cagliostro sie zu beeindrucken suchte, um mit der russischen Großfürstin in Verbindung zu kommen, mit der die Baronin eng befreundet war. Dennoch konnte sie sich seiner Faszination nicht ganz entziehen. »Cagliostro war von einer dämonischen Kraft besessen, er schlug den Geist in den Bann und lähmte den Willen.«[15]

Auch Abbé Georgel blieb nicht verborgen, daß Rohan völlig unter Cagliostros Einfluß stand. Als der Kardinal geschäftlich nach Paris reisen mußte, drängte er die Cagliostros, unterdessen in seinem Palast zu wohnen und sich von seinem Schweizer Faktotum Baron de Planta verwöhnen zu lassen. Die Vorstellung, daß das wunderbare Schloß in Zabern solchem Abschaum überlassen blieb, empörte Georgel. Der Sekretär verriet seinem Herrn, daß die besten Weine seines Kellers während seiner Abwesenheit in Strömen geflossen seien, aber der Kardinal lachte nur nachsichtig und erklärte, Cagliostro habe sich einen angenehmen Aufenthalt verdient.

Ein angenehmer Aufenthalt, fürwahr! Giuseppe Balsamo, dem in Rohans weitläufigem Sandsteinpalast täglich fünfundzwanzig Lakaien und vierzehn *maîtres d'hotel* zu Gebote standen, konnte sich rühmen, daß er es auf dem Weg aus den Armenvierteln Palermos weit gebracht hatte. Vom Palasteingang bot sich ein Blick über das Rheintal – eine Gegend, die zwei Städte, eine Kathedrale und ein altes Schloß umfaßte. Auf, Baron Planta, trinken wir! Laßt den Tokaier fließen![16]

Georgel war zwar überzeugt, Cagliostro sei einzig zu dem Zweck nach Straßburg gekommen, seinen Herrn auszurauben, aber einige Tatsachen belegten das Gegenteil. Geld floß Cagliostro noch müheloser zu als der Tokaier. Im Sommer 1781 zum Beispiel vollzog er die einträglichste Heilung seines Lebens. Jacques Sarasin, ein steinreicher Bankier und Seidenhändler aus Basel, brachte seine Frau in Cagliostros Straßburger Krankenhaus. Sarasin war verzweifelt. Erfolglos hatte er bereits alle möglichen medizinischen und geistlichen Heilverfahren ausprobiert.

Gertrude Sarasin wurde von einem mysteriösen auszehrenden Fieber geplagt. Häufig schlief sie nachts nur eine Stunde lang. Wenn sie Krämpfe erlitt, mußte sie von acht Personen festgehalten werden. Die Behandlung durch Cagliostro zeigte sofortige Wirkung. Das Fieber ließ nach, sie bekam wieder Appetit und fand Schlaf. Wenige Monate nach Abschluß der Kur schrieb Jacques aus Basel an Cagliostro, seine geliebte Gertrude sei inzwischen sogar erneut guter Hoffnung. Selbstverständlich nannten sie das Kind Alexander nach dem Retter der Familie. Der erleichterte Bankier erwies Cagliostro in einer Pariser Zeitung seine Anerkennung: »Meine Dankbarkeit auszudrücken ist äußerst schwierig. Ich finde nicht die Worte, um die Gefühle meines Herzens zu beschreiben.«[17] In einem späteren Kapitel seines Lebens würde Sarasin Cagliostro zu Hilfe eilen; vorerst entschädigte er den Kophta durch einen Bankkredit in unbegrenzter Höhe, auf den er in ganz Europa zurückgreifen konnte.

Anders als Georgel es darstellte, war Cagliostro keineswegs so sehr darauf erpicht, den Kardinal bis auf den letzten Blutstropfen auszusaugen. Vielmehr peinigte er Rohan im Juni 1783 mit der Ankündigung, nach dreijähriger philanthropischer Tätigkeit als Heiler sei es an der Zeit, die Zelte abzubrechen. Die Arbeit in Straßburg wurde ihm dadurch erschwert, daß er einen einflußreichen Arzt durch die Heilung eines seiner Patienten gegen sich aufgebracht hatte. Solcherlei anmaßende Kunststücke bewogen die Ärzteschaft am Ort, den Quacksalber mittels einer Hetzkampagne aus der Stadt zu vertreiben. Sie bezahlten einen ehemaligen Mitarbeiter Cagliostros dafür, ihn in Zeitungsartikeln und Traktaten zu verleumden. Carlo Saachi, ein aufgebrachter Apotheker, behauptete, er habe Cagliostro in Spanien wegen Geschlechtskrankheiten behandelt und der sei ihm seinen Lohn schuldig geblieben. Allerdings erwähnte er nicht, daß Cagliostro ihn entlassen hatte, weil er unter der Hand dessen

Rezepte verkauft hatte. Die meisten, wenn nicht alle Anschuldigungen Saachis waren zwar frei erfunden, aber sie kamen den Straßburger Ärzten gelegen.

Cagliostro beschloß, nach Südfrankreich weiterzuziehen, in das Zentrum der mystischen Freimaurerbewegung, wo Vorläufer wie Saint-Germain und Swedenborg eine große Anhängerschaft hatten. Kardinal Rohan, den der drohende Verlust seines spirituellen Meisters bedrückte, beauftragte den jungen Wissenschaftler Raymond de Carbonnières, sich um die Cagliostros zu kümmern und dafür zu sorgen, daß die Verbindung zwischen ihnen und dem Kardinal nicht abriß.

Sosehr Georgel den Großkophta verabscheute, räumte er in seinen Memoiren ein, daß Cagliostro damals Konkurrenz bekam, denn noch eine weitere diabolische Gestalt schickte sich an, den Kardinal einzuwickeln. Georgel nannte diese Frau eine Circe – die böse Zauberin aus der griechischen Sage, die Männer in Schweine verwandelte. Sie hieß Jeanne de Valois de Saint-Rémy de La Motte.

Diese und Cagliostro, die beiden bösen Geister des Kardinals, wiesen erstaunliche Gemeinsamkeiten auf. Jeanne war wie der junge Giuseppe in Armut aufgewachsen und hatte ihre Durchtriebenheit auf der Straße erlernt. In ihrer Familie sprach man wie bei den Balsamos nostalgisch über adlige Vorfahren. Für Jeanne wurde dieser Gedanke zur Obsession. Sie wurde 1756 im Schloß Fontette vor den Mauern von Bar-sur-Aube in der Champagne geboren. Ihr Vater, Jacques de Saint-Rémy, hatte einst den Titel eines Barons von Luze und Valois getragen – als direkter Nachfahre einer königlichen Nebenlinie, die auf Heinrich II. zurückging. Die kleine Jeanne wuchs mit der Vorstellung auf, sie sei eine Prinzessin.

In Wirklichkeit kannte das Kind seinen Vater nur als einen verkommenen Alkoholiker, verheiratet mit der Tochter eines

Pförtners, der einst für ihn gearbeitet hatte. Der Baron von Valois lebte von Wilderei und Diebstahl auf den Gütern, die er verkauft hatte, um seine Spielschulden zu bezahlen. Verglichen mit Jeannes Elternhaus – einer Holzhütte mit einer kleinen Klapptür, durch die die Einheimischen Speisereste für die Kinder warfen –, mutete Giuseppes Geburtshaus geradezu fürstlich an. Um 1760 zog die Familie nach Paris, um Arbeit zu suchen. Aber kaum ein Jahr später starb Jeannes Vater im Hôtel-Dieu, dem Armenspital, so daß Jeanne dem neuen Liebhaber ihrer Mutter, einem brutalen sardinischen Gardisten, ausgeliefert war. Er vergewaltigte seine achtjährige Stieftochter nicht nur, sondern schickte sie auch zum Betteln auf die Straßen von Boulogne.

Hatte Giuseppe seine magische Ausstrahlung auf den Märkten der Albergheria entdeckt, so erwarb Jeanne ihre Verstellungskünste von ihrem neuen Umfeld. Sie lernte, ihre traurige Geschichte für ihre Zwecke zu nutzen. Eines Tages im März 1764, so hieß es, ließ die Marquise de Boulainvilliers ihre Equipage vor dem Dorf Passy unweit von Boulogne anhalten, um mit einem mageren, zitternden Mädchen zu sprechen, das seine kleine Schwester auf den Rücken gebunden trug. Die Kleine hielt ein Schild in der Hand: »Habt Mitleid mit einer armen Waise vom Blute der Valois.« Von diesem Augenblick an wurde die gutmütige Marquise Wohltäterin und zugleich Opfer des Kindes mit dem lieblichen Lächeln und dem eisernen Willen. In den nächsten zehn Jahren ließ die Marquise Jeanne und ihre Schwester zur Mantel-Schneiderin ausbilden; dann sorgte sie dafür, daß den beiden in einem Kloster für verarmte Adlige gute Sitten beigebracht wurden. Unterdessen lernte Jeanne bei den nächtlichen Besuchen des Marquis von Boulainvilliers in ihrer Kammer noch andere Fertigkeiten.

Als Jeanne mit zwanzig unter Druck gesetzt wurde, das Gelübde abzulegen, floh sie aus dem Kloster in ihre Heimatstadt Bar-sur-Aube und appellierte an die Mildtätigkeit von

Madame Surmont, der Gattin des dortigen Richters. Ein Jahr später klagte die freundliche Frau, sie habe »einen Dämon« genährt: Das Mädchen hatte Monsieur Surmont den Kopf verdreht, sich vom Bischof von Langres schwängern lassen und anschließend Madames Neffen becirct, einen leichtlebigen Gardisten namens Nicolas La Motte. Die überstürzte Heirat mit Nicolas La Motte am 6. Juni 1780 vertuschte den Fehltritt des Bischofs – und die beiden Kinder, zwei Knaben, die Jeanne zur Welt brachte, starben zum Glück aller Beteiligten wenige Wochen nach der Geburt.

Albert Beugnot, ein junger Anwalt, der sich damals ebenfalls in Jeanne verliebte, schilderte ihre seltsame sexuelle Anziehungskraft: »Madame de La Motte würde man nicht als Schönheit bezeichnen; sie war mittelgroß, aber geschmeidig und von guter Figur; sie hatte äußerst ausdrucksvolle blaue Augen unter dunklen, stark geschwungenen Brauen; ihr Gesicht war ein wenig zu lang, der Mund breit mit schönen Zähnen; vervollkommnet wurde ihr Typ durch ihr bezauberndes Lächeln. Sie hatte schöne Hände, winzig kleine Füße. Ihre Teint war bemerkenswert hell ... Sie besaß keine Bildung, dafür aber große Intelligenz und einen schnellen, scharfen Verstand.«[18] Obgleich sie – wie ein anderer ihrer Liebhaber bemerkte – »auf jedes Aufflackern von Leidenschaft«[19] reagierte, verfolgte sie ihre Ziele mit eiskalter Berechnung und unbarmherziger Entschlossenheit. »Ich habe Schriftsteller gelesen, die behaupten, Mut sei ... eine Eigenschaft des männlichen Geschlechts«, schrieb sie in ihrer zweiten Autobiographie. »Ich habe ihn als eine wünschenswerte Voraussetzung erachtet, die ich, obgleich eine Frau, zu erlangen suchte.«[20] Folglich verkleidete sie sich auch gern als Mann, besaß große körperliche Ausdauer und kämpfte mit rasender Wildheit.

Zwei langjährige Liebhaber Jeannes – der ernste, dunkle Albert Beugnot und der blonde, lebensfrohe Rétaux de la Villette, ein Gardist und Freund ihres Mannes – bezweifelten, daß sie jemals für irgend jemanden Liebe oder auch nur zärtliche Gefühle empfand. Beugnot betrachtete sie als enfant sauvage: »Seit ihrer Geburt in unaufhörlichem Konflikt mit der Gesellschaft, hatte sie gelernt, deren Gesetze zu verachten, und auch vor jenen der Moral besaß sie nur wenig Respekt.« Giuseppe Balsamo war fünfunddreißig, als er die Freimaurerei als Lebensaufgabe entdeckte; Jeanne kannte die ihre von Kindesbeinen an. Schmerz, Demütigung und Hunger wurden ihr nur durch den Entschluß erträglich, die verlorenen Besitzungen ihres Vaters wieder an sich zu bringen. Diese fixe Idee, so Beugnot, machte sie zu einer »Frau, die vor nichts zurückschreckte, um ihre Ziele zu erreichen, und sich berechtigt fühlte, einer gesellschaftlichen Ordnung zu trotzen, die ihr das ihr zustehende Standesrecht verweigert hatte.«[21]

Jeannes erste Begegnung mit Kardinal Rohan im September 1781 widerspiegelt diese Lebenseinstellung. Als Jeanne

Kardinal Rohan

hörte, daß Madame de Boulainvilliers den unermeßlich reichen Kardinal in Straßburg besuchte, eilte sie von der neunzig Kilometer entfernten Kaserne in Lunéville herbei. Es gelang ihr, Rohan abzupassen, als er eine Ausfahrt in seiner Equipage unternahm. Es war der Mühe wert. Jeanne brachte die besten Voraussetzungen mit: eine melodramatische Geschichte, die seinen sentimentalen Charakter anrührte, Hochmut, der seinen Snobismus ansprach, und Sinnlichkeit, die seine notorische Lüsternheit weckte. Als Großalmosenier von Frankreich war der Kardinal verpflichtet, verarmte Adlige im Namen des Königs zu unterstützen. Er kam seiner Pflicht nach, indem er Jeanne eine gutgefüllte Börse überreichte und sie bat, sich an ihn zu wenden, wenn es ihr je an etwas fehlen sollte.

Es fehlte ihr ständig an etwas. Aber ihr folgendes Treffen mit dem Kardinal im Sommer 1782 erforderte eine detailliertere Planung. Zunächst begab sie sich nach Paris und bezog möblierte Räume im obersten Stock eines Hotels im Marais, in bequemer Nachbarschaft zu Rohans Palast. Sie war inzwischen zur Gräfin avanciert, indem sie den Titel von einer nichtverwandten Familie La Motte verwendete. Der junge Beugnot – der, vermutlich um seine juristische Karriere zu befördern, ebenfalls nach Paris gezogen war – verfaßte in ihrem Auftrag endlose Gesuche um Wiedereinsetzung als rechtmäßige Besitzerin ihrer Güter, und sie entlohnte ihn durch gelegentliche Bettfreuden. Als Jeanne herausbekam, wann der Kardinal in Paris weilte, forderte sie mit gewohnter Dreistigkeit Beugnots Equipage und Kutscher für einen Besuch in dessen Palais.

Das Haus lud zur Verführung ein. Als sie den Palast durch die Marmorhalle betrat, kam sie an vier anzüglichen Gemälden des bei der Venus liegenden Mars vorbei, Werke von François Boucher. Ein Diener begleitete sie nach oben in den Salon des Singes, wo der Kardinal Privatmessen abhielt. Allerdings sah es in dieser Kapelle merkwürdig aus: Die

Wände ringsum zierten Gemälde von Robert Huet, die wohlgenährte Adlige in knappen chinesischen Kostümen darstellten. Aber diese Bilder wirkten harmlos neben einigen Miniaturen an den holzgetäfelten Wänden und dem Altarblatt, die jeweils einen rotgewandeten Affen in obszöner Pose zeigten. Ein Affe grinste lüstern, während er mit dem Anus eine Kerze auspustete.[22] Der Kardinal winkte Jeanne auf den Fautueil neben sich und bat sie, ihre traurige Geschichte noch einmal zu erzählen. Mitfühlend drückte er ihr die Hand, bedauerte, daß sie, eine Frau, »die von der Natur dafür geschaffen war, die Herzen der Männer zu erobern«, einen so nichtsnutzigen Gemahl hatte. Kurz darauf öffnete er eine Geheimtür in der Altartäfelung und geleitete Jeanne in ein Boudoir, das einer Kurtisane besser angestanden hätte als einem Kardinal. Zuletzt zeigte ihr der galante Rohan eine Treppe, die direkt nach unten in den Garten führte und über die weiblicher Besuch den Palast in absoluter Diskretion verlassen konnte.[23]

Am nächsten Tag frohlockte Jeanne; umgehend erklärte sie Beugnot, daß sie seine Dienste als Anwalt und Liebhaber nicht mehr benötige. Da der Kardinal nun ihr »Beschützer« sei, strebe sie einen neuen Plan an. Sie beschloß, in das gut zwanzig Kilometer südwestlich von Paris gelegene Versailles umzuziehen und sich bei Hofe persönlich um den Titel und die Besitzungen der Valois zu bemühen. Beugnot ermahnte sie zur Vorsicht: In Versailles wimmle es von Betrügern und professionellen Intriganten, die »stets kurz davor stehen, ein Vermögen zu machen, stets mit gefährlichen Ratschlägen für Unternehmungen aufwarten, die man besser lassen sollte«.[24]

Ein kühnerer Plan als der ihre ist kaum vorstellbar. Wie konnte diese Abenteurerin hoffen, ohne Geld und Beziehungen den vornehmsten Hof Europas zu stürmen, an dem jeder Schritt vom Protokoll geregelt wurde? Jeanne durfte jedoch mit zwei Faktoren rechnen, die ihr zum Vorteil gereichten. Erstens war Versailles weniger ein Palast als vielmehr ein

Höflingsstaat von solch chaotischen Dimensionen, daß er eine eigene parasitäre Unterschicht hervorgebracht hatte. Eine geschickte Hochstaplerin wie sie konnte sich durchaus unter die zwölftausend Menschen mischen, die als Bedienstete täglich in dem Komplex ein- und ausgingen. Unbesorgt konnte sie durch endlos lange düstere Korridore schreiten, ohne unter den rastlosen Beamten, Bediensteten und Arbeitern aufzufallen, oder in den Gärten lustwandeln, in denen so viele Menschen ihre Mußestunden verbrachten, daß der Gestank ihrer Exkremente bis ans Fenster der Königin hinaufwehte.

Jeannes zweiter Vorteil war, daß kaum einer der anderen Intriganten sich an Verstand, Mut und Skrupellosigkeit mit ihr messen konnte. Dennoch wurden in den folgenden Jahren ihre Fähigkeiten bis zum Äußersten gefordert. Zunächst mietete sie sich im Gasthof Belle Image in Versailles ein und überschüttete Beamte und Mitglieder der königlichen Familie mit Bittschriften, in denen sie Pension, Grundbesitz und Titel forderte. Charles Alexandre de Calonne, der königliche Finanzverwalter, gewährte ihr schließlich eine Erhöhung der Pension, um sie endlich loszuwerden. Eines Tages schlich sie sich in das Empfangszimmer von Prinzessin Elisabeth, der Schwester des Königs, wo sie eine Ohnmacht simulierte. Durch die Behauptung, sie sei unterernährt und infolge einer Fehlgeburt erkrankt, sicherte sie sich weitere königliche Wohltaten, aber sie verspielte das so gewonnene Mitleid, indem sie den Auftritt einige Monate später wiederholte.

Aus den inneren Bezirken des Palastes verbannt, trieb sie sich nun in den Randzonen herum, hörte Klatschgeschichten, belauschte den Jargon der Höflinge und umschmeichelte Bedienstete wie Goubert, den Torhüter am Lieblingsgarten der Königin, dem Petit Trianon. Als Jeanne von Rohan nichts mehr erbetteln konnte, gewährte sie ihre Gunst anderen Adligen, die sie in ihrem schäbigen Hotel besuchten und sie mit Geschenken und Geld versorgten. Der duldsame

Beugnot lud sie gelegentlich zu einer billigen Mahlzeit ein und beobachtete entsetzt, wie gierig sie ihr Weinglas leerte und mehrere Dutzend kleiner Kuchen verschlang.

Obwohl sie immer tiefer in Armut geriet, beschloß sie, wieder nach Paris zu ziehen, und mietete dort auf Pump ein elegantes dreistöckiges Haus mit schmiedeeisernen Balkonen, einem Pförtnerhäuschen und Ställen, um sich einen Anstrich von Noblesse zu geben. Es war ideal gelegen, an der Rue Neuve-St-Gilles 13 im Marais, nur fünf Minuten vom Palast des Kardinals entfernt. Sie mußte nachts keine weiten Wege zurücklegen, aber das Haus war wie vieles andere in Jeannes Leben eine Illusion. Meist bewohnte sie mit ihren Dienstboten nur ein einziges Zimmer im oberen Stockwerk und stellte ihre Möbel bei einem Barbier in der Nachbarschaft unter, damit sie nicht von Gläubigern gepfändet wurden. Ihr Dienstmädchen Rosalie arbeitete monatelang ohne Lohn und bezahlte zuweilen Jeannes dringlichste Schulden von ihren eigenen Ersparnissen.

Aber Jeanne ließ keine Gelegenheit ungenutzt. Pater Roth, ein naiver kleiner Priester von der benachbarten Minimes-Kirche, war von Jeannes Not so gerührt, daß er für sie den unbezahlten Sekretär spielte. Auch Rétaux de la Villette, ihr früherer Liebhaber aus Bar-sur-Aube, tauchte wieder auf und bereicherte ihren schäbigen kleinen Hofstaat. Rétaux konnte Handschriften fälschen, Gedichte verfassen, singen und, wie er selbst sagte, lieben wie ein Stier – Fähigkeiten, die sich für eine falsche Gräfin als nützlich erweisen konnten.

Der erste Durchbruch in dieser schwierigen Zeit kam, als sich einige gutgläubige Geschäftsleute mit der Bitte an Jeanne wandten, ihre Interessen bei Hof zu vertreten. Sie hatten gehört, sie stehe mit einflußreichen Leuten, unter anderen mit der Königin, auf gutem Fuß. Jeanne hatte diese Gerüchte seit einiger Zeit selbst gestreut, und sie hatten schließlich Wirkung gezeigt. Im April 1784 beschloß sie, diese Lüge am Kardinal persönlich zu erproben. Rohan war entzückt über ihre angebliche Freundschaft mit der Königin, und Jeanne wußte, daß sie ihre Rolle gut gespielt hatte. Der Kardinal hätte seine Beziehung zu Königin Marie-Antoinette nur allzugern verbessert, denn er glaubte, nur ihre Rachsucht verhindere seinen Aufstieg zum Ersten Minister Frankreichs. Diese eitle Vorstellung war – wie Georgel meinte – der »teuflische Funken«, der die Halsbandaffäre entzündete. Und natürlich war es Jeanne, die den Brand gelegt hatte.

Bei der Anreizung des Kardinals, einem langwierigen und heiklen Unternehmen, unterlief ihr kein einziger Fehler. Dank ihrer intimen Kenntnisse und ihrer psychologischen Einsichten umfing sie Rohan, wie Beugnot schrieb, mit einem »Mantel der Einflüsterungen«. Jeannes Intelligenz, Rétaux' Schreibkünste und ein paar Bogen kostbares goldgeprägtes Papier mit Blumenbordüren bereiteten einer falschen Königin den Weg. Jeanne schlug dem Kardinal zunächst vor, an die Königin zu schreiben und ihr eine Erklärung und eine Entschuldigung für seine Missetaten in Wien anzubieten. Eine brillante Idee: Eifrig wie ein gelehriges Hündchen schrieb Rohan seinen Brief zwanzigmal um, bevor er Jeanne damit losschickte.

Nach und nach wich in Jeannes gefälschten Antworten die kühle Förmlichkeit einem vertraulicheren Ton, denn Jeanne sorgte dafür, daß die salbungsvollen Entschuldigungen und anzüglichen Bemerkungen des Kardinals »gut aufgenommen wurden«. Beim Abfassen dieser Briefe machte sie sich in genialer Weise Rohans Eitelkeit und die angebliche Promiskuität Marie-Antoinettes zunutze. Zu Beginn der Regierungszeit hatte es eine langwierige, frustrierende Phase gegeben, da der König aufgrund eines kleineren anatomischen Problems die Ehe nicht hatte vollziehen können, und während dieser Zeit hatte Marie-Antoinette den Ruf einer »hübschen Leichtsinnigen« erworben. Dies waren die Worte ihres Bruder Joseph II. von Österreich, aber viele andere gaben ihr schlimmere Namen. Gekränkt von Marie-Antoinettes albernen Freunden und ihrer arroganten Art setzten die Leute das Gerücht in Umlauf, sie sei eine unersättliche Lesbierin und könne auch von Männern nicht genug kriegen. Der Kardinal, der die Welt ausschließlich durch die Brille des Lebemanns sah, hielt es für ganz natürlich, daß die Königin sich für eine Schönheit wie Jeanne und einen Beau, wie er selbst es war, erwärmte.

Schließlich konnte Rohan es kaum noch erwarten, die Königin persönlich zu sehen, denn er sehnte sich danach, die Affäre auf die körperliche Ebene zu verlagern. In dieser kniffligen Situation hatte Nicolas, Jeannes unbeholfener Ehemann, seine große Inspiration. An einem Sommernachmittag streifte er durch den Garten des Palais-Royal, als sein Blick auf die attraktive dreiundzwanzigjährige Nicole Legnay fiel. In den Arkaden im ehemaligen Palastgarten des Cousins des Königs hatten inzwischen allerhand Läden eröffnet, es gab Kneipen, Spielsäle, Cafés und Druckereien. Da die Inhaber wegen des königlichen Status der Anlage von der Polizei nicht belangt werden konnten, entwickelte sich hier ein reicher Nährboden für das Pariser Laster.

Nicole war eine typische Bewohnerin des Palais-Royal, so wie Jeanne es hätte sein können, wären nicht ihre aristokratischen Ambitionen gewesen. Sie war eine hübsche Frau, Hutmacherin und Gelegenheitsprostituierte, die nur geringe Bildung, aber das geschliffene Benehmen besaß, das der Umgang mit Adligen verleiht. Dem hellsichtigen Nicolas fiel noch etwas an ihr auf: Nicoles weiches blondes Haar, ihre kornblumenblauen Augen und ihr längliches blasses Gesicht erinnerten stark an Porträts von Marie-Antoinette. Rasch schmeichelte er sich bei dem bezaubernden Mädchen ein und brachte dann seiner Frau die gute Nachricht.[25] So wurde der Plan ausgeheckt, aus Nicole Legnay eine Königin für eine Nacht zu machen.

Jeanne war der Impresario, der diese verrückte Idee in eine

Szene verwandelte, in der das Leben die Kunst überbietet. Anhand eines bekannten Porträts Marie-Antoinettes von Madame Vigée-Lebrun, das auf der Innenseite einer Schmuckkassette prangte, machte Jeanne, die gelernte Schneiderin, aus Thérèse eine Königin, die »ein schlichtes weißes Kleid trug und keinerlei Schmuck auf dem Haupt außer ihrem in der Mode der Zeit frisierten Haar und zwei Löckchen, die ihr auf beiden Seiten in den Nacken fielen«.[26]

Von Beaumarchais stammte die Idee, eine Prostituierte die Königin spielen zu lassen, um einen verliebten Bischof zum Narren zu halten. Dank ihrer Begabung fürs Theater verfiel Jeanne auf die perfekte Szenerie – ein mitternächtliches Stelldichein während einer mondlosen Sommernacht im »Hain der Venus«, einer Laube im Petit Trianon, dem Lieblingsgarten der Königin. Nicole, die als Baronin d'Oliva (eine Art Anagramm von Valois) einen blendenden neuen Namen trug, glaubte, sie sei im Auftrag Marie-Antoinettes, die im Gebüsch versteckt die Szene beobachte, an einem kleinen Scherz beteiligt. Unterdessen hatte sich Kardinal Rohan, in einen Umhang gehüllt und mit einem breitkrempigen Hut, angesichts der gefährlichen Liebschaft in eine fieberhafte Erregung hineingesteigert.

Wenn der Kardinal noch Zweifel an der Beziehung hegte, schmolzen sie ebenso dahin wie sein Herz, als Nicole ein paar Worte murmelte, ihm eine rote Rose reichte und in die Nacht enteilte. Jeannes Memoiren enthalten einen glaubwürdigen glühenden Brief, den Rohan der Königin am folgenden Tag geschrieben haben soll: »Diese bezaubernde Rose liegt an meinem Herzen – ich werde sie bis zu meinem letzten Atemzug aufbewahren. Unaufhörlich wird sie mich an jenen ersten Augenblick meines Glücks erinnern ... Ich war so verzückt, daß ich mich, ohne es wahrzunehmen, an den bezaubernden Ort versetzt sah, den Ihr gewählt hattet. Kaum hatte ich die Büsche hinter mir gelassen, sehnte ich mich verzweifelt dorthin, wo Euer geliebter Sklave sich

Euch zu Füßen warf... Ich suchte noch einmal den lustvollen Rasen auf, den diese hübschen kleinen Füße so sanft betraten – Ich eilte dorthin, als wäret Ihr noch da, und küßte mit ebenso großer Inbrunst Euren grasbedeckten Sitzplatz.«[27]

Zunächst beabsichtigte Jeanne nur, den Kardinal so lange auszunehmen, wie sich die Täuschung aufrechterhalten ließ. Sie begann umgehend damit, im Namen der Königin Geld zu fordern, natürlich stets für wohltätige Zwecke. Pech für den Kardinal, daß er sich seinerseits die Summen von einem jüdischen Bankier leihen mußte. Der Zufall wollte es, daß sich Jeannes Lebensumstände zu jener Zeit schlagartig verbesserten. Nicole Legnay wurde hingegen rasch abserviert, nachdem sie für den Auftritt ihres Lebens nicht einmal die Hälfte der versprochenen Gage erhalten hatte.

Im Dezember 1784 ergab sich dann einer jener glücklichen Zufälle, die den wahrhaft Wagemutigen zuteil werden. Die Hofjuweliere Bassenge und Böhmer bemühten sich um den Verkauf eines sündhaft teuren Diamantenkolliers, in dem ihr Kapital gebunden war; zu diesem Zweck traten sie an die Gräfin La Motte heran, die »ihre Freundin, die Königin« bewegen sollte, dieses wunderbare Schmuckstück zu erwerben. Mit ihrem wachen Verstand erkannte Jeanne ihre Chance. Mit einem der üblichen blaugeblümten Briefe wurde Rohan gebeten, das Halsband im Auftrag der Königin zu kaufen. Eine vorübergehende Krise – Sie verstehen – Ihre Majestät sei im Augenblick nicht bei Kasse und wolle den König nicht mit extravaganten Wünschen belästigen. Natürlich sei absolute Diskretion unumgänglich, aber einen solchen Gefallen werde die Königin nicht vergessen.

Auch diesmal erforderte die Planung des heiklen Gaunerstücks eiserne Nerven und großes schauspielerisches Können. Zwar zeigte sich der Kardinal überglücklich, daß er das Herz der Königin gewonnen hatte, aber er war immer noch nervös. Der Kaufpreis war sehr hoch und das politische Risiko selbst für einen so reichen und ehrgeizigen Mann wie ihn enorm. Nach intensiven Verhandlungen wurde am 29. Januar 1785 ein Kaufvertrag geschlossen. Der Preis lag bei 1 600 000 Livres, zahlbar innerhalb von zwei Jahren in Vierteljahresraten. Das Halsband sollte am 1. Februar übergeben werden.

Zwei Tage vor der Lieferung kehrte Jeanne aus Versailles zurück und behauptete, Marie-Antoinette habe den Bedingungen zugestimmt, wünsche aber nicht, ihre Unterschrift unter ein Dokument zu setzen. Zu Jeannes Bestürzung zeigte sich der Kardinal weniger entgegenkommend als bisher und bestand auf einer königlichen Unterschrift. Und dann steigerte er noch die Bestürzung, indem er mitteilte, er habe seinen religiösen Führer und Ratgeber, den Grafen Cagliostro, überredet, nach Paris zu kommen. Tatsächlich traf der Großkophta noch am selben Abend in einem Hotel im Palais-Royal ein. Rohan wolle ihn wegen der gewaltigen Verantwortung konsultieren, die er mit dem Kauf des Halsbands auf sich nahm. Die guten Geister würden wissen, wie er sich zu verhalten habe.

Mit viel Glück und kühlem Kopf meisterte Jeanne auch diesen gefährlichen Augenblick. Erleichtert stellte sie fest, daß der Kardinal und die Juweliere so freudig erregt waren, daß sie es unterließen, die Echtheit der Unterschrift – »Marie-Antoinette de France« –, von Rétaux unbeholfen an den Rand der Rechnung geschrieben, zu überprüfen. Auch entging ihnen, daß die Königin – wie alle Fürstinnen vor ihr auf dem Thron – niemals in dieser Form zu unterschreiben pflegte.

Auch wollte es der Himmel, daß der Kophta bester Laune war, als ihm der Kardinal an jenem Abend sein Herz ausschüttete. Er zog die Geister zu Rate und erklärte, die Zeichen stünden günstig: Fürstbischof Rohan werde bald wieder die Macht und den Einfluß erlangen, die er wünsche. Rückblickend fand Abbé Georgel, dies sei ein Schlüsselmoment gewesen. Sobald der Kardinal von Cagliostro spirituellen Zuspruch erhalten hatte, zögerte er nicht länger – und Jeannes Falle schnappte zu.[28]

Am Abend des 1. Februar versteckte sich der Kardinal in einem düsteren Alkoven im ersten Stock von Jeannes Wohnung an der Place Dauphine in Versailles und beobachtete, wie die Gräfin die Schatulle mit dem Halsband einem hochgewachsenen, dunkel gekleideten »königlichen Diener« feierlich überreichte – in Wirklichkeit war es der Fälscher Rétaux. Sobald Rohan gegangen war, lösten Jeanne, Nicolas und Rétaux mit Hilfe eines Messers die Steine aus ihrer Fassung und schmiedeten Pläne zum Verkauf der Diamanten.

Aber so viele und so kostbare Steine abzusetzen war keineswegs einfach. Graf La Motte mußte einen Großteil davon nach England schaffen, wo niemand so leicht Verdacht schöpfen würde. In den folgenden Wochen war Jeanne sich

Graf Cagliostro

bewußt, daß der Magier ihr Vorhaben gefährden konnte. Rohan verhielt sich in seiner Gegenwart wie ein unterwürfiges Kind. Er gab sogar bei dem berühmten Bildhauer Houdon eine Marmorbüste in Auftrag, die den Kophta mit zum Himmel erhobenem Blick zeigt. Auf dem Sockel stehen die Worte: »So sieht ein Freund der Menschheit aus. Jeden Tag zeichnet er sich durch eine Tat der Güte aus. Er verlängert das Leben und hilft den Armen. Das Vergnügen, sich dienstbar zu machen, ist sein einziger Lohn.«[29]

Jeannes Haus wurde durch das erheblich größere *maison de Cagliostro* in der Rue St-Claude 1, einer Nebenstraße des Boulevard St-Antoine, nun buchstäblich überschattet. Rohan hatte das Anwesen selbst ausgewählt, damit er abends von seinem Palast hinübergehen, den Seher konsultieren und mit Serafina flirten konnte, die er seine »petite comtesse« nannte. Die kostbaren Geschenke, mit denen Rohan die Frau überhäufte, deuteten für Jeanne auf eine besonders innige Beziehung hin. Das Haus der Cagliostros bot wahrhaft fürstlichen Komfort. Es besaß einen hohen Säulengang, zwei gepflasterte Innenhöfe mit schattenspendenden Bäumen und ein beeindruckendes Marmortreppenhaus, das über drei Etagen zu geräumigen Zimmern führte. Jeanne vermutete zu Recht, daß Rohan nicht nur die Destillierapparate, Athanore, Kolben und Schmelztiegel bezahlt hatte, die täglich auf dem Feuer blubberten, sondern auch die luxuriösen orientalischen Möbel der *chambre égyptienne*, wo der Kophta seine Séancen abhielt. Hier stand ein ausgestopfter schwarzer Ibis auf Stelzenbeinen, ein konservierter Alligator baumelte mit klaffendem Maul von der Decke, und seltsame Hieroglyphen bedeckten die Wände.[30]

Jeanne konnte kaum entgangen sein, daß in Paris ein wahrer Cagliostro-Kult ausgebrochen war. Es war, als habe die Stadt, stets auf Neuheiten erpicht, auf seine Ankunft nur gewartet. Die Cagliostro-Manie trat an die Stelle des Ballonfiebers der vergangenen Jahre, das auch Jeanne bewogen hatte, eine drei Meter hohe, offene blaue Kutsche zu kaufen, die die Form von Pilastre de Roziers berühmtem Heißluftballon hatte. Da die Aeronauten nunmehr in den Himmel aufstiegen und Dr. Mesmer die Menschen mit magnetischen Wellen in Ohnmacht versetzte, schienen selbst Cagliostros phantastische Behauptungen möglich zu sein. Schließlich vereinte seine ägyptische Freimaurerei Wissenschaft, Religion und Magie.[31]

Prinzessin Guémené, die Nichte des Kardinals, gehörte zu den ersten hochrangigen Mitgliedern der Isis-Loge, die Cagliostro und Serafina am 7. August 1785 in der Rue Verte eröffneten. Während der Kophta in Südfrankreich weilte, hatte sich der Ruhm seiner Bewegung gefestigt, und er konnte einflußreiche neue Anhänger gewinnen wie den führenden Freimaurer J. B. Willermoz und dessen Neffen Rey de Morande. Letzterer half Cagliostro, den ägyptischen Ritus in einem Büchlein systematisch darzustellen. Der Zirkel in Lyon finanzierte auch die erste eigens geschaffene Mutterloge namens »La Sagesse Triomphante«. Die ägyptische Freimaurerei mußte den Vergleich mit prestigeträchtigen europäischen Rivalen jetzt nicht mehr scheuen. Jeanne wußte es zwar nicht, aber in Wahrheit war Cagliostro nach Paris gekommen, um an einer Zusammenkunft mystischer Freimaurer teilzunehmen, die eine Allianz mit seiner Bewegung anstrebten. Das Treffen wurde jedoch abgebrochen, als Cagliostro hochmütig erklärte, die Logen anderer Riten sollten ihre Archive verbrennen und sich ihm bedingungslos anschließen.

Cagliostros Hochmut wurde durch die glanzvollen Namen seiner neuen Gefolgschaft genährt. Der Hochadel scharte sich um ihn, darunter der Prinz von Montmorency, der sich zum Pariser Schirmherrn der ägyptischen Bewegung ernennen ließ, und der Herzog von Orléans, Großmeister der französischen Freimaurerei seit 1771. Ein kleiner »Oberster Rat des ägyptischen Ritus« wurde vom Schatzmeister der französischen Marine, Claude Baudard de Saint-James, geführt, einem besonders duldsamen Gläubiger des Kardinals.

Eine weitere hingebungsvolle Anhängerin, Madame de Flammerans, versuchte, allerdings ohne Erfolg, ihren Onkel, den Bischof von Brügge, zu bewegen, sich beim Papst für die Anerkennung von Cagliostros Ritus einzusetzen. Mondäne Französinnen fühlten sich besonders zur ägyptischen Freimaurerei hingezogen, weil ihnen in den gemischten Logen eine angenehme Mischung aus Reden für das weibliche Geschlecht, glanzvollen Ritualen und sexueller Stimulierung geboten wurde.[32] Weibliche Initiierte, die eine schlichte weiße Tunika und bunte Schärpen trugen, versammelten sich in einem festlich beleuchteten Tempel, wo Serafina sie beschwor, ihre Ketten zu zerreißen und die Männer zu zwingen, um die weibliche Gunst zu flehen. Hinter ihr stand ein Dutzend Gräfinnen und Marquisen, die zu altrömischen Priesterinnen und Sibyllen avanciert waren. Jede neu Initiierte wurde Serafina vorgestellt, die ihr ins Gesicht hauchte, um symbolhaft ihre Seele zu stärken. Später erschien der Kophta persönlich in prächtiger roter Robe mit einem Schlangenstab in der Hand. Nachdem auch er den Freimaurerinnen die Gleichberechtigung in der Geisterwelt versprochen hatte, klang der Abend mit Musik, Klatsch und Alkohol aus.[33]

Jeanne besaß nicht die gesellschaftlichen Verbindungen für die Aufnahme in diesen elitären Kreis, aber sie wußte, daß sie den arroganten Kophta für sich gewinnen mußte. Cagliostro war einer der wenigen, die über den geplanten Erwerb des Halsbands im Bilde waren. Wenn er dem Kardinal Anlaß zum Zweifeln gab, würde der Schwindel auffliegen. Andererseits konnte Cagliostros Anerkennung ihre Glaubwürdigkeit untermauern. Irgendwann im März flüsterte Jeanne dem Kophta unter dem Siegel der Verschwiegenheit zu, eine »sehr bedeutende adlige Dame« sei wegen ihrer Schwangerschaft besorgt und habe angefragt, ob Cagliostro den Verlauf vorhersagen könne. Cagliostro wurde in der Vermutung bestärkt, bei der Schwangeren müsse es sich um Marie-Antoinette handeln. Geschmeichelt stimmte er sofort zu, obwohl er für eine so heikle Operation eine ganz besondere *colombe* benötige.[34] Beugnot zufolge »mußte sie von einer Reinheit sein, wie man sie nur bei den Engeln findet, unter einem bestimmten Sternzeichen geboren sein, zarte Nerven, große Empfindsamkeit und blaue Augen haben«. Das Schicksal fügte es, daß Jeannes schöne junge Nichte Marie-Jeanne La Tour all diese Voraussetzungen erfüllte.[35]

Vor einer handverlesenen vierzigköpfigen Versammlung im Kardinalspalast bereiteten Cagliostros Helfer die üblichen Utensilien vor: Wachskerzen, Freimaurerinsignien, rote Rosen, silberne Bänder, einen Degen, eine Kristallkaraffe und einen Wandschirm. Wenn du unschuldig bist, erklärte Cagliostro der *colombe,* werden die guten Engel Michael und Gabriel dir eine Vision schicken; wenn du unrein bist, wirst du nichts sehen als gewöhnliches Glas. Angesichts dieser harten Bedingungen zögerte das Mädchen. Doch in dem Augenblick, da Cagliostro sie für unrein erklären wollte, sah sie das deutliche Bild der Königin, guter Hoffnung und weiß gekleidet. Die guten Geister sagten prompt voraus, Marie-Antoinette werde einen gesunden Jungen zur Welt bringen. Wie üblich erwies sich die Prophezeiung als korrekt. Am 27. März 1785 wurde der kleine Louis Charles geboren.[36]

Von nun an zog Jeanne alle Register, um den Kophta zu bezirzen. Beugnot schildert ein Essen in ihrem Haus an der Rue Neuve-Saint-Gilles, bei dem sie mit Cagliostro flirtete, bis er Wachs in ihren Händen war. Beugnot selbst war abgestoßen von den »Glotzaugen und der breiten Stupsnase« des Mannes, zeigte sich aber von seiner Kleidung beeindruckt. Cagliostro trug einen eisengrauen, golddurchwirkten Rock, rote Kniehosen, einen bestickten Hut mit großer Feder, Schuhe mit edelsteinbesetzten Schnallen und funkelnde Ringe an den Fingern. Sogar dem skeptischen Beugnot verschlug es die Sprache angesichts der Redegewandtheit des Kophta: »Wenn er sich ein Thema vornahm, wirkte er verzückt und behandelte es durch Stimme und Gestik im erhabensten Stil... Aus seiner Konversation ist mir nichts in Erinnerung, außer daß der Held vom Himmel sprach, von den Sternen und dem großen Arkanum, von Memphis, vom Oberpriestertum, der transzendentalen Chemie, Riesen, ungeheuerlichen Tieren, einer Stadt im Innern Afrikas, die zehnmal so groß sei wie Paris und wohin er Verbindungen habe... Er durchsetzte seine Ausführungen mit burlesken, an Madame de La Motte gerichteten Albernheiten. Er nannte sie sein Reh, seine Gazelle, seinen Schwan, sein Täubchen.« Als Beugnot anschließend in den Palais-Royal zurückkehrte, empfand er ein wenig Mitgefühl für den armen Kardinal; dieser wurde von zwei raubgierigen Menschen belauert, die, welche, wie der Anwalt glaubte, »sich zusammentaten, um ihn in den Abgrund zu stürzen«.[37]

Beugnot beurteilte ihre Beziehung jedoch falsch. Cagliostro traute Jeanne nicht, und sie hatte die Absicht, ihn zusammen mit dem Kardinal in den Abgrund zu stürzen. Die Idee, Cagliostro als Sündenbock für den Betrug zu benutzen, festigte sich, als sie bemerkte, wieviel über ihn geklatscht wurde. Nicht wenige der phantastischen Geschichten über ihn waren aufgefrischte Legenden über Magier früherer Zeiten – zum Beispiel daß ein Elixier Cagliostros eine Kammerzofe versehentlich in ein Baby verwandelt habe; daß er der sagenumwobene Ewige Jude sei, der seit 1400 Jahren die Erde durchwandere; daß er am Strand von Galiläa mit Jesus geplaudert habe; daß er Diamanten und andere Edelsteine auf das Doppelte ihrer natürlichen Größe anwachsen ließe. Dieser Mann war viel zu verstiegen, um echtes Ansehen zu genießen. Es würde nicht schwer sein, ihn als einen Schwindler hinzustellen.

Adlige Freimaurer mochten von Cagliostro schwärmen, aber Jeanne wußte, daß er für die Polizei ein Betrüger bleiben würde. Simeon Hardy, der Schutzpatron der Skandaljournalisten, kolportierte im August 1785 Gerüchte, Cagliostro sei ein Hochstapler und Spion. Serafina galt als neue Geliebte Rohans.[38] Böse Zungen stellten Cagliostro und Serafina als Organisatoren von Freimaurerorgien dar. Ein Pamphlet, das Cagliostros Kammerdiener zugeschrieben wurde, schilderte die höheren Grade der ägyptischen Freimaurerei als Abfolge sexueller Herkulesaufgaben. Bei der dritten dieser Aufgaben etwa muß Cagliostro zusehen, wie ein gut zwei Meter großer Riese mit einer ungeheuren Erektion Serafina beiwohnt. Im selben Traktat wird geschildert, wie Cagliostro nackt von der Decke der Isis-Loge herabgelassen wird und in der Hand »eine Schlange von honetter Länge und Dicke« hält. So bewaffnet habe er die Freimaurerinnen aufgefordert, zur Natur zurückzukehren, ihre Kleider abzulegen und eine Gruppenorgie zu veranstalten.[39]

Jeanne glaubte auch, der Entlarvung entgehen zu können, indem sie den kompromittierten Kardinal dazu bewog, das Halsband selbst zu bezahlen, um einen Skandal zu vermeiden. Die Anmaßung, der Königin von Frankreich Liebesbriefe zu schreiben – auch wenn es nicht die echte Königin war –, hätte für ein Todesurteil ausgereicht. Da war es besser, er zahlte und hielt den Mund. Und wenn diese Strategie nicht verfing, konnte sie immer noch dem verschlagenen Magier die Schuld geben.

Deshalb zeigte sie sich nicht gerade besorgt, als der Termin für die Ratenzahlung der Königin an die Juweliere – der 1. August – näherrückte. Statt das Land zu verlassen, wie ihr Mann Nicolas und ihr Liebhaber Rétaux es bald taten, entschied sich Jeanne, einkaufen zu gehen. Zuerst erwarb sie ein teures neues Anwesen in Bar-sur-Aube, der Heimat ihrer adligen Vorfahren. In der zweiten Julihälfte konnten die Adligen der Champagne beobachten, wie neue Equipagen und

Pferde eintrafen und Jeannes Bedienstete ganze Wagenladungen teurer Möbel, Gemälde, Bücher, Kleider, Skulpturen, Uhren und Schmuck auspackten, darunter auch einen mechanischen Kanarienvogel im Wert von 1500 Livres, der mit seinen grazilen, juwelenbesetzten Flügeln herumflattern konnte.[40]

Jeannes Plan wäre beinah aufgegangen. Der Kardinal gab später zu, er hätte sicherlich das Halsband bezahlt, um den Skandal zu vertuschen. Aber die Juweliere gerieten in Panik, als die Frist verstrich, ignorierten Jeannes Rat und wandten sich mit ihren Forderungen direkt an die Königin.

Am Abend des 17. August dinierte Jeanne mit dem Abt von Clairvaux in Bar-sur-Aube, als ein später Gast eine Nachricht mitbrachte, die in der Gesellschaft wie ein Blitz einschlug. Haben Sie schon gehört? Fürstbischof Rohan wurde soeben in Paris verhaftet – es geht um den Kauf und Diebstahl eines Diamantenhalsbands im Namen der Königin. Erschüttert eilte Jeanne nach Hause, bat Beugnot, ihr noch einmal seine Ergebenheit zu beweisen und ihr beim Verbrennen belastender Briefe zu helfen, ein Großteil davon stammte von Rohan und war an Marie-Antoinette gerichtet. Den Inhalt einiger dieser Episteln fand sogar der abgebrühte Beugnot ziemlich unverschämt. Eingehüllt in Rauchwolken, die nach verbranntem Papier, Parfum und geschmolzenem Wachs rochen, bestürmte er sie, Frankreich sofort zu verlassen, aber sie versicherte ihm gelassen, sie habe nichts zu befürchten. Die ganze Angelegenheit sei das Werk dieses absonderlichen Hexers Cagliostro.

Dies wiederholte sie am 20. August, als auch sie verhaftet, in die Bastille verbracht und in eine Zelle geworfen wurde. Im Ton der verwunderten Unschuld erklärte sie der Polizei, sie wisse nichts von Königin Marie-Antoinette oder einem sagenhaften Diamantenhalsband – wie solle sie als mittellose, verwaiste Valois denn irgend etwas wissen? Wenn Betrug im Spiel sei, dann habe sich das gewiß dieser Scharlatan Cagliostro einfallen lassen. Es sei doch bekannt, daß der Kardinal unter seinem Einfluß stehe und seine Frau die Maitresse des Kardinals sei, auch lebe er in einem unsäglichen Überfluß. Was sei denn verdächtiger als ein Mann, »der niemals etwas erworben oder verkauft hat und dennoch ... alles besitzt«?

Die Polizei fand das überzeugend. Drei Tage später ergriffen Polizeikommissar Chesnon und acht Wachtmeister Cagliostro in seinem Haus in der Rue St-Claude und führten ihn in Schimpf und Schande den Boulevard St-Antoine hinunter zur Bastille. Er wurde in eine Zelle namens La Calotte in Block D, dem Grafenturm, gebracht. Ihm blieb verborgen, daß Serafina ein paar Stunden später ebenfalls festgenommen und in einen anderen Turm gesperrt wurde.

In den folgenden Wochen und Monaten feilte Jeanne mit größter Virtuosität an ihren Geschichten. Von Anfang an schlüpfte sie in die Doppelrolle der ungerecht behandelten Waise und der herrischen blaublütigen Prinzessin. Als eine Valois bestand sie darauf, von einem Silberteller zu essen und in einem Federbett zu schlafen.[41] Immerhin war sie so umsichtig gewesen, der »Baronin d'Oliva« in einer heimlichen Botschaft zu raten, das Land zu verlassen, weil ihr Leben in Gefahr sei. Nicole reiste sofort nach Brüssel ab. Nicolas de La Motte und Rétaux waren bereits außer Landes. Da Jeannes Komplizen nun in Sicherheit waren, konzentrierte sie sich darauf, den Kophta und den Kardinal zu belasten.

Die vielen und wechselhaften Geschichten, die sie den Untersuchungsbeamten auftischte, enthielten stets dieselbe hübsche Aussage, eine Rokokoversion der Séance mit ihrer Nichte. Welch unheimliche Szene sie ausmalte. Das jungfräuliche Mädchen sei im kerzenerleuchteten Boudoir des Kardinals mesmerisiert worden, und zwar durch schwarze Magie mit arabischen Beschwörungen, wirbelnden Degen,

Freimaurerbändern, kabbalistischen Fetischen, Aufstampfen mit dem Fuß und geheimnisvollen Ölen. Cagliostros diabolischer Auftritt, so Jeanne, habe den Kardinal in besinnungslose Ekstase versetzt. Beide Männer hätten sich zugezwinkert und lüsterne Blicke getauscht, als stünden sie mit der Königin in engster Beziehung. Der Beweis für diese Verbindung sei am Ende der Séance geliefert worden. Da hätten Rohan und der Zauberer Jeannes Mann Nicolas de La Motte eine mit Diamanten gefüllte Schatulle überreicht und ihn angewiesen, die Steine in England zu verkaufen.[42]

Jeannes zweite Strategie nahm in einem juristischen Memorandum Gestalt an, das ihr verliebter Verteidiger Maître Doillot aufsetzte und veröffentlichte. Es zielte im wesentlichen darauf ab, Cagliostros Glaubwürdigkeit als Freimaurer, Heiler und Alchemist zu zerstören. Als ob sie selbst eine Magierin wäre, schickte sich Jeanne an, dem Kophta die Maske herunterzureißen und den Betrüger zu entlarven, der sich dahinter verbarg. Wofür gab sich dieser Mann eigentlich aus? Er behauptete, er sei ein übernatürliches Wesen, das seit der Hochzeit zu Kana auf Erden weile, »initiiert in die kabbalistischen Künste, vor allem in jene, die gewöhnliche Menschen in Erstaunen versetzen, indem sie scheinbar mit den Toten und Abwesenden in Verbindung treten ... einer der überspannten Rosenkreuzer, die alle menschlichen Wissenschaften kennen, sich auf die Umwandlung von Metallen vor allem in Gold verstehen ... und einer, der angeblich die Armen umsonst behandelt und den Reichen Unsterblichkeit verkauft.« Aber was war er tatsächlich? Nichts als ein Scharlatan zweifelhafter Herkunft; ein portugiesischer Jude, alexandrinischer Ägypter oder griechischer Abenteurer, der in ganz Europa wegen seiner Verbrechen gesucht wurde. Selbst seine phantastischen Behauptungen waren von Magiern früherer Zeiten gestohlen.[43]

Die nächste von Jeanne veröffentlichte Denkschrift stellte Rohan als Urheber der Intrige dar, erhob aber durch die

Einbeziehung der Lügen des erzürnten Apothekers Carlo Saachi aus Straßburg auch neue Vorwürfe gegen Cagliostro. Jeanne schilderte den Kophta als ehemaligen Kammerdiener aus den Elendsvierteln von Neapel, der in Wirklichkeit Thiscio oder Ticho heiße. Als Sohn eines syphiliskranken Barbiers habe er, ohne irgendeine Kenntnis von Medizin oder Magie, seine exotische Herkunft frei erfunden. Die ägyptische Freimaurerei sei nichts anderes als ein Deckmantel für Betrügereien und obszöne Praktiken, die die heilige katholische Kirche entweihten. Überdies habe der Kardinal Serafina mit wertvollem Schmuck überhäuft; offensichtlich habe er das Halsband gestohlen, um seine neue Mätresse damit zu beehren.[44]

Diese zweite Verteidigungsschrift Jeannes wurde in Paris zum Bestseller. Das Haus von Anwalt Doillot mußte unter Militärschutz gestellt werden, weil sonst die Kaufwilligen eingebrochen wären, um ein Exemplar zu ergattern. In der ersten Woche wurden 5000 Stück abgesetzt, und mehr als 3000 Neugierige versuchten ihr Glück mit einer schriftlichen Bestellung.[45] Cagliostro bereitete es besondere Sorge, daß Jeanne von der mächtigsten politischen Fraktion im Lande unterstützt wurde, die unter Führung des Ersten Ministers Baron de Breteuil stand, der die Interessen der Königin vertrat. Breteuil und Marie-Antoinette verabscheuten Rohan gleichermaßen und waren entschlossen, wie Jeanne später sagte, »ihm alles zur Last zu legen«. Wenn sie den ›Lehrer‹ des Kardinals dabei ebenfalls hinter Schloß und Riegel brachten, um so besser.[46] Abbé Georgel wurde daran gehindert, Jeannes Komplizen aufzuspüren, weil, wie er behauptete, Marie-Antoinette kein Interesse daran hatte, daß der Kardinal und Cagliostro entlastet würden. Die Sache sah übel aus.

Aber Jeanne hatte sich einen zähen Gegner ausgesucht. Bei diesem Duell, ausgetragen mit den Waffen des Geschichtenerzählens und der Schauspielerei, konnte Cagliostro seine

Stärken voll entfalten. Vom Augenblick seiner Festnahme bis zu seiner Freilassung neun Monate später kämpfte Cagliostro mit allen Mitteln. Er stellte sich als tiefgläubigen Wohltäter der Menschheit dar – und es gab eine Menge Leute, die das bezeugen konnten. Hier war kein grober Sizilianer, sondern ein fühlender Mensch, der herzzerreißend schluchzte, wenn man ihn in seine Zelle führte. Seine Nerven waren durch den Schock der Verhaftung so angeschlagen, daß er Tag und Nacht einen Aufseher benötigte, der ihn hinderte, sich ein Leid zuzufügen. (Auf diese Weise hatte er zugleich Gesellschaft zum Plaudern und Kartenspielen.)

Seine von der Gefängnisaufsicht abgefangenen Briefe an Serafina waren noch herzerweichender. Am 14. November schrieb er an seine »geliebte Gemahlin«, ohne zu ahnen, daß sie sich im Nachbarturm befand, teilte ihr mit, er sei todkrank und vermisse sie mehr als das Leben: »Ein Lebewohl von Deinem unglücklichen Gatten, der in tiefer Verehrung für Dich stirbt.«[47] Er erwähnte nicht, daß ihm die Pasteten, Kuchen, Maronen und Orangen, die seine Anhänger vorbeibrachten, ein wenig Trost spendeten, auch wenn er auf sein Lieblingsessen, Makkaroni, verzichten mußte.

Bei zwei offiziellen Verhören durch die Polizei im August 1785 und im Januar 1786 präsentierte sich Cagliostro vor allem als Menschenfreund. Seine Antworten vereinten geschönte Tatsachen mit kleinen, wohlkalkulierten Lügen. Er sei etwa neununddreißig Jahre alt, seines Wissens als Kind vornehmer Eltern in Medina geboren, die verstarben, als er noch klein war. Durch ein achtzehnjähriges Studium der Botanik und Chemie war er zum Arzt ausgebildet worden, danach hatte er die Türkei, Asien und Afrika bereist und dort gelehrt, bis er schließlich nach Rom kam, wo er Serafina geheiratet, Freundschaft mit Kardinal Orsini und dem Papst geschlossen und kostenlose Medizin an die Armen verteilt hatte – ein philanthropisches Projekt, das er in Sankt Petersburg unter dem Schutz Potemkins und in Straßburg mit Unterstützung von Marschall Contades fortgesetzt hatte. Er konnte sogar ein Empfehlungsschreiben des gegenwärtigen französischen Außenministers Comte de Vergennes vorweisen, das Cagliostros wohltätiges Wirken in Straßburg rühmte.

In keiner Weise erwähnte er die heiklen Themen Freimaurerei und Alchemie. Vielmehr gab er sich als frommer Katholik aus. Er habe es sich zur Lebensaufgabe gemacht, Arzneimittel und Elixiere herzustellen, die Schmerzen linderten, Kranke heilten und das Leben verlängerten. Jeannes Trumpfkarte, die diabolische Séance, tat er überzeugend als harmloses Experiment mit dem Mesmerismus ab, als spielerische Salonunterhaltung, die rein gar nichts mit Diamanten zu tun hatte. Wahrheitsgemäß erklärte er noch, seinen mysteriösen Reichtum verdanke er Bankiers aus der Schweiz und aus Lyon, die ihm aus Dankbarkeit für seine Dienste als Heiler unbegrenzten Kredit eingeräumt hatten.[48]

Als ihn die Untersuchungsbeamten Jeanne gegenüberstellten, überhäufte Cagliostro diese mit Vorwürfen und Beschuldigungen, die seine Gegenspielerin so in Rage brachten, daß sie ihm einen Kerzenständer entgegenschleuderte. Wie Jeanne selbst berichtete, schmetterte ihr Cagliostro dafür eine Prophezeiung entgegen: »Er wird kommen, dein Villette [Rétaux de la Villette]. Er wird kommen; und er wird es sein, der redet.«[49] Wieder hatte Cagliostro mit traumwandlerischer Sicherheit eine richtige Vorhersage getroffen. Durch unermüdliche Detektivarbeit spürte Abbé Georgel Jeannes Hauptkomplizen in Genf auf, wo er am 26. März 1786 gefangengenommen wurde. Bei einer Gegenüberstellung mit Cagliostro verwandelte sich der großspurige Gardist in ein Häufchen Elend. Nach einer einstündigen Predigt über seine moralische Pflicht vor Gott zeigte sich Rétaux geläutert. Kurz darauf legte der Dokumentenfälscher ein Geständnis ab.

Überdies wurde Cagliostro noch von ganz unerwarteter

Seite Hilfe zuteil. Bald nach seiner Inhaftierung bot ihm eine antibourbonische politische Fraktion unter Führung des Reformisten und Parlamentariers Duval d'Eprésmesnil Unterstützung an. Hinter dem Juristen standen das Geld und der Einfluß zweier großer politischer Clans, der Rohans und der Condés, aber auch der Orleanisten. Die letzteren wurden von dem intriganten Prinzen Louis-Philippe-Joseph, dem Herzog von Orléans, angeführt, der den genannten Aufruhr förderte, die Königin aus persönlichen und seinen Cousin, den König, aus dynastischen Gründen haßte. Orléans hätte den Thron am liebsten selbst bestiegen.

Als Mitglied des Parlaments mußte d'Eprésmesnil die Vorbereitung und Abfassung von Cagliostros Verteidigungsschrift seinem Schwager Jean Thilorier überlassen, einem aufsteigenden Stern am Juristenhimmel mit einem feinen literarischen Gespür. Wenn ihr Anwalt Jeanne in ein Aschenputtel verwandeln konnte, dann würde er aus Cagliostro einen Aladin machen. Die Geburt des Großkophta, so räumte der Jurist in seiner ersten Denkschrift für Cagliostro ein, war geheimnisumwittert. Allem Anschein nach war er bekannt mit dem »Muphti Salahaim« in Medina oder dem Scherifen von Mekka, die ihn beide liebten wie einen eigenen Sohn. Der Junge wuchs als muslimischer Prinz unter dem Namen Acharat auf und erhielt einen Hofmeister namens Althotas, der ihn in den Geheimnissen der Pyramiden unterwies, »jenen unermeßlichen, von den ehemaligen Bewohnern des Landes gegrabenen unterirdischen Örtern, worinnen sie den Schatz der menschlichen Wissenschaften und Kenntnisse aufbewahrten«.

Acharat verbrachte anschließend einige Jahre auf Rhodos und Malta, wo er von Rittern des Malteserordens unterrichtet wurde. Dort nahm er zum erstenmal europäische Kleidung und den Namen Cagliostro an und bekehrte sich zur katholischen Kirche. Von dieser Zeit an sah er sich genötigt, der leidenden Menschheit zu helfen: »Reich genug zur Bestreitung des Wohltätigkeitskreises, den ich mir vorgezeichnet hatte, erhielt ich mich bei meiner Unabhängigkeit, indem ich beständig gab, niemals aber nahm. Diese Uneigennützigkeit trieb ich so weit, daß selbst Geschenke der Großen von mir abgewiesen wurden ... Als Fremdling erfüllte ich aller Orten die Pflichten des Bürgers, ehrte Religion, Gesetze und Regierung. Und dies ist die Geschichte meines Lebens.«[50]

Im Lauf der vergangenen zwanzig Jahre hatten reformorientierte französische Anwälte interessante Fälle als Forum für die politische Auseinandersetzung und zu Unterhaltungszwecken genutzt, so daß allmählich die Öffentlichkeit und nicht die regierende französische Elite zum eigentlichen Richter wurde. Obwohl die Bourbonen es noch nicht bemerkt hatten, unterhöhlte das Genre der juristischen Denkschriften, die oft hohe Auflagen erzielten, bereits ihre absolute, gottgegebene Autorität. Thilorier soll insgeheim über die absurden Geschichten Acharats gelacht haben. Wie Beugnot glaubte auch er, daß die Veröffentlichung halbfiktiver juristischer Ausführungen das Rechtssystem Frankreichs in »einen Zirkus« verwandelte. Empört und einschüchternd, rührselig und brutal, mitfühlend und grausam hatte sich im Ancien Régime eine Öffentlichkeit herausgebildet, die immer selbstbewußter auftrat.

Die Halsbandaffäre war freilich die größte Sensation, die man bisher erlebt hatte. Tag für Tag verbreiteten Zeitungen in ganz Europa anrüchige und pikante Details über die in die Affäre verwickelten Personen, gewürzt mit Spekulationen über die Drahtzieher hinter den Kulissen. Katharina die Große in Sankt Petersburg las die Presseberichte über die Denkschrift Cagliostros und beglückwünschte sich selbst dazu, den gefährlichen Schamanen aus Rußland vertrieben zu haben. In Mitau sah Elisa von der Recke ihre Tagebuchaufzeichnungen mit dem Vorhaben durch, der Welt von ihrer Begegnung mit dem berühmten Nekromanten zu berichten. Im böhmischen Dux setzte sich der greise Casanova, eifersüchtig auf die Aufmerksamkeit, die der sizilianische Abenteurer auf sich zog, an seine eigene Lebensbeschreibung.

Zwar unterlagen die Tageszeitungen von Paris immer noch der königlichen Zensur, aber Klatsch, Anzüglichkeiten, Pornographie, Satire, Karikaturen und Lieder, die den Geschmack der breiten Masse bedienten, fanden dennoch Verbreitung. In schäbigen Hinterhöfen wie in der Rue des Fossés-St-Bernard produzierten Leute wie der Barbiersgeselle Louis Dupré und der Buchhandelsvertreter Antoine Chambon billige Hefte mit Geschichten über die finsteren Machenschaften von Kopten, Kardinälen, Königinnen und Huren.[51]

Diese Verwandlung der französischen Rechtsprechung in ein öffentliches Spektakel bot dem Selbstdarsteller Cagliostro die perfekte Bühne. Sobald er erkannte, daß er nicht in ernster Gefahr schwebte – er war in Paris eingetroffen, als das Halsband bereits verkauft war –, begann Cagliostro die Aufmerksamkeit der Medien zu genießen. Thiloriers exotische *Verteidigungsschrift des Grafen von Cagliostro* verkaufte sich ebenso mühelos wie Jeannes Ausführungen. Wieder mußten Soldaten postiert werden, um den Andrang der Käufer zu bremsen.

Serafina veröffentlichte eine ähnliche Verteidigungsschrift. Laut ihrem Anwalt Maître Polverit war die Gräfin Cagliostro »ein Engel frei von Sünde«, ein »Inbild der Zärtlichkeit, Lieblichkeit und Schicksalsergebenheit« und »ein Ideal der Vollkommenheit«. Was hatte also ein solches Geschöpf in der grausigen Bastille neben schmutzigen Kurtisanen wie Jeanne de La Motte zu suchen?

Dieselbe Frage stellte Cagliostro in einem Brief vom 24. Februar 1786. In einem direkt an das Parlament gerichteten Gesuch bat er um Serafinas Freilassung, weil sie schwer erkrankt sei: »Wollt ihr sie zugrunde gehen lassen, wenn sie in den Genuß der wohltätigen Kunst ihres Mannes gelangen könnte? ... Wollt ihr sie dazu verurteilen, mit ihrem unglücklichen Gemahl zugrunde zu gehen, ohne daß er ihr Fürsorge und Trost zukommen lassen könnte?«[52] Er unterließ es zu erwähnen, daß sich Serafina im Freiheitsturm ausgesprochen guter Gesundheit erfreute und die Aufmerksamkeit ihrer Zofe Françoise und des Gefängnisdirektors persönlich genoß. Das Parlament ordnete am 18. März ihre Freilassung an, was von der Öffentlichkeit gefeiert wurde.

Während sich die Beweise gegen Jeanne erhärteten, verfiel diese in immer extremeres Verhalten. Sie bekam heftige Wutanfälle, riß sich die Kleider vom Leib, legte sich nackt aufs Bett, rührte sich nicht mehr von der Stelle und stieß Verwünschungen gegen all jene aus, die es wagten, gegen sie auszusagen. Im Lauf der zahlreichen Verhöre bekam sie häufig Krämpfe, fiel in Ohnmacht und sank in sich zusammen, stets auf der Suche nach neuen Opfern, denen sie die Schuld zuschieben konnte. Nach und nach bezichtigte sie beinahe jeden, der irgendwie in den Skandal verwickelt war, unter anderem ihre Schwester, ihren Mann und ihre Liebhaber. Ihre Lieblingskandidaten blieben jedoch der Kophta und der Kardinal.

In den Stunden der tiefsten Verzweiflung machte sie Andeutungen über eine letzte erschreckende Anschuldigung. Sie ließ durchblicken, daß die Widersprüche ihrer Aussagen von ihrer Verpflichtung herrührten, eine »wirklich äußerst bedeutende« Person zu schützen. Da ihr sonst auch noch eine Anklage wegen Hochverrats gedroht hätte, wagte sie nicht, den Namen Marie-Antoinette auszusprechen, aber als der 31. Mai, der Verhandlungstermin, herannahte, war sie bereit, diesen Weg zu beschreiten.

In aufrechter Haltung, bekleidet mit einem lavendelfarbenen, mit schwarzem Samt besetzten Satinkleid saß Jeanne auf der Anklagebank (bekannt als *la sellette*) vor der Vollversammlung des Pariser Parlaments und lieferte den Auftritt ihres Lebens. Mit gewichtiger Ernsthaftigkeit bezeugte sie, Rohan habe ihr über 200 vertrauliche Briefe zwischen ihm und der Königin gezeigt, und er habe die Königin mehrmals des Nachts allein im Park des Schlößchens Trianon getroffen. Mindestens einmal weigerte sich Jeanne nachdenklich, eine Frage zu beantworten, weil sie damit »die Königin beleidigen könnte«. Mit ihrem feinen Instinkt für das Skandalöse spürte sie, daß die Feinde der Bourbonen auf eine Geschichte lauerten, in der die Königin und die Kurtisane austauschbar geworden waren.

Keiner der vier, die am Abend des 31. Mai mit solcher Sorge das Urteil im Prozeß um die Halsbandaffäre erwarteten, konnte sich langfristig als Sieger behaupten. Marie-Antoinette war über den Freispruch des Kardinals so verzweifelt, daß der König versuchte, sie mit kleinlichen Racheakten zufriedenzustellen. Er befahl Kardinal Rohan, auf das Amt und den Titel des Großalmoseniers von Frankreich zu verzichten, und verbannte ihn durch eine *lettre de cachet* auf Lebenszeit in das abgelegene Kloster Chaise-Dieu. Hier in den Bergen der Auvergne, einen Großteil des Jahres durch Schnee von der Welt abgeschnitten, mußte sich der Lebemann mit der Gesellschaft von vierzig Benediktinermönchen begnügen und auf die Genüsse der Vergangenheit verzichten.

Cagliostro konnte seine Popularität nur einen Tag lang ungetrübt genießen, dann traf ein Bote des Königs in der Rue St-Claude ein und überbrachte ihm ein Dekret, das ihn des Landes verwies. Sein schönes Haus in Paris hatte er innerhalb von drei Tagen zu räumen, das Königreich binnen drei Wochen zu verlassen. Die Cagliostros zogen nun in das Schloß des Marquis von Boulainvilliers in Passy – ironischerweise hatte Jeanne ebendort ihre Karriere als Abenteurerin begonnen. Jetzt befand sich hier ein Hauptquartier der mystischen Freimaurerbewegung. Auf dem Weg folgten ihnen Scharen ihrer Pariser Anhänger zu Fuß und in Kutschen. Ein Besucher aus Basel, der die Prozession beobachtete, hielt fest, daß die Straßenhändler die Nachfrage nach Cagliostro-Souvenirs nicht befriedigen konnten. Neben den üblichen Tabatieren und Porträts erwarben die Leute eifrig Fächer, wie Balsamo sie einst verkauft hatte – nunmehr geschmückt mit Darstellungen des Großkophta, wie er den Armen beisteht und die Härten der Bastille stoisch erduldet.[53]

Am 16. Juni 1786 bestiegen die Cagliostros in Boulogne-sur-Mer ein Schiff nach Dover. Später berichtet Cagliostro: »Die Küsten, die ich verließ, waren von einer Menge aus Bürgern aller Klassen gesäumt, die mir alles Gute wünschten und mir dankten für die Wohltaten, die ich ihren Mitmenschen erwiesen hatte, und mir auf rührendste Weise Lebewohl sagten. Die Winde trugen mich in die Ferne, und ich hörte sie nicht mehr.«[54]

Jeannes Strafe wurde am Morgen des 21. Juni vollstreckt. Sie wurde so jäh geweckt, daß sie gerade noch einen Unterrock und einen Schal anlegen konnte, ehe sie von acht Männern ergriffen, gefesselt und vor den Beamten geführt wurde, der das Urteil verlas. Durch einen Schlag in die Kniekehle und auf den Kopf wurde sie in die Knie gezwungen. Dann wurde sie in den Hof des Palais de Justice geschleift, wo Bänke für das öffentliche Spektakel bereitstanden. Da es aber noch früh am Morgen war, hatten sich nur ein paar hundert Zuschauer eingefunden. Noch nie hatte der Scharfrichter von Paris ein so furchteinflößendes Opfer gesehen. Jeanne kämpfte wie ein Tiger. Man band ihr einen Strick um den Hals, dann wurde sie damit an einen Karren gebunden und ausgepeitscht. Als sie sich umdrehte, stand sie dem Scharfrichter gegenüber, der ein rotglühendes Brandeisen bereithielt.

Die Szene, die nun folgte, glich eher einer Vergewaltigung als dem Vollzug eines Gerichtsurteils. Der Scharfrichter und seine Helfer rissen der um sich schlagenden Jeanne den Unterrock vom Leib, zwangen sie zu Boden und drückten ihr das Brandeisen auf die Schulter. Fast nackt vor den lüsternen Augen der Menge warf sie sich herum, so daß das zweite Brandeisen sie auf der Brust anstelle der Schulter versengte. Bevor sie ohnmächtig wurde, konnte sie dem Scharfrichter noch eine Bißwunde zufügen. Schaulustige berichteten, sie habe obszöne Verwünschungen gegen Cagliostro, den Kardinal und die Königin ausgestoßen.

Nahezu ohnmächtig wurde sie in eine Kutsche gesteckt und zur Salpêtrière, dem berüchtigten Frauengefängnis, befördert. Mit letzter Kraft riß sie unterwegs die Tür auf, um sich unter die Kutschräder zu werfen. Als die Nonnen im Gefängnis ihre Wunden reinigten und ihre geschwollenen Lippen mit Wasser benetzten, hörte sie undeutlich, wie der Aufseher ihre goldenen Ohrringe bewunderte. Sofort fing sie an zu feilschen – selbst in ihrer grausigen Lage erkannte Jeanne, wenn sie es mit einem Dummkopf zu tun hatte.

Mit dem Verkauf ihrer Ohrringe zu einem überhöhten Preis war der letzte Überrest von Jeannes Noblesse dahin. Ihr schönes kastanienbraunes Haar wurde geschoren, und man zwang ihr die übliche Gefängniskleidung aus rauhem grauen Wollstoff auf, einen derben Unterrock, eine Gefangenenhaube und Holzschuhe. Bewaffnete Wächter führten sie durch die ersten zwei Abteilungen der Haftanstalt, in denen Prostituierte und unerwünschte Frauen untergebracht waren. Danach durchquerten sie neun verriegelte Innenhöfe und gelangten schließlich in die Abteilung für lebenslänglich Verurteilte. Nun erblickte Jeanne zum erstenmal den Schlafsaal, in dem sie nach dem Willen des Gesetzes den Rest ihrer Tage zubringen sollte. So hartgesotten sie war, zuckte sie beim Anblick und bei den Rufen der Vogelscheuchen zusammen, die herbeieilten, um die neu Angekommene zu begutachten. Die erste Lektion, die sie ihr in dieser »Brutstätte des Lasters und der Verworfenheit« beizubringen gedachten, war die schändliche Perversion, die man dort als »Sünde der Salpêtrière« bezeichnete.[55]

In den folgenden Jahren würde sie Marie-Antoinette öffentlich eben jener Sünde bezichtigen. Dies war nur eine der maliziösen Anschuldigungen, die zum Todesurteil gegen die Königin führten. Und so war es schließlich Marie-Antoinette, die in dieser geschmacklosen Affäre den höchsten Preis bezahlte: Sie verlor ihre Würde und ihren Kopf.

Prophet

> *Prophezeiungen:* Durch (oder wie durch) göttliche Eingebung oder im Namen einer Gottheit sprechen, als Prophet sprechen; Weissagungen machen, zukünftige Ereignisse vorhersagen (sei es durch Eingebung oder allgemein).[1]

Im Frühsommer 1786 meldeten englische Zeitungen, Graf Cagliostro steuere die britische Küste an. Die meisten Journalisten hießen ihn willkommen; sie berichteten über seine sagenhaften Leistungen, sprachen ihn von jeder Mitschuld an der Halsbandaffäre frei und stellten aufgeregte Spekulationen über seine Absichten in England an. Die *Times* etwa pries den Grafen als einen »herausragenden Gelehrten«, der die Medizin »nicht mit Blick auf den Gewinn, sondern allein aus dem Grundsatz der Humanität und der Zuneigung zu seinen Mitgeschöpfen« praktiziere.[2]

Die Stimmung war schon zuvor durch eine englische Übersetzung der berühmten Verteidigungsschrift *Memorial, or Brief for the Count Cagliostro* (1786) günstig beeinflußt worden, in der er seine exotischen arabischen Wurzeln schilderte und Jeanne de La Mottes bösartige Anschuldigungen zurückwies. Die *Times* sah diese Schrift als die »vielleicht außerordentlichste Veröffentlichung an, die je ein Volk beschäftigte. Sie wird noch vom einfachsten Handwerker gelesen.«[3] Der britische Herausgeber und Übersetzer Parkyns Macmahon, ein des geistlichen Amtes entkleideter irischer Priester, lockte seine Leser mit der Behauptung, er könne zahlreichen Spekulationen über die sagenumwobene Herkunft des Großkophta klären. In Wahrheit, so verkündete er selbstsicher, sei Cagliostro der Sproß einer Adelsfamilie, die in der uralten Stadt Trapezunt am Schwarzen Meer im Osmanischen Reich lebe.[4]

Die Quelle, aus der Macmahon seine Erkenntnisse schöpfte, war der *Courier de l'Europe,* eine Zeitung, die er als einzig »glaubwürdigen Prüfstein« für Nachrichten aus Frankreich bezeichnete. Als ehemaliger Redakteur des Blattes war Macmahon vermutlich voreingenommen, aber der *Courier* war zweifellos die maßgebliche Zeitung für jeden, der sich für englisch-französische Angelegenheiten interessierte. Er erschien zweimal wöchentlich in London in englischer und französischer Sprache und erreichte eine Auflage von 5000 Exemplaren. Im 18. Jahrhundert war dies eine ernstzunehmende Größe. Und nachdem die Zeitung auf beiden Seiten des Kanals die Runde durch Kaffeehäuser, Tavernen und Salons gemacht hatte, war sie durch die Hände von mindestens viermal so vielen Lesern gegangen. Brissot de Warville, ein französischer Journalist, der ebenfalls für das Blatt gearbeitet hatte (und während der Französischen Revolution eine führende Rolle spielen sollte), setzte die Leser der Zeitung bei einer Million an. Selbst wenn er übertrieb, erreichte der *Courier* genau das Publikum, das Cagliostro zu beeinflussen suchte.[5]

Zwar rechnete Cagliostro in London mit einer kleineren Anhängerschaft als in Paris, aber er hoffte doch auf einen ähnlich enthusiastischen Empfang, wie er ihn anderswo erhalten hatte. Schließlich kam er diesmal nicht als der zwielichtige italienische Maler Giuseppe Balsamo, auch nicht als Oberst Pellegrini, Angehöriger der Brandenburgischen Armee, sondern als Graf Alessandro di Cagliostro – ein legendärer orientalischer Heiler und Wissenschaftler, Märtyrer der französischen Tyrannei und international gefeierter Freimaurer.

Die Begrüßung in England übertraf jedoch all seine Erwartungen. Als Cagliostro um den 20. Juni 1786 in London ankam, machten ihm die vornehmsten Repräsentanten der englischen Freimaurerei ihre Aufwartung. Die bekanntermaßen eigensinnigen Söhne des Königshauses – George, Prinz von

Wales, Edward, Herzog von Kent, und William, Herzog von Clarence – gehörten zu den ersten Besuchern, die ihre Freimaurerinsignien vorwiesen. Sie alle waren Mitglieder vornehmer Londoner Logen. Die Freimaurerei bot eine bequeme Stellung, von der aus sie ihren Vater, König Georg III., attackieren konnten.

George, als Prinz von Wales Thronerbe, nahm auf Drängen des Herzogs von Orléans, der jenseits des Kanals eigene Pläne verfolgte, Kontakt zu Cagliostro auf. Orléans hatte London etwa zwei Monate zuvor bei den Nachforschungen zur Halsbandaffäre besucht. Er hoffte, ein paar neue schmutzige Geschichten auszugraben, die er gegen Marie-Antoinette und ihren Mann verwenden konnte. Am 5. April 1786 war er bei der Befragung eines Juweliers in der Bond Street, der einen Großteil der gestohlenen Diamanten gekauft hatte, seinem beleibten Freund Prinz George begegnet. Sie brachen sofort zu einer königlichen Sauftour auf.

Neben der Vorliebe für das gute Leben und die politische Intrige begeisterten sich die beiden Prinzen für die Freimaurerei. Der Herzog von Orléans hatte kurz zuvor den Prinzen von Wales in die Loge »Grand Orient« in Paris eingeführt, deren Oberhaupt er war. Etwa um dieselbe Zeit hatte Cagliostro Orléans und dessen Maitresse in den ägyptischen Ritus eingeweiht.[6] Jetzt entsandte George auf Anraten seines Freundes einen persönlichen Mentor aus Freimaurerkreisen, der mit dem bekannten Kophta Kontakt aufnehmen sollte.

Auch die Träumer unter den britischen Freimaurern hatten sich auf die Ankunft des Großkophta gefreut. General Charles Rainsford, der nicht weniger als elf mystisch orientierten Logen angehörte, wünschte seit langem, den berühmten Seher kennenzulernen. Der Herzog von Northumberland, gleichfalls ein Visionär, hatte im Vorjahr an Rainsford geschrieben, daß »... der berühmte Graf Cagliostro in Paris weilt, und ... seine Lebensweise und die Geschichten, die von ihm berichtet werden, sind so wunderbar, daß ich liebend gerne wissen möchte, ob etwas Wahres daran ist ... Angeblich ist er dreihundert Jahre alt und lebt ohne sichtbare Mittel, solchen Wohlstand zu erwerben, mit höherem Aufwand als die Ersten des Pariser Hochadels.«[7] Rainsford gehörte zu den wenigen britischen Delegierten, die den Freimaurergipfel in Paris besucht hatten – der Anlaß, durch den Cagliostro Ende Januar 1785 unseligerweise von Lyon nach Paris gelockt worden war. Wie die meisten teilnehmenden Freimaurer war Rainsford enttäuscht gewesen, daß bei der Zusammenkunft keine Verständigung mit dem ägyptischen Ritus erzielt werden konnte.

Britische Okkultisten wie Rainsford verkehrten in verschiedenen kleinen, mystisch orientierten Logen, wo sich Londoner Künstler und Intellektuelle trafen, um zu träumen, zu diskutieren und zu experimentieren. In den siebziger Jahren des 18. Jahrhunderts wurden viele dieser Wahrheitssucher durch die kabbalistischen Lehren des Dr. Samuel Jakob Falk inspiriert, eines mysteriösen, turbantragenden Alchemisten aus Polen, der in mystischen Zirkeln als »B'aal Shem vom Wellclose Square« bekannt war. Andere wurden von den visionären Schriften des berühmten schwedischen Bergassessors Emanuel von Swedenborg beeinflußt, der nach England emigriert war. Wieder andere waren durch Vorträge von Englandreisenden aus den Zentren des europäischen Mystizismus in Avignon, Paris, Stockholm und Berlin mit theosophischen Ideen in Berührung gekommen.[8]

In diesem Milieu fand das Genie des brillanten Londoner Dichters, Malers und Kupferstechers William Blake Nahrung, der damals mit seiner Frau Catherine südlich der Themse in Lambeth lebte. Im Ausland geborene Künstler wie Philippe Jacques de Loutherbourg, Lambert de Lintot und Francesco Bartolozzi wurden ebenfalls von der berauschenden experimentellen Atmosphäre dieser Zusammenkünfte angezogen. Gleich welcher Freimaurerrichtung sie angehörten, ging es den meisten der Londoner Mystiker darum, durch

Vision, Traum oder Trance die Schwelle zur Geisterwelt zu übertreten und die alten Quellen magischen Heilens und alchemistischer Wandlungen neu zu entdecken.[9]

Cagliostros Freunde und Bewunderer rechneten damit, daß er in London eine ähnliche Einrichtung schaffen würde wie seine Spitäler in Rußland, im Elsaß und in Frankreich. Erfreut stellte er fest, daß es in der Stadt hilfsbereite Gönner gab. Dank der Empfehlung durch einen hochrangigen ägyptischen Freimaurer in Paris kamen die Cagliostros in den Genuß der Gastfreundschaft von Samuel Swinton, einem der führenden Zeitungsbesitzer Londons. Swinton, der aus einer vornehmen Familie im schottischen Ilk stammte, hatte seine Jugend bei der Marine verbracht und dann einige Jahre in Frankreich gelebt, bevor er sich in London niederließ und ein erfolgreicher Geschäftsmann wurde. Im Jahr 1786 besaß er den *Courier de l'Europe* und hatte größere Beteiligungen an mehreren anderen britischen Tageszeitungen. Des weiteren betrieb er einen florierenden Weinhandel, eine Pension für junge Einwanderer, ein französisches Restaurant und eine Baumschule für ausländische Arten, die er in seinem ausgedehnten Garten in Knightsbridge kultivierte.[10]

Der gefällige Swinton begleitete die Cagliostros zu malerischen Ausflugszielen in London, unter anderem zu den Hügeln unweit des Greenwich Hospital, wo sich ein wunderbarer Ausblick auf die Themse bot, der von Landschaftsmalern sehr geschätzt wurde. Mehr noch. Er brachte die Cagliostros in einer großen Villa mit einem ebenfalls angenehmen Ausblick auf weite Rasenflächen und einen schönen Garten unter. Die Adresse lautete Sloane Street 4, Knightsbridge, direkt neben Swintons eigenem Haus. Seine Frau Felicité, die aus Frankreich stammte, freundete sich rasch mit Serafina an, und ihre fünf Kinder halfen den Besuchern, sich häuslich einzurichten. Nirgendwo waren die Cagliostros herzlicher aufgenommen worden.

Zwar mußte das neue Haus noch ein wenig aufpoliert

werden, um Serafinas Vorstellungen zu genügen, aber sie gab ja gern mit vollen Händen Geld aus; und Swinton erbot sich großzügig, ihr mittels seiner zahlreichen Geschäftsverbindungen teure Importwaren zu besorgen. Es dauerte nicht lange, und das Haus, so eine Besucherin aus Deutschland, sah aus wie ein »verzaubertes Schloß«. Die Inneneinrichtung bestand aus prachtvollen Perserteppichen, Möbeln aus indischem Mahagoni, Porzellan aus Italien und einem mit teurem französischem Wein bestückten Keller. Sie stellte einen italienischen Koch namens Agostino ein, der die Makkaroni so zubereitete, wie Cagliostro sie mochte, einen schwarzen Kammerdiener im Mohrenkostüm, der die Gäste hereingeleitete, sowie eine Kammerzofe und eine Friseuse für ihren eigenen Bedarf.[11]

Geschäftlicherseits hatte Swinton gehofft, Cagliostro werde gemeinsam mit ihm ein größeres Krankenhaus eröffnen – eines wie in Straßburg. Doch bevor man eine so bedeutende Investition anging, schlug er eine Partnerschaft von geringerer Tragweite vor. Swinton wollte einen zuverlässigen Apotheker beschäftigen, der die roten ägyptischen Pillen des Kophta, die der Verjüngung von Körper und Geist dienten, herstellen und verkaufen sollte.[12]

Ein paar Tage nach dem Einzug der Cagliostros kam Swinton vorbei, um ihnen einen Freund vorzustellen, der besonders daran interessiert war, sie kennenzulernen. Es war Théveneau de Morande, ein scharfsichtiger Franzose aus der Duke Street, der bereits seit vielen Jahren in London arbeitete. Als Herausgeber des *Courier de l'Europe* hatte sich Morande an den Spekulationen um Cagliostros Besuch in London beteiligt. »Dieser außerordentliche Mann ist gekommen«, schrieb er am 23. Juni 1786, »um seine Talente in London zu erproben. Nur großes Theater scheint seiner Tätigkeit angemessen; offensichtlich hat ihn ein großer Plan hierher geführt.« Wer den Journalisten kannte, hätte die Doppelsinnigkeit seiner Formulierung bemerkt. Meinte er mit dem englischen Wort *scheme* tatsächlich Plan oder aber Intrige?

Cagliostro wußte nicht recht, was er von Morande halten sollte. Der Journalist bedachte zwar Serafina mit charmanten Schmeicheleien, stellte aber hartnäckige Fragen über die früheren Londonaufenthalte der beiden. Zweifellos mußte man bei diesem Mann Vorsicht walten lassen.

Cagliostro war gut beraten, sich in acht zu nehmen. Théveneau de Morande war nicht irgendein Journalist. Er war der gefährlichste Lohnschreiber Europas. Kein moderner Skandalreporter könnte ihn an Boshaftigkeit übertreffen. Französische Zeitgenossen nannten ihn den *Rousseau de ruisseau*, den Rousseau der Gosse, und noch schlimmer.

Als Sohn eines Anwalt im burgundischen Arnay-le-Duc im Jahr 1741 geboren und auf den Namen Charles Théveneau getauft, war er nur wenig älter als Cagliostro und ein

Théveneau de Morande

ebenso gewiefter Schurke. Er hatte gerade ein Jurastudium begonnen, als er wegen Diebstahls in einem Bordell verhaftet wurde. Danach ging er für einige Zeit zur Armee, tauchte dann in die Pariser Unterwelt ab, wo er sich als Zuhälter, Erpresser und Hochstapler durchschlug. Gutaussehend, schlau und wortgewandt, ging er Beziehungen zu verschiedenen wohlhabenden Kurtisanen und lebensfrohen Damen ein. Alles endete mit einem Aufenthalt in der Bastille, gefolgt von einer mehrjährigen Internierung in einem Kloster in Armentières. Polizeiinspektor Marais brachte in einem Brief an einen Kollegen vom 5. Mai 1768 eine weitere Anschuldigung gegen ihn vor: »Théveneau ... stand unter Verdacht, in das Verbrechen der Homosexualität verwickelt zu sein und als Schlepper gearbeitet zu haben.«[13]

Im folgenden Jahr, als Giuseppe Balsamo auf der Flucht vor der Polizei Palermo verließ, trat der vierundzwanzigjährige Charles Théveneau eine ähnlich motivierte Reise über den Ärmelkanal an, um sich den Emigrantenzirkeln der Londoner Unterwelt anzuschließen. Mitte des 18. Jahrhunderts war die Stadt ein sicherer Hafen für französische Kriminelle, die in ihrer Heimat wegen Verleumdung oder Beleidigung angeklagt und hier vor Auslieferung sicher waren. Zuflucht suchten hier außerdem Bankiers, die ihre Kunden geprellt hatten, Offiziere, die mit Regimentsgeldern durchgebrannt waren, und Priester, denen man sexuelle Vergehen vorwarf. Besonders taten sich aber die Schriftsteller hervor, die sich den französischen Zensurgesetzen entzogen. Der Genfer Buchhändler Boissière und der in Ungnade gefallene Politiker Goezman (alias Baron Thurn) leiteten dieses Londoner Unternehmen und beschäftigten eine große Schar von Lohnschreibern, Druckern und Verlegern. Sie warfen verleumderische Pamphlete und »Skandalchroniken« in Französisch, Englisch und Niederländisch auf den Markt, Machwerke, die zwei Ziele verfolgten: auf dem europäischen Buchmarkt Profit zu machen und von den Verleumdeten Geld zu erpressen, damit die Veröffentlichung unterblieb.

Hier fand Charles Théveneau seinen natürlichen Lebensraum. Er legte sich adelige Vorfahren namens de Morande zu und perfektionierte die Abfassung bösartiger pornographischer Traktate, der sogenannten *libelles*. Er heiratete Elisabeth, die Tochter seiner Londoner Zimmerwirtin, und setzte mit ihr mehrere Kinder in die Welt. Einem seiner ersten Erpressungsopfer, dem Soldaten, Diplomaten und Transvestiten Chevalier d'Eon, versicherte er, ihm gehe es nicht um Reichtum, Ruhm und Ehre, sondern um den Lebensunterhalt für seine kränkliche Frau und seine hungrigen Kinder.[15]

Bald sonderte sich Morande von den Schreiberlingen der Grub Street ab (zu denen auch Parkyns Macmahon gehörte, Cagliostros späterer englischer Biograph). Seine erste Londoner Zeitschrift trug den passenden Titel *Le philosophe cynique* (1771),[16] deren Erfolg die Anregung zu einem ehrgeizigeren Projekt namens *Le gazetier cuirassé* gab, das in der frankophonen Welt zum Synonym für Niedertracht wurde. Morandes Witz, seine Boshaftigkeit und sein weitgespanntes Netz von Informanten verliehen dem Journal ungewöhnliche Schlagkraft. Ein zeitgenössischer englischer Druck zeigt ein von der Feder des Herausgebers geköpftes Opfer, während aus den Seiten der Zeitschrift die Vipern züngeln.[17] Brissot de Warville, der selbst als Skandaljournalist angefangen hatte, beschrieb die Vorgehensweise folgendermaßen: »Das Opfer zahlt, damit sein Name nicht erwähnt wird, sein Feind zahlt, damit er erwähnt wird; das Gesetz hält seine schützende Hand darüber und die Öffentlichkeit hat etwas zu lachen.«[18]

Einige der ersten Opfer, die Morande erpreßte, hielten sich nicht an diese Spielregeln. Von Voltaire bezog Théveneau satrirische Prügel, der Graf von Laureguais ließ ihn die Pferdepeitsche spüren, und der gefürchtete Fechter Chevalier d'Eon forderte ihn zum Duell.[19] Aber Morande bewies Zähigkeit, und schließlich stieß er mit der Drohung, eine pornographische Biographie der Madame du Barry, der Geliebten Ludwigs XV., zu veröffentlichen (für die das berüchtigte Diamantenhalsband ursprünglich angefertigt worden war) auf eine Goldader. Ludwig versuchte, das Problem zunächst dadurch zu lösen, daß er dem Erpresser französische Geheimagenten auf den Hals hetzte, die ihn in London entführen sollten, aber Morande konnte den Patriotismus der Einheimischen aufstacheln, die daraufhin die Agenten in die Themse warfen. Ludwig gab sich geschlagen und entsandte mit Pierre-Augustin Caron de Beaumarchais einen friedfertigeren Unterhändler. Unter dem Decknamen Ronac traf Beaumarchais eine Vereinbarung, die Morande die gewaltige Summe von 32 000 Livres sowie eine lebenslängliche Rente von 4000 Livres jährlich zusicherte, sofern er von der Veröffentlichung absah und es unterließ, die französische Krone anzugreifen.[20]

Dies hinderte Morande jedoch nicht daran, weitere Würdenträger zu verleumden; dank seiner *libelles* gehörte er in den letzten Jahren des Ancien Régime zu den fünf meistgelesenen Autoren Frankreichs.[21] Im Jahr 1784 wurde er Herausgeber des *Courier de l'Europe* und streckte seine giftigen Tentakel auch nach anderen europäischen Ländern aus. Das Geschick, mit dem er die mittleren Ränge der britischen Regierung und Opposition umschmeichelte und erpreßte, machte ihn zum bestinformierten Mann des Landes. Seine journalistische Spürnase führte ihn auch in die Londoner Vergnügungsviertel, wo er in Bordellen, Tavernen, Kasinos und Trabrennbahnen nach brauchbarem Unrat suchte.

Wie sooft wurde der Ganove auch zum Sittenwächter. Als Morande Herausgeber des *Courier* wurde, bezog das Blatt Subventionen von der französischen Regierung. Außenminister Graf von Vergennes prahlte, »der *Courier* ist mir hundert Spione wert und kostet erheblich weniger«.[22] Drei Jahre zuvor war Morande bereits Spion im engeren Sinne geworden. Er trat im Geheimdienst der Bourbonen an die Stelle eines Mannes, den die Briten im amerikanischen Unabhängigkeitskrieg wegen Spionage hatten hinrichten lassen. Ob Morande seinen Vorgänger ans Messer geliefert hatte, bleibt unklar, aber zweifellos bewährte er sich als Meisterspion. Im Lauf der nächsten Jahre bezog er ansehnliche Summen für die Informationen, mit denen er die französische Regierung regelmäßig versorgte. In seinen ausführlichen Berichten lieferte er Einzelheiten über wirtschaftlich nutzbare Erfindungen, die Stationierung von Marine- und Infanteriestreitkräften und die Tätigkeit der französischen Emigrantengemeinde in London, insbesondere jener, die in den lukrativen grenzüberschreitenden Rufmord verwickelt waren.[23]

Cagliostro wußte nichts von alledem, und wie es bei Leuten, die andere betrügen, häufig der Fall ist, konnte er erstaunlich naiv sein. Trotz der freundlichen Aufnahme, die er fand, hatte der Kophta auch bei diesem Besuch Schwierigkeiten mit den Briten. Ihre Sprache, ihr Betragen und ihre Wertvorstellungen verblüfften ihn. Er verstand den Wirtschaftsstil des Landes ebensowenig wie die snobistischen und zugleich merkwürdig durchlässigen Sozialstrukturen, die aggressiven puritanischen Traditionen und das Kaleidoskop der politischen Gruppierungen. Berauscht von seinem Ruhm, den er sich selbst geschaffen hatte, vertraute Cagliostro seinen Londoner Bewunderern genauso rückhaltlos wie den Jüngern, die sich in seinen Spitälern in Straßburg, Lyon und Paris um ihn geschart hatten.

Überdies erkannte Cagliostro zu spät, daß sich nach seiner jüngsten Inhaftierung in der Bastille sein öffentliches Image grundlegend gewandelt hatte. Er war nicht nur zum internationalen Star und Angehörigen einer sensationshungrigen Prominenz avanciert – damit konnte er umgehen –, er war durch die Halsbandaffäre in eine politische Woge geraten, die letztlich das französische Ancien régime hinwegspülen sollte. Als sich die radikalen Anwälte Duval d'Eprésmesnil und Jean Thilorier erboten, den in der Bastille inhaftierten Cagliostro zu verteidigen, hatte dieser die Chance natürlich ergriffen.[24] Zwar hatte er dunkel geahnt, daß die Anwälte dabei eigene Ziele verfolgten, aber Cagliostro übersah, daß sie ihn für eine politische Kampagne benutzten, die die Macht des Königs schmälern und eine Parlamentsreform anstoßen sollte. D'Eprésmesnil nannte diesen Prozeß »Entbourbonisierung«. Radikale Juristen wollten vor allem gegen willkürliche Verhaftungen vorgehen, die der König durch seine *lettres de cachet* veranlaßte. Und nach seiner sensationellen Festnahme wurde Cagliostro zum idealen Demonstrationsobjekt für die Tyrannei der französischen Monarchie. Ohne es zu merken, hatte Cagliostro sich politisch einspannen lassen, und der Preis dafür war hoch. Von nun an wurde er stets durch die Brille der Revolution oder Reaktion betrachtet.

Cagliostro rechnete damit, daß er nach seiner Freilassung seinen früheren glanzvollen Lebensstil wieder würde aufnehmen können, aber seine Anwälte forderten ihren Lohn. Am Tag nach seiner Freilassung überredeten sie ihn, sich mit Passy la Salmon öffentlich zu zeigen, einem gerade berühmt gewordenen armen Bauernmädchen aus Rouen, das nur durch Eingreifen des Parlaments einem Todesurteil entronnen war. D'Eprésmesnil und Thilorier drängten Cagliostro nun, eine Schadenersatzklage gegen den Direktor der Bastille de Launay und den Polizeichef Chesnon einzureichen. Hatten sie ihm nicht seine wertvollen Elixiere und Rezepte gestohlen? Natürlich hatten sie das, und Cagliostro konnte einen kleinen finanziellen Ausgleich gut gebrauchen. Die Anwälte hingegen holten mit dem Angriff gegen zwei Symbolgestalten der Unterdrückung – den Polizeichef und den Gefängnisdirektor – zu einem weiteren Schlag gegen den bereits schwächelnden Bourbonenstaat aus.

Am 20. Juni 1786 – dem Tag, an dem Cagliostro in London eintraf und Jeanne vom Pariser Scharfrichter gebrandmarkt wurde – reichten die beiden Anwälte in Cagliostros Namen eine Zivilklage im Châtelet ein. Ihr Klient verlangte viel Geld – 150 000 Livres für die Einbuße von wertvollen Edelsteinen, Elixieren und Rezepten, seien sie vorsätzlich oder fahrlässig entwendet, sowie weitere 50 000 Livres Entschädigung für die grobe Behandlung, die ihm auf dem Weg zum Gefängnis widerfahren war. Am selben Tag erschien in den Pariser Buchhandlungen eine Broschüre mit den Vorwürfen. Angesichts dieser neuen Provokation zeigte sich Ludwig XVI. in Versailles sprachlos, und Baron de Breteuil soll außer sich vor Wut gewesen sein, als er Cagliostros Bild in den Pariser Buchläden sah.

Ein vom selben Tag datierter und von Cagliostro unterzeichneter Brief tauchte eine Woche später auf beiden Seiten des Kanals auf. Angeblich von einem seiner Freunde in Paris stammend, schilderte das Schreiben, wie der große Heiler von dem Herrscher des Landes betrogen wurde, dem er sich mit Herz und Seele verschrieben hatte. Wahrscheinlich hat Cagliostro den Brief nicht selbst verfaßt, aber er diktierte die wesentlichen Punkte seinen Anwälten, die dem Schreiben dann die gehörige politische Schärfe verliehen.[25] Sosehr er das später bereuen mochte, damals war der Kophta stolz darauf, daß der Brief »mit einer geradezu republikanischen Freiheit« formuliert war. Mehrere Monate lang zirkulierten Abschriften davon in antibourbonischen Kreisen, bis er Mitte 1786 unter dem schlichten Titel *Graf Cagliostros Brief an das französische Volk* auf englisch und französisch erschien.

Für den Kophta war das ein schicksalhafter Augenblick. Durch diesen Brief geriet Cagliostro in den Mahlstrom subversiver Politik. Hinzu kam die Tatsache, daß Horrorberichte über die Bastille inzwischen Höchstauflagen erzielten und das Gefängnis selbst zum Symbol eines archaischen Despotismus geworden war. Leser beiderseits des Ärmelkanals erfuhren von Folter, Isolation und grausiger Not; sie kamen auf ihre Kosten.[26] Cagliostro versicherte ihnen, er sei an einen Punkt gekommen, an dem ihm die Todesstrafe lieber gewesen wäre als weitere sechs Monate in dieser Miltonschen Hölle.[27]

Seine Schauergeschichten waren allerdings mit prophetischen Worten durchsetzt. »Wenn mich jemand fragen würde, ob ich nach Frankreich zurückkehrte, wenn der Bann aufgehoben wäre«, hieß es rhetorisch geschickt in dem Brief, »lautete meine Antwort: nur dann, wenn die Bastille zu einer öffentlichen Promenade geworden ist. Möge Gott es lenken.« Als die Bastille am 14. Juli 1789 gestürmt wurde, gewann man den Eindruck, daß aus diesen Worten ein unheimlich anmutender Weitblick sprach. Auch andere konkrete Vorhersagen schienen sich zu bewahrheiten: »Für das Parlament ist es ein sinnvolles Ziel, für die notwendige Revolution zu arbeiten... Diese so dringend benötigte Revolution wird stattfinden, das prophezeie ich euch ... daß ein Fürst regieren wird, der seinen Ruhm in die Abschaffung der *Lettres de cachet* und in die Einberufung der Generalstände setzt... Dieser vom Himmel geliebte Fürst wird zu spüren bekommen, daß Machtmißbrauch auf die Dauer die Macht selbst zerstört.«

Nach der Revolution vergaßen Cagliostros Leser, daß er die übliche Reformagenda jener Zeit heruntergeleiert hatte. Sie erkannten nicht, daß das Wort »Revolution« für ihn etwas anderes bedeutete als die totale Umwälzung, die sich in den neunziger Jahren des 18. Jahrhunderts vollzog. Selbst mit dem reformfreudigen Fürsten, den er erwähnte, war nicht Ludwig XVI. gemeint (der tatsächlich Reformen durchführte), sondern Ludwigs gerissener Cousin, der Herzog von Orléans, den Cagliostro reichlich naiv unterstützte. Aber all das spielte keine Rolle. Mit jedem Tag, der verstrich, schien sich Paris den Vorhersagen des Briefes weiter anzunähern, so daß Cagliostro als Herr über die Zukunft erschien.

Der Brief enthielt noch weitere Munition, die er auf seine Feinde abfeuerte. Auch der Baron de Breteuil, der Erste Minister, bezog Prügel. Cagliostro bezeichnete ihn als rachsüchtigen Ankläger, der den wahren Hintergrund der Halsbandaffäre vertusche; und er versprach, den Mann neben seinen Mitverschwörern de Launay und Chesnon vor Gericht zu bringen.

Der Brief traf ins Schwarze. Für Chesnon war er der Auslöser für die Französische Revolution. Breteuil war über die darin aufgestellten Behauptungen so besorgt, daß der Gichtgeplagte den Weg nach Versailles auf sich nahm, um dem König zu raten, er solle Cagliostro nach Paris zurückholen. Vielleicht hoffte er, damit dessen Kritik zu entschärfen, oder er wollte ihn wieder in der Bastille festsetzen. Jedenfalls schrieb am 4. Juli 1786 der Erste Minister an den französischen Botschafter in London, Graf d'Adhémar, und entschied, der verbannte Cagliostro dürfe nach Paris zurückkehren, während sein Fall verhandelt werde.

Unterdessen hatte Cagliostro die Bekanntschaft eines wahrhaft subversiven Propheten gemacht. Kurz nach Cagliostros Eintreffen in der Sloane Street stellte ihm Swinton einen seiner schottischen Freunde vor – einen hochgewachsenen, blassen jungen Mann mit schütterem Bart, der sich an Eloquenz mit Cagliostro messen konnte. Trotz des sensiblen Eindrucks, den er machte, und seiner edlen Abstammung – er war ein jüngerer Sohn des Herzogs von Atholl – stiftete Lord George Gordon unentwegt Unheil. Natürlich hatte Cagliostro von ihm gehört; schließlich kannte ihn jeder. Aber er wußte nicht, daß der Mann in Großbritannien als »verrückter Lord George«, »Lord George Flame« und »Lord George Riot« verspottet wurde. Diesen feurigen Spitznamen verdankte Gordon seiner maßgeblichen Rolle bei den grausamen antikatholischen Krawallen im Jahr 1780.

Innerhalb einer Woche, vom 2. bis zum 10 Juni, hatten die »Gordon Riots« in London größeren Schaden angerichtet, als Paris später in einem ganzen Revolutionsjahrzehnt erleben sollte. Als der Historiker Edward Gibbon die brennenden Gefängnisse, die gebrandschatzten Häuser und die Marschierenden in ihren schwarzen Mänteln sah, glaubte er sich in den »düsteren diabolischen Fanatismus« des 17. Jahrhunderts zurückversetzt. »Vierzigtausend Puritaner, wie der Zeit Cromwells entsprungen, sind aus ihren Gräbern auferstanden«, hatte er an seine Schwester geschrieben.[28] Ein ehemaliger Freund Gordons, der irischstämmige politische Schriftsteller Edmund Burke, erspürte in Gordons Reden etwas noch weit Revolutionäreres: Der kilttragende Krieger verband seine antikatholischen Ausfälle mit einer neuen Sprache der natürlichen Rechte, der demokratischen Freiheiten und des schottischen Nationalismus. Burke, der selbst das Zeug zum Propheten hatte, glaubte, Gordon stehe für eine neue und schreckliche Zukunft der Welt. Großbritannien hatte offenbar den ersten Mann des modernen Terrors hervorgebracht.[29]

Cagliostro hatte das alles nicht zur Kenntnis genommen. Gordons Titel und sein Ruf als Freimaurer beeindruckten ihn hinreichend. Er erkannte nicht, daß das Verhalten des jungen Lord von Jahr zu Jahr merkwürdiger wurde. Nach den »Gordon Riots« nur knapp einer Anklage wegen Hochverrats entronnen, hatte er sich verschiedener Themen angenommen, die nicht weniger rebellisch waren. In den zwölf Monaten, bevor er Cagliostro kennenlernte, hatte er in Glasgow einen breit angelegten Weberstreik angezettelt, eine aufrührerische Petition von Häftlingen in Newgate angeregt und die britische Regierung durch seinen Protest gegen das Handelsabkommen mit Frankreich erzürnt. Manche hielten Gordon für verrückt, weil er unlängst zum Judentum übergetreten war und offen eine Frau unterstützte, die mit einem Federmesser ein Attentat auf Georg III. verübt hatte.[30] Es überrascht kaum, daß die Regierungen Frankreichs und Großbritanniens den Mann streng überwachten.

Am Morgen des 20. August, nach genau zwei Monaten im Londoner Exil, erhielt Cagliostro überraschend eine Nachricht der französischen Regierung, die ihm gestattete, zur Austragung seines Rechtsstreits nach Paris zurückzukehren. Wenn er am folgenden Tag um elf Uhr bei der französischen Botschaft vorstellig werde, so werde ihm Monsieur François Barthélémy, als Geschäftsträger des Gesandten, die offizielle Erlaubnis persönlich überreichen.

Der Zufall wollte es, daß Lord George Gordon anwesend war, als Cagliostro die Vorladung erhielt. Der Lord hatte beschlossen, sich zum Beschützer und Berater des Kophta aufzuschwingen. Aufgeregt warnte er Cagliostro vor einer Falle: Er dürfe sich keinesfalls allein in die Höhle des Löwen begeben. Gordon und ein in London weilender Anhänger aus Frankreich sollten ihn begleiten, um einen möglichen Entführungsversuch zu vereiteln.

Am folgenden Tag verlor Monsieur Barthélémy die Fassung, als er den mit einem Säbel bewaffneten Gordon an Cagliostros Seite erblickte. So herrschte bei diesem verheerenden Treffen von vornherein eine gespannte Atmosphäre. Barthélémy verlas zunächst den Brief des Ministers, weigerte sich aber, ihn in Anwesenheit Gordons an Cagliostro auszuhändigen. Cagliostro zeigte sich seinerseits nervös und mißtrauisch. Wie sei es möglich, so fragte er, daß Baron de Breteuil, ein einfacher Minister, eine vom König unterzeichnete *lettre de cachet* widerrufe? Ein Dokument, das ihm die Rückkehr zusichere, müsse die Unterschrift des Königs tragen. Welchen Beweis habe er sonst, daß es sich nicht um eine Falle handle? Gordons aufgeregte Zwischenrufe und Armgefuchtel machten alles nur noch schlimmer. Wütend brach der französische Attaché die Besprechung ab.

Ungeachtet des närrischen Verhaltens seines Beraters waren Cagliostros Vermutungen nicht ganz unbegründet. Britische und auch französische Zeitungen hatten unlängst berichtet, die französische Regierung habe den Versuch unternommen, Nicolas de La Motte zu entführen. In Polizeiarchiven ist nachzulesen, daß Ludwig XVI. im Sommer 1785 französische Polizeibeamte zu einer geheimen Mission entsandte, um den Dieb gewaltsam festzunehmen und zu Verhör und Prozeß nach Frankreich zu bringen. La Motte sollte in ein abgelegenes Haus bei Newcastle gelockt, im Schlaf überwältigt, in eine Decke gewickelt und mit einem Ruderboot auf ein Kohlenschiff am Tyne verfrachtet werden, das nach Dünkirchen auslief. Der Plan schlug schließlich fehl, und die französische Regierung beschloß, statt dessen über den Gesandten d'Adhémar mit La Motte zu verhandeln.[31]

Zwar ist unwahrscheinlich, daß Frankreich eine Entführung Cagliostros vorbereitete, aber der rabiate Lord George war anderer Ansicht. In einem Brief an den *Public Advertizer* vom 22. August beschimpfte er den französischen Botschafter und dessen Mitarbeiter. Von nun an, so erklärte er, werde Cagliostro alle Verhandlungen mit Frankreich über ihn führen. Er erklärte, »die Parteigänger der [französischen] Königin sind nach wie vor erzürnt über den Comte de Cagliostro, den Freund der Menschheit«. Ein paar Tage später lieferte er in einem zweiten Brief an eine Zeitung weitere Provokationen. Gordon behauptete, die Mitarbeiter des Botschafters machten gemeinsame Sache mit »einer Bande französischer Spione«, die für die »Bastille-Partei der Königin« arbeite, um Cagliostro in die Falle zu locken – ein Bestandteil der »haßerfüllten Rache und heimtückischen Grausamkeiten einer tyrannischen Regierung«.[32]

Als Cagliostro Gordon erlaubte, für ihn eine Lanze zu brechen, fügte er sich selbst schweren Schaden zu. Durch seine Freundschaft mit einem Mann, den angesehene Leute für einen verrückten Volksverhetzer hielten, verlor er bald einen Großteil seiner Londoner Anhänger und weckte das Unbehagen der britischen Regierung. Die Zeitungen beschäftigten sich nun mit der Freundschaft zwischen dem schottischen und dem arabischen Propheten. Der Prinz von Wales gehörte zu den ersten Freunden Cagliostros, die auf Abstand gingen. Prinz George brachte seinen Vater zwar gern durch Liebäugeln mit oppositionellen Meinungen auf Trab, aber mit Extremismus wollte er nichts zu tun haben. Hochverrat hätte dem Prinzen doch wohl zu schwer im Magen gelegen. Mondäne Oppositionspolitiker wie Lord Sheridan und die Herzogin von Devonshire, die Cagliostro anfangs in ihre Salons gebeten hatten, strichen ihn von ihren Einladungslisten.

Durch den Verlust angesehener Gönner wurde Cagliostro nur noch abhängiger von Gordon, der die Isolation verschlimmerte, indem er die Besucher in der Sloane Street einer eifersüchtigen Sicherheitsüberprüfung unterzog.[33] Eine der wenigen, die damals Zutritt fanden, war die deutsche Schriftstellerin Sophie von La Roche, die im Frühjahr 1786 nach London kam und Cagliostro Briefe von den Sarasins in der Schweiz überbrachte. Sie hatte zuvor Cagliostros »wunderbare Tropfen« versucht und den »männlichen, edlen und aufrechten Ton« seiner Verteidigung in der Bastille gepriesen. Nun aber wollte sie ihn unbedingt treffen. Sie bemerkte humorvoll: »Ich mußte über das Spiel des Zufalls lachen, durch welches ein asiatischer Scharlatan einer deutschen Romanschreiberin einen englischen Fanatiker vorstellte.«[34]

Überdies interessierte es sie, was den »asiatischen Scharlatan« mit dem »englischen Fanatiker« verband. Zwei Begegnungen mit Gordon und Cagliostro brachten sie zu der Überzeugung, daß sie sich beide für göttliche Propheten hielten, die die Menschheit zu erneuern suchten. Bei dieser Gelegenheit entdeckte sie schnell, daß sich hinter Gordons hellblauen Augen und seinem ruhigen Betragen das Temperament eines Extremisten verbarg. Wäre sie Katholikin gewesen, so versicherte ihr Cagliostro, hätte Gordon sie aus dem Haus geworfen. Paradoxerweise griffen beide den Katholizismus an, während sie sich gegen andere Religionen wie Judentum und Islam tolerant zeigten. Daß Gordon eine puritanische Ader hatte, hätte man jedoch nicht vermutet, wenn man ihn mit der Gräfin Cagliostro scherzen sah, bemerkte Sophie. Anscheinend hatte Lady Montague mit ihrer boshaften Äußerung, »die Hure Babylon ... ist die einzige Hure, die seine Lordschaft nicht mag«, nicht ganz unrecht.[35]

Wie Sophie meinte, verband beide überdies ein Verfolgungswahn. Lord Georges knochiges Gesicht lief puterrot an, und er stieß stotternd eine Salve von Beleidigungen hervor, wenn man ihn auf König Georg III. ansprach. Cagliostro war nach seinem Aufenthalt in der Bastille ähnlich erbittert – Sophie fragte sich sogar, ob die Erfahrung ihn krank gemacht hatte. »Hätte ich«, versicherte er der Schriftstellerin düster, »das liebe Geschöpf, meine Frau nicht – ich gieng unter wilde Thiere in eine Wüste, und bin sicher, ich fände Freunde unter ihnen.« Ganz besonders beunruhigten ihn aber die Machenschaften eines »Zeitungsschreibers«, an dem er »einen Feind« fand, wie Sophie von La Roche berichtet. Cagliostro hatte sich geweigert, sich die Gunst des *Courrier de l'Europe* durch Schmiergelder zu erkaufen, und nun »schreiben [sie] wirklich alle Tage das tollste Zeug.«[36]

Cagliostro wäre vielleicht noch bedrückter gewesen, hätte er gewußt, daß sein journalistischer Feind Théveneau de Morande als Propagandist von den Bourbonen bezahlt wurde. Ende August hatte die französische Regierung beschlossen, gegen Cagliostro etwas zu unternehmen. Der Prozeß, seine Prophezeiungen und die Freundschaft mit Gordon hatten ihn zu einer Bedrohung werden lassen. Es war also an der Zeit, etwas zu tun. Zwei zuverlässige Militärboten wurden nach London entsandt, um Morande über die Taktik zu informieren und eine ansehnliche Zahlung zu leisten.[37] Bald erhielt er durch den französischen Attaché die explizite Anweisung, den gefährlichen »Propheten« mit allen verfügbaren Mitteln zum Schweigen zu bringen.[38]

Cagliostro ahnte zunächst nicht, daß auch Swinton an dem Komplott beteiligt war. Zwar vermutete er bereits, daß sein freundlicher Nachbar mit Morande gemeinsame Sache machte, aber er wußte nichts von Swintons engen Verbindungen zur französischen Botschaft.[39] Als der *Courrier* Cagliostro am 22. August 1786 angriff, ihn als Hochstapler und Scharlatan bezeichnete, glaubte er immer noch, Morande ginge es nur um ein Bestechungsgeld. Aber falls Cagliostro ihm tatsächlich Schweigegeld bot, konnte er damit nichts erreichen. Am 1. September brachte das Blatt unter dem Titel »Die Reisen des Grafen Cagliostro vor seiner Ankunft in Frankreich« ein beunruhigend detailliertes Exposé. Weitere Fortsetzungen wurden angekündigt.[40]

Da Morande den Großteil seiner Behauptungen aus den Verteidigungsschriften Jeanne de La Mottes schöpfte, bot der Artikel kaum neue Informationen. Dennoch war Cagliostro erzürnt und fühlte sich wegen der einflußreichen Leserschaft der Zeitung zu einer Antwort verpflichtet. Und er stand nicht ganz allein da. Gordon verschaffte ihm ein Forum im *Public Advertiser,* und Thilorier in Paris erbot sich, den Text, wenn nötig, literarisch zu bearbeiten und ihm somit die erwünschte Wirkung zu verschaffen.

Wie so oft wählte Cagliostro für den Kampf ein ungewöhnliches Terrain. Morande hatte sich in einer seiner ersten Attacken darüber lustig gemacht, daß der Kophta behauptete, er könne einen Löwen töten, indem er ihm lebendige, mit Arsen gefütterte Tiere als Köder biete.[41] Weil er seinem Feind nicht viel Mut zutraute, beschloß Cagliostro, hier dieselbe Taktik anzuwenden wie beim Hofarzt der Zarin vor fünf Jahren. Er forderte Morande zu einem Duell der besonderen Art heraus:

»Ich werde mir, Mister Hanswurst, einen Scherz auf Ihre Kosten erlauben. In Fragen der Physik und Chemie beweisen Argumente sehr wenig, Persiflage beweist nichts, und das Experiment ist alles. Gestatten Sie mir also, ein kleines Experiment vorzuschlagen, das die Öffentlichkeit unterhaltsam finden wird, sei es auf Ihre Kosten oder auf meine. Ich lade Sie ein, mit mir am 9. November um 9 Uhr morgens zu speisen. Sie werden den Wein und alle Nebenzutaten liefern; ich werde nur ein einziges, nach meiner Weise vorbereitetes Gericht beisteuern; es handelt sich um ein kleines Spanferkel, das nach meiner Methode gemästet wurde. Zwei Stunden vor dem Essen werde ich es Ihnen lebend übergeben. Sie werden für die Schlachtung und Zubereitung zuständig sein, und ich werde mich fernhalten bis zu dem Augenblick, wenn es auf dem Tisch angerichtet wird. Sie werden es dann in vier gleiche Teile zerlegen und dürfen mir den Teil servieren, den Sie für geeignet halten. Am Tag nach diesem Mahl wird eines von vier Dingen geschehen: Entweder werden wir beide tot sein, oder keiner von uns wird tot sein; oder ich werde tot sein und Sie nicht; oder Sie werden tot sein und ich nicht. Von diesen vier Möglichkeiten gebe ich Ihnen drei und wette mit Ihnen 5000 Guineen, daß Sie am Tag nach dem Essen tot sein werden, während ich wohlauf bin.«

Cagliostros Aufforderung erschien am 5. September im *Public Advertiser*, und Morandes Erwiderung fiel untypisch zurückhaltend aus. Er lehne ein Duell ab, weil er Cagliostro nicht auf dem Gewissen haben wolle. Doch wenn sich sein Arsenexperiment an einer Katze oder einem Hund erproben ließe, werde er es gern versuchen.[42] Cagliostro hatte einen Treffer gegen einen Mann erzielt, der bereits als Feigling verschrien war, und baute seinen Vorsprung am 9. September aus. Er antwortete, eine Katze oder ein Hund seien zu vornehm, um eine Bestie wie Morande zu vertreten. Überdies sei es »nicht Ihr Vertreter, sondern Sie, den ich ins Jenseits befördern möchte«.[43]

Doch Morande war nicht nur klüger, sondern hatte auch besseren Rückhalt als Dr. Roggerson. Der französische Zeitungsmann war schlau wie ein Fuchs, wurde von den Bourbonen finanziert und ließ ein Gift aus seiner Feder fließen, gegen das der Kophta kein Gegenmittel besaß. Auf Cagliostros Hohn reagierte er zunächst, indem er die Veröffentlichung der wachsenden Zahl der europäischen Cagliostro-Kritiker unter die Lupe nahm. Als gewiefter Skandaljournalist wußte er überdies, daß die dreiste Wiederholung von Lügen ebensoviel zählte wie die Wahrheit. Einige vielsagende Angriffe gegen Cagliostro bauten auf den Aussagen von Carlo Saachi auf.[44]

Nach und nach wuchs die Zahl von Morandes Indizien gegen Cagliostro. Bald bekam er Wind von einem unlängst in Berlin erschienen Artikel Elisa von der Reckes, in dem Cagliostro als Nekromant und Betrüger gebrandmarkt wurde. Das traf den Kophta schwer. Elisa hatte ihm nach seiner Abreise aus Kurland mehrere hingebungsvolle Briefe geschrieben, aber in den darauffolgenden Monaten und Jahren waren ihr schließlich die Augen aufgegangen. Die Mitauer Freimaurer hatten ihr erzählt, Cagliostro habe seinen *pupille* durch Bestechung zu seinen Leistungen angestachelt. Oberburggraf von Howen gestand, daß er Cagliostro eine größere Summe geliehen hatte, die nie zurückgezahlt wurde. Auch aus Rußland und Polen hörte Elisa schlimme Berichte. Den Ausschlag gab aber wohl, daß Elisa Anfang der achtziger Jahre von deutschen Intellektuellen umworben wurde, die sie als Mitstreiterin in einem Krieg der Vernunft gegen den Aberglauben gewannen. Der Feldzug gegen Cagliostro ebnete ihr den Weg zu literarischem Ruhm.[45]

Morande, der Cagliostros Reiseroute quer durch Europa verfolgte, freute sich über Briefe von Korrespondenten aus Rußland, die behaupteten, die Zarin habe den Scharlatan wegen Betrugs ausgewiesen, und solche aus Warschau, in denen es hieß, Cagliostro sei dabei ertappt worden, wie er Schmelztiegel austauschte. Dank seiner juristischen Ausbildung nahm Morande auch die Spur der eidesstattlichen Erklärungen und Gegenklagen auf, die Cagliostro zehn Jahre zuvor in London hinterlassen hatte. Diese Dokumente erschienen eins nach dem anderen im *Courier.* Insbesondere machte es keinen guten Eindruck, daß Cagliostro unter dem Namen Oberst Giuseppe Pellegrini von der Brandenburgischen Armee aufgetreten war.

Morande, der die Treffpunkte der Emigranten bestens kannte, entdeckte dort auch Zeugen – zum Beispiel einen italienischen Gastwirt, der sich erinnerte, Cagliostro 1772 in den italienischen Kneipen Sohos getroffen zu haben, als er noch Balsamo hieß. Da Cagliostro diesen ersten Besuch in London nicht zugeben mochte, kam ein weiterer Schwachpunkt ans Licht, den der Journalist rasch ausnutzte. In seinen Artikeln im *Courier* konzentrierte er sich nun vornehmlich darauf, Indizien dafür zu sammeln, daß alle drei Besuche in London von derselben Person gemacht wurden und daß Balsamo, Pellegrini und Cagliostro – drei Hochstapler – ein und derselbe waren.[46]

Der gerissene Taktiker Morande erkannte, daß er besondere Maßnahmen ergreifen mußte, um Cagliostros Ansehen in den Freimaurerlogen zu untergraben. Vor allem mußte er der erklärten Absicht des Kophta Einhalt gebieten, in London eine Loge der ägyptischen Freimaurerei zu gründen.

Das war nicht leicht, denn im September 1786 stieg Cagliostros Ansehen plötzlich wieder, als das Gerücht aufkam, er habe einen wichtigen neuen Verbündeten unter den Freimaurern gefunden. Philippe Jacques de Loutherbourg, ein französischer Maler aus dem Elsaß, war eine herausragende Erscheinung. Der Philosoph Denis Diderot hatte Loutherbourg als Genie bezeichnet, ein Urteil, das auch die französische Akademie der schönen Künste teilte, die Loutherbourg 1767 als jüngstes Mitglied ihrer bisherigen Geschichte aufgenommen hatte. Als er vier Jahre später von Paris nach London übersiedelte, errang er noch größeren Ruhm in der

Theaterwelt. David Garrick, der Direktor des Drury Lane Theatre, bot ihm eine stattliche Entlohnung für die Auffrischung der langweiligen Effekte britischer Bühnen. Im Lauf der nächsten vierzehn Jahre glänzte Loutherbourg als Meister des Bühnenbilds und führte geniale Neuerungen für die Bühnengestaltung, Beleuchtungseffekte, Automaten und Klangtechniken ein.[47]

Diese Talente, gepaart mit Fachkenntnissen, die er einem Ingenieursstudium verdankte, ermöglichten Loutherbourg überdies künstlerische und wissenschaftliche Fortschritte im Bereich der Illusion. Anfang der achtziger Jahre des 18. Jahrhunderts perfektionierte er eine Vorführung bewegter Bilder, das sogenannte Eidophysikon, das die Londoner Kunstwelt im Sturm eroberte. Auf einer kleinen Bühne, die nur zwei mal zweieinhalb Meter maß, entwickelte er eine Reihe atemberaubender visueller Transformationen, wobei er lebensechte mechanische Automaten, naturalistisches Licht und Klangeffekte nutzte. Das berühmteste solchermaßen inszenierte Werk war Miltons *Pandämonium*. Winzige mechanische Modelle der diabolischen Satanshorden brachen aus der Unterwelt hervor, umgeben von schwarz kochender Lava, schwefelgelbem Rauch und tanzenden blauen Lichtern, begleitet von unheimlichen Klangeffekten.[48]

Aufführungen mit geisterhaften Spezialeffekten bezeichnete man im Jahr 1787 als Phantasmagorien,[49] aber Loutherbourg hatte auf diesem Gebiet bereits sechs Jahre früher Pionierarbeit geleistet, als William Beckford, ein reicher junger Ästhet, ihn bat, »die Wildheit Ihrer leidenschaftlichen Vorstellungskraft« in ein okkultes orientalisches Spektakel auf seinem Landhaus einfließen zu lassen. Loutherbourgs »nekromantische« Lichteffekte, »übernatürliche Klänge«, sinnliche Gerüche und das Räderwerk seiner Automaten übten eine so berauschende Wirkung auf den jungen Beckford aus, daß er sogleich mit der Arbeit an dem später sehr erfolgreichen Schauerroman *Vathek* begann. Er ahnte es nicht, aber seine Phantasie war durch einen Vorläufer des modernen Kinos angeregt worden.[50]

In den Zeitungen wurde darüber gerätselt, warum ein junger, begabter Liebling der Gesellschaft wie Loutherbourg sich mit Cagliostro anfreunden sollte, zumal dessen Ruf in letzter Zeit wegen der Verbindung mit Gordon sehr gelitten hatte. Der Maler selbst bezeichnete seine Verbindung mit Cagliostro als rein geschäftliche Partnerschaft: Sie seien übereingekommen, die Honorare für ihre künftigen Arbeiten zu teilen – Loutherbourg würde seine Gemälde verkaufen, Cagliostro seine Heilmittel.[51]

Morande vermutete, daß hinter der Beziehung mehr steckte. Zum einen hatte Loutherbourg in Straßburg studiert, wo auch Cagliostro drei Jahre lang als Freimaurer und Heiler gewirkt hatte. Der Journalist erriet vermutlich, daß sich die beiden dort kennengelernt hatten – tatsächlich waren sie sich 1783 in der Straßburger Loge »Amis Réunis« begegnet.[52]

Zum anderen hatte Loutherbourg wie viele ausländische Künstler eine Schwäche für die Geheimnisse der Alchemie. Er besaß eine Sammlung okkulter Literatur, die in Großbritannien ihresgleichen suchte,[53] sowie ein gut ausgestattetes Labor. Es ging das Gerücht, daß er dort so viel Zeit bei seinen Experimenten verbrachte, daß Lucy, seine junge Frau, voller Wut einige Schmelztiegel zerschmettert hatte. Es war also leicht einzusehen, warum ein so leidenschaftlicher Alchemist den Umgang mit Cagliostro suchte. Loutherbourg prahlte 1786, er habe beobachtet, wie der Kophta Kupferpennys in Silber verwandelte und seine arthritisgeplagte Nachbarin in Chiswick, Elizabeth Howard, heilte.[54] Wie Swinton hoffte der Maler offenbar, aus Cagliostros alchemistischen Künsten Gewinn ziehen zu können.

Cagliostro konnte auch bei der Vermarktung der neuesten Wunderheilmethode hilfreich sein. Ein paar Jahre zuvor hatten die Loutherbourgs und ihre Bohème-Freunde Richard und Maria Cosway die Vorträge des in Paris ausgebildeten Arztes John Benoit de Mainauduc über tierischen Magnetismus besucht und dafür eine Menge Geld bezahlt. Sie hatten gehört, daß die Hände eines Mesmeristen im Körper Blokkaden lösen konnten, die den gesunden Fluß des unsichtbaren, unwägbaren Fluidums hemmten und dadurch körperliche und seelische Leiden hervorriefen.[55] Cagliostro hielt sich selbstverständlich für ein medizinisches Genie, dem niemand das Wasser reichen konnte, und er deutete an, profunde Kenntnisse dieser modischen europäischen Wissenschaft zu besitzen.

Und natürlich begeisterte sich Loutherbourg für die mystische Erneuerung der Freimaurerei, die der Kophta plante. Zwar war der Maler aus gesellschaftlichen Gründen Mitglied der angesehenen Londoner »Grand Lodge«, hatte sich aber heimlich in England und im Ausland noch mehreren kleineren, eher heterodoxen Logen und Gesellschaften angeschlossen.[56] Für einen theosophisch Interessierten wie Loutherbourg war Cagliostro der größte Star des internationalen Mystizismus, der jemals das Land besucht hatte. Auch hätte der Kophta kaum einen besseren Zeitpunkt für seinen Besuch wählen können. Mit ein wenig Unterstützung durch einen guten Freund konnte er sich als natürlicher Nachfolger Falks und Swedenborgs präsentieren, die beide in den vergangenen Jahren gestorben waren und eine zerstreute, führungslose Anhängerschaft hinterlassen hatten.

Morande konnte sich leicht vorstellen, warum ein Scharlatan wie Cagliostro sich mit einer Persönlichkeit wie Loutherbourg zusammentun wollte. Eine neuere Arbeit mit dem Titel *Cagliostro in Warschau* schilderte die unbeholfenen Versuche des Scharlatans, im Jahr 1781 in Wola alchemistische Verwandlungen zu vollziehen. Der Autor, Graf Moszinsky, hatte gehöhnt: »Wäre dieser Mensch ein wenig mehr in der Optik, Akustik, Mechanik und in der Physik überhaupt erfahren; hätte er ein wenig die sonderbaren Künste eines Comus und Philadelphia studiert; was für Dinge hätte er nicht ... in der Welt tun können!«[57] Offenbar hatte sich Cagliostro den Rat des Polen zu Herzen genommen: Er hatte sich mit dem geschicktesten Illusionisten der Welt zusammengetan.

Morande warnte die Leser des *Courier*, Cagliostro werde sich bald illusionistischer Tricks bedienen, um seine Londoner Anhänger zu bestricken. Derlei undurchschaubare Techniken seien auch von Johann Georg Schrepfer, einem betrügerischen Freimaurer in Leipzig, angewandt worden, der sich, als seine Täuschungsmanöver aufflogen, das Leben nahm. Versteckte Zauberlaternen, versehen mit Vergrößerungsgläsern, hatten gespenstische Bilder auf bewegliche transparente Schirme geworfen, so daß man von farbigen Wolken umgebene Tote vor sich zu sehen glaubte.[58] Dem Virtuosen Loutherbourg würde es gewiß nicht schwerfallen, solche Gespenstererscheinungen zu schaffen.

Diesmal lag Morande falsch. Cagliostro hatte in Wirklichkeit die Absicht, traditionellere Aspekte der Begabung seines Kompagnons zu nutzen, um die Mission der ägyptischen Freimaurerei zu fördern. Im Herbst 1786 veranlaßte er Loutherbourg, eine Bilderfolge für die Initiationsräume einer noch zu errichtenden Adoptionsloge in London zu malen.

Nach detaillierten Anweisungen des Kophta fertigte Loutherbourg acht Aquarelle mit Freimaurermotiven. Sie stellten in symbolischer Form die Prüfungen dar, die eine Eingeweihte der Loge »Isis« bestehen mußte, bevor sie die höchste Ebene der ägyptischen Freimaurerei erreichte. Beim Betreten der Loge erblickte die Kandidatin das erste Bild, auf dem sowohl das Ziel als auch der bevorstehende Kampf zu sehen waren. Es zeigte eine sinnliche junge Frau in einem weißen Kleid mit blauer Schärpe – eine idealisierte Darstellung Serafinas –, die sehnsuchtsvoll zu einer heiligen Stadt hoch in den Wolken hinaufblickt, während eine bedrohliche grüne Schlange ihr den Weg verstellt.

Acht Freimaurerstudien von Philippe Jacques de Loutherbourg, angefertigt für Cagliostros Loge der ägyptischen Freimaurerei

Auf dem zweiten Gemälde ist sie zur nächsten Stufe vorgedrungen, symbolisiert durch die Ruine eines klassischen Tempels, dessen Schätze am Boden verstreut liegen. Mit der rechten Hand hält sie ein Schwert, mit dem sie soeben die teuflische Schlange enthauptet hat, während sie die linke auf die Brust drückt.

Auf dem dritten Gemälde stellt sie sich einer noch größeren Herausforderung. Mit gesenktem Blick steht sie vor der Grand-Maîtresse, die wie Pallas Athene einen eulengeschmückten Helm trägt und auf eine Horde androgyner Hexen zeigt, die auf dem Weg warten. Diese symbolisieren einerseits sexuelle Versuchungen, andererseits monströse Lasterhaftigkeit.

Auf dem vierten Bild hat die Eingeweihte den Fuß des Tempels erreicht – eine ägyptische Pyramide, über die sich ein leuchtender Regenbogen spannt. Sie ist der Verzweiflung nahe. Erschöpft sitzt sie auf einem Felsen, zerbrochene Waffen zu ihren Füßen, während Hexen mit Hängebrüsten, aus deren Genitalien Schlangen treten, auf ihrem Weg tanzen. Sie schwingen lodernde Fackeln und noch mehr Schlangen. Im Hintergrund steht jedoch der Großkophta persönlich, das Schwert in der einen, den Schlangenstab in der anderen Hand, um sie zum heiligen Arkanum vor dem Tempel zu geleiten.

Auf dem nächsten Gemälde ist sie mit der schwersten Prüfung überhaupt konfrontiert, der Sterblichkeit schlechthin. Vor einer Höhle unterhalb des Tempels steht ein hünenhafter Sensenmann. Er trägt Flügel und Bart und ein Stundenglas auf dem Kopf; in der linken Hand schwingt er seine Sense. Seine Absichten sind unverkennbar.

Doch als die Hindernisse auf dem Weg zum spirituellen Gipfel unüberwindbar scheinen, eilt der Großkophta zu Hilfe. Hier begegnen wir wieder einer geschönten Darstellung Cagliostros mit roter Schärpe. Der Kophta packt den Sensenmann bei den Flügeln und schickt sich an, ihm mit seinem Degen die Federn zu stutzen. Vor ihm auf dem Boden liegt das Stundenglas; über ihm erhebt sich triumphierend ein Phönix aus einem lodernden Scheiterhaufen. Die Zeit, die Feindin des Menschen, ist besiegt.

Aber der Kophta muß noch einen weiteren Gegner besiegen und töten – eine Hermesgestalt mit Flügelschuhen. Vermutlich ist das nicht der ursprüngliche Hermes Trismegistos, von dem sich die ägyptische Freimaurerei herleitete, sondern der falsche Merkur, dem die orthodoxen Freimaurer folgten. Die beiden ringen, und Cagliostro stößt dem Merkur den Degen ins Herz.

Schließlich bietet Loutherbourg der tapferen Pilgerin den höchsten Lohn für ihre Beharrlichkeit. Sie ist an den Stufen des ägyptischen Tempels angelangt und schreitet ihrer Weihe entgegen. Mit seinem Degen weist der Kophta den Weg über die wenigen Stufen, die sie noch hinaufsteigen muß. Ein zarter blauer Schleier, durch den ein strahlendes Licht dringt, flattert über der Schwelle. Auf den Steinmauern deuten halb verblaßte Worte auf tiefste okkulte Mysterien hin – Arcanum magnum; Gematria; Geheimnisse. Zur rechten der Pilgerin liegt, niedergestreckt nach seiner Niederlage – tot oder schlafend –, der falsche Merkur. Er ist neben einem Grabstein mit der Aufschrift Pierre Brute hingesunken, der auf die niederen materiellen Interessen der Freimaurerrivalen Cagliostros hinweist.[59]

Es ist unwahrscheinlich, daß Morande diese Bilder jemals sah, aber er konnte Cagliostros Absichten dennoch erahnen. Als schlauer politischer Analytiker lag für ihn auf der Hand, daß der Kophta sich zum Führer der mystischen Freimaurerei Großbritanniens aufschwingen wollte. Und als angesehener Freimaurer des modernen Ritus wußte er seine Logenbrüder gegen diesen gefährlichen ausländischen Schwindler einzunehmen. Immer wieder griff er Cagliostros ägyptische Freimaurerei an mehreren Fronten an. Zunächst verunglimpfte er den Kophta durch eine burleske Schilderung der Initiationszeremonie, die zehn Jahre zuvor im Gasthaus *King's Head* stattgefunden hatte. Die Vorstellung, wie ein rundlicher Italiener von der Decke auf die harten Dielenbretter der Taverne plumpst und dann vor Angst in Tränen ausbricht, als er sich eine ungeladene Pistole an die Schläfe setzt, löste auf beiden Seiten des Kanals schallendes Gelächter aus.

Morande erkannte überdies, daß er vor allem die Anhänger Swedenborgs unter Druck setzen mußte, die sich wohl am ehesten für Cagliostros Mission aufgeschlossen zeigten. Daher erfand er für den *Courier* eine Geschichte, die bald die Runde machte. Der Kophta hatte angeblich einigen Londoner Swedenborgianern gestattet, mit Hilfe seiner geheimen Rituale Engelsgeister zu beschwören. Aber »anstelle der Seraphim in azurblauen und silbernen Roben, auf die sie gehofft hatten, erschien eine schreckliche Horde wilder Orang-Utans, deren Grimassen, Schmähungen und unwürdige Promiskuität ... die keuschen Idealisten den ganzen Abend ertragen mußten.«[60] Die Belustigung von Morandes Lesern bei der Vorstellung einer Séance hochgesinnter Swedenborgianer, die durch eine Bande obszöner Affen ins Chaos gestürzt wird, veranlaßte Dr. Chastanier, den Londoner Vorsitzenden der Gesellschaft, seine Gefolgschaft vor der ägyptischen Freimaurerei zu warnen.

Einen weiteren schweren Rückschlag erlitt Cagliostros Mission Anfang November. Ein paar Tage zuvor waren der Kophta und seine treuesten Anhänger, die ihm nach England gefolgt waren, bei einer Versammlung der »Antiquity Lodge Nr. 2« eingeführt worden, die in der King Street, Bloomsbury, im Hause des Perückenmachers Mr. Barker stattfand. Cagliostro beabsichtigte, die Loge zu übernehmen, aber Morande zufolge wurde die Veranstaltung rasch zur Farce. Ein Handwerker namens »Bruder Mash«, der ein Willkommensritual vollziehen sollte, führte statt dessen eine derbe Burleske auf, in der Cagliostro als marktschreierischer Quacksalber verhöhnt wurde.

Trotz dieser nicht gerade einladenden Vorstellung machte Cagliostro seinen Führungsanspruch am folgenden Tag in aller Form geltend. Der *Morning Herald* vom 2. November brachte eine Anzeige, die »alle echten Freimaurer« aufrief, sich mit den Swedenborgianern zusammenzutun, um die britische Freimaurerei zu erneuern. Unter Einsatz mystischer Zahlencodes, wie Eingeweihte sie liebten, wurden sie aufgefordert, »den Bau des neuen Tempels des Neuen Jerusalem, 3, 8, 20, 17, 8 [Kirche]« zu beginnen. Eine große Versammlung wurde für den 3. November in der Taverne O'Reilly's an der Great Queen Street einberufen, wo der Grundstein für die neue Loge gelegt werden sollte. Aber am selben Tag brachte der *Courier* eine vernichtende Schilderung des Fiaskos in Bloomsbury, und Cagliostros Appell stieß auf taube Ohren.

Etwa eine Woche später erlebte der Kophta eine weitere Demütigung, als eine witzige Karikatur der Burleske des »Bruders Mash« auf den Straßen Londons kursierte. Sie stammte von dem Kupferstecher James Gillray, einem begnadeten Satiriker, der zeitweise im Sold der britischen Regierung stand. Unter dem Titel *Abriß der Memoiren des Arabischen Grafen* zeigte Gillrays Stich den beleibten Cagliostro mit seinen Freimaurerinsignien bei dem Versuch, seine Tropfen einer skeptischen Gruppe britischer Logenbrüder anzupreisen, die den Scharlatan und seine Umgebung geckenhafter ausländischer Anhänger verhöhnen. Zur Erklärung wurde ein sarkastisches Gedicht beigefügt.

Geboren, Gott weiß wo, bezahlt, Gott weiß wie
Von welcher Abstammung – schwer zu sagen.
Lord Grop [Gordon] nimmt ihn als einen Busenfreund an
Und wagt es in seiner Verrücktheit, seinen [Balsamos]
Charakter zu verteidigen.
Dieser selbsternannte Graf wurde einige Jahre später
Unter einem falschen Namen Bruder Maurer;

Denn Namen wie Semple [?] trägt er zahlreiche,
Und Proteus gleich erscheint er in fünfzig Formen.
»Seht in mir (sagt er) Mutter Naturs Kind,
Wohlwollend von Seele und von sanften Sitten;
Seht in mir den unschuldigen Acharat,
Der das Geheimnis kennt, Gold zu machen,
Eines fühlenden Herzens rühme ich mich, eines reinen Gewissens,
Ich rühme mich, Balsam [zu besitzen], um jede Krankheit zu heilen.
Meine Pillen und Puder beseitigen alles Übel.
Erneuert eure Kraft und verbessert eure Gesundheit.«
Diese listige Rolle spielt der Erzbetrüger.
Und auf diese Weise zieht er die Schwachen und Gutgläubigen an,
Aber nun ist seine Geschichte aufgeklärt;
Der abgefeimte Heuchler und Quacksalber kommt zum Vorschein.
Zuerst versucht er, unter dem Namen Balsamo zu malen,
Aber da er nur kleckste, verzichtete er auf den Handel.
Dann zog er als Quacksalber im Ausland herum,
Und trug manchen Namen auf der schwarzen Todesliste ein.
Dreimal besuchte er das britische Gestade,
Und jedes Mal trug er einen anderen Namen,
Die braven Elsässer verführte er leicht,
Indem er von alten ägyptischen Sitten und Gebräuchen prahlte.
Genau denselben Trick wandte er in Bordeaux an,
in Straßburg, Lyon und auch in Paris.
Aber das Schicksal sparte für Bruder Mash die Aufgabe auf,
Dem elenden Betrüger die Maske abzustreifen.
Mögen alle wahren Maurer seine schlichte Geschichte beherzigen!
Und möge die Geißel der Satire dem Schwindel ein Ende machen.[62]

James Gillrays satirische Darstellung von Cagliostros Versuch, in London eine Loge der ägyptischen Freimaurerei zu gründen

Wie Casanova in seiner Attacke gegen Cagliostro hervorhob, die im selben Jahr in Prag erschien, wurde ein falscher Magier mit allem fertig, solange er nicht der Lächerlichkeit preisgegeben wurde. Cagliostro tat sein Bestes. Mit Hilfe von Thilorier, der wieder wegen juristischer Konsultationen in London war, versuchte sich der Kophta gegen Morandes Spott zu wehren, indem er einen *Letter to the English people*, einen Brief an das englische Volk, veröffentlichte. Ohne zu leugnen, daß er das Land 1776/77 besucht hatte, erklärte er, er sei damals von einer Betrügerbande, die Ähnlichkeiten mit Swinton und de Morande aufwies, übers Ohr gehauen worden. Letztere, so erklärte er weiter, seien schmutzige Erpresser, die ihn angriffen, weil er sich ihren Forderungen widersetzt hatte.

Um seine Behauptung zu untermauern, führte Cagliostro einige der berüchtigten Erpressungsepisoden aus Morandes Vergangenheit an. Dieser französische Schurke sei vom französischen Ministerium bestochen worden, damit er einen Meineid leiste. Außerdem sei er ein notorischer Feigling, der sich seinen Opfern nicht zum Duell stelle und der Reihe nach einen jeden seiner Freunde verraten habe. Der Brief an das englische Volk pries die Liberalität und Großzügigkeit der Briten, die Cagliostro vor französischer Tyrannei geschützt hätten, und schloß mit der gewohnten Mahnung des Kophta, welch schreckliches Schicksal all jene ereilt habe, die ihm in der Vergangenheit in die Quere gekommen waren.

Tinte war jedoch nicht das einzige Gift, das Morande zu Gebote stand. Hinter sich hatte er die Macht des Gesetzes, die in den Händen der britischen und französischen Regierungen lag. Im Winter 1787 verkündete er, daß mehrere Anklagen gegen Cagliostros Freund Lord George Gordon erhoben worden seien. Der Aufrührer war am 27. Januar 1787 von der britischen Regierung wegen Verleumdung der britischen Rechtsprechung und von der französischen Obrigkeit wegen Beleidigung der Königin angeklagt worden. Schon bald tauchte er unter.

Als ehemaliger Anwalt kannte Morande subtilere Methoden, um das britische Recht für konterrevolutionäre Ziele dienstbar zu machen. Zwar konnte Cagliostro nicht wegen Verleumdung belangt werden, aber man konnte ihn als Schuldner in Newgate hinter Schloß und Riegel bringen. Morande hetzte ein halbes Dutzend Gläubiger auf, die mit alten und neuen Forderungen aufwarteten. Mehrmals wurden Gerichtsvollzieher in Swintons Haus versteckt, die Cagliostro festnehmen wollten. Dieser wurde jedoch gewarnt, so daß er rechtzeitig eine Kaution hinterlegen und diesen juristisch verbrämten Entführungsversuchen entgehen konnte. Unverdrossen kam Morande für die Reisekosten des Straßburger Apothekers Carlo Saachi auf, der Cagliostro auf unbezahlten Lohn in Höhe von 150 Pfund verklagen wollte.

Als nächstes verkündete er, er wolle einen spanischen Edelmann, Monsieur Silvestre aus Cadiz, ins Land holen, der Cagliostro seit Jahren wegen eines prachtvollen silbernen Stocks zu belangen suchte. Dieselbe Anschuldigung hatte Cagliostro vor langer Zeit in Sankt Petersburg zu schaffen gemacht. Sieben Jahre später erwies sie sich als Tropfen, der das Faß zum Überlaufen brachte. Als Cagliostro erkannte, daß seine Freiheit und all die kostbaren Möbel in Knightsbridge auf dem Spiel standen, benutzte er den einzige Zaubertrick, den er immer noch beherrschte: die Flucht. Anfang April 1787 setzte er sich in die Schweiz ab, nicht ohne zuvor noch das bevorstehende Ableben seines unbarmherzigen Feindes zu prophezeien.

Théveneau de Morande konterte gleichfalls mit einer Weissagung. Der *Courier de l'Europe* titelte am 6. April 1787 schlicht: »Er ist tot« – und verkündete damit nicht nur, daß Cagliostros Ruf in Europa zerstört war, sondern auch daß die britischen Freimaurer von ihrem Propheten nichts mehr wissen wollten.

Jungbrunnen

Jungbrunnen: Wunderbrunnen zur Wiederherstellung von Jugend und Schönheit.[1]

Am 17. Juni 1787 passierte eine schwer beladene englische Kutsche die deutsch-französische Grenze in Richtung der schweizerischen Stadt Basel. Als die Kutsche den steilen Hügel hinauffuhr, genossen Serafina Cagliostro und Philippe und Lucy de Loutherbourg den großartigen Ausblick. Der kopfsteingepflasterte Weg führte zu den Villen der Brüder Sarasin, die als Seidenhändler, Bankiers und Textilproduzenten hier lebten. Zur Linken erstreckte sich in der Tiefe das breite Band des Rheins, auf dessen olivgrünen Wassern schwere, mit Seidenbändern, Seidenstoffen und Kattun beladene Lastkähne zu den Handelshäfen Europas, der Levante sowie West- und Ostindiens unterwegs waren.

Im Zuge religiöser Verfolgungen waren im 17. Jahrhundert die Familien tüchtiger, in der Seidenfabrikation tätiger Hugenotten in diese beschauliche alte Hafenstadt am Rhein gekommen, darunter auch die Sarasins. Binnen hundert Jahren hatte sich durch das unternehmerische Geschick und die kluge Heiratspolitik dieser Kaufleute und Bankiers eine reiche, zunehmend abgeschottete Oberschicht gebildet, die im Stadtstaat Basel eine oligarchische Herrschaft ausübten. Die Stadt zählte rund 15 000 Einwohner. Die breiten Straßen, die Stadthäuser und Kirchen mit ihren spitzen Türmen kündeten von Wohlstand, Ordnung und strenger protestantischer Frömmigkeit.

Die Kutsche war unterwegs zum Haus von Jacques Sarasin und seiner Frau Gertrude, der Cagliostro sechs Jahre zuvor in Straßburg das Leben gerettet hatte. Den Fluß entlang und die steile Martinsgasse hinauf ging es vorbei an der neoklassizistischen Fassade des »Blauen Hauses«, das sich im Besitz von Lucas Sarasin befand. Ziel der Reise war das »Weiße Haus«, ein eher nichtssagender Name für ein Anwesen, das mehr als 200 000 Gulden[2] gekostet hatte und die Fläche eines ganzen Häuserblocks einnahm. Das exakte Gegenstück des »Blauen Hauses« wirkte wie ein glänzender Palast aus Elfenbein und wurde von einem Dach aus dicht ineinandergefügten orangeroten Ziegeln überwölbt. Zwei aus Gips gefertigte Satyrn über der beschlagenen Eingangstür begrüßten die Besucher – der eine mit lasziver, der andere mit wütender Grimasse und entblößten Zähnen.

Serafina Cagliostro, die sich auf das Wiedersehen mit ihren ältesten und besten Freunden, den Sarasins, freute, war jedoch nicht ganz ungetrübter Stimmung. Ihre Angst galt der Begegnung mit dem Gast des Hauses, ihrem Ehemann Graf Cagliostro. Als die Kutsche in den kopfsteingepflasterten rückseitigen Hof einfuhr, erblickte Serafina Jacques Sarasin. Der massige Eindruck seines Körpers und sein strenges Gebaren wurden durch sein fleischiges Doppelkinn gemildert. Neben ihm stand rundlich, rotbackig und offenbar guter Hoffnung seine Gattin Gertrude. Lächelten sie oder sahen sie eher finster drein? Und wie würde Serafina von der launenhaften Gestalt neben dem Ehepaar empfangen werden?

Serafina hatte allen Grund, nervös zu sein. In den drei Monaten, seit Cagliostro ohne seine Frau aus London abgereist war, hatte sie ihn verraten und intime und rufschädigende Geheimnisse an seinen Todfeind Théveneau de Morande ausgeplaudert. Eigentlich hatte sie das nicht gewollt, aber sie hatte von ihrem Mann wirklich genug. Gewiß, er liebte sie abgöttisch. Wenn er in Geld schwamm, überhäufte er sie mit Geschenken, und er war untröstlich, wenn sie getrennt waren. Aber er war auch launenhaft und jähzornig, vor allem wenn die Dinge nicht so liefen, wie er es sich vorgestellt hatte, was in letzter Zeit nicht selten der Fall war.

Plötzlich hatte Serafina gegen das Leben aufbegehrt, das sie mit ihm führte. Sie haßte dieses schwankende Glück, und vor allem haßte sie es, wenn sie wieder einmal gezwungen war, ihre Bediensteten zu entlassen und ihren Schmuck zu verpfänden. Auch die überstürzten Abreisen, die sie von ihren Liebhabern und Freunden trennten, konnte und wollte sie nicht länger mitmachen. Und dann die Demütigungen durch die Polizei, durch Gerichtsvollzieher und Gefängnisaufseher. Und am allermeisten verabscheute sie England. Die Sprache war ihr ein Rätsel, die Religion blieb ihr fremd, und das Wetter machte sie unglücklich. Sie sehnte sich nach der Wärme Italiens, der feinen französischen Lebensart und den Tröstungen des Katholizismus.

Ein Jahr zuvor, in London, hatte ihr Mann zu einer Freundin der Sarasins, Sophie von La Roche, gesagt, es sei einzig die Liebe zu seiner Frau, die ihn daran hindere, in den afrikanischen Urwald zu gehen und dort unter den wilden Tieren zu leben. Doch im Jahr darauf war er überstürzt in die Schweiz geflohen und hatte seine Frau seinen Feinden überlassen. Sie hatte sich gegen Gläubiger zur Wehr setzen müssen, die ihr die Möbel wegnehmen wollten; gegen Bedienstete, die ihren Lohn vor Gericht einklagten; gegen Freimaurer aus Frankreich, die sie mit Fragen bestürmten. Ob Cagliostro tatsächlich der betrügerische Sizilianer Giuseppe Balsamo sei, wollten sie wissen. Ob die europäische Verzweigung ägyptischer Logen auch außerhalb seiner Phantasie existiere? Schließlich hatte Serafina die Wut und die Kränkungen von Cagliostros idealistischem jungem Sekretär zu spüren bekommen, der ihren Mann bei irgendeiner Trickserei in London ertappt hatte, bevor sich der Kophta in die Schweiz absetzte. Der junge Mann machte seiner Empörung darüber Luft, daß er fast ein Jahr seines Lebens mit einem Scharlatan verschwendet habe, und sie war so bedrückt, daß sie ihm zum Trost ihre Liebesdienste anbot. Warum auch nicht? Sie war allein, und er war voller Glut.

Zu ihrer Überraschung zeigte sich der Journalist Théveneau de Morande nicht weniger charmant, obwohl ihm ein schlechter Ruf vorauseilte. Als er von Cagliostros Abreise erfuhr, suchte er sie sofort auf, um ihr seine Hilfe anzubieten. Sie hatte wirklich nicht die Absicht gehabt, so freimütig mit ihm zu reden, aber sie hatte ihm nicht widerstehen können. Er zeigte Verständnis für ihre Einsamkeit und ihre Unzufriedenheit mit dem Vagabundenleben, das Cagliostro ihr aufzwang. Und er konnte ihre Sehnsucht nach ihrer Religion und ihre Mißbilligung der Gottlosigkeit ihres Mannes durchaus nachvollziehen. Er wußte sogar, daß Cagliostro sie vor langer Zeit gedemütigt und in einem französischen Kloster hatte einsperren lassen. Sie hatte ihm nichts verraten, was er nicht schon geahnt hatte, sondern nur einige seiner Vermutungen über das frühere Leben ihres Mannes bestätigt.

Und im übrigen hätte sie sehr viel schlimmeren Verrat an Cagliostro begehen können. Abgesandte des französischen Königs hatten ihr in London eine hübsche Rente angeboten, wenn sie unter Eid versichere, daß Cagliostros Klage gegen de Launay und Chesnon falsch sei. Die Versuchung war groß, gewiß, aber sie war sich unsicher, ob es sich dabei nicht um eine Falle handelte. Den Bourbonen war grundsätzlich nicht zu trauen. Schließlich rieten ihr die Loutherbourgs, ihre Gastgeber in London, davon ab und versprachen, sie in die Schweiz mitzunehmen, wo sie ihre Arbeit mit Cagliostro fortsetzen wollten. Sie würden ihr helfen, Cagliostro zu erklären, wie sie von dem Journalisten beschwatzt worden war.

Serafina hätte sich keine Sorgen zu machen brauchen. Cagliostro empfing sie mit unverhohlener Freude. Er umarmte sie stürmisch und flüsterte ihr wie gewohnt liebe Worte ins Ohr – *cara figlia*; wie sehr ihm seine kleine Gräfin gefehlt hatte. Dann wandte er sich an die Loutherbourgs und umarmte sie. Nie würde er ihnen vergessen, daß sie seine geliebte Frau zu ihm gebracht hatten. Sie sollten gewiß sein, versicherte ihnen Cagliostro, daß er sich dafür revanchieren würde.[3]

In so guter Stimmung hatte Serafina ihren Mann schon seit Jahren nicht mehr gesehen. In den folgenden Wochen sprühte er nur so vor Freundlichkeit und Energie. Sie mußte sich nicht einmal für ihren Verrat rechtfertigen. Cagliostro war überzeugt, daß sie von seinen Anhängern hereingelegt worden war, denen er seine Liebe und sein Vertrauen geschenkt hatte. Sie seien von den Bourbonen bestochen worden, sagte er, weil das französische Königspaar ihn über alles fürchtete, und zwar völlig zu Recht.

Seine geliebte Serafina solle sich ihr hübsches Köpfchen nicht zerbrechen, flüsterte Cagliostro ihr zärtlich zu; er wisse, daß diese Räuberbande sie gehetzt und in die Enge getrieben habe. Auch verstand er, wie schlimm es für sie jedesmal sei, wenn sie all ihre Möbel, ihren Schmuck und ihre Bediensteten verliere. Jetzt würde alles gut werden. Er bat sie lediglich um eine eidesstattliche Erklärung, daß sie von Spitzeln und Verleumdern gezwungen worden sei, Lügen über ihren Mann zu erzählen. Mit dieser Erklärung, die sie vor einem hiesigen Gericht abgeben könne, würde sie seinen wahren Anhängern in der Schweiz und in der ganzen Welt eine große Freude machen.

Erleichtert willigte Serafina ein, und wie so oft in der Vergangenheit wischte Cagliostro ihre noch verbliebenen Zweifel mit Worten beiseite. Es sei ein Fehler gewesen, nach England zu gehen, in ein engstirniges und vom Geld besessenes Land, in dem die Freimaurer keine Spiritualität besäßen. Sie beide hätten schon immer gewußt, daß es in London von Räubern und Spitzeln nur so wimmle. Bei jedem Besuch sei dort alles schiefgegangen. Er, Cagliostro, hätte das wissen müssen und nie mehr dorthin zurückkehren dürfen.

Im Rückblick betrachtet, hätten sie längst in die Schweiz umziehen sollen. Mit dem Gedanken habe er schon bei seinem ersten Besuch in Basel gespielt, nachdem er Gertrude Sarasin 1781/82 geheilt hatte. Es habe gute Gründe gegeben, dort zu bleiben. Jacques, der ihm seine Dankbarkeit zeigen wollte, hatte darauf bestanden, in Riehen bei Basel einen wunderschönen Pavillon im chinesischen Stil für Cagliostro erbauen zu lassen. Das sei ein wahrer Jünger! Dieser Pavillon war nach Cagliostros detaillierten Angaben entstanden und so konzipiert, daß er sich dort der erhabensten und schwierigsten Aufgabe der ägyptischen Freimaurerei widmen konnte, der geistigen und physischen Verjüngung. Jacques hatte keine Kosten gescheut. Gewiß, inzwischen seien Reparaturen notwendig, aber Jacques hatte versprochen, sie umgehend vornehmen zu lassen. Der Pavillon hatte ein kleines Türmchen mit einer goldenen Wetterfahne, an allen vier Ecken des Daches hingen Glöckchen mit kleinen vergoldeten Klöppeln; es gab einen prachtvollen Meditationsraum, ein Billardzimmer und einen Garten im französischen Stil, um die Natur zu genießen.[4] Als der Pavillon gebaut wurde, sei Cagliostro zugegebenermaßen viel zu sehr mit seiner Klinik in Straßburg beschäftigt gewesen, als daß er ein so wunderbares Geschenk angemessen hätte würdigen können.

Jetzt, so versprach er Serafina, würde sich alles ändern. In der Schweiz würde er endlich Ruhe und Muße finden, sein System der Verjüngung zu vervollkommnen. Dies sei seine neue Mission. Er habe seinen Plan aufgegeben, kostenlose Krankenhäuser für die Armen zu betreiben – das wecke nur den Neid der Ärzte. Er würde auch keine Zeit mehr darauf verschwenden, die hoffnungslos heruntergekommene orthodoxe Freimaurerei zu reformieren. In der Schweiz, so beteuerte er, sei all dies nicht mehr nötig. Hier in Basel werde er von einem erlesenen Kreis von Bewunderern wie ein auf Erden wandelndes göttliches Wesen behandelt. Es handle sich um Freunde oder Verwandte der Sarasins – die Hassenbachs und die Bischoffs, der französische Geistliche Touchon und der deutsche Pfarrer Schmidt, die Professoren Haas und Breitlinger, Jacques Sarasins Schwager de Gingins, die reichen intellektuellen Kaufleute Jacob Burckhardt und Isaak Iselin, der blinde Dichter Pfeffel und viele andere.[5]

Das geistige Niveau dieses Kreises, so Cagliostro, sei so beeindruckend, daß er bereits den Entschluß gefaßt habe, hier die Mutterloge der ägyptischen Freimaurerei in den helvetischen Staaten zu errichten. Von dieser Loge aus sollte sich sein Ritus in der gesamten Schweiz ausbreiten. Die Mitglieder trafen sich regelmäßig im Weißen Haus in einem Raum, der frei sei von dem extravaganten Schnickschnack der Pariser Logen. Die Schweizer seien von schlichter und natürlicher Frömmigkeit; die Kontemplation einer Büste Cagliostros genüge, um sie in einen Zustand spiritueller Transzendenz zu versetzen.

Nun, so versicherte Cagliostro seiner Frau, würde er sich um das Wohlergehen ihrer lieben Freunde und Gastgeber Jacques und Gertrude kümmern. Sobald die Sarasins Zeit fänden, würde er mit ihnen seine anstrengenden vierzigtägigen Exerzitien der moralischen Unterweisung und Meditation abhalten, um sie von der Ursünde zu befreien und den Weg zu ihrer völligen Reinheit freizumachen. Dann begänne die Vorbereitung auf die letzte Stufe der physischen Verjüngung. Dazu bedurfte es noch einmal vierzig Tage des Fastens und der Abgeschiedenheit im chinesischen Pavillon. Mit Hilfe seines destillierten Wassers und der abführenden Kräuter würden Jacques und Gertrude von körperlichen Unreinheiten befreit und durch Aderlaß von fauligen Körpersäften gereinigt. Nachdem er ihnen Grane seines auf einem geheimen Rezept beruhenden universellen Heilmittels verabreicht hatte, würden sie die Haut abstreifen, die jetzt ihren alten sterblichen Körper umhüllte, und als Unsterbliche wiedergeboren werden.[6]

Die ersten Stufen dieser Verwandlung, so berichtete er Serafina, hätten die Sarasins schon hinter sich. Er habe Gertrude einige seiner geheimen Rezepte diktiert, unter anderem eines, das die Schmerzen bei ihrer bevorstehenden Entbindung lindern sollte. Gertrude sah zwar kerngesund aus, aber im Weißen Haus befürchtete man einen Nervenzusammenbruch ähnlich dem, aus dem Cagliostro sie 1781/82 errettet hatte. Mit Hilfe seiner Rezepte würden sie und Jacques ein »Elixier zur Vorbereitung der Kindsgeburt«, »appetitanregende Pülverchen«, »Öle gegen hysterische Anfälle«, »Elixiere für den Fall, daß die Gebärmutter aus dem Körper heraustritt« und Abführmittel in Form von »Kräutertee« und »Lebenswasser« herstellen. Natürlich war Gertrude auch versessen auf seine Öle und Puder für die Verjüngung der Haut, Zähne, Augen, Haare, Hände, Füße, Mund und Nase. Er hatte dem Paar sogar seine berühmte »Paradiespaste« und seinen »ägyptischen Wein« überlassen, damit ihr normales sexuelles Begehren schon bald nach der Geburt ihres Kindes wiederkehrte.[7]

Dafür, so erzählte Cagliostro aufgeregt weiter, habe Jacques für sie einen wunderschönen Wohnort ausgesucht – die kleine Stadt Biel, von wo aus Basel gut erreichbar war. Denn die strengen Einwanderungsbestimmungen in Basel erlaubten es Fremden nicht, sich dort anzusiedeln. Biel hatte außerdem ein gutes Klima. An einem kristallklaren See mit Blick auf die Alpen gelegen, war die Stadt vor den Gletschern und den eiskalten winterlichen Winden gut geschützt.

Die große Familie Wildermett, die mit den Sarasins eng befreundet war, hatte in Biel den größten Einfluß. Der Banneret (Bannerherr) Sigismund Wildermett hatte ein prachtvolles Haus für sie aufgetrieben, und er würde dafür sorgen, daß sie hier »mehr Sicherheit und Ruhe fanden als in jedem anderen Land Europas«. Die Stadt war für die Freimaurerei aufgeschlossen, und es gab bereits mehrere Logen. Sigismunds Bruder Alexander, der Bürgermeister von Biel, hatte in einem Brief an ihn ebenfalls seine Freude zum Ausdruck gebracht, daß Leute wie Cagliostro die Stadt mit ihrer Anwesenheit beehrten. Er hoffte, daß durch die Reputation des Kophta als Wunderheiler wohlhabende Besucher aus ganz Europa hierhergelockt und die Hotels der Stadt füllen würden.[8]

Cagliostro war überzeugt, daß Serafina das neue Zuhause gefallen würde. Es trug den Namen Rockhall. Ein steiles rotes Dach und ein weißgestrichener Turm mit einem einfachen Kreuz darauf vermittelten den Eindruck eines Landschlösschens, doch das Haus lag am Stadtrand an der Promenade du Pasquart. Das Hauptgebäude, das sie bewohnen würden, verfügte über acht Betten und ein kleinerer Anbau, für Philippe und Lucy de Loutherbourg wie geschaffen, über vier weitere Betten. Die Miete würde Jacques Sarasin bezahlen, der versprochen hatte, für ihren Lebensunterhalt aufzukommen. Doch Jacques stand nicht allein mit seiner Großzügigkeit. Rockhall war auf Sigismund Wildermetts Kosten von Grund auf renoviert worden. Es war möbliert und mit Leinenwäsche, Porzellan und Besteck ausgestattet; Serafina würde ihre Freude daran haben, die Zimmer nach ihrem Geschmack zu gestalten.

Das Gelände, auf dem das Haus stand, war nicht weniger bezaubernd. Cagliostro beschrieb es in fast poetischen Worten: ein aus Holz gebauter Stall mit einer Milchkuh; ein terrassenförmig angelegtes Stück Land, zu dessen Füßen ein plätschernder Bach verlief; ein blühender Obstgarten mit Weinstöcken und ringsherum eine neue Umzäunung. Der gute Banneret hatte an alles gedacht: Ein Gärtner, ein Koch, ja sogar eine Friseuse für Serafina standen zur Verfügung, und ein tüchtiger einheimischer Apotheker sollte nach Cagliostros Anweisungen Heilmittel herstellen.[9]

Serafina würde über die munteren Bieler Gesellschaftskreise staunen. Der Banneret hatte Cagliostro das soziale Leben in der Stadt als »einfach und fröhlich« beschrieben. Und selbstverständlich hatten sie ja noch ihre guten Freunde, die glamourösen Loutherbourgs, in Reichweite. Cagliostro hatte für seine Frau noch eine besondere Überraschung parat. Die Marquise Branconi, einst Geliebte des Prinzen von Braunschweig, die sieben Jahre zuvor Serafina in Straßburg brüskiert hatte, bat jetzt darum, wieder in ihren Kreis aufgenommen zu werden. Cagliostro hatte sich großmütig dazu bereit erklärt, vorausgesetzt, die Wiederbegegnung fand im Haus eines dritten statt. Er war überzeugt, in Gesellschaft der glanzvollen Marquise würde sich Serafina gut unterhalten.[10]

Als sie Ende Juni in Biel ankamen, bereitete ihnen der Banneret einen großartigen Empfang, an dem auch die Honoratioren der Stadt teilnahmen, darunter die Marquise Branconi, die in Begleitung von zwei sich zankenden Liebhabern erschienen war. Die elegante Marquise war jetzt so überschwenglich wie ehedem von oben herab, und Cagliostro schmeichelte den Einheimischen mit der Beteuerung, er habe hier endlich den langersehnten Frieden gefunden. Hatte er nicht Gertrude Sarasin anvertraut, er sehne sich danach, »in kontemplativer Ruhe zu leben, unberührt vom Tumult der Welt«?[11] Die Loutherbourgs zeigten sich ebenfalls von ihrer besten Seite, obwohl sich Serafina, »glitzernd

Serafina in späteren Jahren

von Diamanten«, geschmeichelt fühlte, daß man sie selbst neben der Engländerin für die schönste Frau des Abends hielt. Cagliostro war, überflüssig zu sagen, von älteren Damen umringt, die nach seiner berühmten Schönheits- und Nervenbehandlung gierten.

Doch schon nach wenigen Wochen begann sich Cagliostros Stimmung zu verdüstern. Trotz aller Abgeschiedenheit erreichte auch Biel die Nachricht, daß in ganz Europa ehemalige Bekannte wie eine Meute wilder Hunde hinter ihm her waren. Die Halsbandaffäre und Morandes Angriffe hatten offenbar den Wunsch entfesselt, über den berühmten Freimaurer herzufallen – um so mehr, da Morande behauptete, er hätte Einblick in Dokumente aus Pariser Polizeiarchiven erhalten, die belegten, daß Balsamo und Cagliostro ein und dieselbe Person seien. Die Jagd auf den Kophta war damit eröffnet.

Eine dieser Schmähschriften, eine kleine anonyme Abhandlung mit dem Titel *Soliloque d'un penseur*, veröffentlicht in Prag Anfang 1786, stammte offensichtlich aus der Feder von Casanova, dessen Bekanntschaft die Cagliostros 1769 gemacht hatten. Nachdem das Inquisitionstribunal die Geduld mit ihm verloren und ihn entlassen hatte, verließ er 1781 Venedig und nahm eine Stellung als Bibliothekar in dem böhmischen Schloß Dux an. Um sich das Wohlwollen seines Gönners zu sichern, gestaltete er die Erinnerungen an seine Begegnungen mit Giuseppe Balsamo als einen »philosophischen« Angriff auf die in Europa herrschende Vorliebe für Wunderheiler.

Das *Soliloque* profitierte auch von Casanovas zufälliger Begegnung mit einer anderen ehemaligen Freundin Cagliostros. Im Winter 1785/86 saß Casanova mit Elisa von der Recke an der Speisetafel des damals in Mode gekommenen böhmischen Kurbads Teplitz. Elisa machte eine Kur mit dem berühmten Heilwasser, und Casanova wollte der Langeweile auf Schloß Dux entfliehen. Der ältliche Lebemann und die ernste Pietistin fanden Gefallen aneinander: Er betete schöne Frauen an, sie bewunderte ältere Herren. Casanova mochte geschminkt und gepudert sein, aber er war noch immer ein glänzender Charmeur. Elisa war seine letzte Eroberung, auch wenn seine alte feurige Sinneslust sich jetzt in blumigen Briefen über die Seele erging. Überdies verfolgten er und Elisa freilich einen gemeinsamen Plan.

Elisa von der Reckes *Nachricht von des berüchtigten Cagliostro Aufenthalte in Mitau im Jahre 1779* hatte eine sehr viel größere Wirkung als Casanovas Schrift, nicht zuletzt, da sie aus der Feder einer unmittelbar Betroffenen und nicht eines Unbeteiligten stammte. Ihre Schrift basierte auf ihrem ursprünglich begeisterten Tagebuch von 1779, ergänzt durch spätere Hinzufügungen, die erklärten, wie Cagliostro sie hatte behexen können. Mit dieser Strategie hatte sie einen durchschlagenden Erfolg. Alle wollten ihr Buch lesen. Elisa persönlich diskutierte ihr Werk mit einigen der berühmtesten deutschen Geistesgrößen – mit Immanuel Kant, Carl Philipp Emanuel Bach, Friedrich Klopstock, Johann Wolfgang Goethe und Johann Georg Hamann. Kein Wunder, daß die Kunde von ihrem Werk bald auch das entlegene schweizerische Städtchen Biel erreichte. Die Cagliostros weilten erst seit wenigen Wochen in der Stadt, als Sigismund Wildermett ihnen so taktvoll wie möglich mitteilte, daß Elisas Schrift offenbar alle deutschen Staaten gegen Cagliostro aufbrachte.[12]

Cagliostro sah sich außerdem einer Angriffswelle aus noch östlicheren Regionen ausgesetzt. Graf Moszinskys Enthüllungen über Cagliostros alchemistische Operationen in Warschau aus dem Jahr 1786 waren schon schlimm genug, schlimmer aber war die Nachricht, daß die russische Zarin höchstpersönlich eine Kampagne gegen ihn anführte. Cagliostros Besuch in Sankt Petersburg hatte einen Wandel in ihrer Einstellung gegenüber der Freimaurerei bewirkt. Ihre

Aversion steigerte sich nach 1784, als die bayerischen Illuminaten wegen ihrer revolutionären und atheistischen Untergrundtätigkeit verboten wurden. Ihr vages Mißtrauen gegenüber Cagliostros russischer Mission hatte sich unterdessen verhärtet.

1785 entwarf Katharina in einem Brief an einen ihrer treuesten Ratgeber den Plan einer europaweiten Kampagne gegen die Freimaurerei, wobei sie Cagliostro in den Mittelpunkt stellte:

»Ich möchte ... eine öffentliche Erklärung an mein Volk richten, um es vor den Verführungen von Machenschaften aus dem Ausland zu warnen, vor den Freimaurerlogen... Sie versuchen, die christliche Orthodoxie und alle Regierungen zu zerstören; von ihrem Ursprungsort aus verbreiten sie Unordnung, indem sie einer angeblichen Gleichheit das Wort reden, die in der Natur gar nicht existiert. Gleichzeitig schüren sie alle möglichen Verbrechen gegen die menschlichen und göttlichen Gesetze der Zivilisationen dieser Welt, indem sie auf heidnische Zeremonien und Geisterbeschwörungen zurückgreifen und die Suche nach Gold und dem universellen Heilmittel betreiben.«[13]

Die ersten Früchte dieser Kampagne waren zwei satirische Lustspiele, *Der Betrüger* und *Der Verblendete*, die Katharina 1785 kurz nacheinander verfaßte. Ihrem inoffiziellen Auslandsagenten Dr. Johann Zimmermann, einem nüchternen und gewinnenden, oft auch empfindsamen Schweizer Intellektuellen, der in Deutschland lebte, teilte sie mit, die Stücke schilderten »Cagliostro nach dem Leben... und die von ihm Düpierten«. In dem ersten Lustspiel, *Der Betrüger*, wird Cagliostro unter dem Namen Kalifalkgerston als ein aufgeblasener Schwindler dargestellt, der Leichtgläubige betrügt, indem er ihnen verspricht, ihre Perlen und Diamanten zu vergrößern. Das zweite Stück, *Der Verblendete*, erzählt eine ähnliche Geschichte aus der Perspektive des naiven Radotow, der nach seiner Initiation in eine Freimaurerloge anfängt, wirres Zeug zu reden; er bildet sich ein, mit Geistern zu sprechen, und experimentiert damit, Metalle in Gold zu verwandeln. Als seine Frau und seine Nichte ihn retten wollen, ist er bereits dem Schwachsinn verfallen.

Beide Stücke wurden im Januar und im Februar 1785 in Katharinas Theater in der Eremitage aufgeführt und gleich danach im Nationaltheater in Sankt Petersburg und Moskau auf die Bühne gebracht. Auch Deutschland und Frankreich, den Ländern, von denen ihrer Ansicht nach die Freimaurerei ausging, sagte Katharina den Kampf an und stellte sechshundert Rubel für Aufführungen in Hamburg und Paris zur Verfügung. Zimmermann schickte darüber hinaus deutsche Übersetzungen an einen Professor in Göttingen, der sie in verschiedenen Lokalzeitungen veröffentlichte.[14]

Ihren ehrgeizigsten Angriff gegen die ägyptische Freimaurerei schrieb Katharina, als Cagliostro noch in London weilte. *Der sibirische Schaman* besaß mehr Gewicht als ihre satirischen Lustspiele. Sie hatte kurz zuvor Elisa von der Reckes *Nachricht* gelesen und war davon so beeindruckt, daß sie eine Übersetzung ins Russische in Auftrag gab, die in ihrem gesamten Reich verbreitet werden sollte. Im *Sibirischen Schaman* ist eine Figur Elisa von der Recke nachempfunden. Ein junges Mädchen, Prelesta, leidet an einer unbekannten Nervenkrankheit; ihr leichtgläubiger Vater holt den berühmten Schamanen Amban-Lai zu Hilfe. (Katharinas Publikum wußte, daß Prelesta in Wirklichkeit mit ihrem Verlobten gestritten hatte und an enttäuschter Liebe litt.)

Der Schamane Amban-Lai ist zugleich unheimlicher und aufrichtiger gezeichnet als die früheren Darstellungen Cagliostros aus Katharinas Feder. Nach der Lektüre von Elisas Schrift betrachtete sie den Kophta als eine moderne Spielart der fanatischen religiösen Mystiker der russischen Kirche. Ihr Cagliostro ist der Vertreter einer Gegenkultur, ein enttäuschter Visionär, der alle »Wissenschaft und Sitten« reformieren möchte. Er ist »ein Apologet des Schweigens, der Abdankung des Verstandes und ein Verächter der Philosophie und der Vernunft« mit einer »Aversion gegen Gebildete, gegen den Entdecker- und Forschergeist, der alles in den Zustand der Barbarei zurückversetzen würde, wenn es die Regierung zuließe.«[15]

In Biel sah sich Cagliostro zudem mit einem erneut aufflammenden Interesse an der Halsbandaffäre konfrontiert. Im August 1787 meldeten Zeitungen in ganz Europa aufgeregt, Jeanne de La Motte sei als Mann verkleidet aus dem Gefängnis La Salpêtrière ausgebrochen und nach London ins Exil gegangen. Offensichtlich verfertigte sie jetzt neue Schmähschriften gegen Cagliostro, Rohan und die französische Königin, denen sie vorwarf, an dem Schwindel beteiligt gewesen zu sein. Die englischen und französischen Zeitungen berichteten ausführlich über ihre neuerlichen Anschuldigungen.

Im selben Monat trafen in dem schweizerischen Städtchen weitere Nachrichten ein. Französische Zeitungen berichteten, Cagliostro habe seinen Rechtsstreit in Paris unter beschämenden Umständen verloren. Der König hatte den Anwälten Cagliostros vorgeworfen, dem Gericht mit einer schikanösen Bagatellklage die Zeit zu stehlen; das Verfahren habe das Ziel, die Beklagten zu betrügen. Das war die schlimmste Demütigung für Cagliostro. Loutherbourg schrieb dem Banneret einen besorgten Brief und bat ihn, den am Boden zerstörten Cagliostro zu trösten. In Rockhall fürchte man jetzt, so der Maler, daß die Schurken in Paris nach ihrem Sieg den Kophta mit Schadenersatzforderungen drangsalieren könnten.[16]

Paradoxerweise stellte sich bald heraus, daß Loutherbourg selbst der Schurke war. Der Maler und seine Frau waren bekanntermaßen geldgierig. Bald nach ihrer Ankunft in der Schweiz ließen sie etwas von einem Darlehen verlauten, das sie Cagliostro in London gegeben hatten. Als die Wochen vergingen, erfuhr Serafina von Bediensteten, Loutherbourg sei aufgebracht, weil Cagliostro seine Schulden noch nicht zurückbezahlt hatte und auch die versprochene Verjüngungsbehandlung auf sich warten ließ. Der Kophta sollte seine Zeit nicht bei Soireen mit seiner oberflächlichen Frau vertun, sondern sich stärker der Aufgabe widmen, seine Jünger in die Geheimnisse der Alchemie, des Heilens und der ägyptischen Freimaurerei einzuweihen.

Freunde Cagliostros vermuteten, daß hinter Loutherbourgs Verhalten Eifersucht stand. Eingesperrt in dem Schlösschen Rockhall und zum Müßiggang verurteilt, kam es bald zu erotischen Spannungen zwischen den beiden Paaren und der Dienerschaft. Obwohl Loutherbourg mit seinem kurzen Hals und dem breiten Mund aussah wie eine dicke graue Schildkröte, hielt er sich nach wie vor für einen Libertin. Er hatte bereits ein lüsternes Auge auf Serafina

Philip James (Philippe Jacques) de Loutherbourg

geworfen, als sie noch bei ihm und seiner Frau in London wohnte, Serafina gab jedoch Cagliostros kraftstrotzendem jungem Sekretär den Vorzug. In seiner Eitelkeit verletzt, ging der ärgerliche Loutherbourg dazu über, Serafina herablassend zu behandeln. Der Zurückgewiesene wollte sich jedoch unbedingt Cagliostros berühmter Verjüngungskur unterziehen, nicht zuletzt, um neben seiner hübschen Frau Lucy eine gute Figur zu machen.

Was diese durchtriebene Engländerin betraf, so hatte Serafina ihren Freunden anvertraut, daß diese Frau jeden Mann zu verführen suchte, der ihr über den Weg lief. Das Dienstpersonal trug Serafina zu, Madame de Loutherbourg habe es auf Cagliostro abgesehen. Unter dem Vorwand eines Nervenleidens nahm Lucy stundenlang die Aufmerksamkeit des Kophta für sich in Anspruch. Verärgert über Lucys Unverschämtheit und schäumend vor Eifersucht stellte Serafina Loutherbourg wegen des Verhaltens seiner Frau zur Rede. Doch anstatt ihr dankbar zu sein, erteilte ihr der Maler eine schroffe Abfuhr.

Hinzu kam die wachsende Verärgerung Serafinas und Cagliostros darüber, wie das englische Paar sich aufspielte. Offenkundig setzten die Loutherbourgs alles daran, in Biel einen konkurrierenden Gesellschaftssalon zu etablieren. Als sie sahen, wie sehr der Banneret Cagliostro bewunderte, bemühten sie sich um dessen Bruder Alexander Wildermett. Die bekannte Empfänglichkeit des Bürgermeisters für »den Weiberrock«[17] machten ihn für die kecke Lucy zu einer leichten Beute.

Die unterschwelligen Rivalitäten kamen zum Ausbruch, als Prinz Edward aus England Biel besuchte. Bei einem öffentlichen Empfang durfte Cagliostro das Wort ergreifen und brachte auf die Eltern des Prinzen einen Trinkspruch aus, in dem er sie als »brave Leute« bezeichnete. Die Loutherbourgs redeten Edward daraufhin ein, dies sei ein ungehobeltes Verhalten. Mit der Folge, daß der Prinz später die

Loutherbourgs in Rockhall besuchte, ohne Anstalten zu machen, die Cagliostros zu sehen. Der Kophta schäumte vor Wut. Nichts empörte ihn mehr als eine gesellschaftliche Kränkung, und Serafina goß Öl ins Feuer. In den Korridoren waren böse Bemerkungen über einen fettleibigen Maler und sein Flittchen zu hören.

Eine Woche später verließen die Loutherbourgs Rockhall und zogen beim Bürgermeister ein. Gleichzeitig erhob der Maler beim Bieler Stadtrat Klage gegen Cagliostro und verlangte die Rückzahlung von Schulden in Höhe von 170 Louis d'or. Cagliostro erhob umgehend Gegenklage. Die friedlichen Bieler Bürger zuckten zusammen. Das war sensationell. Banneret Wildermett äußerte in einem Brief an Sarasin sein Bedauern darüber, daß Männer mit derart erhabenen Grundsätzen und verwandter Gesinnung sich stritten. Den Grund dafür sah er in der allzu großen Nähe der beiden Familien, die eine Treibhausatmosphäre habe entstehen lassen.[18]

In Briefen an die Sarasins verunglimpfte Loutherbourg Cagliostro und bedauerte dessen »arme kranke Frau«, die »Anfälle von Gereiztheit« zeige.[19] Aber Jacques und Gertrude ließen sich davon nicht beirren. Serafina vermutete, daß sie über die Entzweiung sogar erfreut waren; denn sie hatte empört beobachtet, wie schamlos das englische Paar versucht hatte, sich bei der Verjüngungskur vorzudrängen. Serafina griff daraufhin selbst zur Feder – ein schwieriges Unterfangen, hatte sie doch erst zwei Jahre zuvor in der Bastille schreiben gelernt. Mit entwaffnender Schlichtheit bat sie ihre Freunde, ihr die unbeholfene Handschrift zu verzeihen, und drückte ihre Betrübnis über das schlechte Benehmen der Loutherbourgs aus. Sie umarme Jacques und Gertrude von ganzem Herzen.[20]

In stiller Wut auf den Maler und seinen Verrat an »unserem lieben Meister« äußerte Jacques die Vermutung, Loutherbourg habe hinter einer schmeichlerischen Fassade[21] schon immer das Ziel verfolgt, Cagliostro zugrunde zu richten.[22]

Jetzt lag die Schurkenhaftigkeit des Mannes endlich offen zutage. Loutherbourg verhielt sich tatsächlich wie ein Wahnsinniger und hatte Cagliostro zum Duell gefordert.[23] Der Kophta hatte darüber nur höhnisch gelacht und erklärt, er führe seinen Kampf ausschließlich mit Arsen. Bedienstete berichteten, der Maler habe nach Schießpulver und Kugeln geschickt und drohe damit, Cagliostro wie einen Hund auf der Straße niederzuschießen. Daraufhin verlangte der Kophta Polizeischutz und die Ausweisung der Loutherbourgs aus der Stadt.

Cagliostro hätte es dabei bewenden lassen sollen, denn noch hatte er die Sympathien auf seiner Seite, aber sein sizilianisches Blut war in Wallung geraten. Entgegen Serafinas Ratschlag erhob er wüste Anschuldigungen: Lucy de Loutherbourg habe ihn einen Giftmischer genannt; der Bürgermeister sei an einem Komplott zu seiner Ermordung beteiligt; und – was am schlimmsten war – alle Schweizer seien von Natur aus niederträchtig und hinterhältig. Als der Banneret erkannte, daß die Affäre in einen Skandal auszuarten drohte, der der Stadt zum Schaden gereichte, wandte er sich an Sarasin um Hilfe. Am 10. Januar 1788 eilte der Schweizer Bankier nach Biel, um »unseren lieben Meister aus den Klauen seiner Feinde« zu befreien.[24] Nach vier Tagen zäher Verhandlungen erzwang Sarasin eine Vereinbarung, die, wie er fand, einen moralischen Sieg Cagliostros bedeutete. Der Rechtsstreit wurde dadurch beigelegt, daß Cagliostro dem Maler mit der Zahlung einer geringfügigen Summe entgegenkam. Indem Jacques Sarasin sich erbot, das Geld aus seiner Tasche zu bezahlen, glaubte er, seinem Meister einen Dienst erwiesen zu haben.[25] Sarasin überredete die Cagliostros, sich der aufgeladenen Atmosphäre Biels vorerst zu entziehen, und ein paar Wochen lang war es wie in den alten Zeiten. Serafina wurde von den Kindern und von Bediensteten verhätschelt, und der Kophta veranstaltete erneut Lehrvorträge zur Unterweisung der ortsansässigen Freimaurer. Doch der Entschluß, unter Hinzuziehung von Felix, dem jüngsten Sohn der Sarasins, als *pupille* eine Séance abzuhalten, geriet zum Desaster. Nachdem der Großkophta den Knaben als Seher initiiert und wie gewöhnlich die guten Geister beschworen hatte, präsentierte Felix den Anwesenden einen ungebetenen geisterhaften Besucher:

»Ich befinde mich an einem finstern Ort ... Ich sehe einen herabhängenden goldenen Degen«, sagte er. »Ich sehe Loutherbourg kommen. Er macht sein Kleid auf und weiset mir eine Wunde auf dem Herz. Er zeigt mir einen Dolch.«[26]

Tief erschüttert und besorgt über die Wirkung dieser blutrünstigen Erscheinung auf den kleinen Felix, stellten Gertrude und Serafina Cagliostro zur Rede. Es war doch gewiß eine teuflische Vision, viel zu makaber, als daß sie vom großen Gott stammen konnte. Cagliostro erwiderte, der Erzengel habe mit Hilfe des Kindes nur aufgezeigt, welches Schicksal den verräterischen Maler erwartete; er würde entweder dem Wahnsinn verfallen oder sterben, wie Cagliostro schon oft prophezeit hatte.[27] Serafina, die mit Cagliostros düsteren Stimmungen besser vertraut war als jeder andere, erkannte, daß er vom Haß auf den Maler zerfressen war. Dann plötzlich ließ sich Cagliostro dazu hinreißen, seine Gastgeber zu beschimpfen. Er beklagte sich, Jacques habe den Schurken allzu schnell laufen lassen, was zeige, daß er Cagliostro nicht aus ganzem Herzen liebe.

Als die Cagliostros wenige Wochen später nach Rockhall zurückkehrten, hatte Serafina genug von der Schweiz und sorgte sich um die Folgen dieser dummen Affäre. Sie sehnte sich nach wärmeren Gefilden und haßte die eisigen Gebirgswinde. Als die Flüsse zufroren und sich der Schnee auf den Terrassen Rockhalls höher und höher türmte, bekam selbst der hartgesottene Cagliostro Schüttelfrost, den er mit Aderlässen und Abführmitteln bekämpfen mußte. Er wirkte fiebrig und so zerstreut, wie Serafina es nie an ihm erlebt hatte. Natürlich erklärte er, sein Tod stünde kurz bevor.[28]

Unterdessen hatte sich der listige Loutherbourg einen neuen Coup ausgedacht. Er ließ von zwei kleinen satirischen Stichen Abzüge machen und brachte sie in Biel in Umlauf. Diese Drucke setzten Cagliostro mehr zu als das Fieber. Da Loutherbourg wußte, daß der Kophta Patienten, die an Hysterie litten, Brechmittel verabreichte,[29] hatte er einen Raum voller Besucher in Rockhall dargestellt, die nach dem Genuß von Cagliostros berühmtem »Eau de Minérale« Brechkrämpfe bekamen.

Die zweite Karikatur war noch boshafter; sie zeigte den fülligen Kophta als Quacksalber auf dem Jahrmarkt, der seine berühmten sieben Geister herbeizitiert. Die Geister, die Gespenstern in Mönchskutten statt Engeln ähnelten, trugen jeweils ein Symbol von Cagliostros neuesten Errungenschaften: ergaunerte Juwelen, Beutegut der ägyptischen Freimaurerei, Kredite von Sarasins Bank, falsche Rechtsansprüche und eine schwindende Reputation. Im Hintergrund

Satirische Darstellung Cagliostros, die Loutherbourg in Biel anfertigte: »Die Wirkung von Cagliostros Mineralwasser«

stehen Gräfin Serafina, die Marquise Branconi und Madame Wildermett tuschelnd zusammen; ihre modischen Löckchen sind mit Narrenglöckchen durchwirkt. Sie bemerken nicht den Sensenmann, der neben ihnen im Gebüsch lauert.[30]

Nachdem Loutherbourg Sarasins gütlichen Einigungsvorschlag überraschend zurückgewiesen hatte und erneut vor Gericht gezogen war, entschied am 23. Mai 1788 der Große Rat von Biel zugunsten des Malers. Der gedemütigte Cagliostro lieferte »schreckliche Szenen« und warf seinen Anwälten und Anhängern furchtbare Verbrechen vor, obwohl es inzwischen kaum noch jemanden gab, den er noch nicht vor den Kopf gestoßen hatte. Einen Monat zuvor war es zum offenen Streit mit Jacques Sarasin gekommen. In einer schicksalhaften Konfrontation beschuldigte er seinen treuesten Anhänger und Gönner, bei seinem Vermittlungsversuch von »Eigennutz« geleitet worden zu sein. Nichts hätte für Sarasin kränkender sein können.

Eine weitere von Loutherbourgs satirischen Darstellungen in Biel: »Cagliostro als Quacksalber auf dem Jahrmarkt«

Schließlich beschuldigte Cagliostro auch noch seinen und Serafinas treuesten Anhänger in Biel, Banneret Sigismund Wildermett. Cagliostros selbstzerstörerische Wut stellte Serafina vor ein Rätsel. Was war los mit ihrem Mann? Die Krankheit hatte ihm offenbar die Sinne verwirrt. Der bedauernswerte Banneret Wildermett versuchte, eine nachsichtige Erklärung zu finden, und schrieb an Sarasin: »Man muß einfach sehen, daß er [Cagliostro] durch seine Erziehung auf ein Leben in Europa nicht vorbereitet wurde; er ist von orientalischen Prinzipien geprägt, die sich von den unsrigen grundlegend unterscheiden.«[31]

Serafina erkannte mit ernüchternder Deutlichkeit, daß Cagliostro das Rettungsfloß versenkt hatte, das sie die vergangenen sieben Jahre vor dem Untergang bewahrt hatte. Ihr einziger Trost war, daß es jetzt nichts mehr gab, das sie an dieses jämmerliche Land band. Während Cagliostro das Zimmer durchmaß und über die öden Zukunftsaussichten und die scheinheilige Schweiz schimpfte, setzte sie ihm mit ihrer Sehnsucht nach einem sonnigeren Klima zu. Im Juli erklärte er sich endlich bereit, mit ihr nach Aix-les-Bains in Savoyen zu fahren, um mit dem dortigen Heilwasser ihre geschwollenen Gelenke zu kurieren. Von da aus würden sie die Möglichkeit einer Reise durch die Städte Italiens erkunden.

Am Mittwoch, dem 23. Juli 1788, speisten die Cagliostros ein letztes Mal mit dem langmütigen Sigismund Wildermett, bevor sie eine halbe Stunde nach Mitternacht in Richtung Süden aufbrachen. Am folgenden Tag sinnierte Wildermett über dieses traurige Ende der hochgesteckten Mission des Meisters: »In diesem Mann, der sich den Impulsen seines Herzens überläßt, erkennt man eine solche Güte und *sensibilité* ... Ich werde ihn als ... eine Ausnahmeerscheinung seines Jahrhunderts in Erinnerung behalten; er ist einzigartig aufgrund seiner Begabungen, seines Herzens, seiner Schwächen und seiner Schwierigkeiten, die sich durch sein Unglücklichsein noch verstärken.«[32]

Italien war keineswegs das Paradies, das Serafina sich erträumt hatte. Es schien unmöglich, der wachsenden Flut der in Zeitungen und Druckschriften veröffentlichten Enthüllungen und dem langen Arm der Bourbonen zu entkommen. Wohin die Cagliostros im Sommer des Jahres 1788 auch reisten – Turin, Mailand, Alessandria, Genua und Verona –, überall spielten sich ähnliche Szenen ab. Voller Begeisterung drängten sich die Leute, von dem berühmten Cagliostro geheilt zu werden. Früher oder später erschienen dann städtische Regierungsbeamte mit einem Ausweisungsbefehl, der entweder auf Betreiben der Bourbonen oder neidischer Ärzte erlassen wurde. Auf die Geldzuwendungen Sarasins mußte das Paar nun verzichten. Und der gewohnte Lebensstil – teure Hotels, gute Kutschpferde, die täglich gewechselte Wäsche, livrierte Bedienstete, exquisite Weine und feines Essen – kostete mehr Geld, als Cagliostro auftreiben konnte.

Auch in dem hübschen österreichisch-italienischen Städtchen Roveredo (Rovereto), das sie am 24. September 1788 erreichten, machten sie ähnliche Erfahrungen. Von dem Besitzer des besten Hotels der Stadt, Giuseppe Festi, und seinem Freund Clementino Vannetti, einem herausragenden Gelehrten der Gegend, der die Lebensgeschichte des außergewöhnlichen Heilers schreiben wollte, wurden sie herzlich begrüßt. Vannetti berichtete später, Cagliostro sei sofort belagert worden. Aus »der ganzen umliegenden Landschaft wurden die Gebrechlichen in Körben und Polstern und Bettstätten zu ihm getragen, also, daß die Gasse erfüllt ward, und die einfallende Menge sich untereinander drückte.«[33] Es waren Männer mit Nierensteinen und unheilbaren Krebsgeschwüren, Frauen mit Nervenleiden oder Schwachsinn, Soldaten mit Tripper, vor allem aber Ältere beiderlei Geschlechts, die auf Cagliostros Verjüngungselixiere und Aphrodisiaka erpicht waren.

Wie immer ging ihm Serafina als Krankenschwester zur Hand und machte zugleich Reklame für seine Schönheitsprodukte. Cagliostro übertrieb das Alter seiner Frau und präsentierte sie als Beweis für die Wirksamkeit seiner Arzneien. »Sie ging hervor mit einer Schminke geschmückt, welche die der fünf Tropfen genannt wird... Und nachdem die fünf Tropfen ausgegossen waren, ward sie auf dem ganzen Antlitze mit einer sehr guten Mischung verbreitet, und ihr weißer Glanz war wie der von Milch, und die Röte wie eines Amethysten.«[34]

Hinter der munteren Fassade schmiedete Serafina jedoch insgeheim Pläne für ein anderes Leben.[35] Seit Juni 1787, als ein Besucher ihr Briefe von ihrer Familie zugesteckt hatte, verzehrte sie sich vor Heimweh nach Rom. Die zärtlichen Worte ihres Vaters entlockten ihr Tränen der Sehnsucht nach den Tagen ihrer Kindheit im Vicolo delle Cripte. Ihre Familie war entsetzt über den Bericht in Morandes Zeitung, Cagliostro habe sie in London im Stich gelassen. Jeden Tag beteten sie zur Madonna Santissima del Carmine und flehten um Hilfe für ihre reumütige Tochter, und sie zogen auch den Priester zu Rate. Giuseppe Feliciani schrieb an seine Tochter: »Als liebender Vater rate ich Dir, in Rechtschaffenheit nach Hause zurückzukehren. Du weißt, liebste Tochter, daß die Seele unsterblich ist und diese Welt hier nichts ist. Ich habe bereits die notwendigen Sicherheiten von unserer Obrigkeit erwirkt, so daß Dir, wenn Du nach Rom zurückkehrst, Schutz und Hilfe zuteil werden. Wenn Dein Mann ... Dich an der Erfüllung der Gebote unseres katholischen Glaubens hindert, wird er dafür bestraft werden.«[36]

Von einer italienischen Stadt in die andere abgeschoben, grübelte Serafina über ihr Seelenheil nach, das Bild ihrer liebevollen Familie stets vor Augen. In Roveredo nahm sie all ihren Mut zusammen und wandte sich an einen katholischen Geistlichen. Clementino Vannetti erahnte die Bedeutsamkeit dieses Schritts:

»Die Frau des Kagliosters aber ist mit einem Ältesten in den Tempel gekommen, und als er opferte, hat sie ihn mit gebogenen Knieen angebetet. Aber auch ein andrer Priester, voll guter Werke, redete oft mit ihr vom Reiche Gottes, und daß außer der Kirche kein Glaube und kein Heil sei; und hat ihr zu lesen gegeben, was durch die Apostel des Herrn und durch den Geist seiner Propheten ist geschrieben worden. Er freute sich aber über den Glauben und über alle Worte des Weibes. Denn diese entbrannte im Geiste von Zorn über die Bosheit der falschen Philosophen, die in Frankreich aufgestanden waren, und trieb die Weisen der Welt aus; indem sie geflissen in den Schriften forschte.«[37]

Wenn Cagliostro über die Rückkehr seiner Frau zum Katholizismus beunruhigt war, ließ er es sich jedenfalls nicht anmerken. Wie Vannetti bemerkte, »redete sie nach dem Herzen ihres Mannes«. Als der Kophta ihr den Brief einer begeisterten Anhängerin vorlas, hüpfte sie »mit über den Hals herabhängenden Haaren ... und [erfüllte] in die Höhe springend mit fröhlichen Tönen das Haus ... Denn ihr Herz war wie eine Feuerflamme und ihr Mund wie ein ausströmender Fluß.«[38] So liebevoll war sie seit langem nicht gewesen.

Durch den Neid der Ärzte gezwungen, am 11. November in die nahegelegene Stadt Trient weiterzuziehen, zeigte sich wieder einmal, daß Serafinas Frömmigkeit durchaus Nutzen brachte. Ein Empfehlungsschreiben des Wirts in Roveredo an Bischof Peter Michael Virgil Thun garantierte ihnen herzliche Aufnahme. Cagliostro und der Bischof verstanden sich auf Anhieb – die erste Begegnung verlief ähnlich, wenn auch weniger spektakulär, wie damals mit Kardinal Rohan. Hilfreich war dabei, daß Thun – wie Rohan – einen Hang zum Okkulten hatte.

Es war jedoch Serafina mit ihrer Sehnsucht nach Rom, die ihren Mann an einen Vorschlag erinnerte, den Rohan vor sieben Jahre gemacht hatte. Der Kardinal hatte überlegt, ob die Kirche Cagliostros ägyptische Freimaurerei nicht eines

Tages als neuen katholischen Orden anerkennen würde. Warum sollten sie jetzt, da ihnen das Geld ausging und sie in jeder Stadt Feinde hatten, nicht einen solchen Vorstoß wagen? Aufgeregt verwies Serafina darauf, daß der Papst mächtig genug war, um ihnen auf Dauer Schutz vor den Bourbonen zu gewähren. Nicht einmal Marie-Antoinette würde es wagen, die Autorität des Vatikans in Frage zu stellen. Und dann die Vorstellung, daß der Kophta Gründer eines Ordens ähnlich den Malteserrittern sei!

Zu Cagliostros Überraschung war Bischof Thun der Idee keineswegs abgeneigt. Was wäre es für ein Coup, wenn es gelänge, den weltweit berüchtigten Freimaurer in den Schoß der heiligen katholischen Kirche aufzunehmen. Thun würde sich damit die Kardinalswürde verdienen. Doch bis Cagliostro als Katholik, geschweige denn als der Gründer eines neuen Ordens wiedergeboren würde, war es noch ein weiter Weg. In den Gesprächen, die der Bischof mit ihm führte, erwies sich Cagliostro als dynamischer und gewandter Redner, der jedoch mit den grundlegenden Glaubenssätzen kaum vertraut war. Die Aufgabe, diesen Mißstand zu beheben, übertrug Thun dem realistisch denkenden Geistlichen Ghezzi von der Kirche Santa Maddalena. Ghezzi war zwar weniger zuversichtlich als sein Bischof, daß dieser seltsame arabische Freimaurer den Vatikan würde überzeugen können, räumte aber ein, daß er den Katechismus gewissenhaft studiere und seine Sünden bereue.

Der Bischof war erfreut. Er wagte den Schritt und schrieb einen eindringlichen Empfehlungsbrief an den päpstlichen Staatssekretär in Rom. Über Cagliostros Ambitionen als Ordensgründer verlor er kein Wort, sondern bat lediglich darum, den Cagliostros bei einem Besuch in der Heiligen Stadt sicheres Geleit zu geben. Serafina, so schrieb er, stamme aus Rom und sei eine gute und fromme Frau, die ihren achtzigjährigen Vater wiedersehen wolle. Als treue Ehefrau sei sie besorgt, daß die traurige Berühmtheit ihres Mannes Anlaß zu behördlichen Maßnahmen geben könnte. Thun fügte noch hinzu, daß Cagliostro den starken Wunsch hege, sich mit der Kirche zu versöhnen, und auf Thuns Drängen hin bereits eine Generalbeichte abgelegt habe.

Obwohl Serafina an die Reue ihres Mannes nicht so ganz glauben konnte, war ihr alles recht, was einer Rückkehr nach Rom dienlich war. Später sagte sie, Cagliostro habe nach den Gesprächen mit Pater Ghezzi damit geprahlt, wie leicht er den Priester hinters Licht führen könne. Clementino Vannetti bemerkte auch einen Mangel an Ehrerbietung in den privaten Gesprächen des Kophta. Gern gab Cagliostro jene Geschichte zum besten, wie er einen an Syphilis leidenden Bischof überredet habe, seine Krankheit zu heilen, indem er sie an eine Jungfrau weitergab. Freilich, so fügte Cagliostro sarkastisch hinzu, habe der gute Bischof dies nicht aus Wollust getan, sondern um sich seinen Schäflein zu erhalten.[39]

Am 4. April erhielt Bischof Thun ein Antwortschreiben des römischen Kardinals und Staatssekretärs, der Anlaß zum Jubeln gab: Cagliostro sei es rechtlich nicht untersagt, Territorien des Kirchenstaats zu betreten. Niemandem fiel es ein, kritisch anzumerken, daß diese Formulierung ziemlich kryptisch und uneindeutig war. Zwei Wochen später brachte Serafina weitere gute Nachrichten. Ihr Vater hatte ihr geschrieben, daß die Cagliostros von den römisch-katholischen Behörden nichts zu befürchten hätten.

Cagliostros noch immer vorhandenen Vorbehalte wehrte Serafina mit mitleidsvollen Klagen über die eiskalten Winde ab, die aus den Alpen nach Trient wehten. Hatten sie denn nicht die Schweiz verlassen, um diesem Klima zu entfliehen? Wie lange würde sie es mit ihrer durch die Bastille und andere Mißgeschicke strapazierten Gesundheit in einer Stadt aushalten, deren größter Fluß, die Etsch, mit einer dicken Eisdecke überzogen war? Auch ihr Geld ging langsam zur Neige. Sie würden, so prophezeite Serafina, ihr Leben in Elend beschließen – als Vagabunden und beständig auf der

Flucht vor den Bourbonen oder als Bettler in einem barbarischen und ungläubigen Land. Einzig in Rom würden sie Frieden und Sicherheit finden.[40]

Mitte Mai überbrachte Bischof Thun ihnen die unangenehme Nachricht, er habe einen Brief von dem österreichischen Kaiser Joseph II., dem Bruder Marie-Antoinettes, erhalten, in dem er ihn scharf zurechtwies, weil er einen in ganz Europa als Schwindler und mit den Illuminaten verbündeten Aufrührer bekannten Mann unterstütze. Damit war es entschieden: Sie mußten nach Rom aufbrechen. Mit Thuns Empfehlungsschreiben an hochrangige Kardinäle in der Tasche, brachen die Cagliostros am 17. Mai 1789 auf. Sie kamen zügig voran und machten nur einen Zwischenhalt in Vicenza, um ein Pfand einzulösen – eines von Serafinas wertvollen Schmuckstücken – dann durcheilten sie Venedig und gelangten am 27. Mai 1789 nach Rom.

Sie waren zu Hause, wenn auch nicht ganz. Nach ihrer Ankunft im Hotel Scalinata an der Piazza di Spagna, in dem ausländische Würdenträger abstiegen, fand sich Serafina in jenem Trubel wieder, mit dem sie als Prominente in jeder neuen Stadt empfangen wurden. Wie immer wurde Cagliostro von Bewunderern belagert. Da waren in Rom lebende Franzosen, die die geselligen Rituale der Pariser Freimaurerei vermißten, gelangweilte adlige Italienerinnen wie beispielsweise die Principessa Lambertini und die Marchesa Vivaldi, die mit Begeisterung seine Elixiere tranken und an seinen Lippen hingen, und sogar eine Handvoll verdrossener katholischer Geistlicher, die sich von Cagliostro einen Karriereschub erhofften. Zu seiner Freude erinnerte man sich in den Kreisen der Malteserritter durchaus noch an ihn. Man führte ihn sofort zu dem Ordensoberen de Loras und dessen Freund, Pater François-Joseph de Saint-Maurice. De Loras hielt Cagliostro für einen »Freimaurer aller Grade und Gründer eines Ordens, der alle Geheimnisse kennt«, der bei Kardinal Rohan in Paris, dem Inbegriff klerikaler Patronage, den so dringend notwendigen Einfluß ausüben könnte.[41]

Pater François-Joseph de Saint-Maurice war gleichfalls ein Bewunderer Cagliostros. Er stammte zwar aus der Schweiz, hatte aber im Convent de Marais in Paris studiert und kannte sich in französischer Philosophie und wissenschaftlichem Okkultismus aus. 1785/86, als der Kophta in den Kaffeehäusern der Arkaden des Palais-Royal ein heißes Gesprächsthema war, machte François-Joseph die kabbalistische Prophezeiung, er werde dem Kophta eines Tages in Rom begegnen. Was für eine Fügung der Vorsehung, daß Cagliostro jetzt plötzlich aufgetaucht war, insbesondere da François-Josephs Karriere ins Stocken geraten war. Aus irgendeinem Grund war eine langerwartete Beförderung zum Bischof ausgeblieben. Ob der Großkophta behilflich sein könne? Selbstverständlich könne er, und Cagliostro fragte François-Joseph seinerseits, ob er als sein Sekretär arbeiten wolle.[42]

Für Serafina war die Situation indessen unerträglich geworden. Zwar war sie wieder in Rom, der Heimat ihrer Familie und dem Mittelpunkt ihrer Religion, aber sie war nach wie vor an Cagliostro gebunden, der ihr als rechtmäßiger Ehemann untersagte, das Haus der Felicianis aufzusuchen. Sie wußte nicht mehr weiter. Cagliostro war klug genug, offene Verbindungen zu den Freimaurern zu meiden, und daher fehlten ihr die handfesten Beweise, um ihn an die vatikanischen Behörden zu verraten. Der grandiose Plan, die ägyptische Freimaurerei als neuen katholischen Orden wiederaufleben zu lassen, war in Anbetracht der aktuellen politischen Situation nicht zu verwirklichen. Eine Audienz beim Papst blieb Cagliostro versagt. Rasend vor Enttäuschung suchte Serafina nach einem Ausweg. In ihrer Verzweiflung bestrich sie die Treppe vor ihrem Hotelzimmer mit Schmierseife, in der Hoffnung, ihr Mann werde ausrutschen und sich den Hals brechen. Ohne Erfolg: Giuseppe war zwar beleibt, aber nach wie vor flink und beweglich.[43]

Die schwindenden Geldreserven kamen Serafina schließlich zupaß, und zwar auf zweierlei Weise. Erstens mußten sie das luxuriöse Hotel Scalinata verlassen und sich eine billigere Unterkunft suchen. Serafina schlug die sehr viel bescheidenere Casa di Conti an der Piazza Farnese vor, und Cagliostro blieb nichts anderes übrig, als zuzustimmen. Hier, in den Höfen und Gassen von Trastevere, war Serafina unter ihresgleichen. Nicht nur wurde die *pensione* von einem Freund ihrer Familie, dem frommen Filippo Conti, geführt, der Kirchendiener der Pfarrei San Girolamo war; sie lag auch nur wenige hundert Meter von ihrem Elternhaus entfernt. Selbstlos erbot sich Serafina, billiges Personal zu finden, und nahm bald zwei einfache Leute aus dem Viertel in den Dienst. Francesca Mazzoni wurde als Dienstmädchen, der fromme Gaetano Bossi als Friseur eingestellt. Heimlich leitete sie die beiden an, Cagliostro nachzuspionieren. Sie sollten ihm auflauern, sich in Vorhallen verstecken und insbesondere auf das gottlose Verhalten ihres Mannes achten.

Letzteres ließ nicht lange auf sich warten, denn Serafina wußte, wie sie Cagliostro aufbringen konnte – schließlich hatte sie zwanzig Jahre lang mit dem Mann zusammengelebt. Auch war sie bei weitem nicht so dumm, wie viele ihrer Kritiker glaubten. Sie spann geschickt ihre Fäden. Wenn es ihr gelänge, Cagliostro wegen Gotteslästerung verurteilen zu lassen, konnte sie ihre Ehe annullieren lassen und wieder heiraten. Auch wußte sie, daß sie ihren Mann zur Weißglut brachte, wenn sie vor Bildern der Madonna am Kopfende ihres Ehebetts demonstrativ niederkniete und betete. Als er ihr schroff befahl, die Bilder abzuhängen, teilte sie ihr Entsetzen darüber den Contis mit, die die Geschichte an die Felicianis weitergaben; von denen erfuhr es der Pfarrer und schließlich die Inquisition.

Als nächstes beschaffte sich Serafina kleine fromme Traktate, die als Erbauung für die arme Bevölkerung Roms gedacht waren, welche kaum lesen und schreiben konnte. Als Cagliostro ins Schlafzimmer trat, fand er sie über den Seiten brütend, abergläubische Sätze vor sich hinsprechend und sich heftig bekreuzigend. Wutentbrannt, genau wie Serafina es erwartet hatte, führte er sich in obszöner Weise auf. Er sprang im Zimmer umher, zeigte auf sein Hinterteil und höhnte, sie fände da drin mehr Heilige als in ihren albernen Traktätchen. Er band Schleifen an seinen Penis und fragte, ob sie nicht niederknien und seine heilige Reliquie anbeten wolle. Als das Dienstmädchen ins Zimmer platzte, bedeckte er das nämliche Organ mit einem Eierbecher und gluckste: »Das ist der wahre Bischof; ihn sollst du anbeten.«[44]

Mit derselben provokativen Taktik brachte Serafina Cagliostro dazu, ihre Eltern zu besuchen, wohlwissend, daß ihn deren frommes Gerede zu gotteslästerlichen Sticheleien hinriß. Tatsächlich verspottete er die Felicianis, weil sie einen Galgenvogel wie Jesus anbeteten und die heilige Maria als Jungfrau bezeichneten. Er brach in grölendes Gelächter aus, als ein paar Kinder aus der Nachbarschaft inbrünstig ein schlichtes Marienlied sangen. Und als einer der Gäste am Tisch betete, Gott möge Rom vor den Schrecknissen einer Revolution bewahren, bemerkte er trocken, Gott habe wohl Wichtigeres zu tun. Alle diese gottlosen Bemerkungen wurden sorgfältig notiert.[45]

Durch Serafinas ständige Klagen über ihre wachsende Armut sah sich Cagliostro genötigt, sich wieder auf die Freimaurerei zu besinnen, die ihm so viel bedeutete, um auf diesem Weg zu Geld zu kommen. Er tat sich mit einem jungen Freimaurer zusammen, einem Pariser Maler namens Augustin-Louis Belle, der einen Kreis fortgeschrittener Schüler aus der französischen Kunstakademie in Rom um sich geschart hatte. Belle hatte eine kleine, zwanglose Loge gegründet, die »Sincères Amis«, deren Mitglieder sich zu geselligen Soireen in seinem Atelier trafen. Mit dieser Gruppe und mit ein paar wohlhabenden Freunden aus dem Hotel Scalinata versuchte Cagliostro jetzt, eine Adoptionsloge nach ägyptischem Ritus aufzubauen. Seine Beweggründe waren rein materieller Art, hoffte er doch, die Marchesa Vivaldi zu überzeugen, Großmeisterin dieser Loge zu werden, und durch sie weitere zahlungskräftige Damen der besseren Gesellschaft anzulocken.

Eines Tages im September 1789 lud er eine Gruppe potentieller Kandidaten zu einem geheimen Treffen in sein Hotelzimmer ein, wo er ihnen die visionären Versprechungen seines Ritus vortrug. Zwar waren sie von seinen wohlklingenden Worten angetan, aber die meisten lehnten es ab, fünfzig Scudi für eine Urkunde zu bezahlen, die die Initiation in die ägyptische Freimaurerei bescheinigte. Immerhin, zwei Anhänger konnte er gewinnen: Carlo Antonini, einen mit den Felicianis befreundeten Architekten, und den Staatsanwalt Matteo Berardi. Am darauffolgenden Sonntagnachmittag knieten die beiden Männer auf dem Fußboden des Hotelzimmers nieder und wurden feierlich in den ägyptischen Ritus aufgenommen. Die Gebühr, die sie für ihre Urkunde bezahlten, half, die Haushaltskasse der Cagliostros aufzubessern. Doch Cagliostro erkannte nicht, daß Antonini in Wirklichkeit Serafinas Liebhaber und Spitzel war, den sie zu heiraten hoffte. Auch das Getuschel der Dienstboten draußen auf dem Flur entging ihm.[46]

Cagliostro ahnte, daß die Sache nicht ungefährlich war, zumal er von einem Freund gewarnt worden war, daß seine Frau vorhabe, ihn zu verraten. Durch ihre Familie hatte sie dem Heiligen Offizium ausrichten lassen, sie wolle »zur Beruhigung ihres Gewissens« eine Aussage machen. Als Vorsichtsmaßnahme bat Cagliostro Pater François-Joseph, ein wachsames Auge auf Serafina zu haben, wenn er selbst das Hotel verließ, doch in Wirklichkeit machte er sich keine allzu großen Sorgen. Er konnte nicht glauben, daß Serafinas Liebe abgekühlt war. Und an ihre ständigen Klagen und Drohungen war er schließlich gewöhnt. Sobald er ihren

Lieblingsschmuck im Pfandhaus auslöste, würde sie ihre alte Fröhlichkeit wiederfinden.

Doch bald hatte Serafina allen Grund zur Unruhe, denn die Geldnot veranlaßte Cagliostro zu einem sehr viel radikaleren Schritt, der ihren Fluchtplan zu vereiteln drohte. Im Herbst 1789 berichteten die Zeitungen täglich in aller Ausführlichkeit über das glückliche Geschick der politischen Reformer in Paris. Das brachte Cagliostro auf eine Idee. Offenbar mußten sich seine Feinde in Frankreich geschlagen geben. Der König und die Königin saßen in Haft, der Gefängnisdirektor de Launay war beim Sturm auf die Bastille von Aufständischen ermordet worden, und Kardinal Rohan wurde aufgefordert, der Nationalversammlung beizutreten. Cagliostro und François-Joseph verfaßten daher eine Petition und baten um die Erlaubnis, nach Frankreich zurückzukehren. »Voller Bewunderung und Verbundenheit mit dem französischen Volk sowie aus Respekt gegenüber dessen Gesetzgebern«, schrieb Cagliostro, sehne er sich danach, in das Land seines Herzens zurückzukehren, aus dem ihn »ein willkürliches königliches Edikt«[47] verwiesen hatte. Bald, so versicherte er Serafina, würden sie in einem Land leben können, aus dem aller Aberglaube und die Habgier des Klerus verbannt seien. Mit Hilfe von Kardinal Rohan würde der alte Ruhm des Großkophtas in neuem Glanz erstrahlen. Er und der Kardinal würden den großen moralischen Einfluß der ägyptischen Freimaurerei nutzen, um die Eintracht zwischen einem geläuterten König und einem erneuerten Volk wiederherzustellen.

Serafina wußte, daß sie rasch handeln mußte, wenn sie nicht alles verlieren wollte. Anfang November erfuhr sie von ihren Eltern, Dom Giuseppe Tosi, Priester der Kirche Santa Catarina della Ruota, sei vom Heiligen Offizium bevollmächtigt worden, Serafinas Aussage aufzunehmen. Aber wie sollte sie zu ihm gelangen? Cagliostro und der Kapuziner waren gewissermaßen ihre Gefängnisaufseher. Sie beschloß daher, ihre zuverlässigste Waffe einzusetzen. Eines Tages flüsterte sie Pater François-Joseph ins Ohr, sie hege eine heimliche Leidenschaft für ihn. Wenn Cagliostro nicht wäre, könnten sie zusammenleben; sie müsse ihren verhaßten Ehemann nur loswerden. Der alternde Kapuziner war wie elektrisiert. Von diesem Augenblick an bekam die Bewachung Serafinas eine ganz neue Bedeutung. Von erotischen Phantasien benebelt, schlich er um die Pension herum. Mitte November nahm Serafina Geschenke des verliebten Mönchs entgegen, und er genoß ihre exzellenten manuellen Fertigkeiten.[48] In extremen Situationen muß man eben zu extremen Mitteln greifen.

Am 23. November, als Cagliostro mit Sicherheit den Vormittag außer Haus verbringen würde, schmuggelten Serafinas Bedienstete Dom Giuseppe Tosi in einen kleinen Innenhof vor ihrem Schlafzimmer. Serafina schlotterte vor Angst. Tosi rief Fragen zu ihr hinauf, Serafina machte stotternd ihre Aussagen, und ein beglaubigter Notar schrieb alles mit. Zwar mußte Tosi überstürzt das Weite suchen, weil Cagliostro früher als erwartet zurückkehrte, aber das Tribunal zeigte sich mit dem Ergebnis zufrieden.[49] Auch Serafinas Vater und die beiden frisch gekürten Freimaurer machten ihre Aussagen. Als Weihnachten gekommen war, glaubte Kardinal de Zelada, der neuernannte päpstliche Staatssekretär, genügend Material in der Hand zu haben, um zu handeln.

Am 27. Dezember, nachdem Papst Pius VI. am segensreichen Fest des heiligen Johannes die Messe gefeiert hatte, begab er sich zu Zelada, wo sich bereits die Mitglieder der Kongregation des Heiligen Offiziums versammelt hatten. Dem Kriegskabinett des Vatikans gehörten neben dem Staatssekretär de Zelada der Vorsitzende der Propagandakongregation Kardinal Antonelli, der Ratspräfekt Kardinal Pallotta und der Prodatar Kardinal Campanelli, der Erste päpstliche Minister, an. In einer kurzen Rede erläuterte der Papst seine Strategie, die von allen unterstützt wurde. Die Brisanz der

Angelegenheit läßt sich daran ermessen, daß Papst Pius VI. sich höchstpersönlich darum kümmerte, wo er doch ähnliche Fälle sonst seinen Kardinälen überließ. Der Papst erteilte dem römischen Stadtkommandanten den Befehl, den Grafen Cagliostro und seinen Sekretär verhaften und ihre Wohnung nach belastendem Material durchsuchen zu lassen. Cagliostro sollte unverzüglich in das römische Gefängnis in der Engelsburg gebracht werden, Pater François-Joseph in den Großen Konvent auf dem Kapitol.

Der schockierte Bischof Thun in Trient erfuhr später durch seinen römischen Agenten, daß Cagliostro mit Freunden in der Casa di Conti zusammensaß, als eine Patrouille von Grenadieren des Regiments Rossi die Herberge stürmte und ihn verhaftete. Cagliostro, der ahnte, wer ihn verraten hatte, richtete eine geladene Pistole auf Serafina und drückte ab. Die Waffe versagte. Brüllend vor Wut und Schmerz, wurde Cagliostro von den Wachen abgeführt.[50] Zu ihrer Überraschung wurde Serafina in das nahegelegene Kloster Santa Apollonia gebracht – zu ihrem eigenen Schutz, versteht sich. Jetzt wurden ihr endlich die endlosen Stunden religiöser Andacht geschenkt, nach denen sie sich, wie das Heilige Offizium wußte, so gesehnt hatte.

Serafinas Verrat erschütterte Cagliostro zutiefst. Die Aufseher, die ihn in der engen, schmutzigen Zelle in der Engelsburg bewachten, und die Inquisitoren, die ihn fünfzehn lange Monate verhörten, bezeugten später seine erbärmliche Abhängigkeit von seiner Frau. Bisweilen fragte er laut und voller Angst, warum sie ihn verlassen habe, um sich dann wieder selbst zu beruhigen, indem er sagte, seine *cara figlia* sei gegen ihren Willen zur Aussage gezwungen worden. Bisweilen fragte er seine Wächter, ob Serafina nicht die Zelle mit ihm teilen oder ihn wenigstens besuchen dürfe. Ohne Papier und Tinte konnte er ihr auch nicht wie in der Bastille zärtliche Briefe schreiben. Seine Inquisitoren bemerkten, daß er ständig Rückenstärkung bei ihr suchte, als befinde sie sich leibhaftig im Raum. Sogar die hartgesottenen Inquisitoren waren gerührt von seiner Hingabe.

Selbstverständlich war Serafina die Kronzeugin der Inquisition. Zwar ließ das Gericht, das den Fall verhandelte, die Aussagen zahlreicher unbedeutender Informanten zu – unter anderem das Zeugnis der Spitzel aus der Dienerschaft der beiden römischen Hotels sowie die Aussagen der frömmelnden Familie Feliciani, der Novizen des ägyptischen Ritus und des Malers Augustin-Louis Belle –, aber sie gaben nicht viel her. Alberner abergläubischer Klatsch war für einen derart brisanten Fall zu wenig. Nein, die Inquisitoren mußten sich voll und ganz auf Serafina berufen, die Frau, die einundzwanzig Jahre lang Cagliostros Bett geteilt hatte und die allein den Schleier wegziehen konnte, der seine vielen Rollen verhüllte. Pfarrer Tosi wurde mehrmals in das Kloster Santa Apollonia geschickt, um die dürftigen Details, die er in der Casa di Conti gesammelt hatte, mit mehr Substanz zu füllen.

Cagliostros Strategie war denkbar einfach: Er bestritt jegliche Verwicklung in die orthodoxe wie die häretische Freimaurerei. Wiederholt habe er Angebote revolutionärer Illuminaten, die ihn mit allen Mitteln hatten für sich gewinnen wollten, abgelehnt und ihren Bestechungsversuchen widerstanden. Er sei vielmehr ein Christ, der sich an die religiösen Gepflogenheiten der Länder, die er besucht hatte, peinlich genau gehalten habe. Daß die ägyptische Freimaurerei ketzerisch oder gottlos sei, bestritt er. Vielmehr handle es sich um eine zutiefst spirituelle, ja römisch-katholische Bewegung. Man brauche sich nur die Lieder und Gebete anzusehen, die in seinen Liturgiefeiern verwendet würden. Oder die hohen moralischen Grundsätze, die er stets gepredigt habe. Wie viele christliche Propheten vor ihm, so sei auch er von einem geheimnisvollen »inneren Impuls« geleitet worden, sein Leben der gottgefälligen Heilung der Kranken und dem Beistand der Armen zu widmen. Gott habe ihm »heiligmachende Anschauungen« zuteil werden lassen, und man wisse ja, daß Gott seine Gnade erteilen könne, wem er wolle, auch den Sündern.[51]

Serafina erzählte eine ganz andere Geschichte. Dieser Mann, so sagte sie, habe seine eigene Ehefrau, die noch ein Kind war, wie ein Zuhälter verkuppelt; er habe ihr beigebracht, ihre Fußknöchel zur Schau zu stellen, ihren Busen zu zeigen und sich in den Hüften zu wiegen, um seine Opfer zu verführen; gleichzeitig habe er ihr versichert, dies sei keine Sünde. Dieser Mann habe es seiner Frau verboten, ihre heilige Religion zu praktizieren. Ja, er habe sich insgeheim über die Religion lustig gemacht und Gott gelästert, sich nach außen hin aber als fromm gegeben. Er habe die schwarze Magie ausgeübt und blasphemische Bemerkungen über die Göttlichkeit Jesu gemacht. Er habe gottlose Bücher gelesen und Satiren auf den König und die Königin von Frankreich gesammelt. Ein Lüstling und ein Betrüger, habe er Dienstmädchen und Wäscherinnen verführt, trunkene Reden verfaßt und seine kleinen *pupilles* bei den Séancen manipuliert.

Serafina merkte nicht, daß sie sich mit solchen Aussagen ihr eigenes Grab schaufelte. Je mehr sie ihren Mann mit Schmutz bewarf, desto mehr blieb auch an ihr hängen. Cagliostro brachte es zwar nicht über sich, seinerseits gegen seine Frau Vorwürfe zu erheben, aber die Advokaten Costantini und Bernardini, die ihm der Vatikan als Verteidiger zugewiesen hatte, kannten derartige Bedenken nicht. In Anbetracht des eng umgrenzten Ziels der Verteidigung bei einem Inquisitionsverfahren bestand zwar nicht die Hoffnung, den Prozeß zu gewinnen, aber die tüchtigen und engagierten Anwälte waren entschlossen zu kämpfen. Sie konzentrierten sich darauf, Serafinas Glaubwürdigkeit zu untergraben und ihren guten Ruf in Zweifel zu ziehen. Was war das für eine Frau, die ihren sie abgöttisch liebenden Mann verraten hatte, nachdem sie einundzwanzig Jahre lang ein Leben in Saus und Braus geführt hatte? Wenn sie tatsächlich so schlecht behandelt worden war, warum hatte sie Cagliostro dann nicht schon früher verlassen? Was war das für eine Frau, die sich so leidenschaftlich in Liebesaffären mit dem Burggrafen von Howen in Kurland, Fürst Potemkin in Rußland und Monsieur Duplessis in Frankreich gestürzt hatte? Wie zuverlässig war diese fromme Zeugin, die Geschenke von dem gleichermaßen angeklagten Kapuzinermönch François-Joseph entgegengenommen und ihn wiederholt mit der Hand befriedigt hatte. Was waren ihre wahren Beweggründe dafür, ihren Ehemann wegen Gotteslästerung verurteilen zu lassen?

Zwar gelang es den Verteidigern nicht, Serafina zur Angeklagten zu machen, weil das Urteil von einem Inquisitionstribunal gesprochen wurde, das Cagliostro bereits vor Prozeßbeginn für schuldig befunden hatte. Aber im Lauf der Verhandlung wurde immer deutlicher, daß Cagliostros Frau für die Vertreter der Anklage zu einer Belastung wurde. Sie war zwar im Gerichtssaal nicht persönlich anwesend, aber praktisch stand sie zusammen mit ihrem Mann vor Gericht. Serafina ahnte es zwar nicht, aber an einem bestimmten Punkt entschied das Heilige Offizium, daß sie viel zu unzuverlässig und zu wichtig war, um wieder in die Freiheit entlassen zu werden. Als Cagliostro schließlich das Urteil – lebenslange Haft – vernahm, war auch Serafinas Schicksal besiegelt.

Cagliostro wurde dazu verurteilt, den Rest seiner Tage in der Festung San Leo zu verbringen. Eingesperrt hinter den Klostermauern von Santa Apollonia und ohne den Schmuck und die Reichtümer, die sie so geliebt hatte, verfiel Serafina dem Wahnsinn. Ob sie tief in der Nacht in ihrer kargen Zelle jemals bereute, den Betrüger, der sie liebte, verraten zu haben?

Ketzer

Ketzer: Einer, der seine eigenen, der katholischen Kirche widersprechenden Ansichten propagiert.[1]

Kardinal Doria übernahm den Gefangenen Giuseppe Balsamo am 20. April 1791. Es sollte der letzte Tag sein, den der Legat in Ruhe und Frieden verbrachte. Die Gefängniskutsche samt bewaffneter Eskorte war vier Tage zuvor aus Rom aufgebrochen. Sie reisten in der Nacht und unter höchster Geheimhaltung, um nicht in einen Hinterhalt von Balsamos Anhängern zu geraten. In Pesaro, der Hauptstadt des zum Kirchenstaat gehörenden Dukats Urbino, übergab Adjutant Grilloni seine persönlichen Instruktionen an Kardinal Doria, der das Dukat verwaltete und damit auch für das fünfundvierzig Kilometer entfernt gelegene Gefängnis San Leo verantwortlich war. Grillonis Anweisungen stammten vom römischen Kardinalstaatssekretär Francesco Saderio de Zelada.

Sie waren kurz und bündig gehalten. Kardinal Doria, Legat von Urbino, und Sempronio Semproni, Direktor des Gefängnisses von San Leo, wurden gegenüber seiner Heiligkeit Papst Pius VI. persönlich dafür verantwortlich gemacht, daß Giuseppe Balsamo »Zeit seines natürlichen Lebens ohne die Möglichkeit einer Begnadigung und unter strenger Bewachung« in San Leo eingesperrt blieb. Balsamo durfte mit niemandem in und außerhalb des Gefängnisses sprechen, und er erhielt auch kein Schreibzeug, um mit der Außenwelt in Verbindung zu treten.[2]

Was Doria über den ausgiebigen Zeitungsklatsch hinaus von dem Gefangenen wußte, entstammte seiner Lektüre eines offiziellen Kompendiums über Balsamos Leben nebst Auszügen aus den Prozeßakten, die der vatikanische Notar und Jesuit Pater Marcello zusammengestellt und unter dem

Pseudonym Monsignor Giovanni Barberi veröffentlicht hatte.[3] Die Schrift mit dem Titel *Compendio della vita e della gesta di Giuseppe Balsamo* (*Leben und Taten des Joseph Balsamo*) war zwar soeben erst von der Apostolischen Kammer freigegeben worden, aber Doria hatte schon vorab eine Abschrift erhalten, um sich auf seine verantwortungsvolle Aufgabe besser vorbereiten zu können. Aus diesem Werk erfuhr der Kardinal, daß es ein schwerer Fehler wäre, diesen gerissenen Sizilianer zu unterschätzen.

Als Doria dem Mann gegenüberstand, erkannte er sofort, daß zwei Jahre Kerkerhaft in der Engelsburg in Rom seinen Hochmut nicht hatten brechen können. Balsamo tat, als sei die Eskorte ihm zu Ehren aufgestellt worden, und er behandelte Grilloni mit unbekümmerter Vertrautheit. Bis auf die listigen Augen war der ruchlose Cagliostro nicht besonders ansehnlich: gedrungen von Gestalt, fettleibig, von dunkler Hautfarbe und schütterem Haar. Doch seine Verbrechen gegen die Kirche waren so abscheulich und sein weltweiter Ruhm so groß, daß Pius VI. den Prozeßfortgang aufmerksam verfolgt und einigen Verhören der Inquisition sogar persönlich beigewohnt hatte. Pius würde auch Balsamos weitere Entwicklung verfolgen – und zwar anhand der regelmäßigen und detaillierten Berichte, die Doria an den Staatssekretär in Rom zu schicken hatte.

Der Legat war von der Gründlichkeit der Untersuchung gegen Balsamo tief beeindruckt. Das Heilige Offizium und die Inquisition hatten gegen den Mann ihre fähigsten Köpfe aufgeboten. Eine Kommission bestehend aus den Advokaten Paradisi und Cavazzi und mit Abbate Lelli als Notar hatte die schwierigen Vorverhöre durchgeführt und die Ergebnisse an das Sondergericht weitergeleitet, dem neben dem Vorsitzenden Zelada drei Kardinäle (Antonelli, Pallotta und Campanelli), der römische Stadtkommandant Rinuccini und der Rechtsexperte der Inquisition Roverelli angehörten.[4] Unter Beisitz des Generalbevollmächtigten Barberi (Pater Marcello), der als außerordentlicher Notar fungierte, hatte das Gericht das Beweismaterial gesichtet, die Anklage formuliert und den Gefangenen zu bestimmten Themen verhört.

Im Laufe von dreiundvierzig intensiven Verhören in fünfzehn Monaten war es diesen Experten gelungen, den verderblichen Einfluß der ägyptischen Freimaurerei aufzudekken, die Balsamo (alias Graf Cagliostro) in ganz Europa verbreitet hatte. Erfahrene theologische Gutachter erläuterten seinen ägyptischen Ritus und seine Lehre; eine Kommission von Heil- und Arzneikundigen unter Leitung von Doktor Micheli analysierte die Elixiere und Heilmittel Cagliostros und suchte nach Erklärungen dafür, wie es ihm gelungen war, Krankheiten zu heilen und die Kinder zu beeinflussen, die er als Medium bei seinen Séancen benutzte. Juristische Ermittler wurden zu den bekannten Stätten seines Wirkens geschickt, um Beweise für seine Verstöße gegen religiöse und staatliche Gesetze zu sammeln. Auf diese Weise wurde genügend Material zusammengetragen, um Balsamo in drei Anklagepunkten schuldig zu sprechen: Mitgliedschaft in der verbotenen Freimaurerbewegung; Verstoß gegen die geltenden Gesetze mehrerer Länder; und – was am meisten zählte – Häresie und Feindschaft gegen die römisch-katholische Kirche.

Freilich hatten die Inquisitoren alles unternommen, um der erstaunlichen Anziehungskraft eines so gewöhnlichen und ungebildeten Mannes nachzuspüren. Sie räumten ein, daß er eine geradezu unheimliche Fähigkeit besaß, die Menschen zu betören, besonders in den Ländern, wo die Moral durch protestantisches und gottloses Gedankengut erschüttert war. »Graf Cagliostros« Pose als orientalischer Seher und seine stümperhaften medizinischen Kenntnisse verliehen seinen alchemistischen Operationen und Experimenten zweifellos eine Aura der Autorität. Er stellte sich als Wohltäter der Armen dar und erwarb sich einen Ruf als Menschenfreund – alles nur, um die Reichen und Leichtgläubigen zu betrügen.

Nach Ansicht der Inquisitoren waren die gefährlich verführerischen Geheimstrukturen der Freimaurerei das ideale Deckmäntelchen für Balsamos Verbrechen. Emotional aufgeladene Séancen regten die Einbildungskraft einsamer Damen und die überschäumende Phantasie von Kindern an, die mit Engeln und Geistern in Kontakt treten wollten. Das hatte er ausgenutzt. Kühne und zufällig richtige Prophezeiungen, die zumeist auf vorherigem Wissen oder einfach nur auf gesundem Menschenverstand beruhten, hatten Balsamo den Ruf eines Sehers eingebracht. Indem er sich nach den »Gesinnungen und dem Geist seiner Zuhörer« richtete, konnten seine schwülstigen und obskuren Reden, die er in einem Kauderwelsch aus Sizilianisch, Französisch und Arabisch vortrug, tiefgründig erscheinen. »In Gleichnissen und Rätseln« sprechend, verschleierte er die Dürftigkeit seiner Gedanken. Durch seine mit heidnischer Spiritualität verbrämten Versprechungen, die Wollüstigen zu verjüngen und die Gierigen mit alchemistischem Gold zu überhäufen, untergrub er die christliche Moral.

Was noch gravierender war: Die Inquisition, so erfuhr Doria, verfügte über unwiderlegbare Beweise für Balsamos subversive politische Mission. Der nirgendwo verwurzelte Sizilianer hatte die ägyptische Freimaurerei dazu benutzt, die rechtmäßige politische Gewalt und Religion zu unterminieren. Er hatte zugegeben, daß er sich der Weltverschwörung der bayerischen Illuminaten angeschlossen hatte, auch wenn er behauptete, sich für die republikanischen und atheistischen Ziele dieses Geheimbundes nicht interessiert zu haben. Vom französischen König Ludwig XVI. als Betrüger ins Gefängnis gesteckt, hatte er seine Freilassung durch Bestechung des Pariser Parlaments erwirkt. Den Bourbonen hatte er furchtbare Rache geschworen. In der Folge, so legte Barberis Schrift dar, hatte Balsamo die blutige Revolution unterstützt, die jetzt in Frankreich wütete. Den Sturm auf die Bastille, die Demütigung des Königs, die Abschaffung des

Klerus und die Plünderung katholischer Kirchengüter hatte er prophezeit und bejubelt.

Barberis Schrift zeigte auch, daß Balsamos Komplott breite Wirkung zeigte. Europa stand am Rande eines verheerenden Krieges und die Mächtigen suchten verzweifelt zu verhindern, daß die revolutionären Ideen aus Frankreich die Throne und Altäre hinwegfegten. In Polen, wo Cagliostro schon früh als Freimaurer aktiv gewesen war, hatte die Revolution bereits Fuß gefaßt; desgleichen in den Niederlanden, wo seine freimaurerische Saat ebenfalls aufgegangen war. Belgien und Savoyen waren von den Truppen des revolutionären Frankreichs bedroht, und die militärisch schwachen Territorien des Kirchenstaats stellten ganz gewiß das nächste Ziel dar. Lediglich Österreich und Preußen hatten sich zu einem Bündnis des Widerstands zusammengeschlossen.

Deshalb war Doria auch keineswegs überrascht zu lesen, daß Balsamo 1789 mit der erklärten Absicht nach Rom gekommen war, unter den Armen der Stadt und in deren kriminellen Kreisen den Aufstand zu schüren. Unter seinen Papieren hatten die Ermittler eine Prophezeiung entdeckt, die besagte, Pius VI. sei der letzte Papst. In Anbetracht des Unglaubens, der in Frankreich gesiegt hatte, befürchtete der Heilige Vater, daß auch das vatikanische Territorium vom Keim der Revolution angesteckt würde. Im Dezember war aus der Provinzhauptstadt Sinigaglia eine Rebellion gemeldet worden, und Kardinal Chiaramonte hatte von einer Erhebung in den Marken berichtet, die unmittelbar an Dorias Jurisdiktionsbereich angrenzten. Der Funke des Aufstands war zwar noch nicht auf den Dukat Urbino übergesprungen, aber Doria mußte für diesen Fall gewappnet sein.[5] Die Inquisitoren hatten Beweise für eine geheime Korrespondenz zwischen Balsamo und anderen Freimaurern in Rom, Neapel und Venedig gefunden. Seine Logen zählten, so schätzte Balsamo, 180 000 Mitglieder – in manchen Zeitungen war sogar von Millionen die Rede. Balsamo hatte sich in seinen Verhören gebrüstet, reiche Bankiers in der Schweiz, in Holland und Frankreich würden ihn finanziell unterstützen. Barberi vermutete, das Geld sei für eine Flotte von 5000 Schiffen gedacht, die sich zum Angriff auf die Territorien des Kirchenstaats rüsteten.[6]

Nur dank des raschen und umsichtigen Handelns der römischen Behörden und der Agenten der Inquisition habe die Kirche diese Aufstände verhindern können. Nachdem im April 1791 das Todesurteil gegen Balsamo in eine »ewige Gefangenschaft« umgewandelt worden war,[7] nahmen die vatikanischen Behörden weitere verdächtige Freimaurer fest. Gleichzeitig wurden die Wachposten an strategisch wichtigen Punkten im Umkreis Roms verstärkt und Gesetze erlassen, die Versammlungen innerhalb der Stadt verboten. Sogar die Feierlichkeiten und Illuminationen anläßlich des Karnevals wurden untersagt, da der ausgelassene und betrunkene Pöbel ein Sicherheitsrisiko darstellte. Spitzel berichteten, Balsamo habe seinen fanatischen Anhängern befohlen, das Gefängnis in der Engelsburg in Brand zu stecken, um ihn zu befreien. Den Vatikan erreichten auch Gerüchte über freimaurerische Pläne, in allen wichtigen Städten des Kirchenstaates zur gleichen Zeit Aufstände anzuzetteln.[8]

Solange sich Balsamo in Rom aufhielt, bestand die Gefahr, daß seine Anhänger den Versuch unternahmen, ihn zu befreien und die Stadt anzugreifen. Eine Woche nach der Urteilsverkündung setzte das Heilige Offizium daher Doria über den Plan in Kenntnis, den Gefangenen in die abgelegene und ausbruchssichere Festung San Leo zu überstellen. Plötzlich trug der Legat die Verantwortung für den berüchtigtsten und gefährlichsten Gefangenen Europas.

Kardinal Doria war ein gebildeter und ehrgeiziger Mann. Er wußte, daß die Verantwortung für Giuseppe Balsamo, die ihm auferlegt war, die Chance seines Lebens war. Bisher hatte er einen kleinen verschlafenen Dukat des Kirchenstaats verwaltet, jetzt plötzlich stand er in engem Kontakt mit dem mächtigen Staatssekretär Kardinal de Zelada und damit indirekt mit Papst Pius VI. selbst. Eine Traumkarriere. Doria war gehalten, jede Woche einen ausführlichen Bericht über den Zustand des Gefangenen nach Rom zu schicken. Nur wenige Kardinäle, die nicht dem engsten Kreis des Heiligen Offiziums angehörten, konnten jemals auf eine solche Gelegenheit hoffen, um ihren Takt, ihre Tüchtigkeit und ihre Loyalität unter Beweis zu stellen. Gleichzeitig wußte Doria, daß er diese große Chance auf keinen Fall vertun durfte. Er beglückwünschte sich dazu, daß er erst im Jahr zuvor, gleich nach seinem Amtsantritt als Legat, die Festung San Leo inspiziert hatte. Der Besuch war zwar in vieler Hinsicht ein grauenhaftes Erlebnis gewesen, hatte ihm aber eine Vorstellung von den Schwierigkeiten verschafft, die die Befolgung der päpstlichen Anordnungen mit sich bringen würden.

Zuallererst mußte er gewährleisten, daß der Konvoi mit dem Gefangenen unbeschadet die Festung erreichte. Doria wies Adjutant Grilloni eindringlich darauf hin, daß die fünfundvierzig Kilometer lange Wegstrecke von Urbino bis San Leo eine gewaltige Herausforderung darstellte. Das Gelände war abschüssig und für einen Hinterhalt wie geschaffen. Deshalb hatte Doria einen Verwandten seines Vertrauens vorausgeschickt, der den Weg und mögliche Gefahren erkunden und der Garnison die Ankunft des Konvois melden sollte.[9]

Solche Vorsichtsmaßnahmen waren dringend geboten. Achtzehn Kilometer vor San Leo, in Verucchio, endete der Fahrweg, und man kam nur zu Fuß oder mit dem Pferd weiter. Der Konvoi bewegte sich von nun an auf einem schmalen, abbröckelnden Felspfad, danach ging es auf unsicherem Gelände steil bergab in ein bewaldetes, mit Findlingen durchsetztes Tal. Unten angelangt, stellte der Fluß Marecchia, der aufgrund der Schneeschmelze stark angeschwollen war, die nächste Herausforderung dar. Durchnäßt von der Gischt, stiegen der Gefangene und seine Wächter dann einen der steilsten Eselspfade Italiens hinauf. Der Gebirgsausläufer des Apennin, auf dem sich das Dörfchen San Leo über dem Tal in 690 m Höhe erhob, lag inmitten einer Landschaft aus zerklüfteten Felsen, tiefen Schluchten, mächtigen Felsbrocken und dichtem Holundergestrüpp. Der Konvoi passierte ein Tor und gelangte sodann auf die Piazza des Dorfes mit alten Steinhäusern, vorbei an der Ulme, unter der der heilige Franziskus im Jahr 1213 eine berühmte Predigt gehalten hatte. Die trutzige Festung, das berüchtigtste Gefängnis des Kirchenstaats, erhob sich auf dem ringsum steil abfallenden Gipfelplateau. Das Hauptgebäude verjüngte sich zu einer Spitze, die wie eine Rückenflosse in den Himmel schnitt und die Wolken teilte, die sich um die vier Befestigungstürme kräuselten.

Die als uneinnehmbar geltende Festung San Leo, eine der beeindruckendsten Militäranlagen Italiens, war im 15. Jahrhundert im Auftrag der Herzöge von Urbino an einem ehemaligen Truppenstandort errichtet worden. Baumeister war der Wehrarchitekt Francesco di Giorgio Martini. Dante erwähnt die trutzige Festung im vierten Gesang seines *Purgatorio*, und Machiavelli bezeichnete San Leo als die stärkste Wehranlage Europas. Die Narben der gescheiterten Belagerungen waren unübersehbar. Doch das berühmte mittelalterliche Bauwerk wies im Jahr 1791 eine Reihe gravierender Mängel auf. Aufgrund der gut zwei Meter dicken Mauern und der schweren Gefechtstürme befand Rom, daß knapp zwanzig Soldaten zur Verteidigung San Leos ausreichten. Eine so kleine Truppe mochte genügen, um die acht Gefangenen der Inquisition, die hier einsaßen, zu bewachen. Eine Invasion von außen, insbesondere zum gegenwärtigen Zeitpunkt, da das untere Teilstück der Festung dringend einer Instandsetzung bedurfte, würden sie nicht abwehren können. Und die Zeiten waren alles andere als friedlich.

Um die Sicherheit im Innern der Festung war es kaum besser bestellt. Die meisten Zellen waren in einem miserablen Zustand und wenig geeignet, einen Gefangenen wie Balsamo aufzunehmen. Die Festung war von ihrer Anlage her nicht dafür gedacht, die Gefangenen voneinander, geschweige denn von ihren Bewachern zu trennen. Doch genau das verlangte der Papst bezüglich des neuen Häftlings. Wie sollte beispielsweise Doria bei der täglichen Meßfeier in der kleinen Kapelle Balsamo von den anderen Häftlingen isolieren? Der Legat beschloß, ihn vorerst gar nicht erst daran teilnehmen zu lassen. Das konnte jedoch nur eine provisorische Lösung sein, da Bischof Terzi aus der Diözese Montefeltro vom Heiligen Offizium beauftragt war, für Balsamos Seelenheil Sorge zu tragen – eine Aufgabe, die er zweifellos mit größter Gewissenhaftigkeit erfüllen würde.

Bischof Terzi war sich mit Doria einig, daß dem Gefangenen eine gewisse Zeit einsamen Nachdenkens nicht schaden würde, »um seine Seele von allem zu reinigen, was ihn belastete«. Aber Doria fand es übertrieben, daß der Bischof gleich am ersten Tag einen Beichtvater zu Balsamo schickte. Am Anfang sah es sogar so aus, als müsse der Priester ihm die Letzte Ölung erteilen. Als nämlich die vier Gefängniswärter den stämmigen Sizilianer packten und in seine Zelle steckten, bekam er einen solchen Tobsuchtsanfall, daß sie um sein Leben fürchteten.[10] Nach der Lektüre von Barberis Abhandlung fragte sich Doria, ob der Anfall nicht doch gespielt war. In einem Brief an den Bischof wies er ihn behutsam darauf hin, daß »der Gefangene ein ungläubiger und gottloser Mann« war, »der fähig ist zu allen erdenklichen Schandtaten«.[11] Als Doria später die Kapelle inspizierte, fiel ihm eine Lösung ein. Der Legat bat den Gefängnisarchitekten Baldini, angrenzend an die Kapelle ein *corretto*, eine Art Kabine, zu bauen, damit der Gefangene der Messe beiwohnen konnte, ohne vor der übrigen Gemeinde gesehen oder gehört zu werden.

Neuerungen dieser Art waren heikel, weil alle Ausgaben, die das Gefängnis betrafen, von den knauserigen Geldgebern in Rom abgesegnet werden mußten. Überdies war der Kastellan von San Leo, Sempronio Semproni, so altmodisch wie die Festung selbst. Gewiß, er war zuverlässig und pflichtbewußt und leitete das Gefängnis seit vielen Jahren, ohne daß es Zwischenfälle irgendwelcher Art gegeben hätte; aber jetzt zeigte sich, daß eine so lange Amtszeit ein Problem darstellen konnte. Geboren und aufgewachsen in der nahegelegenen Stadt Urbino an der Ostabdachung des Apennin, war Semproni ein typischer Bewohner jener Gegend: liebenswürdig, engstirnig und selbstzufrieden und nur mit kleinlichen Sorgen wie etwa den Heiratsaussichten seiner Töchter beschäftigt. Da das Klima in San Leo rauh war, kehrte er im Winter für drei Monate nach Hause zurück und überließ die Verantwortung für die Gefangenen seinem Stellvertreter, dem *tenente* Pietro Gandini.

Hieraus ergab sich ein weiteres Problem. Dieser wichtigtuerische und launische junge Mann machte sich einen Spaß daraus, die Befehle des Kastellans zu unterlaufen. Leutnant Gandini stammte aus einer begüterten Familie und begnügte sich mit dem Mindestgehalt. Diese materielle Unabhängigkeit hatte jedoch zur Folge, daß er sich strikt weigerte, sich der Autorität seiner Vorgesetzten zu beugen. Doria hatte in Rom durchblicken lassen, es sei besser, ihn abzuberufen, aber für den Staatssekretär zählte einzig und allein das Geld. Leutnant Gandini war billig. Welches Argument konnte man dagegen ins Feld führen? Doria beschloß daher, Gandinis Verhalten durch seinen persönlichen Beauftragten überwachen zu lassen. Dieser war strikt angewiesen, im Dorf und im Gefängnis Augen und Ohren offenzuhalten.[12]

Wie es der Zufall wollte, war Semproni ausgerechnet zu dem entscheidenden Zeitpunkt von Balsamos Ankunft nicht da. Er war erkältet. Mit Freude übernahm Gandini dessen Aufgaben. Doria hatte die schriftliche Anweisung erteilt, den Gefangenen in den »Pozzetto«, den Brunnen, zu sperren, wo schon in der Vergangenheit die schwierigeren Fälle der Inquisition untergebracht gewesen waren. Gut zweieinhalb Quadratmeter groß, war der Raum ursprünglich zur Speicherung von Trinkwasser aus dem harten Basaltgestein geschlagen worden. Später wurden drei massive Wände eingezogen, eine vierte grenzte an einen befestigten Turm. Das winzige, dreifach vergitterte Fenster ging auf eine Freifläche hinaus, wo zwei Soldaten rund um die Uhr Wache hielten. Von der Zelle aus konnte man die Pfarrkirche von San Leo sehen – ein Anblick, der einem Gottlosen wie Balsamo für den Rest seines Lebens als erbauliches Bild vor Augen stehen sollte. Ein weiterer Vorteil des Pozzetto war die Tatsache, daß es keine Tür gab. Man gelangte nur von oben in die Zelle, durch eine Dachklappe aus mit Eisen beschlagenem Holz. Auf diese Weise konnten die Wachen das Essen hinunterreichen, ohne einen Hinterhalt des Insassen befürchten zu müssen. Gefangene, die im Pozzetto einsaßen, waren praktisch lebendig begraben.

Mit atemberaubender Arroganz brachte Gandini den Gefangenen jedoch im Tesoro, der »Schatzkammer«, unter, einer Zelle am anderen Ende des Gefängnisses. In seinem großspurigen Erklärungsschreiben begründete er dies damit, daß der Pozzetto renovierungsbedürftig sei und der Tesoro außerdem größere Sicherheit biete. Aufgrund der Lage der Zelle am höchsten Punkt des Hauptgebäudes der Festung, so Gandini, sei der Gefangene hier von jeglichem Sicht- und Hörkontakt mit der Außenwelt abgeschnitten. Das hohe Fensterchen, das mit vier Reihen dicker Eisenstäbe vergittert war, bot einen Blick auf einen Abgrund dichten Nebels. Einst die Schatzkammer der Festung, waren die Mauern gut drei Meter dick und damit massiv genug, um einer Bombardierung standzuhalten. Im Unterschied zum Pozzetto hatte der Tesoro außerdem den großen Vorteil, daß Balsamo die Soldaten nicht belauschen konnte, »die nicht alle mein vollstes Vertrauen genießen«. Gandini war sich seiner Sache so sicher, daß er sogar die Arbeiter fortschickte, die gekommen waren, um den Pozzetto instand zu setzen. Um seine Dreistigkeit auf die Spitze zu treiben, schrieb er auch noch an Zelada und riet ihm ab, Dorias dringender Anforderung von acht weiteren Soldaten nachzukommen. Gandini zufolge würde jede zusätzliche Bereitstellung von Truppenteilen nur »all jene mästen, die bereits gemästet sind, und jene vor Freude strahlen lassen, die es sich bequem machen wollen«.[13]

Der Legat war wütend. Dieser Hinterwäldler Gandini hatte keine Ahnung, was für einen Wirbel Balsamos Verhaftung in der Öffentlichkeit ausgelöst hatte. Er hatte keinen Schimmer, daß die Welt, wie sie sie kannten, in Gefahr war. Während Gandini seine törichten Spielchen trieb, rückte die demokratische Revolution unaufhaltsam und bedrohlich auf den Dukat vor. Seit Balsamos Verhaftung waren die Augen ganz Europas auf den Vatikan gerichtet. Die Journalisten verlangten Nachricht über den berühmten Cagliostro. Aufgrund dieses internationalen Drucks hatte Papst Pius angeordnet, Balsamo gegenüber »Milde« walten zu lassen. Sollte der Gefangene sich selbst etwas antun oder mißhandelt werden und sterben, würde dies ein schlechtes Licht auf das Heilige Offizium werfen. In diesen turbulenten Zeiten konnte es sich die Kirche nicht leisten, wie ein Relikt aus dem Mittelalter dazustehen. Gandinis Prahlerei, der Tesoro ähnle einem »strengen Kloster«, ging vollkommen daneben. Balsamo müsse vielmehr in ein modernes Gefängnis eingesperrt werden. Doria bezeichnete den Tesoro als »eine wahrhaft entsetzliche und gesundheitsschädliche Zelle, die meines Erachtens nicht mit den Wünschen des Souveräns in Einklang steht«.[14] Die Mauern und der Fußboden waren feucht; eisige Winde strichen durch das hohe Fenster in die Zelle; Wanzen und anderes Ungeziefer tummelten sich auf dem Steinfußboden – Bedingungen, die der Gesundheit des Gefangenen gewiß nicht zuträglich waren.

In Ermangelung einer Alternative konnte Doria die Entscheidung des selbstherrlichen *tenente* zwar nicht sofort rückgängig machen, aber er tröstete sich damit, daß der gefügigere Kastellan bald wiederkommen würde. Wenige Wochen nach Sempronis Rückkehr wurden die Instandsetzungsarbeiten am Pozzetto wiederaufgenommen, unter anderem auch der Bau eines neuen Gitters, das Balsamo daran hindern sollte, mit den Wachen zu sprechen. Rom hatte sich diesmal großzügig gezeigt. Zu Anfang des Sommers bewilligte Zelada den Bau des *corretto* und die Überstellung von sechs weiteren Soldaten aus Ancona zur Verstärkung der Garnison. In diesen ersten Wochen ging Doria auch vehement gegen den Schlendrian des Gefängnisalltags vor, unter anderem gegen Gandinis Gepflogenheit, zuzulassen, daß die Gefangenen sich selbst ihr Essen kauften, ja die Häftlinge einzuladen, mit ihm und seiner Familie zu speisen.[15]

Doria war zuversichtlich, daß seine Warnungen vor Balsamos »Raffiniertheit« und die Notwendigkeit strengster Geheimhaltung bei den Soldaten allmählich zu einem Bewußtseinswandel führten. Er hämmerte dem Kastellan ein, daß »schon die kleinste Nachlässigkeit bei der Bewachung dieses Subjekts weitreichende Folgen«[16] hätte und daß »man gar nicht vorsichtig genug sein kann«. Jedes kleinste Detail von Balsamos Tagesablauf müsse genauestens kontrolliert werden.[17] Doria ordnete an, der Gefangene dürfe beispielsweise kein Rasierzeug erhalten, weil er damit sich selbst und anderen etwas antun könne. Weder Papier noch Schreibgerät waren zugelassen – Barberis Kompendium hatte gezeigt, daß der Mann ein Gespür dafür hatte, sich öffentlichkeitswirksam in Szene zu setzen. Auch Balsamos religiösen Absichtserklärungen dürfe man keinesfalls Glauben schenken, da er versuchen würde, seinen Beichtvater auf geistige Abwege zu bringen. Überdies müsse Balsamos Umgang mit dem Gefängnisarzt scharf überwacht werden, »da sich der Gefangene als großen Professor in dieser Wissenschaft ausgibt«. Balsamos Talent, Krankheiten vorzutäuschen, hatte sich schon bei seiner Ankunft offenbart; jetzt gab er vor, er habe Schwierigkeiten beim Gehen, damit die Aufseher in ihrer Wachsamkeit nachließen.

Doria betonte immer wieder, unter keinen Umständen dürften Fremde die Festung betreten. Dieses Verbot gelte auch für das Dorf San Leo: »Weisen Sie ... jeden zurück, der sich zudringlich zeigt, und jeden, der keinen Grund hat, sich hier aufzuhalten«, schrieb er Semproni. Der Kastellan wurde auch aufgefordert, seinen renitenten Stellvertreter im Auge zu behalten, wenn auch mit der nötigen Diskretion, damit der streitlustige *tenente* nicht etwa auf die Idee kam, sich beim Vatikan zu beschweren.[18]

Anfang Juni 1791 hatte Doria allen Grund, mit sich zufrieden zu sein. Er hatte die laxe, undisziplinierte Gefängnisverwaltung auf eine neue, solide Grundlage gestellt. Unter seinem strengen Regiment zeigte selbst Balsamo Anzeichen der Reue, obwohl Doria an den Staatssekretär schrieb, »nur die Zeit« werde erweisen, »ob er sich tatsächlich gebessert hat«.[19] In seinem Bericht vom 12. Mai gestattete sich der Legat eine Bemerkung, aus der stille Zufriedenheit mit der eigenen Leistung sprach: »Kurzum ... ich bin zuversichtlich, daß es innerhalb der Festung keine Stelle gibt, von der aus man einen Zwischenfall zu befürchten hätte, da alles unter Kontrolle ist.«[20]

Hätte der Legat über jene prophetischen Kräfte verfügt, die man Cagliostro zuschrieb, wäre er gewiß vorsichtiger gewesen. Seine Selbstgefälligkeit wurde am 29. Juni durch einen knappen, frostigen Brief des Staatssekretärs erschüttert. Durch einen Spitzel hatte Zelada die Nachricht erreicht, mehrere Adlige aus der nahegelegenen Stadt Rimini hätten Zugang zu der Festung erhalten und mit Balsamo ausgiebig gesprochen. Das sei keinesfalls hinnehmbar. Ob Kardinal Doria denn die expliziten und wiederholten Instruktionen

Seiner Heiligkeit Pius VI. nicht verstanden habe? Der Heilige Vater sei wütend. Er beabsichtige, eine Untersuchung einzuleiten, um herauszufinden, ob diese eklatante Mißachtung seiner Befehle auf politische Arglist oder auf Pflichtvergessenheit zurückzuführen sei. Der Legat solle der Angelegenheit nachgehen und umgehend Bericht erstatten.

Verärgert und gedemütigt schickte Doria seinen vertrauenswürdigen Spitzel Cristoforo Beni, der die Pfarrei Montefeltro gut kannte, in das Dorf San Leo. Unter dem Vorwand, juristische Fragen über Grenzstreitigkeiten zu untersuchen, sollte er herausfinden, ob es Balsamo tatsächlich gelungen war, mit der Außenwelt Kontakt aufzunehmen, und falls ja, mit welchen Mitteln.[21] Vor allem sollte er ergründen, ob diese Adligen aus Rimini Sympathisanten der Französischen Revolution waren. Gab es etwa eine Verbindung von Verschwörern im Dorf und im Gefängnis? Was hatten diese Männer mit Balsamo besprochen? Um sich gegenüber Zelada zu rechtfertigen, schob er dem Kastellan und dem *tenente* die Schuld zu, denen er wiederholt eingeschärft hatte, Fremde oder sonst irgendwelche Besucher unter keinen Umständen in die Festung zu lassen.[22]

Eine Woche später berichtete Doria über die Ergebnisse seiner Ermittlungen. Sein Spitzel bestätige, daß tatsächlich vier Adlige aus Rimini Zutritt zu Balsamo erhalten und möglicherweise auch mit ihm gesprochen hatten. Sein Spitzel glaube zwar nicht, daß brisante Themen erörtert worden waren, aber er habe einen weiteren bedauerlichen Regelverstoß entdeckt. Der Bischof von Penna und der Bischof von Urbino hätten ebenfalls Zugang zu dem Gefangenen erhalten – angesichts ihres hohen Ranges vielleicht noch hinnehmbar; aber man habe ihnen gestattet, auch Familienangehörige und Freunde mitzunehmen. Die Ahndung dieser Verstöße, so Doria, sei selbstverständlich Sache des Vatikans, aber er würde dem Kastellan eine strenge Rüge erteilen und seinen persönlichen Beauftragten entlassen, der seiner

Pflicht nicht nachgekommen war, »bis ins kleinste Detail zu berichten, was in der Stadt San Leo alles vorfiel«.[23]

Nach der Standpauke des Legaten bat Semproni um Entschuldigung für sein »unbedachtes Versehen«, doch die lauen Ausreden, die der Kastellan vorbrachte, vermittelten Doria das unbehagliche Gefühl, der Mann habe weder das Ausmaß der Verantwortung, die er jetzt trug, begriffen noch werde er ihr gerecht. Semproni wollte einfach nicht sehen, daß seine Festung San Leo mit der Zuteilung Balsamos als Gefangenen eine völlig neue Bedeutung bekommen hatte. Hier handelte es sich um den berüchtigtsten Häftling des Jahrhunderts, nicht um einen jener Gotteslästerer oder Kleinkriminellen, die er in den vergangenen zehn Jahren in Gewahrsam gehabt hatte. Matt wiederholte der Legat die päpstlichen Anweisungen in ihrer ganzen schlichten Eindringlichkeit: »Balsamo darf mit niemandem sprechen und niemanden sehen und

Eiserne Maske zur Einschüchterung
der Häftlinge in San Leo

auch von niemandem gesehen werden.«[24] Doria hegte den Verdacht, daß vor seiner Ernennung als Legat die Zustände in San Leo sehr viel weniger streng reglementiert waren und man neugierigen Besuchern gegen Zahlung eines Bestechungsgeldes Zutritt zu den Gefangenen gewährt hatte.[25]

Der durch diese Affäre aufgewirbelte Staub hatte sich noch nicht gelegt, als eine neue Schreckensnachricht eintraf. Am 5. August erhielt der Legat einen Brief des Gouverneurs von Macerata jenseits der Apenninen, einige Franzosen wären vor einer Woche durch das Dorf Morrovalle gekommen und seien offensichtlich unterwegs nach San Leo. Zwar machten sie einen ganz normalen Eindruck, seien mittleren Alters, von mittlerem Körperbau und trügen Wanderkleidung, aber ihre Gespräche hätten Verdacht erregt. Nach ein paar Gläsern Alkohol hätten sie durchblicken lassen, sie seien glühende Bewunderer Cagliostros und erbost darüber, daß er im Gefängnis säße. Einer habe die bedrohliche Anspielung gemacht, Rotwein und französischer Tabak werden die Leiden des Grafen bald lindern.[26] Alarmiert schickte Doria einen eindringlichen Brief an Semproni, sich gegen einen eventuellen Versuch französischer Revolutionäre zu wappnen, die planten, Balsamo zu befreien.

Sempronis Antwort bestätigte Doria, wie vollkommen ahnungslos der Kastellan von der Welt außerhalb Urbinos war. Unbekümmert schrieb er Doria zurück, wenn die französischen Reisenden bei ihm auftauchten, würde er sie einfach einsperren. Das sei kein Problem, »da die Anzahl derer, die wir hier zu beaufsichtigen haben, gering ist« und da Balsamo im Tesoro ohnehin unerreichbar sei.[27] Um den Mann aus seiner trägen Selbstzufriedenheit wachzurütteln, ließ ihm der wutentbrannte Doria die Abschrift eines anonymen Briefes zukommen, den er soeben aus der Lombardei erhalten hatte. Darin wurde der Legat vor einem Überraschungsangriff französischer Revolutionäre gewarnt. Sie seien in Heißluftballons unterwegs, mit denen man in der Luft leicht die

Festungsmauern überwinden und innerhalb der Mauern landen könne. Schließlich, darauf wies der Informant eigens hin, waren die Franzosen die Erfinder dieses erstaunlichen neuen Transportmittels.[28] Ob Semproni je daran gedacht habe, fragte Doria in einer scharfen Begleitnotiz, daß diese Franzosen, deren Gefährlichkeit er verharmlose, der Spähtrupp einer Luftinvasion sein können? Der Brief des Legaten wäre noch schärfer ausgefallen, wenn er gewußt hätte, daß Balsamo und mehrere seiner Anhänger sich als Experten für Ballonbau und -navigation betrachteten.[29]

Dem armen Semproni waren derartige Geschichten absolut neu; in seinen Augen gehörten sie in das phantastische Reich der Zauberei. Er hatte den Ärger mit den Adligen aus Rimini immer noch nicht verdaut, und seine Erwiderung schwankte zwischen Ungläubigkeit und Verzweiflung: »Möglicherweise wird keine der verdächtigen Personen hier auftauchen, aber falls es ihnen jemals gelingen sollte, den Plan mit den fliegenden Ballonen umzusetzen, so weiß ich nicht, welche Mauer oder welche Macht mich imstand setzt, mich daraus zu entwinden; aber weil ich glaube, daß dieser Plan undurchführbar ist, kann ich mir auch nicht denken, wie ich die Festung gegen Hippogryphen oder eine fliegende Armada verteidigen könnte! Ich hoffe, daß die Regeln der aerostatischen Fortbewegung zu unserer Zeit nicht veröffentlicht werden.«[30] In seiner Verzweiflung nahm Semproni die sarkastischen Spekulationen des Legaten todernst: In Erwartung der Luftflotte suchten die Soldaten mehrere Wochen lang besorgt den Himmel ab. Das Gerücht eines solchen Luftlandemanövers verbreitete sich auch in San Leo und erreichte schließlich die sensationshungrigen Zeitungen. Bald kursierten Geschichten über einen von jakobinischen Ballonfahrern gestarteten Rettungsversuch in Paris, London und Sankt Petersburg. In Europa, das am Rand eines Krieges stand, wurden solche Informationen begierig aufgegriffen und für bare Münze genommen.

Im Gefängnis selbst begegnete Semproni der Gefahr eines Befreiungsversuchs aus der Luft damit, daß er Balsamo in den mittlerweile instand gesetzten Pozzetto umsiedelte. Hier konnte kein Ballonfahrer zu ihm gelangen. Bei den Vorbereitungen für Balsamos Transferierung hatte man bei der Leibesvisitation einen weiteren peinlichen Fehler aufgedeckt: Dem Gefangenen war es gelungen, sich über das strikte päpstliche Verbot von Schreibutensilien hinwegzusetzen. Versteckt in seinen Kleidern fand man einen kleinen Almanach. Erfinderisch, wie er war, hatte er aus dem Stroh der Matte am Fenster eine spitz zulaufende Feder hergestellt. »Als Tinte«, so berichtete Doria, »verwendete er abgebrannten Kerzendocht, dessen Ruß in die Zelle gefallen war... Er vermischte diesen Ruß mit Urin und machte daraus Schreibtinte.« Am Seitenrand des Almanachs hatte er die prophetische Drohung notiert: »Um den Wünschen der Königin zu willfahren, hat Pius VI. mein Leiden und das Leiden Unschuldiger verursacht. Weh über Frankreich, Rom und deren Anhänger.«

Bei einer Durchsuchung der Zelle im Tesoro wurde auch eine im Fensterrahmen versteckte hölzerne Feder entdeckt, außerdem ein spitzer Knochensplitter, mit dem er sich Blut abzapfte, das er als Tinte verwendete. Jetzt, so schrieb Doria an Zelada, werde der Kastellan vielleicht erkennen, »welche Sorgsamkeit und Umsicht gegen einen Mann geboten ist, der wegen seiner Durchtriebenheit peinlich genau beobachtet werden muß, wenn man nicht überrascht oder getäuscht werden will«.[31]

Doria beschloß, seine administrativen Fähigkeiten unter Beweis zu stellen und somit sein schlechtes Ansehen beim Heiligen Offizium aufzubessern. Zur Bekämpfung der Mißstände und der Korruption in San Leo erarbeitete er ein neues und umfassendes Regelwerk.[32] Dem veralteten und kostspieligen Bewachungssystem mußte ein neuer rationaler Geist gegeben werden. Um festzustellen, welche Mängel

Sempronis System tatsächlich hatte, ließ Doria den Kastellan eine Reihe detaillierter Fragen schriftlich beantworten. Auf der Grundlage dieser Informationen stellte er neue Bestimmungen auf; sie betrafen die Schulung und die geistige Stärkung, die militärische Disziplin und die Bezahlung, die Aufgaben der Wachen, die Überwachung und die Bemühungen um Besserung der Gefangenen, die Kosten und die Verteilung der Verpflegung und viele andere technische und organisatorische Details. Das neue System, so versprach Doria, »wird es uns ermöglichen, in Ruhe und Frieden zu leben«.[33]

Der Legat war außerdem zuversichtlich, in einem der Gefängnisaufseher, Unteroffizier Marini, den geeigneten Mann gefunden zu haben, um Balsamo physisch und psychisch unter Kontrolle zu halten. Marini war ein brutaler Kerl, ein hartgesottener Soldat von bedingungslosem Gehorsam, der gegen die Gefangenen, die er zu beaufsichtigen hatte, eine gesunde Abneigung hegte. Offenbar hatte sogar Balsamo vor ihm Angst. Als ersten Schritt seiner Strategie, den Ketzer gefügig zu machen, trug Doria Marini auf, »häufige und unangekündigte, sorgfältige Inspektionen« in der Zelle des Gefangenen durchzuführen. Bisher hatte man jeden Morgen und Abend zur selben Zeit seine Zelle durchsucht, so daß Balsamo verbotene Instrumente oder Waffen, die er anfertigte oder verwendete, bequem hatte verstecken können. Doria war erfreut, mit welchem Engagement Unteroffizier Marini seinen Vorschlag umsetzte, heimlich ein Guckloch in die Dachluke des Pozzetto zu bohren, damit die Wachen den Gefangenen zu jeder Tages- und Nachtzeit beobachten konnten. Marini widmete sich hingebungsvoll viele Stunden lang dieser Aufgabe.[34]

Dorias neue Bewachungsstrategie legte schon bald offen, wie listig und gefährlich Balsamo tatsächlich war. Zehn Tage nach seiner Verlegung in die dunkle Grube des Pozzetto entdeckte Marini mehrere Verstecke, die der Gefangene in den massiven Steinmauern angelegt hatte. In einem fand er eine zerbrechliche Eierschale, die mit einer geheimnisvollen goldfarbenen Flüssigkeit gefüllt war. Am 30. Oktober erstattete Doria Bericht über Balsamos neuesten Streich: »Jüngst gelang es ihm mit Gewalt, Bretter aus seiner Bettstatt anzuheben – was nie zuvor ein Gefangener versucht hatte –, um einen dicken langen Holzpflock herauszuholen und in einem Spalt des steinernen Querbalkens zu verstecken, mit dem das Eisengitter der Zelle gesichert ist. Anschließend ordnete er die Bretter geschickt wieder so an, daß niemand es merkte.« Durch das Guckloch beobachtete Marini, wie Balsamo den Holzpflock an seinem Fensterpfosten wetzte, »um ihn schärfer und spitzer zu machen«. Eine derartige Waffe in den Händen eines so kräftigen Mannes wie Balsamo konnte tödlich sein.[35]

Jetzt mußte Balsamo in den Tesoro zurückverfrachtet werden, damit die Bettbretter im Pozzetto durch eine neue, in der Mauer verankerte Holzkonstruktion ohne Nägel ersetzt werden konnten. Auch die ausgehöhlten Verstecke mußten mit Stein und Kalk gefüllt werden. Eine kostspielige Angelegenheit – zumal Doria allwöchentlich aus Rom Vorhaltungen gemacht wurden, die Aufwendungen für die Gefängnisverwaltung seien zu hoch. Er war in der Zwickmühle. Verärgert gab der Legat dem Maurer den Befehl, in die Wand des Pozzetto neben dem Bett schwere Eisenketten und -halterungen zu verankern. Obwohl man in Rom derart barbarische Haftbedingungen bisher untersagt hatte, willigte man jetzt ein. Der Kastellan dürfe den Ketzer anketten, falls er weiterhin Fluchtpläne aushecke.[36] Doria hoffte, schon die Androhung dieser Strafe würde »Furcht in ihm wecken und ihn gefügig machen«.[37]

Zwei Monate nachdem Balsamo mit schweren Ketten in den renovierten Pozzetto zurückgekehrt war, berichteten seine Wärter von der Entdeckung einer zugespitzten Schraube, die in dem Abflußrohr des Aborts versteckt war. Auch dieses

Werkzeug war beängstigend scharf geschliffen. Erwartungsgemäß wurde Doria auch diesmal von Rom harsch zurechtgewiesen, weil es ihm nicht gelang, solche gefährlichen Machenschaften zu unterbinden. Jetzt platzte dem Kardinal der Kragen. Er bombardierte den Kastellan mit wutentbrannten Briefen, in denen er anordnete, die Wachen sollten ihre Achtsamkeit verstärken und doppelt so häufig Inspektionen durchführen. Ein Maurer wurde beauftragt, die Zellenwände Zentimeter für Zentimeter zu untersuchen und nötigenfalls auch den Putz zu entfernen. Nicht nur sollte bei Balsamo eine Leibesvisitation durchgeführt werden; auch sein Bett, seine Schuhe, seine Kleidung und sein Abort, das Gitterfenster und die Eisengitter: Alles sollte gründlich überprüft werden. Doria befahl, die Kloake ganz zuzuschütten oder zumindest das Abflußrohr mit einem großen Ulmenholzscheit zu verschließen.

Balsamo war für Doria zur Obsession geworden, daran bestand kein Zweifel. Auch die Briefe des Kardinals an Semproni wurden immer zwanghafter. Es war immer die gleiche Leier: Die Soldaten sollten unter keinen Umständen die »raffinierte Heimtücke, Perfidie und Gewitztheit« dieses abscheulichen Gefangenen unterschätzen.[38]

In düsteren Momenten hegte Doria den Verdacht, Balsamo führe einen psychologischen Zermürbungskrieg gegen seine Wärter, gegen die Verwaltung in Urbino, ja sogar gegen den Heiligen Vater. Von Anfang an hatte Balsamo so getan, als sei er ein frommer Katholik, der nur aus Gewissensgründen der Ketzerei verfallen sei. Als ehemaliger Klosternovize wußte Balsamo sehr genau, daß sich die Kirche verpflichtet fühlte, ihn von seinen religiösen Irrtümern abzubringen und zu wahrer Buße zu führen, insbesondere seit er sich offiziell zum »Abtrünnigen« erklärt hatte. Gewiß, Doria mußte zugeben, daß die spirituelle Läuterung theoretisch ein löbliches Ziel war, aber Balsamo, davon war Doria überzeugt, nütze das

Mitgefühl der Kirche nur aus, um Ärger zu machen. Der Bischof von Montefeltro und der Priester der Pfarrei, der Kanonikus Tardioli, unterschätzten immer noch die Schlechtigkeit dieses Mannes. Balsamo hatte gemerkt, wie leichtgläubig sie waren, und sich, erfinderisch wie er war, Taktiken zurechtgelegt, um Zwietracht zu säen und die öffentliche Aufmerksamkeit auf sich zu lenken.

Bald nach seiner Ankunft in San Leo fing Balsamo an, den reuigen Sünder zu spielen, eine tiefe Zerknirschung zur Schau zu stellen und an seinen Beichtvater und an den Kastellan überzogene Forderungen zu stellen. Doria warnte Semproni vor dieser Taktik Balsamos: »Listig wie er ist, schützt er vor, beichten zu wollen, um auf diese Weise seine Zelle häufiger verlassen zu können.«[39] Balsamos Seelenhirten waren gewiß erfreut darüber, daß der Gefangene seine religiösen Pflichten erfüllte und eine ausführliche Generalbeichte ablegte, aber Doria konnte sie nur warnen, dies »nicht allzu bereitwillig zu glauben; denn wir haben es mit einem ausgesprochen schlauen Kerl zu tun, der nur allzugenau weiß, wie er sich in Szene setzen muß, um zu überraschen und zu täuschen«.[40]

Und er setzte sich in Szene. Semproni war zunehmend fassungslos angesichts der immer neuen Requisiten, die der Gefangene verlangte, um seine spirituelle Kasteiung praktisch umzusetzen. So benötigte er einen speziellen hölzernen Gebetsstuhl, um seine Knie gegen die Feuchtigkeit zu schützen. Er verlangte ein großes Holzkruzifix anstelle des beleidigenden Kreuzes aus Pappmaché, das man ihm in die Zelle gebracht hatte. Er nahm Anstoß an der Darstellung des Gesichtsausdrucks Christi auf dem Kruzifix und forderte ein anderes, um in tiefere Schichten der Reue vorzudringen. »Geben Sie den Launen dieses Mannes nicht nach«, riet Doria dem Kastellan; ein Blinder sehe doch, daß diese Frömmelei nur den Zweck hatte, seine Bewacher unvorsichtig zu machen.[41]

Als nächstes fing Balsamo an zu fasten. Der Mann, der so viel Schokolade, gebratene Täubchen und Rotwein in sich hineingeschlungen hatte, daß Rom ihm die Verpflegungskosten kürzte, lebte jetzt nur von Wasser. Die Gefängniswärter fragten sich zynisch, ob er als Vorbereitung auf seine Flucht abmagern wolle (vielleicht könne er dann in einem Ballon leichter in die Lüfte schweben). Seine Beichtväter wiederum hielten es für ein Zeichen aufrichtiger Bußfertigkeit und intensiver Umsetzung der katholischen Spiritualität. Balsamos wahre Motive für sein Fasten blieben Doria schleierhaft, aber er warnte, dies könne nur »Heuchelei« sein: »Je mehr Frömmigkeit er vortäuscht, desto mehr Vorsicht ist geboten.«[42] Als der Gefangene schließlich Pfund um Pfund verlor, beschlich Bischof Terzi der beunruhigende Verdacht, er hungere sich womöglich zu Tode.[43]

Aufgeschreckt von dieser Idee, beschloß Doria, den Dominikanermönch Bussi, einen Lektor und Theologen, als Seelsorger hinzuzuziehen. Mit zunächst durchaus vielversprechendem Erfolg: Balsamo legte eine umfassende Beichte ab und brach seinen Hungerstreik ab. Eine Woche später jedoch wurde Doria durch einen ärgerlichen Brief aus Rom darüber in Kenntnis gesetzt, daß der Gefangene dem Dominikanermönch einen Beschwerdebrief übergeben hatte, in dem er sich über die Brutalität Marinis beklagte. Der Brief war mit behelfsmäßiger Tinte auf ein Stück Mantelfutter geschrieben. Bussi erzählte die Geschichte natürlich im ganzen Vatikan. Dorias zornbebender Befehl, die Überwachung durch das Guckloch erneut zu verstärken und die Zelle noch häufiger zu durchsuchen,[44] hatte zur Folge, daß sich jetzt Balsamos Seelsorger über diese Härte beschwerten. Doria war in einer unmöglichen Situation. Er mußte zähneknirschend die Gefängniswärter ermahnen, daß trotz der Boshaftigkeit des Gefangenen »unsererseits die größte Sorgfalt geboten ist, um seine Besserung zu beschleunigen«.[45]

Eine von Balsamos wirkungsvollsten Kriegsstrategien war es, freimaurerische und biblische Symbole und Prophezeiungen an die Zellenwände zu malen – der Sizilianer hatte sich, wie es schien, auf eines seiner frühesten Talente zurückbesonnen. Die meisten dieser Symbole waren mit Farbe auf die Wand geschmiert, die Balsamo aus einer Mischung aus Urin und von den Zellengittern abgekratztem Eisenrost herstellte. Manchmal benutzte er auch Exkremente. Mit den Zähnen riß er Holzfasern von seiner Bettstatt und fertigte daraus den Griff eines Pinsels, daran befestigte er Stroh oder Baumwolle. Diesen behelfsmäßigen Pinsel handhabte er mit enormer Geschwindigkeit. Als einmal Marinis Guckloch nur eine einzige Stunde lang unbesetzt blieb, beschmierte Balsamo eine ganze Wand mit »abscheulichen Zeichnungen«.[46]

Für Doria war klar, daß der Gefangene sich einen Spaß daraus machte, seine Beichtväter mit theologischen Rätseln zu quälen. Aber sie nahmen ihn weiterhin ernst. Marini berichtete, er habe gehört, wie Balsamo über die rechtlichen und moralischen Dilemmata der Kirche frohlockt habe. Balsamo erklärte, der Vatikan solle ihn entweder mit dem Tod bestrafen, falls man ihn für einen Ketzer halte, oder als wahren Katholiken freilassen.[47] Er machte sich ein diebisches Vergnügen daraus, in aller Ausführlichkeit zu beichten und damit anderen die Zeit zu stehlen. Kurz vor der Absolution jedoch enttäuschte er die Hoffnungen seines Beichtvaters, indem er erklärte, er glaube nicht an den Heiligen Vater und an die Lehrsätze der katholischen Kirche. Selbst der fromme und geduldige Kanonikus Tardioli fragte sich allmählich, ob Balsamo nicht doch ein »verstockter Ungläubiger« sei.[48] Gleichzeitig schickte Balsamo dem Bischof von Montefeltro zermürbende Beschwerden, sein Seelenheil werde vernachlässigt, weil der Geistliche, der ihn betreue, der Aufgabe, ihn zu unterweisen, geistig nicht gewachsen sei. Er verlangte zwei angemessen qualifizierte neue Beichtväter.[49]

Anfang 1793 verlegte sich Balsamo auf eine neue Strategie. Er fing an, die Gefängniswärter mit Weissagungen zu ängstigen, und behauptete, er habe Zugang zu göttlichen Geheimnissen, die für das Fortbestehen des Papsttums und der ganzen Welt von grundlegender Bedeutung seien. Die schockierende Nachricht von der Hinrichtung des französischen Königspaares und die Gefahr eines Krieges in Europa stiftete weiterhin Unruhe unter den Soldaten. Es kursierten Geschichten über Balsamos unheimliche Fähigkeit, die Zukunft vorherzusagen. Selbst Doria sah sich gezwungen, die Prophezeiungen des Gefangenen zur Kenntnis zu nehmen. Doch es war schwer zu beurteilen, ob die rätselhaften Sätze, unverständlichen Symbole und weitschweifigen Geschichten von einem Geistesgestörten oder einem Spötter stammten.[50]

Doria versicherte Zelada, er persönlich sei »zu sehr überzeugt von [Balsamos] Spott«, als daß er sich täuschen ließe, trotzdem übermittelte er die Prophezeiungen nach Rom.[51] Eine Vorhersage vom November 1793 lautete, der Papst werde in seinem Empfangszimmer von einer als Mann verkleideten Frau getötet werden. Doria tat dies als böswilligen Unsinn ab, leitete es aber trotzdem nach Rom weiter. Man konnte ja nicht wissen, ob der Gefangene nicht doch tatsächlich im Delirium Eingebungen hatte. Die Vision war zwar lächerlich, aber sie hatte auch verstörende Elemente. War die Weissagung womöglich von der Ermordung des französischen Revolutionärs Marat durch Charlotte Corday inspiriert? Und wenn ja, woher wußte Balsamo davon? Er schien über den Fortschritt der Französischen Revolution stets auf dem laufenden zu sein. Angesichts seiner vollständigen Isolation fragte man sich, woher er beispielsweise wußte, daß seine Feinde, die Bourbonen, hingerichtet worden waren und der Aufruhr von der französischen Revolutionsarmee in ganz Europa verbreitet wurde.

Doria argwöhnte, daß Balsamo die Wachen bestach, um von ihnen Informationen zu erhalten. Hatte Barberi nicht davor gewarnt, daß der Mann eine unheimliche Fähigkeit besaß, Menschen zu beeindrucken und sie für seine Zwecke auszunutzen? Doria hegte den Verdacht, daß Balsamo unter seinen Bewachern Zwietracht säen wollte. Trotz seiner Isolation hatte er es geschafft, zwischen Unteroffizier Marini und Leutnant Gandini Feindseligkeiten zu entfachen. Im Winter 1791/92 eskalierte dieser unterschwellige Dissens in einer offenen Auseinandersetzung, was die Moral der Soldaten schwächte. Ende Januar 1792 schrieb Zelada empört, er habe eine Bittschrift von den Gefangenen in San Leo erhalten, die sich über Unteroffizier Marinis brutales Vorgehen beschwerten. Was da los sei, wollte er wissen. Hatte nicht der Papst selbst ein solches Verhalten untersagt? Doria versuchte den Staatssekretär zu beruhigen, die Bittschrift sei »nichts anderes als das Ergebnis der Hinterlist und Tücke des Gefangenen Balsamo«.[52] Er könne es zwar nicht beweisen, aber er sei überzeugt, Balsamo habe Gandini angestachelt, die Gefangenen bei ihrer Kampagne gegen den verhaßten Unteroffizier zu unterstützen.

Der Verdacht, daß Gandini in enger Beziehung zu Balsamo stand, erhärtete sich im Juli 1793, als Doria entdeckte, daß der *tenente* es seiner Frau und seinem Kind gestattet hatte, den Gefangenen während der Messe zu Gesicht zu bekommen. Ein weiterer »gravierender Regelverstoß«.[53] Der Legat empörte sich gegenüber Semproni darüber, daß »kein einziger der drei Offiziere in der Lage ist, den pontifikalen Befehlen nachzukommen«.[54] Zwei Monate später mußte er seinen neuen Beauftragten bitten herauszufinden, auf welchem Weg eine weitere Petition gegen Marini nach Rom gelangt war, »die noch schlimmer ist als die erste«. Diese internen Streitigkeiten wirkten sich auf die effiziente Verwaltung der Festung so nachteilig aus, daß Doria Anfang 1794 den Staatssekretär darum bat, die beiden Bewacher zu trennen, indem er Gandini an die neue päpstliche Armee abkommandierte: »Auf diese Weise hätten die Streitereien zwischen den beiden ein Ende und Eure Eminenz müßte sich nicht weiter mit dieser Angelegenheit befassen.«[55] Die Bitte wurde ignoriert.

Etwa zur selben Zeit verlegte sich Balsamo darauf, den Verrückten zu spielen. Die meisten Wärter glaubten, sein Wahnsinn sei echt, aber Doria meinte es besser zu wissen. Der Gefängnisarzt hatte Bedenken, daß Balsamos Verstand zerrüttet sei, möglicherweise eine Folge der Syphilis, die er sich vor Jahrzehnten in Spanien zugezogen hatte. Aber Balsamo wäre nicht der erste gewesen, der in dem schwarzen, stinkenden Loch des Pozzetto dem Wahnsinn verfiel. Anfang 1792 schien sich Balsamo der irrigen Hoffnung hinzugeben, daß seine geliebte Serafina in einer benachbarten Zelle eingesperrt sei, und im darauffolgenden Jahr fing er an, herzzerreißend nach ihr zu rufen und die Wachen anzuflehen, sie milde zu behandeln. Man solle seiner kleinen Gräfin, seiner *cara figlia*, nichts zuleide tun, die so zart und liebreizend sei wie eine Blume. Er wußte nichts von dem Gerücht, Serafina habe in einem römischen Kloster den Verstand verloren.

Von Zeit zu Zeit heulte Balsamo wie ein geschundenes Tier. Er lief zum Fenster seiner Zelle und rüttelte an den Gitterstäben, knirschte mit den Zähnen und drohte den Wachen. Er bat, ihn »Giuseppe den Sünder« zu nennen und verlangte nach dem härenen Hemd eines büßenden Mönchs. Doria glaubte keinen Augenblick an Balsamos Wahnsinn. Sein Verhalten zeige nur erneut seine eingefleischte Durchtriebenheit. Inzwischen machte jedoch der Legat selbst den Eindruck, nicht mehr ganz bei Sinnen zu sein. Seine Besessenheit von dem Gefangenen war unverkennbar. Und ob Balsamo nun verrückt war oder nicht, es wurde immer schwieriger, ihn zu kontrollieren. Einmal schleuderte er einem Wärter einen vollen Urintopf an den Kopf; er biß Marini, brüllte vor Wut, als man ihm eine schmutzige Serviette gab, und versteckte stinkenden Fisch in seiner Zelle, um seine Beichtväter mit dem Geruch zu peinigen.

Um ihn mürbe zu machen, nahm Doria Zuflucht zu den primitiven Strafen der Inquisitoren früherer Zeiten. Er befahl Semproni, Balsamo an seinem Bett festzuketten und ihm, falls das nichts fruchte, eine Tracht Prügel zu verpassen. Achselzuckend tat der Kastellan, wie ihm geheißen. Bald berichtete er, einer der Aufseher habe dem Gefangenen eine Ohrfeige gegeben, die Wirkung gezeigt habe; ein andermal hätten mehrere Wachen mit ihren Stöcken auf Balsamos Kopf und Körper eingeprügelt. Eine Zeitlang habe er sich manierlicher verhalten, aber bald habe der Schurke einen wirksamen Gegenangriff gestartet. Wenn Balsamo Prügel angedroht würden, so berichtete Semproni, laufe er jetzt zum Fenster des Pozzetto und brülle durch die Gitterstäbe, er werde gefoltert und ermordet. Seine außerordentlich kräftige Stimme verstöre das ganze Dorf. Die Wachen hätten ihn daraufhin in den Tesoro zurückverfrachtet, wo sein fürchterliches Gebrüll nicht zu hören sei.

Unterdessen sank Dorias Stimmung auf einen Tiefpunkt, als die französische Revolutionsarmee siegreich gegen Preußen, Österreich und Italien vorrückte. Im September 1792 hatten die französischen Truppen in der Kanonade von Valmy die Preußen zum Rückzug gezwungen. Savoyen war besetzt, und bald war Norditalien an der Reihe. Doria hatte beileibe sein Bestes getan, um die Festung gegen Bedrohungen von außen zu schützen. Er hatte den knauserigen Staatssekretär überzeugt, den Bau eines dritten verstärkten Tores am Dorfeingang zu finanzieren und zu veranlassen, daß ein halbes Dutzend Soldaten zusätzlich aus Ancona hierher verlegt wurde. Diese Soldaten hatten sich jedoch über die winterliche Kälte beklagt und wollten nach Hause zurück. Sehr zum Verdruß Roms hatten dann auch die einheimischen Soldaten eine Lohnerhöhung gefordert, da Dorias neues Bewachungssystem größere Anforderungen stellte. Die Dorfbewohner von San Leo hatten überdies eine Bittschrift nach Rom geschickt, um gegen die strengeren Kontrollen bei der

Benutzung der Torschlüssel und die damit verbundenen Restriktionen zu protestieren.[56]

Doria wußte, daß kein Tor stark genug war, um die Seuche der Demokratie und des Krieges aufzuhalten, die sich in Europa ausbreitete. Nachdem er nun schon zwei Jahre für Balsamos Bewachung zuständig war, rang er immer noch mit dem vertrackten Problem der unzulänglichen Verteidigung. Die Festung San Leo wirkte zwar uneinnehmbar, aber bei genauerer Prüfung ergaben sich beträchtliche Materialmängel; die Zahl der Soldaten war für die trutzige Festung viel zu gering; es fehlte an Artillerie und Munition.[57] Dorias Reformeifer stieß auch diesmal an Grenzen: Die Sparsamkeit des Vatikans und die Apathie der Garnison vereitelten seine Bemühungen. Seine gebetsmühlenhafte Wiederholung, durch die Anwesenheit Balsamos sei San Leo zur Zielscheibe eines französischen Angriffs geworden, schien niemand ernst zu nehmen.[58] Im März 1793 beschwor Doria den vatikanischen Staatssekretär, einen erfahrenen Offizier nach San Leo zu beordern, der die Soldaten der Garnison auf den Ernstfall vorbereitete, auch wenn dies bedeutete, daß er seinen zuverlässigen Unteroffizier Marini verlor.[59]

Doch erneut schien die Vorsehung gegen ihn zu arbeiten. Am 17. Juni 1793 um 23 Uhr löste sich ein riesiger Felsblock von der Bergflanke und riß zwei Bollwerke der Festung und einen Teil der äußeren Befestigungstürme mit sich. Ein Großteil der neueren Gebäude war damit gegen Angriffe ungeschützt.[60] Natürlich behauptete Balsamo, er sei für dieses Ereignis verantwortlich. Man hätte meinen können, der Teufel wäre im Spiel, um seinem Liebling beizustehen.

Als die Revolutionstruppen näherrückten, gab Kardinal Doria auf. Angesichts der nicht abreißenden Kette geringfügiger Probleme, die ihn in Atem hielten, schwankte jetzt der Ton seiner Briefe zwischen Hysterie und Resignation. Ob sein Gesamtkonzept einer vernünftigen Gefängnisführung überhaupt jemals die Zustimmung des Papstes erhielt, ist ungewiß. Ende 1792 war dies jedenfalls noch nicht der Fall, denn, wie Doria traurig bemerkte, ist »der Heilige Vater mit allen möglichen sehr viel ernsteren Regierungsangelegenheiten befaßt«.[61] Aber was hatten alle seine Bemühungen gefruchtet? Seine Anstrengungen, Ordnung und Disziplin zu schaffen, wurden von dem gerissenen Balsamo systematisch untergraben. Ob aus eigenem Antrieb oder nicht gab Kardinal Doria Anfang Frühjahr 1794 seinen Posten als päpstlicher Legat in Urbino auf. Er wurde durch einen Berufsdiplomaten ersetzt.

Dorias Abreise kam einem Eingeständnis von Papst und Gefängnisleitung gleich, daß Giuseppe Balsamo ein hoffnungsloser Fall war. Am 27. Mai 1794 schrieb der neue Administrator an Semproni, er sei »wirklich betrübt zu erfahren ... daß der Gefangene Balsamo an seinen unrechten Verhaltensweisen stur festhält, ja ... noch unverschämter ist als bisher«.[62] Dorias disziplinarische Maßnahmen wurden eine nach der anderen zurückgenommen, weil sie entweder undurchführbar, zu teuer oder einfach wirkungslos waren. Sogar Balsamos Beichtvater weigerte sich inzwischen, seinem gottlosen Schäflein die Sakramente zu erteilen. Die Gefängniswachen sahen ein, daß nicht einmal Schläge die »wilde Raserei« des Mannes zu zügeln vermochten und ihn davon abhielten, die Bewohner von San Leo mit seinem manischen Gebrüll zu traktieren.[63] Sie hinderten ihn auch nicht mehr daran, die Zellenwände zu bemalen, obwohl die Darstellungen von »unverfrorener Blasphemie« und »ungeheuerlicher Gottlosigkeit« zeugten. Ob er wahnsinnig war oder heimtückisch, unverbesserlich oder geistig verwirrt, das vermochte niemand zu sagen. Eins jedoch war sicher: Balsamos apokalyptische Prophezeiungen gegen den Papst gewannen mit dem Vorrücken der französischen Revolutionstruppen in Europa immer größere Brisanz.

In gewisser Weise errang Balsamo seinen endgültigen Sieg

gegen den Vatikan, als er am 26. August 1795 frühmorgens überraschend einen Schlaganfall erlitt. Eilends wurden Priester herbeigeholt, um ihm die Letzte Ölung zu erteilen und seiner umnachteten Seele beizustehen, aber »er lehnte ihre rettenden Ermahnungen ab und war nicht bereit, die Beichte abzulegen«. Um vier Uhr nachmittags erlitt er einen zweiten Schlaganfall. Giuseppe Balsamo starb im Lauf des Abends als »ein unbußfertiger Mann«.[64] Zu diesem Zeitpunkt war die äußere Erscheinung des Zweiundfünfzigjährigen so wild wie sein Geist. Er war furchtbar abgemagert, seine Kleider starrten von Schmutz, und er trug einen zotteligen Bart. Noch im Tod kündete sein Körper vom Scheitern des vernünftigen Reglements, das Doria hatte einführen wollen. Es war der Körper eines unbändigen Mannes, der in einer unterirdischen Höhle in seinem eigenen Dreck dahinvegetierte. Das Mißtrauen des Kastellans Semproni war so groß, daß er ein brennendes Schilfrohr an Balsamos Fußsohlen hielt, um sich zu vergewissern, daß er sich nicht totstellte.

Als verstockter Ketzer wurde Balsamo am äußersten westlichen Vorsprung des Felsens in der Mitte zwischen zwei befestigten Vorpostenwerken beerdigt. Er wäre stolz gewesen, hätte er gehört, was der Erzpriester von San Leo in seinem Totenschein über ihn schrieb: »Giuseppe Balsamo ... ein Ketzer, bekannt seines schlechten Rufes wegen, nachdem er in verschiedenen Ländern Europas die gottlose Lehre der ägyptischen Freimaurerei verbreitet hat, für die er mit spitzfindigen Täuschungen eine große Schar von Anhängern gewonnen hatte, geriet wiederholt in Widerwärtigkeiten, denen er sich jedesmal dank seiner tückischen Schlauheit entzog.«[65]

Die Revolutionstruppen, die Doria so gefürchtet hatte, erreichten die *fortezza* San Leo im Jahr 1797. Als erstes fragte General Dombrowski nach dem Verbleib des berühmten Grafen Cagliostro. Als die Offiziere der polnischen Legion vom Tod des Gefangenen erfuhren, befahlen sie, so die

Legende, dessen sterbliche Überreste auszugraben. Sie füllten seinen ausgebleichten Schädel mit Wein und tranken daraus zur Erinnerung an ihn.

Epilog: Unsterblich

Unsterblich: 1. Nicht dem Tod unterworfen. 2. Unendlich; ewig.[1]

Wie Cagliostro prophezeit hatte, machte ihn der Tod unsterblich. Er hatte seinen Anhängern oft versichert, sie sollten sich nicht beunruhigen, wenn sie von seinem Tod erführen. Sein Tod bedeute nur, daß er den höchsten Grad der ägyptischen Freimaurerei erreicht hatte und einer der zwölf Unsterblichen geworden war, die bis ans Ende aller Tage das Schicksal der Menschheit bestimmten. Wie der biblische Prophet Elias sei auch er in einem von Engeln getragenen Wagen in den Himmel entrückt, und wie der Phönix würde auch er aus der Asche der Vernichtung aufsteigen.

Einige seiner Anhänger nahmen die Prophezeiung wörtlich. Zu ihnen gehörte der unendlich nachsichtige Jacques Sarasin. Vier Jahre vor Cagliostros Tod hatte sich Sarasin geweigert, eine Rettungsaktion zu finanzieren, mit der Begründung, Cagliostro hätte dies nicht gewollt: Wie Christus habe der Meister zugelassen, daß man ihn einkerkert, um seine Feinde zum Glauben zu bekehren.[2] Unter seinen Anhängern kursierte eine zweite, völlig andere Geschichte, der zufolge Cagliostro seinen Beichtvater erdrosselt und als Priester verkleidet aus San Leo geflohen sei. Cagliostro sei am Leben und würde bald wieder in Erscheinung treten. In San Leo habe man einen anderen Mann begraben, denn die Inquisition wage es nicht einzugestehen, daß ihr größter Widersacher frei sei.

Doch die zerlumpte, ausgemergelte Leiche in dem anonymen Grab in San Leo war unbestritten die Giuseppe Balsamos – Kastellan Semproni hatte sich vergewissert. Cagliostro hatte zwar nicht den Tod besiegt, aber der Tod hatte ihn zu einer Symbolgestalt gemacht, größer und einflußreicher als je zu seinen Lebzeiten. Befreit von den unbedeutenden

Details seiner Biographie, durchmaß er Raum und Zeit so ungehindert, wie er es vorhergesagt hatte. Die Bilder, die er jetzt von sich schuf, waren nicht minder zahlreich als zu seinen Lebzeiten. Giacomo Casanova, Elisa von der Recke, Katharina die Große, Jeanne de La Motte, Théveneau de Morande, seine Frau Serafina und Kardinal Doria hatten jeweils einen anderen Cagliostro gekannt, und seine späteren mythischen Verkörperungen waren ebenso schillernd und widersprüchlich. Noch nach seinem Tod blieb die obsessive Frage: Wer war Cagliostro wirklich? Ein spiritueller Suchender, ein Mystiker und Heiler, der von einem tieferen Sinn und Streben beseelt war? Oder ein Scharlatan, ein Opportunist, ein Betrüger, der auf den großen Bühnen Europas auftrat?

Eine Legende über Cagliostro, die sich als besonders zählebig erwies, war die Vorstellung, er habe eine freimaurerische Verschwörung gegen die alte Ordnung in Europa angeführt. Cagliostro war nie ein Revolutionär gewesen, aber er wird immer noch von vielen als ein solcher angesehen. Die Saat dieser Theorie wurde von Elisa von der Recke gesät, deren *Nachricht von des berüchtigten Cagliostro Aufenthalte in Mitau* 1786 erschien.[3] Enttäuscht von ihrem Guru, keimte in ihr der Verdacht, er sei ein Agent der Jesuiten gewesen, der die Freimaurerei der Strikten Observanz benutzt habe, um die protestantische Religion zu unterminieren. Auf ihren Reisen durch Rußland, Deutschland und Italien verbreitete sie als maßgebliche Autorität zum Thema Cagliostro diese Theorie. Der Ausbruch der Französischen Revolution bestärkte sie. Selbst Prinz Carl von Schleswig, der eine Schwäche für Cagliostro hatte, glaubte, er habe »die Französische Revolution angezettelt, und die Franzosen würden ihn gewiß noch aus der Engelsburg befreien.«[4]

Die russische Zarin Katharina die Große, die für Elisa die größte Bewunderung hegte, förderte diese Verschwörungstheorie ebenfalls. 1795 lud sie Elisa nach Sankt Petersburg ein und belohnte sie für ihr Engagement gegen Cagliostro – Katharina hatte die Freimaurerei in Rußland inzwischen verboten.[5] Auf Cagliostros Reise nach Osteuropa zwanzig Jahre zuvor zurückblickend, waren sich die beiden Frauen über seine Motive einig: »Cagliostro war ein Emissär des zu der Zeit aufgehobenen Jesuiter-Ordens gewesen, welcher auch [die] französische Revolution befördert [und] durch geheime Gesellschaften in mehreren Ländern Wahn und Irrtum verbreitet« habe.[6]

Andere Widersacher Cagliostros bereicherten diese düstere Legende. Keine Quelle war jedoch von größerer Bedeutung als die Schrift *Leben und Taten des Joseph Balsamo*, in der Giovanni Barberi behauptete, Cagliostro habe zugegeben, einer der Führer der revolutionären und atheistischen deutschen Illuminaten gewesen zu sein, die auch unter dem Deckmantel der Freimaurerei tätig waren. Mehrere Katholi-

Die Apotheose des Grafen Cagliostro

ken, die unter der Französischen Revolution zu leiden hatten, stützten diese Behauptung. 1792 gelang dem französischen katholischen Priester Abbé Augustin Barruel die Flucht nach London, wo er in den folgenden fünf Jahren Lügen, Halbwahrheiten und Irrtümer zusammentrug, die er in einem mehrbändigen Werk mit dem Titel *Mémoires pour servir à l'histoire du Jacobinisme*[7] veröffentlichte.

Barruel lieferte nicht nur eine Fülle an dokumentarischem Material, er führte auch die Ursprünge dieser Verschwörungstheorie auf die Verfolgung der Tempelritter im Jahr 1312 zurück. Er behauptete, ein Überlebender der Templer habe in Schottland eine freimaurerische Untergrundbewegung ins Leben gerufen, die der Kirche ewige Rache geschworen habe. Graf Cagliostro, so Barruel, habe diese Mission übernommen. Seine Tempelritterlogen schlossen sich mit den antiklerikalen Salons der französischen Philosophen und den republikanischen Zellen der deutschen Illuminaten zusammen. Aus dieser giftigen Mischung entstand der Plan zu einer weltweiten Schreckensherrschaft, deren erster Erfolg die Französische Revolution war.

Diese Version einer freimaurerischen Verschwörung wurde zu einem Topos, der sich in der ganzen westlichen Welt verbreitete. Über zahllose Vermittler fand sie Eingang in Literatur und Kultur, und stets wurde auch die mythische Rolle Cagliostros kolportiert. Im Laufe der Jahrhunderte verfestigte sich damit im europäischen Bewußtsein die Theorie einer Weltverschwörung geheimer Gesellschaften, seien es die Templer oder die Illuminaten. In seinem Bestsellerroman *Foucaults Pendel* von 1988 äußert Umberto Eco die Vermutung, der Gedanke einer geheimen Verschwörung gleich welchen Inhalts und Zwecks habe sich vor allem bei paranoiden Geistern verfestigt. Das Geheimnis war, daß es kein Geheimnis gab. Es gab nur den Schauder der Verwicklung in eine vage und mysteriöse Avantgarde, die nur wenigen Eingeweihten bekannt war. Anderswo schreibt Eco die klassische literarische Gestaltung dieser Verschwörungstheorie dem französischen Romancier Alexandre Dumas zu, der im 19. Jahrhundert lebte. Sein zehnbändiger historischer Roman *Mémoires d'un médecin* (deutsch unter dem Titel *Erinnerungen eines Arztes*) von 1846/47, der zahllose Auflagen erlebte, machte Cagliostros angeblichen Verschwörungsplan weltweit bekannt.[8]

In Dumas' Version treffen sich im Jahr 1788 die sieben europäischen Oberen der Illuminaten unter Cagliostros Vorsitz an einem geheimen Ort, um einander über die Fortschritte der Verschwörung zu berichten. Sie kommen aus der Schweiz, aus Schweden, Amerika, Rußland, Spanien und Italien; unter ihnen befindet sich auch der spätere französische Revolutionär Marat. Cagliostro vertritt die Freimaurer Deutschlands, Frankreichs und Hollands. Jeder der Bundesbrüder trägt einen Siegelring zum Zeichen seiner Initiation in die höchsten Grade. Ihr vordergründiges Ziel ist die Zerschlagung der französischen Monarchie, letztlich jedoch geht es ihnen um die Weltrevolution. Bei Dumas läßt sie Balsamo einen furchtbaren terroristischen Eid schwören:

»Bei dem gekreuzigten Sohne schwöre, die fleischlichen Bande zu zerreißen, die dich noch an Vater, Mutter, Brüder, Schwestern, Gattin, Verwandte, Freunde, Geliebte, Könige, Wohltäter und an alle Wesen knüpfen, denen du Treue, Gehorsam, Dankbarkeit oder Dienste versprochen hast...

Achte und verehre die *aqua toffana* [Gift, Stahl und Feuer] als ein sicheres und notwendiges Mittel, um die Erde durch den Tod oder durch Stumpfsinnigkeit von denen zu säubern, welche die Wahrheit herabzuwürdigen oder sie unseren Feinden zu entreißen suchen...

Fliehe die Versuchung, etwas von dem zu verraten, was du sehen oder hören wirst; denn der Blitz trifft dich rascher, als dich an jedem Orte, wo du dich befinden mögest, der unsichtbare oder unausweichliche Dolch treffen würde.«[9]

Dumas' Romanzyklus hat auch heute noch seine Leser.

Der Stoff fand 1878 Eingang in ein äußerst populäres Theaterstück seines Sohnes Alexandre Dumas d. J. und schließlich auch in den Film. Der Film erscheint als ein besonders geeignetes Medium, schließlich diskutierten Cagliostro und Loutherbourg über die Verbreitung der ägyptischen Freimaurerei mit Hilfe von Zauberlaternen und mechanischen Modellen, die als Vorläufer des Kinos gelten. Cagliostro hätte die Vorstellung, als Filmheld unsterblich zu werden, bestimmt gefallen. Die bekannteste, wenn auch nicht die beste Dumas-Verfilmung ist Gregory Ratoffs *Black Magic* aus dem Jahr 1949 – ein Film, dessen alberne Story durch die faszinierende Darstellungskunst von Orson Welles als Cagliostro an Kraft gewinnt. François Rivières Film *Giuseppe Balsamo* (französische und italienische Versionen 1979 und 1980) hält sich eng an Dumas' Vorlage und zeigt eindrucksvolle Bilder einer freimaurerischen Verschwörung, die nur deshalb scheitert, weil der französische König wenige Stunden vor dem geplanten Ausbruch der Revolution stirbt.[10]

Es wäre ungerecht, Cagliostro für alle diese Mythologisierungen verantwortlich zu machen, aber Umberto Eco hat gezeigt, daß der Gedanke einer freimaurerischen Verschwörung schreckliche Früchte getragen hat, indem die Juden anstelle der Freimaurer zum Hauptangriffsziel wurden. Als in Wien ein junger Mann namens Adolf Hitler mit dieser Theorie bekannt wurde, hatte sie bereits eine neue und monströse Gestalt angenommen. Templer, Illuminaten und die ägyptische Freimaurerei waren zurückgetreten und hatten den *Protokollen der Weisen von Zion* und der Theorie einer Verschwörung des Weltjudentums Platz gemacht. Was immer man von Cagliostro halten mag – die Annahme, er habe in irgendeiner Weise den Holocaust vorbereitet, ist erschrekkend.

Wie nicht anders zu erwarten, wurde die Idee einer freimaurerischen Verschwörung Cagliostros auch von Leuten übernommen, die die Ansichten Abbé Barruels oder Adolf Hitlers nicht teilten. Eingesperrt in seine erbärmliche Zelle im Tesoro, konnte Cagliostro nicht ahnen, daß die Propaganda der römischen Inquisition eine Welle der Sympathie für ihn auslöste. Diese Paradoxie hätte Cagliostro gefallen. Während Kardinal Doria alles daransetzte, daß sein unverbesserlicher Gefangener mit keinem Lebenden in Kontakt kam, verbreitete das Heilige Offizium die Nachricht von seinem Martyrium. Billigausgaben von Barberis Schrift kursierten seit 1791 als Übersetzungen in ganz Europa und lösten eine hitzige Debatte zwischen Katholiken und Freimaurern aus. Wolfgang Amadeus Mozart, selbst Freimaurer, setzte Cagliostro als ägyptischem Freimaurer Sarastro in seiner letzten Oper, *Die Zauberflöte*,[11] ein Denkmal.

Für den englischen Kupferstecher und Dichter William Blake, der im trotzigen puritanischen Geist der Freiheit erzogen worden war, stellte Cagliostros Inhaftierung in San

Cagliostro als dem Wahnsinn verfallener Gefangener in Ketten

Leo den Triumph des reaktionären römischen Papismus dar. Blakes großes radikales und prophetisches Poem *The French Revolution* von 1791 zeichnete Cagliostro als Widerstandskämpfer gegen eine ganze Kultur:

»... und in der Höhle des Schreckens saß ein Mann
Hände und Füße in Ketten, um den Hals eine eiserne Schlinge, geschmiedet an die undurchdringliche Mauer, in der Seele die um sein Herz gewundene Schlange, vom Licht verborgen wie in einem gespaltenen Fels:
Und der Mann war abgeurteilt wegen seiner Prophezeiungen.«[12]

Barberis Schrift wurde auch in den modischen Künstlerkreisen gelesen, in denen Philippe de Loutherbourg verkehrte. Was auch immer liberal gesinnte Freimaurer über Cagliostro dachten, er war ein Opfer der katholischen Kirche und deshalb ihres Mitgefühls wert. Die Privatbibliothek Loutherbourgs und die seines Freundes, des mystisch orientierten Künstlers Richard Cosway waren mit Schriften über die Illuminaten, gegen die Bastille und die Inquisition gefüllt.[13] Nichts symbolisiert den Imagewandel Cagliostros vom Bösewicht zum Märtyrer besser als ein um die Wende zum 19. Jahrhundert entstandenes faszinierendes Aquarell Loutherbourgs: Es zeigt einen Irren in Ketten, der auf dem harten Steinboden einer Gefängniszelle kauert und den gequälten Blick zum Betrachter wendet.

Loutherbourg trug auch dadurch zur Unsterblichkeit Cagliostros bei, daß er sich schließlich seine spirituelle Mission zu eigen machte. Ungeachtet des Streits mit Cagliostro kehrte der Maler 1788 geläutert aus der Schweiz nach England zurück. Zu Hause in Hammersmith behandelten Philippe und Lucy de Loutherbourg mehrere tausend gewöhnliche Londoner unter Anwendung von Cagliostros Ernährungsvorschriften, Gesundheitstonika (dem berühmten Mineralwasser?), durch Handauflegen und unter Anrufung spirituellen Beistands.[14] Der Zulauf war so groß, daß es zu Ausschreitungen kam und die Loutherbourgs sich aufs Land zurückziehen mußten. Der Maler war entsetzt, als er in Radierungen, Zeitungen und Debattierclubs verunglimpft wurde. Verstört darüber, daß man ihn – im ersten Jahr der Französischen Revolution – für einen Umstürzler hielt, schloß Loutherbourg die Klinik und wandte sich wieder der Malerei zu.

Statt sich von Cagliostros spiritueller Mission abzukehren, machte er sie nunmehr zum Gegenstand seiner romantischen Kunst. In den folgenden zehn Jahren prägten Cagliostros okkulte Themen und Theorien sein künstlerisches Werk. Ein Zeitgenosse behauptete, Loutherbourg und seine Freunde hätten insgeheim »aus eigenem Antrieb Exkursionen in die Bereiche des Übernatürlichen unternommen ..., deren Ideen wie eine sternenklare Nacht sind, über die schnelle Wolken hinwegziehen«.[15] Derselbe Maler, der Cagliostro als Quacksalber auf dem Jahrmarkt verspottet hatte, stellte jetzt dessen Apotheose als ägyptischer Freimaurer dar. 1791 begann Loutherbourg mit der Arbeit an insgesamt über hundert prophetischen Illustrationen.[16] Eine der ersten dieser Serie verherrlichte Cagliostros Unsterblichkeit. »The Ascent of Elijah« zeigte eine Cagliostro ähnliche Gestalt, die in einem Wagen in den Himmel auffährt – an den Radspeichen blitzen maurerische Augen, während ein ägyptischer Geist mit dem Gesicht eines Adlers, eines Ochsen und eines Menschen das Geschehen beobachtet.[17] Diese freimaurerische Himmelfahrt markiert ein entscheidendes Moment in der Weiterentwicklung des Mythos Cagliostro. Cagliostro wurde jetzt zum Inbegriff magischer Kreativität in einer entzauberten Welt.

Cagliostro wurde darüber hinaus mit einem weiteren fruchtbaren Mythos in Verbindung gebracht. In den achtziger Jahren des 18. Jahrhunderts hatte er angedeutet, er sei

»der Mann von 1400 Jahren, der Ewige Jude«, ein Weltreisender, Zeuge der Geschichte und unsterblicher Alchemist. Cagliostro spürte die künstlerischen Sehnsüchte, die die Geschichte des unsterblichen Juden weckte, und er ahnte die Möglichkeit, sie sich anzueignen. Als er sich die Ahasver-Legende zu eigen machte, hauchte er einem literarischen Phantom Leben ein. Scharen von Dichtern, Romanciers und Musikern in ganz Europa führten diesen Prozeß weiter – lange nachdem Cagliostros von Läusen traktierter Leib in San Leo in die Erde gesenkt wurde. Als der Mythos des Ewigen Juden von der Welle einer kulturellen und ästhetischen Romantik in Europa hochgespült wurde, erreichte Cagliostro, nach dem Tod nicht minder flink als im Leben, das rettende Ufer. Bald kam eine neue Generation populärer Schriftsteller wie Eugène Sue in Frankreich, Edward Bulwer-Lytton in Großbritannien und Johannes von Guenther in Deutschland, die Cagliostro und den Ewigen Juden zu einem dem Zeitgeist entsprechenden verdrießlichen und gequälten, gegen geistige Unterdrückung ankämpfenden Rebellen verschmolzen.[18]

In Literatur, Kunst und Musik erlebte der Kophta eine Renaissance. Doch die meisten Künstler waren sich unschlüssig, ob sie ihn als göttliches oder als diabolisches Symbol deuten sollten. Friedrich Schillers Romanfragment *Der Geisterseher* (1787), Bulwer-Lyttons freimaurerischer Roman *Zanoni* (1842), E. Dupatys Ballett *Cagliostro oder der Magnetiseur* (1851) und Johann Strauß Operette *Cagliostro in Wien* (1875) bleiben unentschieden, ob sie ihn als Betrüger oder als Genie darstellen sollen.

Für manche war der Widerspruch zwischen dem Gauner Giuseppe Balsamo und dem frommen Wunderheiler Alessandro Cagliostro unlösbar. Eine Möglichkeit bestand darin, zwei verschiedene Personen aus ihnen zu machen. Der freimaurerische Schriftsteller W. R. H. Trowbridge trug die Idee vor, Alessandro Cagliostro, ein Adliger spanischer Herkunft, sei nicht identisch mit seinem berüchtigten Doppelgänger, dem palermischen Betrüger Giuseppe Balsamo. Trowbridges lesenswerte Biographie von 1910 mit dem Titel *Cagliostro: The Splendour and Misery of a Master of Magic* wurde immer wieder aufgelegt, und es besteht kein Zweifel, daß der Gedanke eines doppelten Cagliostro – eines guten und eines bösen – nach wie vor eine gewisse Faszination besitzt.

In neuerer Zeit vertrat diese Idee der italienische Künstler, Biograph und Filmemacher Piero Carpi. Seine bekannten Comic-Hefte *Cagliostro* von 1967 und *Il maestro sconosciuto* (*Der unbekannte Meister*) von 1971 stehen stellvertretend für zahllose andere dieser Art. Carpis Biographie *Cagliostro il taumaturgo* (*Cagliostro der Thaumaturg*) gab die Anregung für einen Film, der unter dem Titel *Cagliostro* 1974 für Twentieth Century Fox nach einem Drehbuch von Piero Carpi produziert wurde: »Fälschlich für den Betrüger Giuseppe Balsamo gehalten, leidet Cagliostro bis heute an historischen Unwahrheiten und einer Verschwörung des Schwei gens ... Piero Carpi, ein Fachmann für Magie und Mysteriosophie, lüftet den Schleier, der das Geheimnis Cagliostros verhüllt, und zeigt ... das Gesicht eines faszinierenden Mannes, der menschlich und göttlich zugleich ist, Sohn und Vater seiner eigenen Legende.«[19]

Elisa von der Recke, die soviel dafür tat, Cagliostro unsterblich zu machen, starb im April 1833 – im selben Jahr, in dem der schottische Historiker Thomas Carlyle »Graf Cagliostro. In zwei Fluchten« schrieb. In diesem brillanten polemischen Aufsatz gab er dem Mythos Cagliostro eine neue Richtung. Unter Berufung auf unausgegorene Ideen, die Carlyle in den Schriften von Cagliostros erbittertsten Feinden fand – vor allem bei Elisa von der Recke, Casanova, Katharina der Großen, Théveneau de Morande, Giovanni Barberi und Jeanne de La Motte –, gestaltete er Cagliostro zu einem zeitgeschichtlichen Symbol. Carlyle begriff, daß die gewaltige Resonanz Cagliostros ihn zu einem Symbol und Symptom seiner Epoche machte. Cagliostros Ruhm wurde zu einem »Zeichen der Zeit« und zum Ausdruck tieferer historischer Kräfte.

Der Keim zu dieser Auffassung war auf den letzten traurigen Seiten von *Soliloque d'un penseur* (1786) angelegt, wo sich Casanova über das Geheimnis von Cagliostros Erfolg und den Erfolg anderer gräßlicher Scharlatane Gedanken machte. Ihn erstaunte der historische Gezeitenwechsel, der Cagliostro als Genie feierte und ihn, Casanova, zu einem Niemand machte. Zwar trennte ihn von Cagliostro nicht einmal eine Generation, aber Casanova spürte, daß jener von dem veränderten Geschmack profitiert hatte. Casanova war stolz darauf, ein aufgeklärter Abenteurer des Ancien Régime zu sein – urban, geschliffen, geistreich und vornehm. Cagliostro gehörte dem dunkleren, chaotischen Reich der plebejischen Revolution und des romantischen Irrationalismus an. Die Welt schien Cagliostro deshalb zu lieben, weil er ein Wilder war. »Dies ist ein Mann«, schrieb Casanova, »den seine Anhänger für weise halten, weil er unwissend wirkt, wenn er spricht. Dies ist ein Mann, der überreden kann, weil er keine Sprache beherrscht. Dies ist ein Mann, den man versteht, weil er sich nie erklärt... Dies ist ein Mann, den man für edel hält, weil er in seiner Rede und in seinem Benehmen plump ist. Dies ist ein Mann, den man für aufrichtig hält, weil er aussieht wie ein Lügner.«[20] Casanova starb 1797. Der letzte Brief, den er erhielt, stammte von Elisa von der Recke. Bis zuletzt war er überzeugt, daß der Welt, die er gekannt hatte, etwas Schreckliches zugestoßen war, aber was, das vermochte er nicht genau zu sagen.

Thomas Carlyle traute sich dies zu. Sein Aufsatz über »Graf Cagliostro. In zwei Fluchten« beginnt mit der Erkundung desselben zentralen Rätsels wie Casanovas *Soliloque d'un penseur* – des Geheimnisses von Cagliostros Erfolg. Wie, so fragte Carlyle, konnte ein Mann ohne Intellekt,

Schönheit oder Charme so viele der mächtigsten Adligen, der größten Kirchenmänner und der herausragenden Denker Europas übertölpeln und blenden? Carlyle räumt ein, daß Cagliostro einige außergewöhnliche negative Eigenschaften besaß: »Gerissenheit in höchstem Grade«, »eine eherne Unverschämtheit«, »eine gewisse verteidigungsfähige Wildheit, wie sie den Schweinen zu eigen zu sein pflegt«, die »Schlauheit eines Fuchses«. Er war auch ein Künstler auf dem Nährboden des Wunders, der träge Phantasien entzünden konnte. Kurzum, Cagliostro war die perfekte Verkörperung seines Typs – ein »Halunkengenie«.

Wie bei allen Genies, so Carlyle weiter, war das, was Cagliostro aus der Gewöhnlichkeit heraushob, seine Fähigkeit, den Bedürfnissen und Sehnsüchten seiner Zeit Ausdruck zu verleihen. Balsamo war in einer Epoche des extremsten sozialen Niedergangs und des »äußersten Verfalls der moralischen Prinzipien« in Europa aufgetaucht. Die Unredlichkeit seiner Völker hatte Europa an den Rand der Zerstörung gebracht: »Die grenzenlosen Materialien zum Betruge, die Habgier und Unwissenheit und ganz besonders der tierische Sinn, welcher in diesem, dem am leichtesten zu täuschenden modernen Zeitalter in Europa vorhanden ist.«

Cagliostros Zeitalter war nicht das der Vernunft, sondern der Scharlatanerie und des Betrugs, und der Sizilianer war deren sublimer Archetyp: »... Ein ausgezeichnet passendes Gesicht, würdig, von dem Scharlatan der Scharlatane getragen zu werden. Es ist ein echtes aufgeblähtes Halunkengesicht: ein dickes, freches, abscheuliches Gesicht mit dicken Lippen und platter Nase und dem Ausdruck der Habgier, Sinnlichkeit und stierartigen Hartnäckigkeit, einer dreisten, unverschämten Stirn, zwei seraphisch schmachtenden, wie in himmlischer Betrachtung aufwärtsgewendeten Augen, in welchen ein Anflug von Humor lauert – im ganzen genommen vielleicht das vollkommenste Scharlatangesicht, welches das achtzehnte Jahrhundert hervorgebracht hat.«[21] Es war gleichermaßen natürlich und unvermeidlich, so glaubt Carlyle, daß dieser Mann die Gelegenheit zum Betrug ebenso beim Schopf ergriff wie »Jeanne de Saint-Rémy de Saint-Behelf«, die Königin der Lügnerinnen, die ihren erotischen Zauber spielen ließ und deren hervorstechendste Eigenschaft ihre »Unbezähmbarkeit« war. Ob als Rivalen oder als Verbündete, so Carlyle, hatten Jeanne und Giuseppe die Halsbandaffäre angezettelt, um ihre Habgier zu befriedigen,[22] und in deren Verlauf eine Revolution ausgelöst, die die Welt auf immer veränderte.

Als 1837 Carlyle sein Hauptwerk *Die Französische Revolution* veröffentlichte, schien es ihm ganz natürlich, die letzte Szene Cagliostro zu überlassen, der die Revolution prophezeit hatte und deren Ausgang wie kein anderer personifizierte: »›Alle Wohnungen der Menschen zerstört; die Berge selbst zerschiefert und zerspalten, die Täler schwarz und tot: öde und leer ist die Welt. Wehe denen, die dann geboren werden! Einen König, eine Königin ... dann flogen sie empor, knisternd wie Papierrollen. Und Ischariot Égalité ward hineingestürzt, und du, grimmiger Launay mit deiner grimmigen Bastille; und ganze Geschlechter und Völker; fünf Millionen einander mordender Menschen. Denn es ist das Ende des Reiches der Lüge (das da Finsternis ist und dichter Feuerrauch) und die Verbrennung aller Gigs der Erde in unauslöschlichem Feuer.‹ So lautet die Weissagung. Hat sie sich nicht erfüllt? Erfüllt sie sich nicht noch jetzt?«[23]

Carlyles Beschreibung Cagliostros als Archetyp eines Scharlatans war so überzeugend, daß sie sich, wie alle Mythen, schon bald aus ihrem historischen Kontext löste und bis heute wirksam ist. Umberto Eco hat diesen Mythos in einen neuen, zeitgemäßen Kontext gestellt. Für ihn ist Cagliostro weniger der Prophet der Aufklärung des 18. Jahrhunderts oder des Industriezeitalters als vielmehr der Prophet der Postmoderne. Er sieht Cagliostro als ein leeres Zeichen, einen Menschen von so durchsichtiger Gewöhnlichkeit, daß er sich als Projektionsfläche für die vielfältigen Phantasien derer eignet, die jeden Sinn für die Wirklichkeit verloren haben. Heute, so Eco, bereisen Abenteurer wie Cagliostro nicht Italien oder Frankreich, sondern Kalifornien, wo sie als Propheten, Magier und Heiler des »New Age« auftreten und die psychische Unsicherheit und moralische Verwirrung der Leute ausnutzen. Die Cagliostros von heute konstatieren eine »Krise der Vernunft« und setzen an die Stelle der realen Welt »die Industrie des Absolut Falschen« – hyperrealistische »verzauberte Schlösser«, »Klöster des Heils« und Kitschkathedralen. Die modernen Schamanen des Fernsehens erinnern an den Kophta, wenn sie die Augen verdrehen, um überirdischen Beistand zu beschwören; wenn sie unter Ächzen und Stöhnen mit dem Teufel ringen; und wenn sie mit honigsüßen Worten und durch Handauflegen Kranke heilen. In Los Angeles und nicht in Rom oder Paris finden wir Eco zufolge heute die direkten Nachfahren der ägyptischen Freimaurerei, einen Mischmasch aus New-Age-Gurus, Internet-Hellsehern, Geister beschwörenden Exorzisten, Pseudo-Rosenkreuzern und modernen Templern.[24]

Walter Benjamin jedoch glaubte, daß Cagliostros Ruf als Magier ihn zum Titanen in der Geschichte der westlichen Kultur gemacht hat. Benjamin betrachtete Cagliostro als Messias des Untergrunds und Genie der Unordnung, der in einer repressiven Welt kreative Irrationalität predigte. Für Benjamin, der Männer wie Kardinal Doria als Vorläufer des Totalitarismus des 20. Jahrhunderts ansah, war Cagliostro der heilsame Sand im Getriebe der Aufklärung. Cagliostro stand für die unterdrückten magischen Anfänge der Wissenschaft, die nach der Französischen Revolution in den Untergrund abgedrängt wurden. Er war der letzte wahre Alchemist, ein Phantom der Irrationalität, der wie die Geister seiner Séancen wiederkehrte, um die Fetischisten der Vernunft heimzusuchen.[25]

Cagliostro wurde auch zum Träger moderner magischer

Träume. Lewis Spences *Encyclopedia of the Occult* nennt ihn »einen der größten Okkultisten aller Zeiten«.[26] Es gibt spiritistische Medien, die behaupten, sie seien die Inkarnation Cagliostros; andere verkaufen seine Verjüngungsrezepte. Die schweizerische Spiritistin und Astralreisende Hélène Smith (Catherine Elise Müller) bekam angeblich ein Doppelkinn und sprach in sizilianischem Tonfall, wenn Cagliostro von ihr Besitz ergriff.[27] Und die gefeierte russische Mystikerin Madame Blavatzky (1831-1891) sah in Cagliostro den Begründer ihrer hermetischen ägyptischen Theosophie.[28] Heute lebt Cagliostro weniger in spiritistischen Sitzungen, dafür aber im Kino weiter. Giuseppe Balsamo wäre begeistert, sich in dem Science-Fiction- und Fantasy-Film *Spawn* auf der Leinwand zu sehen – wie er die Revolverhelden der göttlichen Heerscharen in den Kampf gegen die nekromantischen Monster aus den Tiefen der Hölle führt.

Nichts demonstriert Cagliostros kulturellen Aufstieg besser als die Tatsache, daß sein Name zum Synonym für »Magie« geworden ist. In *Webster's Dictionary of Synonyms and Antonyms* teilt er sich diese Ehre mit Svengali. Aber das Wörterbuch verrät uns nicht, ob »Cagliostro« für die weiße oder für die schwarze Magie steht, für das Werk Gottes oder das Werk des Teufels. So oder so ist Cagliostro damit unsterblich. Durch die Verwandlung in eine Kunstfigur, ein ästhetisches Prinzip und eine populäre Ikone ist Giuseppe Balsamo schließlich, wie er versprochen hat, in den Kreis der himmlischen Geister aufgestiegen, die das menschliche Schicksal lenken.

Von all den realen und mythischen Verkörperungen des Giuseppe Balsamo/Alessandro Cagliostro, die beide ein und dieselbe Person sind, fasziniert mich letztlich am meisten diejenige, die mir vor Balsamos Haus in Palermo begegnet ist und die mich auf die Idee brachte, dieses Buch zu schreiben. Es ist die Vorstellung von Cagliostro als einen mit Fehlern behafteten, brüchigen Helden dieser Stadt. Der Journalist Vincenzo Salerno bringt es auf den Punkt, wenn er schreibt: »Jede italienische Stadt hat einen Schutzheiligen … Welche historische Gestalt verkörpert am besten die sizilianische Hauptstadt, den ›Palermitanismus‹, für den die Stadt heute berühmt ist? Am besten wohl ein Scharlatan, Betrüger, Alchemist, Erzgauner und Allround-Schlawiner namens Graf Cagliostro.«[29] Ich glaube, er hat recht. Meine palermitanischen Freunde – Sebastian, Ninetta und der Wirt des Restaurants – waren nicht weniger realistisch und nicht weniger stolz auf Giuseppe Balsamo, den *uomo di popolo* aus Palermo. Ninetta drückte es am treffendsten aus: »Cagliostro war vielleicht ein Betrüger, aber er hatte eine große Seele.«

Anmerkungen

Prolog: Balsamos Haus

1 [Giovanni Barberi], *Compendio della vita, e delle gesta di Giuseppe Balsamo denominato il Conte Cagliostro. Che si è estratto dal Processo contro di lui formato in Roma l'anno 1790. E che può servire di scorta per conoscere l'indole della setta de Liberi muratori*, Rom 1791 (neu hg. v. Giuseppe Quatriglio, Mailand 1973); deutsch unter dem Titel »Leben und Taten des Joseph Balsamo, sogenannten Grafen Cagliostro. Nebst einigen Nachrichten über die Beschaffenheit und den Zustand der Freimaurersekten aus den Akten des 1790 in Rom wider ihn geführten Prozesses gehoben und aus dem in der päpstlichen Kammerdruckerei erschienenen italienischen Originale übersetzt«, Zürich 1791, abgedruckt in: Klaus H. Kiefer (Hg.), *Cagliostro. Dokumente zu Aufklärung und Okkultismus*, München, Leipzig und Weimar 1991, S. 489.

2 Thomas Carlyle, »Count Cagliostro: In Two Flights [1833]«, in: *Critical and Miscellaneous Essays*, 5 Bde., London 1898, Bd. 3, S. 298-301; deutsch unter dem Titel »Graf Cagliostro. In zwei Fluchten«, in: *Werke I*, Stuttgart o.J.

3 Baronne d'Oberkirch, *Mémoires sur la cour de Louis XVI*, 2 Bde., Brüssel 1854, Bd. 1, S. 2-9.

4 Barberi, »Leben und Taten des Joseph Balsamo«, S. 463.

5 Alfred R. Weber: »Cagliostro in den Augen seiner Zeitgenossen«, *Basler Jahrbuch*, Basel 1959, S. 161.

6 Roberto Gervaso, *Cagliostro: A Biography*, London 1974, S. 26f.

Freimaurer

1 *A New English Dictionary on Historical Principles*, hg. v. J. A. H. Murray, Oxford 1897, Bd. IV.

2 Giacomo Casanova, *Geschichte meines Lebens*, Bd. 11, Frankfurt/Main und Berlin 1967, S. 186-198. Zu Casanova vgl. Lydia Flem, *Casanova or the Art of Happiness*, Harmondsworth 1998; Derek Parker, *Casanova*, Stroud 2002.

3 Frederick Smith, *Brethren in Chivalry*, London 1991, S. 1-12; François Ribadeau Dumas, *Cagliostro*, London 1966, S. 17-19; Gervaso, *Cagliostro*, S. 28f.; W. R. H. Trowbridge, *Cagliostro: The Splendour and Misery of a Master of Magic*, New York 1910, S. 19-48; Jean Villiers, *Cagliostro: Le prophète de la révolution*, Paris 1988, S. 29-33.

4 Barberi, »Leben und Taten des Joseph Balsamo«, S. 466; Archives Nationales, Paris, Y/13125, Brief datiert: Palerme en Sicile, le 2. 9. 1786, Antoine Bracconiere an M. Fontaine, Commissaire.

5 P. Maruzzi, *Bibliografia massonica italiana*, zitiert bei Gervaso, *Cagliostro*, S. 32.

6 Constantin Photiadès, *Les vies du Comte de Cagliostro*, Paris 1932, S. 93-95.

7 Archives Nationales, Y/13125, Pièces relatives au procès du cardinal de Rohan, Interrogatoire Laurence Feliciani, Ehefrau von Balsamo, Monsieur le Commissaire Bernard-Louis Philippe Fontaine in Châtelet.

8 Casanova, *Geschichte meines Lebens*, Bd. 11, S. 196.

9 Casanova, *Geschichte meines Lebens*, Bd. 11, S. 195.

10 Archives Nationales, Y/13125. Kriminalberichte an Monsieur le Commissaire Bernard-Louis Philippe Fontaine in Châtelet, Interrogatoire, Laurence Feliciani, I, 11. Februar 1773.

11 Casanova, *Geschichte meines Lebens*, Bd. 11, S. 197.

12 Casanova, *Geschichte meines Lebens*, Bd. 11, S. 197.

13 Photiadès, *Les vies du Comte de Cagliostro*, S. 101-105.

14 Archives Nationales, Y/13125, Interrogatoire Laurence Feliciani, Bernard-Louis Philippe Fontaine in Châtelet, 11. Februar 1773.

15 Gervaso, *Cagliostro*, S. 43f.; Photiadès, *Les vies de Cagliostro*, S. 122f.

16 Zum Ewigen Juden vgl. George K. Anderson, *The Legend of the Wandering Jew*, Brown University Press, Kalifornien, 1965, bes. S. 128-131; Brian Stableford (Hg.), *Tales of the Wandering Jew*, Cambridge 1991, S. 6f.

17 Paul Chacornac, *Le comte de Saint-Germain*, Paris 1989.

18 Marc Haven, *Le maître inconnu: Étude historique et critique sur la haute magie*, Lyon 1964, S. 33-48.

19 *Courier de l'Europe* 20 (33), 24. Oktober 1786.

20 John Hamill, *The History of English Freemasonry*, Surrey 1994, S. 19-59.

21 Jasper Ridley, *The Freemasons*, London 2000, S. 47-67.

22 Smyth, *Brethren in Chivalry*, S. 13-22; Lewis Spence, *The Encyclopedia of the Occult*, London 1988, S. 405-408.

23 Albert G. Mackey, *Encyclopedia of Freemasonry and Its Kindred Sources*, Philadelphia 1917, S. 397-401, 482-491, 752-755, 865f.; Rosemary Ellen Gulley, *Harper's Encyclopedia of Mystical and Paranormal Experience*, New York 1991, S. 518-522.

24 *Courier de l'Europe* 20 (33), 24. Oktober 1786.

25 Henry Ridgely Evans, *Cagliostro and His Egyptian Rite of Freemasonry*, Washington 1919, S. 12-17.

26 Barberi, »Leben und Taten des Joseph Balsamo«, S. 486.

27 »Le Comte de Cagliostro«, Ausstellung 21. Mai – 11. Juni 1989, Les

Baux de Provence, Association culturelle Les Amis du Prince Noir, S. 78 (Typoskript, Bibliothèque Nationale, Paris).

28 Giacomo Casanova, *Soliloque d'un penseur* [Prag 1786], *Biblioteca Casanoviana*, Bd. 1, Paris 1998, S. 27f.

29 Giovanni Comisso, *Les Agents secrets de Venise*, 1705-1797, Paris 1990, S. 80 und 154; S. Guy Endore, *Casanova: His Known and Unknown Life*, New York 1929, S. 271-293; Philippe Monnier, *Venise au XVIIIe siècle*, Paris 2001, S. 159-174.

30 G. Henningsen und John Tedeschi (Hg.), *The Inquisition in Early Modern Europe: Studies in Sources and Methods*, De Kalb, Ill., 1986, S. 135.

31 Casanova, *Soliloque d'un penseur*, S. 29f.

32 Photiadès, *Les vies de Cagliostro*, S. 92.

33 Casanova, *Soliloque d'un penseur*, S. 37.

34 Casanova, *Geschichte meines Lebens*, Bd. 3, S. 150.

35 Casanova, *Geschichte meines Lebens*, Bd. 3, S. 149.

36 Casanova an Zaguri, 23. Dezember 1792, »Supplement«; Casanova, *Geschichte meines Lebens*, Bd. 12, S. 136.

37 Endore, *Casanova*, zitiert Le Gras, S. 178f.

38 Casanova, *Geschichte meines Lebens*, Bd. 3, S. 150f.

Nekromant

1 Samuel Johnson, *A Dictionary of the English Language*, London 1756.

2 Charlotte Elisabeth Constantia de la Recke [Elisa von der Recke], »Relation dú séjour qu'a fait le fameux Cagliostro à Mitau en 1779 et des opérations magiques qu'il y a faites«, »Introduction«, Archiv der Familie Huber, Staatsarchiv Basel, 694 A 6, S. 3f.

3 Photiadès, *Les vies du Comte de Cagliostro*, S. 98-101.

4 Steven Luckert, »Cagliostro as a Conspirator: Changing Images of Joseph Balsamo in Late Eighteenth-Century Germany«, in: *Presenza di Cagliostro*, S. 191-210.

5 Charlotte Elisabeth Konstantia von der Recke, »Nachricht von des berüchtigten Cagliostro Aufenthalte in Mitau, im Jahre 1779, und von dessen dortigen magischen Operationen«, in: *Dokumente zu Aufklärung und Okkultismus*, hg. v. Klaus H. Kiefer, München, Leipzig und Weimar 1991, S. 20-143.

6 von der Recke, »Nachricht«, S. 53.

7 Photiadès, *Les vies du Comte de Cagliostro*, S. 165f.

8 von der Recke, »Nachricht«, S. 86f.; de la Recke, »Relation dú séjour«, S. 20.

9 von der Recke, »Nachricht«, S. 90f.

10 de la Recke, »Relation dú séjour«, S. 61.
11 von der Recke, »Nachricht«, S. 86-88, 90f.
12 von der Recke, »Nachricht«, S. 38, 141ff.
13 von der Recke, »Nachricht«, S. 38.
14 Johann Lorenz Blessig, *Leben des Grafen Johann Friedrich von Medem nebst seinem Briefwechsel hauptsächlich mit der Frau Kammerherrin von der Recke, seiner Schwester,* Straßburg 1792, 2 Teile; 1. Teil, S. 57.
15 Blessig, *Friedrich von Medem,* 1. Teil, S. 9-13, 27f.
16 Blessig, *Friedrich von Medem,* 1. Teil, S. 32.
17 Blessig, *Friedrich von Medem,* 2. Teil, S. 105-107, 140.
18 Blessig, *Friedrich von Medem,* 2. Teil, S. 105, 107.
19 Friedrich Parthey an Elisa von der Recke, 18. Mai 1779, in: Elisa von der Recke, *Tagebücher,* Bd. 2, Leipzig 1902, S. 111.
20 Blessig, *Friedrich von Medem,* 1. Teil, S. 138f.
21 von der Recke, »Nachricht«, S. 69.
22 von der Recke, »Nachricht«, S. 72.
23 von der Recke, »Nachricht«, S. 75f.
24 von der Recke, »Nachricht«, S. 82.
25 von der Recke, »Nachricht«, S. 84.
26 von der Recke, »Nachricht«, S. 115f.
27 von der Recke, »Nachricht«, S. 116f., 120, 121f.
28 von der Recke, »Nachricht«, S. 107f.
29 de la Recke, »Relation dú séjour«, S. 18.

Schamane

1 *New English Dictionary,* 1914, Bd. VIII, Teil 2.
2 Charles Henri Heyking, »Cagliostro parmi les Russes«, in: *Initiation,* 1898, S. 5.
3 Heyking, »Cagliostro parmi les Russes«, S. 8.
4 Heyking, »Cagliostro parmi les Russes«, S. 9.
5 *Initiation,* Anhang (August 1898), S. 133.
6 Photiadès, *Les vies du Comte de Cagliostro,* S. 179.
7 Casanova, *Geschichte meines Lebens,* hg. v. Günter Albrecht, München 1987, Bd. 10, S. 93-99.
8 Casanova, *Geschichte meines Lebens,* Bd. 10, S. 111.
9 Casanova, *Geschichte meines Lebens,* Bd. 10, S. 124-180.
10 Zur Erörterung dieser Streitfrage vgl. Margaret C. Jacob, *Living the Enlightenment: Freemasonry and Politics in Eighteenth Century Europe,* Oxford 1991.
11 Henri Troyat, *Catherine the Great,* London 2000, S. 63; Hedwig

Fleischhacker, *Mit Feder und Zepter: Katharina II. als Autorin,* Stuttgart 1978; Douglas Smith, »Freemasonry and the Public in Eighteenth-Century Russia«, *Eighteenth-Century Studies* 29 (1), 1996, S. 25-44.

12 Simon Sebag Montefiore, *Prince of Princes: The Life of Potemkin,* London 2000, S. 209.

13 Barberi, »Leben und Taten des Joseph Balsamo«, S. 491.

14 Isabel de Madariaga, *Russia in the Age of Catherine the Great,* New Haven und London 1981, S. 188.

15 L.-H. Labande (Hg.), *Un diplomate français à la cour de Catherine II: Journal intime du Chevalier de Corberon, chargé d'affaires de France en Russie,* 2 Bde., Paris 1901, Bd. 1, S. 211.

16 Montefiori, *Potemkin,* S. 349.

17 Montefiori, *Potemkin,* S. 55f.

18 Corberon, *Journal intime*, Bd. 1, Introduction; Wilfred-René Chettéoui, *Cagliostro et Catherine II,* Paris 1947, S. 35; Marc Haven, *Le maître inconnu Cagliostro: Études historique et critique sur la haute magique,* Lyon 1964, S. 71.

19 de la Recke, »Relation du séjour«, S. 22f.

20 Corberon, *Journal intime*, S. 396.

21 Corberon, *Journal intime*, September 1780; Chettéoui, *Cagliostro et Catherine*, S. 42f.

22 Haven, *Le maître inconnu,* S. 259f.

23 Corberon, *Journal intime*, S. 396.

24 Clementino Vannetti, »Denkmal des Kagliostro. Ein nicht unwichtiger Beitrag zur Geschichte dieses berühmten Mannes von Augen- und Ohrenzeugen« [1791], in: *Dokumente zu Aufklärung und Okkultismus*, hg. v. Klaus H. Kiefer, München, Leipzig und Weimar 1991, S. 293-331, hier S. 314f.

25 Chettéoui, *Cagliostro et Catherine*, S. 37.

26 Clementino Vannetti, »Denkmal des Kagliostro«.

27 Jean-Benjamin de la Borde, *Lettres sur la Suisse adressées à Madame de M*** par un voyageur Français, en 1781*, Genf 1781, 17. Juni 1781, S. 10f.

28 Chettéoui, »Le chaman de Siberie«, in: *Cagliostro et Catherine*, S. 181f.; Katharina II., *Drey Lustspiele wider Schwärmerey und Aberglauben*, hg. v. Friedrich Nicolai, Berlin 1788.

29 Montefiori, *Potemkin,* S. 209.

30 Montefiori, *Potemkin,* S. 174.

31 Catherine II., *Le secret de la société,* in: Chettéoui, *Cagliostro et Catherine*, S. 197f.; vgl. Fleischhacker, S. 176f.

32 Haven, *Le maître inconnu,* S. 76f.

33 Richard Butterwick, *Poland's Last King and English Culture: Stanislaw August Poniatowski* (1732-1798), Oxford 1998, S. 78, 163-170, 219.

34 de la Borde, *Lettres sur la Suisse,* Brief IV, S. 14.
35 de la Borde, *Lettres sur la Suisse,* Brief IV, S. 240.
36 Augustus Moszinsky, »Cagliostro in Warschau. Oder Nachricht und Tagebuch über desselben magische und alchymische Operationen in Warschau im Jahre 1780, geführt von einem Augenzeugen« [1786], in: *Dokumente zu Aufklärung und Okkultismus*, hg. v. Klaus H. Kiefer, München, Leipzig und Weimar 1991, S. 149-176; hier S. 153f.
37 Moszinsky, »Cagliostro in Warschau«, S. 160.
38 Montefiori, *Potemkin,* S. 29.
39 John Hamill and R. A. Gilbert, *World Freemasonry: An Illustrated History,* London 1991, S. 74-80; Una Birch, *Secret Societies of the French Revolution,* London 1911, S. 29-42.
40 Gervaso, *Cagliostro,* S. 92f.; Trowbridge, *Cagliostro,* S. 156; Barberi, »Leben und Taten des Joseph Balsamo«, S. 493.

Großkophta

1 *New English Dictionary,* 1893, Teil 7.
2 Frances Mossiker, *The Queen's Necklace,* London 1961, S. 266.
3 Mossiker, *The Queen's Necklace,* S. 300.
4 Jeanne de La Motte, *The Life of Jane de St-Rémy de Valois*, 2 Bde., Dublin 1792, Bd. 1, S. 106f.
5 Henry Vizetelly, *The Story of the Diamond Necklace,* London 1887, S. 275f.
6 Frau von Campan [Jeanne Louise Henriette Campan], *Memoiren über das Privatleben der Königin Maria Antoinette von Frankreich,* 2 Bde., Breslau 1824, Bd. 2, 12. Kapitel, S. 77-99.
7 Grete de Francesco, *Die Macht des Charlatans,* Basel 1937, S. 192.
8 *Memorial for Count Cagliostro, Plaintiff, versus Maître Chesnon ... Commissary in the Châtelet of Paris, and Le Sieur de Launay ... Governor of the Bastille,* London o.J., S. 23f.
9 Abbé Georgel, *Mémoires pour servir à l'histoire des événements de la fin du dix-huitième siècle,* 2 Bde., Paris 1817, Bd. 2, S. 120.
10 Georgel, *Mémoires,* Bd. 2, S. 45.
11 Jacob, *Living the Enlightenment,* S. 179-202.
12 Photiadès, *Les vies du Comte de Cagliostro,* S. 192f.
13 de la Borde, *Lettres sur la Suisse,* S. 5-8.
14 Haven, *Le maître inconnu,* S. 887-893.
15 Mossiker, *The Queen's Necklace,* S. 96-102.
16 Vizetelly, *The Story of the Diamond Necklace,* S. 76f.; Georgel, *Mémoires,* Bd. 2, S. 50f.

17 »Lettre de M. Sarasin, Négociant de Bâle, à M. Straub, Directeur de Manufacture Royale d'armes blanches, en Alsace. À Strasbourg«, 10. November 1781; Supplément au no. 365, *Journal de Paris,* 31. Dezember 1781.

18 *Mémoires du Comte Beugnot, ancien ministre publiées par le Comte Albert Beugnot, son petit-fils,* 2 Bde., Paris 1866, Bd. 1, S. 11.

19 Rétaux de la Villette, *Mémoires,* zitiert bei Mossiker, *The Queen's Necklace,* S. 64.

20 Jeanne de La Motte, *The Life of Jane de St-Rémy de la Motte,* Bd. 1, S. 384f.

21 Beugnot, *Mémoires,* Bd. 1, S. 11.

22 Mossiker, *The Queen's Necklace,* S. 114f.

23 Vizetelly, *The Story of the Diamond Necklace,* S. 37-39; Frantz Funk-Brentano, *The Diamond Necklace,* übersetzt von H. S. Edwards, London 1911, S. 76-79; Mossiker, *The Queen's Necklace,* S. 113-115.

24 Beugnot, *Mémoires,* Bd. 1, S. 27.

25 »Interrogatoire de la fille Leguay, dite D'Oliva«, in: Émile Camperdon, *Marie-Antoinette et le procès du collier, d'après la procedure instruite devant le Parlement de Paris,* Paris 1863, S. 351-356.

26 Beugnot, *Mémoires,* Bd. 2, S. 89.

27 »Justificatory Pieces«, Nr. XIII, Brief des Kardinals an die Königin, 29. Juli 1784, S. 23, Anhang zu den *Memoirs of the Countess de Valois de La Motte,* London 1789.

28 Georgel, *Mémoires,* Bd. 2, S. 60.

29 Gervaso, *Cagliostro,* S. 127.

30 G. Lenôtre, »La Maison de Cagliostro«, *Vieilles maisons, vieux papiers,* Paris 1912, S. 161-171.

31 Evelyn Farr, *Before the Deluge; Parisian Society in the Reign of Louis XVI,* London und Chester Springs 1994, S. 117-122, 126f.

32 Funck-Brentano, *The Diamond Necklace,* S. 99f.

33 Barberi, »Leben und Taten des Joseph Balsamo«, S. 521-525; Gervaso, *Cagliostro,* S. 128-132; zitiert aus der *Leyden Gazette.*

34 Archives Nationales: Fonds Parlement de Paris, x/2B/1417, Prozeß gegen Kardinal Rohan, 30. Januar 1786, Interrogatoire de Comte Cagliostro by Jean-Baptiste Maximilian Pierre Titon.

35 Beugnot, *Mémoires,* Bd. 1, S. 64.

36 Dossier, »Affaire du Collier: Pièces concernant les S et D, Cagliostro, historique et divers particuliers impliqués dans cette affaire«, Interrogatoire, 24. August 1785, Interrogatoire du Sieur de Cagliostro, 30. Januar 1786, in: Camperdon, *Marie-Antoinette,* S. 342-346.

37 Beugnot, *Mémoires,* Bd. 1, S. 61f.

38 Funck-Brentano, *The Diamond Necklace,* S. 304.

39 »Echte Nachrichten von dem Grafen Cagliostro. Aus der Handschrift seines entflohenen Kammerdieners«, in: *Dokumente zu Aufklärung und Okkultismus*, hg. v. Klaus H. Kiefer, München, Leipzig und Weimar 1991, S. 245-280.

40 *Mémoire pour le Cardinal de Rohan*, S. 48f.

41 Jeanne de La Motte, *Life of Jane de St. Rémy de la Motte*, Bd. 1, S. 340-363.

42 Premier interrogatoire de Madame de la Motte ... 21. Januar 1786, in: Camperdon, *Marie-Antoinette*, S. 312-317.

43 *Histoire du collier ou Mémoire de la comtesse de la Motte contre M. Le Cardinal de Rohan et du soi-disant Comte de Cagliostro*, Paris 1786, S. 27f.

44 *Réponse pour la comtesse de Valois La Motte, au mémoire du comte de Cagliostro*, Paris 1786, S. 3-36.

45 Jeanne de La Motte, *Life of Jane de St.-Rémy de la Motte*, Bd. 1, S. 375-377.

46 Jeanne de La Motte, *Life of Jane de St.-Rémy de la Motte*, Bd. 1, S. 359-361.

47 Photiadès, *Les vies du Comte de Cagliostro*, S. 298f.

48 Interrogatoire du Sieur de Cagliostro, 25. August 1792 [?], Dossier, Affaire du Collier, AN F7/4445 und 4550/2; Interrogatoire du Sieur de Cagliostro, 30. Januar 1786, in: Camperdon, *Marie-Antoinette*, S. 338-350.

49 *Memoirs of the Countess de Valois de la Motte*, London 1789, S. 238f.

50 »Verteidigungsschrift des Grafen von Cagliostro, Beklagtens, entgegen den Herrn General-Prokurator, Ankläger, mit Hinsicht auf den Herrn Kardinal von Rohan, die Gräfin von la Motte und andere Mitbeklagte« [1786], in: *Dokumente zu Aufklärung und Okkultismus*, hg. v. Klaus H. Kiefer, München, Leipzig und Weimar 1991, S. 199-244, hier S. 204 und 199.

51 Funck-Brentano, *The Diamond Necklace*, S. 283ff.; Robert Darnton, *The Literary Underground of the Old Regime*, Cambridge, Mass., und London 1982, Kap. 1 und 6; Robert Darnton, *The Forbidden Bestsellers of the Pre-Revolutionary France*, London 1996; Sarah Maza, *Private Lives and Public Affairs: The Causes Célèbres of Prerevolutionary France*, Berkeley, Los Angeles und London 1993, S. 167-211.

52 »Requête au Parlement, les chambres assemblées, par le Comte de Cagliostro ... 24 Février 1786«, Bibliothèque de l'Arsenal, MSS 12457.

53 Grete de Francesco, *Die Macht des Charlatans*, S. 194f.

54 *Memorial for Count Cagliostro*, S. 29-32.

55 Jeanne de La Motte, *Life of Jane de St.-Rémy de la Motte*, Bd. 1, S. 125-127.

1 *New English Dictionary,* 1909, Bd. VII, Teil 2.

2 *Universal Register (The Times),* 7. und 30. Juli 1786.

3 *Universal Register (The Times),* 15. März 1786.

4 Parkyns Macmahon, »Introductory Preface«, *Memorial, or Brief for the Count Cagliostro*, London 1786, S. xi. Zu Macmahon und seiner journalistisch tätigen Frau siehe Pierre Manuel, *La police de Paris dévoilée*, 2 Bde., Paris 1791, Bd. 1, S. 248f.; *Correspondence of Hugh Walpole*, hg. v. W. S. Lewis, Oxford 1971, Bd. 25, S. 557 und 631; British Library, Egerton MS, 3438, Parkyns Macmahon an Lord Holdernesse, 29. Mai 1758, fol. 245f., 5. Oktober 1758, fol. 328f.; *Times* (Nachruf), 16. Januar 1788.

5 *Times,* 7. Juli 1786. Siehe auch 7., 15., 20. März; 24. April; 29., 30. Juni; 6., 7., 8. Juli. Simon Burrows, *French Exile Journalism and European Politics,* 1792-1814, Suffolk und Rochester 2000, S. 8, 74 und 165.

6 *Universal Register (The Times),* 8. Mai 1786; Marsha Keith Schuchard, »Lord George Gordon and Cabalistic Freemasonry. Beating Jacobite Swords into Jacobin Ploughshares«, MS. der Autorin, S. 26, erscheint in: *Secret Conversions to Judaism in Early Modern Europe,* hg. v. Martin Mulsow und Richard Popkin, Brill Academic Publishers, Leichen 2003.

7 Gordon P. G. Hills, »Notes on the Rainsford Papers in the British Museum«, *Ars Quatuor Coronatorum* [AQC] xxxvii (1913), S. 93-117; Gordon P. G. Hills, »Notes on Some Masonic Personalities at the End of the Eighteenth Century«, *AQC* xxv (1912), S. 141-164; Marsha Keith Schuchard, »The Secret History of Blake's Swedenborgian Society«, *Blake/An Illustrated Quarterly* (Herbst 1992), S. 40-51.

8 Jocelyn Godwin, *The Theosophical Enlightenment,* New York 1994, S. 93-114.

9 Neben den oben zitierten Aufsätzen von Schuchard siehe auch Clarke Garrett, *Respectable Folly,* Baltimore und London 1975, v. a. Kap. 5; Peter Ackroyd, *Blake*, London u. a. 1995, v. a. Kap. 15 und 16.

10 Zu Swinton siehe die anonyme, offenbar von einem Anhänger Cagliostros verfaßte Biographie, *The Life of Count Cagliostro,* London 1787, S. 94f.; Margery Weiner, *The French Exiles,* 1789-1815, London 1960, S. 119f.

11 Sophie von La Roche, *Tagebuch einer Reise durch Holland und England.* Nachdruck der Ausgabe von 1788, mit einem Vorwort von Barbara Becker-Cantarino, Karben 1997, S. 293-299; hier S. 294.

12 *Lettre du Comte de Cagliostro au peuple Anglais: Pour servir de suite à ses mémoires,* London 1786, S. 41f.

13 Paul Robiquet, *Théveneau de Morande: Étude sur le XVIIIe siècle,* Paris 1882, S. 9-21.

14 Robiquet, *Théveneau de Morande,* S. 62-65; Trowbridge, *Cagliostro,* S. 260-262; Darnton, *Literary Underground,* S. 1-40.

15 Gary Kates, *Monsieur d'Eon is a Woman: A Tale of Political Intrigue and Sexual Masquerade*, New York 1995, S. 213.

16 Peter Wagner, *Eros Revived: Erotica of the Enlightenment in England and America*, London 1990, S. 92-99.

17 M. Dorothy George, *Catalogue of Personal and Political Satires. Preserved in the Department of Prints and Drawings in the British Museum,* 11 Bde., London 1935, Bd. 5, Nr. 5247, »The French Lawyer in London«, S. 178.

18 Claude Manceron, *Toward the Brink, 1785-1787. The Age of Revolution,* 5 Bde., New York und London 1989, Bd. 4, S. 229.

19 Kates, *Monsieur d'Eon,* S. 210-214, 243-245.

20 Kates, *Monsieur d'Eon,* S. 213f.

21 Robert Darnton, *The Corpus of Clandestine Literature in France,* 1769-1789, New York und London 1995, S. 199.

22 Gervaso, *Cagliostro,* S. 167f.

23 Simon Burrows, »A Literary Low-Life Reassessed: Charles Théveneau de Morande in London, 1769-1791«, *Studies in the Eighteenth Century, 10, Eighteenth Century Life* 22, neue Folge 1 (Februar 1998), S. 83-85.

24 Maza, *Private Lives and Public Affairs,* S. 191-211.

25 Bibliothèque de l'Arsenal, MSS 12457, »Copie d'une lettre écrite par Cagliostro à M. ... 20 juin 1786«, fol. 21ff.

26 Hans-Jürgen Lüsebrink und Rolf Reichardt, *Die Bastille. Zur Symbolgeschichte von Herrschaft und Freiheit,* Frankfurt/Main 1990, S. 33f.

27 Bibliothèque de l'Arsenal, MSS 12457, »Copie d'une lettre écrite par Cagliostro à M. ... « Der Brief ist vollständig abgedruckt in: F. Ribadeau Dumas, *Cagliostro,* Paris 1966, S. 176-178.

28 *The Letters of Edward Gibbon: Volume Two,* 1774-1782, hg. v. J. E. Norton, London 1956, S. 243-245.

29 Siehe Iain McCalman, »Lord George Gordon and Madame La Motte: Riot and Sexuality in the Genesis of Burke's Reflections on the Revolution in France«, in: *Journal of British Studies* 35 (Juli 1996), S. 343-367.

30 Siehe zum Beispiel *Times,* 7. September, 8. November und 11. November 1785; George, *Personal and Political Satires*, Bd. 6, Nr. 7134, 30. Januar 1787, S. 393; Nr. 8249, 1. Oktober 1785; Public Record Office, PC1/3127, »A Letter of His Grace Archbishop of Canterbury«, London 1787, S. 5-7.

31 Munro Price, *Preserving the Monarchy,* Cambridge 1995, S. 182f.; Vizetelly, *The Story of the Diamond Necklace,* S. 284-287; Jeanne de La Motte, *Memoirs,* S. 158-178 (Bericht des Grafen de La Motte).

32 »Information against Lord George Gordon. Defamatory Libels against Princess Marie-Antoinette and François Barthelemy«, Michaelmas 27, George III, 1786, Public Record Office, Treasury Solicitor's Files, TS11/ 388/1212. Siehe auch *Public Advertizer and Morning Chronicle,* 22., 24. und 26. August 1786.

33 Siehe zum Beispiel *Times,* 1. November 1786, als Lord Bute ein Gespräch verweigert wurde mit der Begründung, er sei kein Freund Gordons.

34 Sarasin'sches Familienarchiv, PA 212 F11, 27, Briefe von Sophie von La Roche an Gertrude Sarasin, 30. Oktober 1784; 2. August, 17. November 1785; 5. und 23. März, 17. Juli 1786. La Roche, *Tagebuch einer Reise,* S. 295.

35 J. Paul de Castro, *The Gordon Riots,* London 1926, S. 247.

36 La Roche, *Tagebuch einer Reise,* S. 296f.

37 Haven, *Le maître inconnu,* S. 186f.

38 Photiadès, *Les vies du Comte de Cagliostro,* S. 333.

39 Barberi, »Leben und Taten des Joseph Balsamo«, S. 499, 501f.; *Lettre du Comte de Cagliostro au peuple Anglais,* London 1786, S. 40-42.

40 *Courier de l'Europe,* 22. August 1786, 20 (15), S. 117; 29. August 1786, 20 (17), S. 125-134; 1. September 1786, 20 (18), S. 142f.

41 *Courier,* 22. August 1786.

42 *Courier,* 5. September 1786, 20 (19), S. 151.

43 *Lettre du Comte de Cagliostro au peuple Anglais,* London 1786, S. 53-55.

44 *Courier,* 29. August und 1., 5. September 1786.

45 von der Recke, *Tagebücher,* Bd. 2, Juli 1779, S. 112-116; von der Rekke, *Nachricht,* 142f.; von der Recke, *Mein Journal* ... 1791 und 1793-1795, Leipzig 1927, S. 77f.

46 *Courier,* 10., 13. und 17. Oktober 1786.

47 Richard Altick, *The Shows of London,* Cambridge, Mass., und London, S. 119-127; Rüdiger Joppien, *Philippe Jacques de Loutherbourg, RA,* 1740-1812, London 1973; Morton D. Paley, *The Apocalyptic Sublime,* Newhaven und London 1986, S. 51-70; Christopher Baugh, *Theatre in Focus: Garrick and de Loutherbourg,* Cambridge and Alexandria, Va., 1990, S. 21-51.

48 [W. H. Pyne,] *Wine and Walnuts; or After Dinner Chit-Chat by Ephraim Hardcastle,* 2 Bde., London 1823, Bd. 1, S. 302f.

49 Terry Castle, »Phantasmagoria: Spectral Technology and the Metaphorics of Modern Reverie«, *Critical Inquiry* (Herbst 1988), S. 26-61;

Barbara Stafford, *Artful Science: Enlightenment Entertainment and the Eclipse of the Visual Education,* Cambridge, Mass., und London 1994), S. 74-79.

50 Guy Chapman, *Beckford,* New York 1937, S. 99, 105f.

51 Paley, *Apocalyptic Sublime,* S. 52.

52 Godwin, *Theosophical Enlightenment,* S. 100.

53 Philippe Jacques de Loutherbourg, *A Catalogue of All the Valuable Drawings, Sketches, Sea Views and Studies of That Celebrated Artist Jacques Philippe de Loutherbourg RA ... Also Includes Library of Scarce Books,* London 18. Juni 1812.

54 Photiadès, *Les vies du Comte de Cagliostro,* S. 346f.

55 *The Lectures of J.B. de Mainauduc, M.D., Member of the Royal College of Surgeons in London,* London 1788; Patricia Fara, »An Attractive Therapy: Animal Magnetism in Eighteenth-Century England«, *History of Science* 32 (1995), S. 138-145; Marsha Keith Schuchard, »Blake's Healing Trio: Magnetism, Medicine and the Mania«, *Blake: An Illustrated Quarterly* 22 (1989), S. 20-22; G.E. Bentley Jr., »Mainaduc [sic], Magic and Madness: George Cumberland and the Blake Connection«, *Notes and Queries* 236 (Sept. 1991), S. 294-296.

56 Marsha Keith Schuchard, »William Blake and the Promiscuous Baboons: A Cagliostrean Séance Gone Awry«, *British Journal for Eighteenth-Century Studies* (Herbst 1995), S. 51-71.

57 Moszinsky, »Cagliostro in Warschau«, S. 173.

58 *Courier,* 19. Oktober 1786, S. 255f.; 26. Oktober 1786 und 26. November 1786, S. 270ff.

59 Ich danke Dr. Michael Rhodes, Hauptkurator der Torquay Council Gallery, für die freundliche Genehmigung, Fotos von diesen wunderbaren, wenig bekannten Gemälden zu machen.

60 Photiadès, *Les vies du Comte de Cagliostro,* S. 343.

61 *Courier,* 3. November 1786, S. 290f.

62 »Anecdote Maçonnique: A Masonic Anecdote«, 11. November 1786, in: George, *Personal and Political Satires,* S. 332-334; *General Advertiser,* 29. November 1786. Deutsch in: *Dokumente zu Aufklärung und Okkultismus,* hg. v. Klaus H. Kiefer, München, Leipzig und Weimar 1991, S. 724f.

63 *Lettre du Comte de Cagliostro au peuple Anglais,* London 1786, v.a. S. 1-38 und 57-66.

64 »Lord George Gordon and Madame La Motte«, *Journal of British Studies* 35 (Juli 1996), S. 343-367.

65 *Courier,* 13. Oktober 1786, S. 237f.

1 *New English Dictionary* 1910, Bd. VIII, Teil I.

2 Das entsprach in den dreißiger Jahren des 20. Jahrhunderts einem Gegenwert von mehr als 2 Millionen Schweizer Franken. Lionel Gossman, *Basel in the Age of Burckhardt: A Study in Unseasonable Ideas*, Chicago und London 2000, S. 45.

3 Raymond Silva, *Joseph Balsamo, alias Cagliostro*, Genf 1975, S. 177.

4 Sarasin'sches Familienarchiv (Staatsarchiv Basel) PA 212 F 11, 23, Briefe von Jacques Sarasin, 10.-12. Juni 1783.

5 Haven, *Le maître inconnu*, S. 202f.; Antoine Faivre, *Kirchberger et l'illuminisme du dix-huitième siècle*, Paris 1966, S. xxf. und 78; Gossman, *Basel in the Age of Burckhardt*, S. 204f.

6 Barberi, *Leben und Taten des Joseph Balsamo*, S. 519.

7 J. und G. Sarasin, »Rezeptbüchlein«, Sarasin'sches Familienarchiv, PA 212, F 5, 49 Seiten.

8 S. Wildermett an J. Sarasin, 26. Januar 1787; Sarasin'sches Familienarchiv, PA 212 F 11, 14, Nr. 5, und A. Wildermett an J. Sarasin, 10. März 1787.

9 Sarasin'sches Familienarchiv, PA 212, F 11, 14, Briefe von S. Wildermett an J. Sarasin, 25., 26. Januar; 6., 7. und 23. Februar; 8., 23. und 31. März; 2. April; 4., 12. und 29. Mai 1787.

10 Haven, *Le maître inconnu*, S. 202-205.

11 Sarasin'sches Familienarchiv, PA 212, F 11, 33, Nr. 15, Gertrude Sarasin, 23. Juni 1786.

12 Sarasin'sches Familienarchiv, PA 212, F 11, 14, S. Wildermett an J. Sarasin, 23. Juli 1787.

13 Archives russes, undatiert. Zitiert bei: Chettéoui, *Cagliostro et Catherine*, S. 49.

14 Chettéoui, *Cagliostro et Catherine*, S. 55.

15 Katharina II, »Character of a Shaman«, in: Chettéoui, *Cagliostro et Catherine*, S. 57.

16 Sarasin'sches Familienarchiv, PA 212, F 11, 4, Nr. 12, P. J. de Loutherbourg an S. Wildermett, undatiert.

17 Sarasin'sches Familienarchiv, PA 212, F 11, 33, Nr. 20, J. Sarasin an de Gingins, 12. Januar 1788.

18 Sarasin'sches Familienarchiv, PA 212, F 11, Nr. 14, S. Wildermett an J. Sarasin, 9. Oktober 1787.

19 Sarasin'sches Familienarchiv, PA 212, F 11, 4, Nr. 12, P. J. de Loutherbourg an J. Sarasin, undatiert (etwa 3. Oktober), 12. und 14. Oktober 1787.

20 Sarasin'sches Familienarchiv, PA 212, F 11, 33, Nr. 5, Suzette Sarasin an ihre Eltern, 7. Januar 1788.

21 Sarasin'sches Familienarchiv, PA 212, F 11, 3, Nr. 20, J. Sarasin an de Gingins (Schwager), Januar 1788.
22 Sarasin'sches Familienarchiv, PA 212, F 11, 33, Nr. 5, Suzette Sarasin an ihre Eltern, 7. Januar 1788.
23 Sarasin'sches Familienarchiv, PA 212, F 11, Daschelhofer an J. Sarasin, 15. Oktober 1787.
24 Sarasin'sches Familienarchiv, PA 212, F 11, 14, S. Wildermett an J. Sarasin, 6. und 12. Januar 1788.
25 Sarasin'sches Familienarchiv, PA 212, F 11, 33, »Bericht Jacques Sarasins über die Verhandlungen in Biel und die Vereinbarung zwischen Graf Cagliostro und Philippe Jacques de Loutherbourg«, 12. Januar 1788.
26 Barberi, »Leben und Taten des Joseph Balsamo«, S. 570.
27 Sarasin'sches Familienarchiv, PA 212, F 11, 14, S. Wildermett an Gertrude Sarasin, 20. Juli 1789; vgl. auch Photiadès, *Les vies du Comte de Cagliostro*, S. 357f.
28 Sarasin'sches Familienarchiv, PA 212, F 11, 14, S. Wildermett an J. Sarasin, 21. Januar 1788.
29 Sarasin'sches Familienarchiv, PA 212, F 11, 14, S. Wildermett an J. Sarasin, 15. Februar 1788.
30 Sarasin'sches Familienarchiv, PA 212, F 11, 14, S. Wildermett an J. Sarasin, 28. Januar und 3. Februar 1788.
31 Sarasin'sches Familienarchiv, PA 212, F 11, 14, S. Wildermett an J. Sarasin, 24. Juni 1788.
32 Sarasin'sches Familienarchiv, PA 212, F 11, 14, S. Wildermett an J. Sarasin, 24. Juli 1788.
33 Clementino Vannetti, *Liber memorialis de Caleosto cum esset Roboreti*, o.O. [1789]; deutsch unter dem Titel »Denkmal des Kagliostro. Ein nicht unwichtiger Beitrag zur Geschichte dieses berühmten Mannes von Augen- und Ohrenzeugen (1791)«, in: Klaus H. Kiefer (Hg.), *Cagliostro. Dokumente zu Aufklärung und Okkultismus*, München, Leipzig und Weimar 1991, S. 300.
34 Vannetti, »Denkmal des Kagliostro«, S. 299f.
35 Vannetti, »Denkmal des Kagliostro«, S. 316.
36 Photiadès, *Les vies du Comte de Cagliostro*, S. 367f.
37 Vannetti, »Denkmal des Kagliostro«, S. 316.
38 Vannetti, »Denkmal des Kagliostro«, S. 317 und 320.
39 Vannetti, »Denkmal des Kagliostro«, S. 315.
40 Photiadès, *Les vies du Comte de Cagliostro*, S. 369f.
41 A. Gagnière, »Cagliostro et les franc-maçons devant l'Inquisition«, *Nouvelle Revue* 43 (1886), S. 40-42; Gervaso, *Cagliostro*, S. 202.
42 Photiadès, *Les vies du Comte de Cagliostro*, S. 381f.

43 Photiadès, *Les vies du Comte de Cagliostro*, S. 384.
44 Gervaso, *Cagliostro*, S. 210-212.
45 Gervaso, *Cagliostro*, S. 210-212; D. Dalbian, *Le Comte de Cagliostro*, Paris 1983, S. 256.
46 Dalbian, *Le Comte de Cagliostro*, S. 255-258.
47 Photiadès, *Les vies du Comte de Cagliostro*, S. 387f.; Raymond Silva, *Joseph Balsamo, alias Cagliostro*, Genf 1975, S. 194.
48 Gervaso, *Cagliostro*, S. 223f.; Photiadès, *Les vies de Comte Cagliostro*, S. 389.
49 Photiadès, *Les vies du Comte de Cagliostro*, S. 389f.
50 Photiadès, *Les vies du Comte de Cagliostro*, S. 397f.
51 Barberi, »Leben und Taten des Joseph Balsamo«, S. 577f.

Ketzer

1 Johnson, *Dictionary.*
2 Staatsarchiv Pesaro, »Eine Sammlung von Briefen betreffend Giuseppe Balsamo, genannt Graf Cagliostro, verurteilt zu Kerkerhaft in der Festung San Leo auf Beschluß seiner Heiligkeit Papst Pius VI.«, Buch I, Kardinal de Zelada, Rom, an Kardinal Doria, Legat von Urbino, 16. April 1791, fol. 1; Staatssekretariat, Rom, an den Kastellan Sempronio Semproni, San Leo, 16. April 1791, fol. 1 und 2.
3 Barberi, »Leben und Taten des Joseph Balsamo«.
4 »Le Comte de Cagliostro«, Ausstellung 21. Mai – 11. Juni 1989, Les Baux de Provence, Association culturelle Les Amis du Prince Noir, S. 78-82.
5 Photiadès, *Les vies du Comte de Cagliostro*, S. 395f.
6 Photiadès, *Les vies du Comte de Cagliostro*, S. 405f.; Barberi, »Leben und Taten des Joseph Balsamo«, S. 538.
7 Gervaso, *Cagliostro*, S. 189-228.
8 Gervaso, *Cagliostro*, S. 209.
9 Doria an Zelada, 22. April 1791, fol. 7 und 8.
10 Monsignor Terzi, Bischof von Montefeltro [Rimini], an Doria, 26. April 1791, fol. 23 und 24.
11 Kardinal Doria, Pesaro, an Monsignor Terzi, Bischof von Montefeltro, 30. April 1791, fol. 23 und 24.
12 Doria an den Kommissar von Montefeltro, [23.] April 1791, fol. 10 und 11.
13 Leutnant Gandini an Kardinal Doria, 22. April 1791, fol. 13-17.
14 Doria an Zelada, 24. April 1791, fol. 20-22.
15 Doria an Zelada, 9. Juni 1791, fol. 47.
16 Doria an Semproni, 4. Mai 1791, fol. 26-29.

17 Doria an Semproni, 22. Mai 1791, fol. 38f.
18 Doria an Semproni, 4. Mai 1791, fol. 30.
19 Doria an Zelada, 5. Juni 1791, fol. 47f.
20 Doria an Zelada, 12. Mai 1791, fol. 35 und 36.
21 [Kardinal Doria] an Cristoforo Beni, undatiert, fol. 55 und 56.
22 Doria an Zelada, 3. Juli 1791, fol. 56 und 57.
23 Doria an Zelada, 10. Juli 1791, fol. 58-61.
24 Doria an Zelada, undatiert, fol. 133.
25 Staatsarchiv Pesaro, Buch 2, Semproni an Doria, 30. Juli 1791, Nr. 41.
26 Buch 2, Gianfrancesco Arrigone, Macerata, an Doria, 5. August 1791, Nr. 42.
27 Buch 2, Semproni an Doria, 9. August 1791, Nr. 43.
28 Doria an Zelada, undatiert, fol. 138.
29 Vannetti, »Denkmal des Kagliostro«.
30 Buch 2, Semproni an Doria, 16. August 1791, Nr. 45.
31 Doria an Zelada, 28. September 1791, fol. 75-77.
32 Doria an Zelada, 5. Juni 1791, fol. 47.
33 Doria an Zelada, 27. September 1791, fol. 79 und 80.
34 Doria an Semproni, 15. Oktober 1791, fol. 85.
35 Doria an Zelada, 30. Oktober 1791, fol. 90.
36 Doria an Zelada, 10. November 1791, fol. 94.
37 Doria an Zelada, 27. November 1791, fol. 100 und 101.
38 Doria an Gandini, 13. März 1792, fol. 118 und 119; Doria an Zelada, 1. und 4. März 1792, fol. 119 und 120.
39 Doria an Semproni, 21. Mai 1791, fol. 37 und 38.
40 Doria an Monsignor Terzi, 28. Mai 1791, fol. 42 und 43.
41 Doria an Semproni, 27. August 1791, fol. 72 und 73.
42 Doria an Semproni, 11. Oktober 1791, fol. 84 und 85; 15. Oktober 1791, fol. 85 und 86.
43 Doria an Zelada, 16. Oktober 1791, fol. 86; Doria an Semproni, 23. Oktober 1791, fol. 87 und 88.
44 Doria an Zelada, 30. Oktober 1791, fol. 90 und 91; 10. November 1791, fol. 92-94.
45 Doria an Semproni, 19. November 1791, fol. 96 und 97.
46 Doria an Zelada, 27. November 1791, fol. 100 und 101.
47 Doria an Zelada, 27. November 1791, fol. 100 und 101.
48 Doria an Zelada, 23. Februar 1792, fol. 117.
49 Doria an Zelada, [August 1792], fol. 139 und 140.
50 Doria an Zelada, 27. November 1791.
51 Doria an Zelada, 29. Januar 1792, fol. 113 und 114.
52 Doria an Zelada, 29. Januar 1792, fol. 113 und 114.
53 Doria an Semproni, 2. Juli 1793, fol. 28.

54 Doria an Semproni, 13. Juli 1793, fol. 30.
55 Doria an Zelada, 26. Januar 1794, fol. 34-36.
56 Doria an Semproni, 16. Juni 1792, fol. 133.
57 Doria an Zelada, 13. Dezember 1792, fol. 15.
58 Doria an Zelada, 3. Februar 1793, fol. 18.
59 Doria an Zelada, 14. März 1793, fol. 21-23.
60 Doria an Semproni, 22. Juni 1793, fol. 26.
61 Doria an Semproni, 3. November 1792, fol. 11 und 12.
62 Uditori an Semproni, 27. Mai 1794, fol. 38.
63 Uditori an Zelada, 10. Juli 1794, fol 38.
64 Ferdinando, Erzbischof von Catagine, undatiert, fol. 43.
65 Gervaso, *Cagliostro*, S. 239-242.

Epilog: Unsterblich

1 Johnson, *Dictionary.*
2 Sarasin'sches Familienarchiv (Staatsarchiv Basel), PA 212, F 11, 31, J. Sarasin an den Comte d'Estillac, Februar 1791, 12. April 1791; auch F 11, 32, J. Sarasin an Kardinal Rohan, 5. Februar 1791.
3 Klaus H. Kiefer, »Fiction et réalité: Aspects de la réception de Cagliostro du 18e siècle à nos jours«, in: *Presenza di Cagliostro*, hg. v. Daniela Gallingani, Florenz 1994, S. 423-453.
4 Elisa von der Recke, *Tagebücher und Selbstzeugnisse,* hg. und mit einem Vorwort versehen von Christine Träger, München 1984, S. 277.
5 Isabel de Madariaga, *Russia in the Age of Catherine the Great*, Newhaven und London 1981, S. 522-530.
6 von der Recke, *Tagebücher und Selbstzeugnisse, S.* 277.
7 Augustin Barruel, *Mémoires pour servir à l'histoire du Jacobinisme*, 4 Bde., London 1797, Bd. 1, S. 22; Bd. 2, S. 325.
8 Umberto Eco, »Wanderungen Cagliostros«, in: *Lüge und Ironie,* München 1999, S. 51-73.
9 Alexandre Dumas, *Joseph Balsamo, genannt Graf Cagliostro. Aus den Memoiren eines Arztes*, Berlin o.J. [um 1925], S. 11f.
10 Franco Riccomini, *L'enigma Cagliostro*, Florenz 1995, S. 140.
11 Jacques Chailley, *The Magic Flute Unveiled: Esoteric Symbolism in Mozart's Masonic Opera*, Rochester, Vt., 1992, S. 59, 77 und 121.
12 Marsha Keith Schuchard, »Blake and the Grand Masters«, S. 6f.; William Blake, »The French Revolution. Book the First«, in: *Poetry and Prose of William Blake*, hg. v. Geoffrey Keynes, London 1967, S. 167.
13 Philippe Jacques de Loutherbourg, *A Catalogue of All the Valuable Drawings, Sketches, Sea Views, and Studies ... Also Includes Library of Scarce Books*, London, 18. Juni 1812; *Catalogue of Very Curious,*

Extensive and Valuable Library of Richard Cosway, London, 8. Juni 1821.

14 Mary Pratt, *A List of a Few Cures Performed by Mr. and Mrs. de Loutherbourg at Hammersmith Terrace, with Medicine, by a Lover of the Lamb of God*, London [1789], S. 1-5.

15 Zitiert bei Stephen Lloyd, *Richard and Maria Cosway: Regency Artists of Taste and Fashion*, Edinburgh 1995, S. 93-95.

16 Morton D. Paley, *The Apocalyptic Sublime*, New Haven, Conn., und London 1986, S. 53-56.

17 Paley, *Apocalyptic Sublime*, S. 54.

18 Anderson, *The Legend of the Wandering Jew*, bes. S. 128-131; Stableford, *Tales of the Wandering Jew*, S. 148-190; Martin Gardner, »The Wandering Jew and the Second Coming«, in: *The Night is Large: Collected Essays*, 1938-1995, Harmondsworth 1996, S. 525-532.

19 Riccomini, *L'enigma Cagliostro*, S. 135f.

20 Casanova, *Soliloque d'un penseur*, S. 39f.

21 Carlyle, »Graf Cagliostro. In zwei Fluchten«, in: *Werke I*, Stuttgart o.J., S. 159.

22 Carlyle, »Das Diamantenhalsband« [1837], in: *Werke I*, Stuttgart o.J., S. 208.

23 Thomas Carlyle, *Die Französische Revolution. Dritter Teil, Die Guillotine*, Leipzig 1894, S. 337.

24 Umberto Eco, »Reise ins Reich der Hyperrealität«, in: *Über Gott und die Welt*, München 1985, S. 36-99; vgl. auch Ecos Aufsatz »Migrazioni di Cagliostro«, in: *Presenza di Cagliostro*, S. 135-151.

25 Jeffrey Mehlman, *Walter Benjamin for Children. An Essay on his Radio Years*, Chicago 1993, S. 42-60.

26 Spence, *Encyclopedia of the Occult*, Bracken Books, London 1988, S. 85.

27 Guiley, Rosemary, *Harper's Encyclopedia of Mystical and Paranormal Experience*, 1991, HarpersCollins, San Francisco, S. 553.

28 Godwin, *Theosophical Enlightenment*, State University of New York 1994, S. 277-306.

29 Vincenzo Salerno, »Cagliostro«, *Best of Sicily*, 12. Juni 2002, www.bestofsicily.com/mag/art15.htm.

Bildnachweise

Danksagung

Das Entstehen dieses Buches ist weit über das übliche Maß hinaus der Mithilfe anderer zu verdanken. Ohne das Entgegenkommen und die besonderen Kenntnisse von Freunden, die mir Quellenmaterial im Ausland beschafften und die Texte, wenn nötig, auch übersetzten, hätte ich es nie schreiben können. Natalie Adamson und Serge Kakou möchte ich hier besonders erwähnen. Andere waren mir bei der Übersetzung von Dokumenten aus dem Italienischen und dem Deutschen behilflich oder prüften und verbesserten meine eigenen Übersetzungen aus dem Französischen. Für ihre Hilfe und Kompetenz danke ich Glenn St. John Barclay, Caroline Turner, Bruce Koepke, Susanna von Caemmerer, Mary Caliri, Mike Ovington und Gino Moliterno. Letzterem gilt mein besonderer Dank für die Begeisterung, mit der er meine Arbeit an diesem Buch begleitete, und für seinen fachkundigen Rat bezüglich des Themas ›Cagliostro‹ im Film. Christa Knellwolf übersetzte wichtige Dokumente aus dem Deutschen und stand mir mit ihren Kenntnissen über Goethe zur Verfügung. Simon Burrows und seine Frau verschafften mir Zugang zu Dokumenten, die ohne ihre Hilfe für mich unerreichbar gewesen wären; Simon ließ mich großzügig an seinem Wissen über Théveneau de Morande und dessen Umfeld teilhaben. Ich freue mich auf seine Théveneau-Biographie, die demnächst erscheinen wird. Mein Dank gilt weiterhin John Docker, der mich auf Walter Benjamins wunderbare Reflexionen über Cagliostro aufmerksam machte.

Mein inniger Dank gilt Georgina Fitzpatrick, die für mich Texte übersetzte, die Fahnen bearbeitete und die Abdruckgenehmigung für die Abbildungen besorgte. Eine so kompetente und geduldige Mitarbeiterin zur Seite zu haben ist eine große Erleichterung. Danken möchte ich auch dem Australian Research Council für die finanzielle Förderung dieses

Projekts. Lindy Shultz stand mir in Fragen des Layouts und der Bildreproduktion mit Rat und Tat zur Seite. Owen Larkin half mir bei der Suche nach geeigneten Abbildungen für den Umschlag. Heather McCalman erteilte mir in der Anfangsphase dieses Projekts wichtigen Zuspruch.

Archivare und Bibliothekare waren mir auf vielfältige Weise behilflich. Besonders danken möchte ich den Mitarbeitern der Australian National University, der Australian National Library, der Bibliothèque Nationale de France, der Bibliothèque de l'Arsenal, der Archives Nationales, der British Library, des British Museum, der Bodleian Library und der Ashmolean Library in Oxford; ich danke Torre Abbey in Torquay, der Huntington Library in Kalifornien, dem Archivio di Pesaro, dem Staatsarchiv Basel und der Bibliothèque de la ville de Strasbourg.

Großen Dank schulde ich meiner Agentin Mary Cunnane. Sie ermunterte mich, dieses Buch zu schreiben, und verlor nie die Geduld bei ihrem Bemühen, mir so manche schlechte akademische Gewohnheit auszutreiben. Ich danke meinem Co-Agenten Peter McGuigan in den Vereinigten Staaten für seinen Schwung, seine Begeisterung und seinen Rat. Dan Conaway von HarperCollins war ein wunderbarer Lektor; mit seinem Enthusiasmus, seinem unermüdlichen Engagement und seinem Talent trug er nicht unerheblich zur Verbesserung des Buches bei. Mein Dank gilt meinen Freunden und Bekannten in Palermo, die mich mit ihrer Wärme und ihrer Leidenschaft für Cagliostro inspirierten, dieses Buch zu schreiben. Ich danke Ninetta Cangelosi, Nelida Mendoza, Sebastian und dem Wirt des Restaurants ›Le Comte de Cagliostro‹. Ganz besonders danken möchte ich schließlich Kate Fullagar. Sie las alle meine Entwürfe und stand mir mit ihrem Zuspruch, ihrer Ermutigung, ihrem Rat und ihrer Kompetenz unermüdlich zur Seite. Ich hoffe, das Buch wird dich nicht enttäuschen.

Iain McCalman